« PAVILLONS »

Collection dirigée par Claire Do Sêrro

DE LA MÊME AUTRICE

Stöld, Robert Laffont, « Pavillons », 2022

ANN-HELÉN LAESTADIUS

STRAFF

roman

Traduit du suédois
par Anna Postel

Robert Laffont

Traduit avec le concours financier du Swedish Arts Council

Titre original : STRAFF

Published by agreement with Ahlander Agency.

ISBN 978-2-221-27270-1
(édition originale : ISBN 9789189051362, Romanus & Selling, Stockholm)
Dépôt légal : janvier 2025
Éditions Robert Laffont – 92, avenue de France, 75013 Paris
serviceclients@lisez.com

Prologue

Anna s'était déchaussée et marchait en chaussettes sur le sol froid du couloir. Elle avait eu quelques minutes pour rassembler ses affaires. Partir, sans pouvoir dire au revoir aux enfants. Si elle avait su ce qui l'attendait, elle en aurait serré plusieurs dans ses bras une dernière fois. Elle ne se serait pas contentée d'un geste de la main lorsqu'ils avaient embarqué dans le bus, impatients de rentrer chez eux pour les vacances de Noël, de retrouver leur famille qu'ils n'avaient pas vue depuis des mois.

Les dortoirs étaient vides, les couchettes nues, certains matelas tachés. Il arrivait que les enfants fassent pipi au lit, la nuit, et ils n'osaient pas toujours l'admettre.

Après quelques jours de congé, les assistantes étaient revenues pour le grand ménage qui précédait le début du second semestre. Anna aurait dû y participer, mais elle n'était plus des leurs.

Elle s'approcha à pas comptés du lit d'Else-Maj, placé contre le mur, souleva l'oreiller, le pressa contre son nez. L'odeur de la fillette semblait y persister. Prise d'un vertige, elle se laissa tomber sur le matelas.

Il y avait six fillettes dans chaque dortoir. À leur arrivée, toutes étaient petites, mais Else-Maj lui avait semblé si minuscule qu'Anna s'était demandé s'il n'y avait pas eu erreur : cette enfant chétive, haute comme trois pommes, pouvait-elle vraiment avoir sept ans ? Elle en avait onze désormais, faisait partie des plus âgés, pourtant son lit était encore bien trop grand.

Anne-Risten occupait le lit voisin, près de la fenêtre, dans le courant d'air dont elle avait horreur. C'était une belle enfant, les assistantes s'accordaient pour le dire. Elles en avaient discuté entre elles : il faudrait garder un œil sur elle, quand elle grandirait. Pour l'instant, elle n'avait que huit ans, mais certains garçons étaient incapables de se contrôler. Nilsa était le plus mauvais d'entre tous. Un garçon difficile. Il avait l'âge d'Else-Maj, un physique déjà imposant, et était sournois comme personne.

Quand la porte s'ouvrit au bout du couloir, Anna bondit sur ses pieds et se plaqua contre le mur dans l'interstice étroit qui séparait les lits, craignant de se trouver de nouveau nez à nez avec la directrice. Le son de la radio s'échappait de son appartement, ses pas rapides descendaient l'escalier.

Anna caressa du bout des doigts les têtes de lit, murmurant un adieu aux enfants. Marge était la seule qui, avant de partir, avait ôté les draps et la taie d'oreiller, avait plié le tout, avec la couverture, au bout du lit. Sous la pile soigneuse, Anna avait découvert un cœur en papier sur lequel était inscrit son nom. Elle sourit en y repensant. Elle avait gardé le cœur, rangé précieusement dans un petit coffret.

La directrice était de retour dans le couloir, elle claqua la porte de chez elle, faisant trembler les murs. Anna dépassa l'entrée à pas feutrés et rejoignit sans bruit l'étage inférieur. Elle pénétra dans l'un des dortoirs des garçons. Une fenêtre était entrouverte. Elle frissonna, s'arrêta près du lit du petit Jon-Ante. C'était trop dur, trop douloureux. Sa voix porta néanmoins.

« J'aurais pu en faire davantage. Pardon. »

Ce n'était pas suffisant, elle le savait. C'était impardonnable.

Elle quitta la pièce, descendit au sous-sol, récupéra ses chaussures, ses vêtements, sa boîte à repas et sa brosse à cheveux. Le sauna était froid, une odeur moite s'en échappait. Les assistantes feraient le ménage ici tout à l'heure, pour l'instant elles déjeunaient dans la cuisine de Lisbet. Les verges étaient suspendues à un clou à l'entrée de la salle de bains. Elle eut une soudaine envie de les jeter au feu, dans la cheminée de la salle commune. Elle bouillait de rage mais se contrôla. Si les verges disparaissaient, ça retomberait sur l'un des enfants. L'idée lui était insupportable. Elle allait déjà devoir vivre avec tant de culpabilité.

Elle était enfin arrivée devant la porte d'entrée. Elle se retourna, jeta un regard vers la salle commune où le feu crépitait, donnant l'illusion d'une pièce accueillante. Un article de journal était épinglé au mur, la photographie montrait la directrice et quelques fillettes dans cette même pièce. Le journaliste avait écrit que Mme Rita Olsson était « comme une mère pour les enfants ». Anna posa la main sur le papier jauni, ses ongles griffèrent le texte, laissant un accroc dans l'œil du diable.

Elle passa la porte pour la dernière fois. Personne n'avait eu le temps de déneiger l'escalier extérieur. Le vent sifflait, balayant la cour de récréation, soulevant la couche supérieure de poudreuse qui lui fouettait le visage. Ses yeux lui brûlaient. Elle fondit en larmes.

Else-Maj

1950

Elle était minuscule, la plus petite de tous. Difficile de croire qu'elle avait sept ans. Mais ça ne faisait aucune différence. À sept ans, on n'avait plus le droit de vivre chez soi.

Dans la classe, Else-Maj était assise au second rang, à côté d'une dénommée Biret. Elles avaient le même âge, mais Else-Maj lui arrivait à peine à l'épaule. Eût-elle été à la maison, installée à la table de la cuisine, ou au village, sur le banc où l'on posait les bidons de lait, elle aurait balancé ses jambes. Ses pieds ne touchaient pas le sol ici non plus, mais ses jambes ne dansaient que quand elle était heureuse. Ici, pendant l'hiver, son corps était transi.

Deux semaines plus tôt, elle avait été retirée à sa famille. Forcée à monter dans un autocar qui l'avait conduite de Badje Sohppar, son village, jusqu'à Láttevárri, à quinze kilomètres de là. Quand elle avait franchi les portes de l'internat, les assistantes alignées souriaient aux enfants dont les visages étaient striés de larmes. Au bout de la file se tenait la directrice, Rita Olsson, qui voulait qu'on l'appelle « madame la directrice ». Elle ne souriait pas.

Else-Maj, qui ne savait pas parler suédois, ne les comprenait pas. Avant son départ, ses frères aînés l'avaient prévenue qu'elle n'aurait plus le droit d'utiliser le sami. Ils l'avaient mise en garde contre la directrice. « Ne la provoque pas, sinon ça va barder. » Elle se mordait quotidiennement la lèvre inférieure pour se rappeler de ne pas prononcer un seul mot dans sa langue maternelle.

Après l'accueil le premier jour à l'école pour nomades, les assistantes avaient accompagné les enfants dans leurs dortoirs. Else-Maj fermait la marche. Elle avait gravi l'escalier en traînant derrière elle son sac qui retombait sur chaque marche avec un bruit sourd. Les chambres des filles étaient situées au premier étage. Au palier intermédiaire, elle s'était arrêtée pour souffler. Elle était seule. Toutes les autres avaient déjà gagné leurs chambres et semblaient savoir ce qu'il fallait faire. Elle était complètement perdue. Elle jeta un coup d'œil à la porte d'entrée, songeant qu'elle était enfermée, et ses yeux s'embuèrent. L'une des assistantes revint la chercher, Else-Maj s'empressa d'essuyer une larme.

— Allez viens, mon enfant, dit la jeune femme en s'emparant de son sac.

Else-Maj resta figée, elle n'avait pas compris, elle ignorait comment se comporter. Lorsque sa lèvre inférieure se mit à trembler, l'assistante se pencha rapidement vers elle et murmura en sami :

— Tu peux venir me parler s'il y a quelque chose que tu ne comprends pas. Mais pas devant la directrice. Ne l'oublie jamais.

L'assistante s'appelait Anna et était originaire d'Ađevuopmi. Elle était ronde et douce, le visage constellé de taches de rousseur, les dents de travers et très en avant, qu'elle dissimulait en souriant la bouche fermée.

Dans la salle de classe, Else-Maj gardait les yeux rivés sur l'internat, se languissant d'Anna. Les leçons étaient difficiles, elle ne parvenait pas à suivre, s'évadait par la pensée. Pourtant, elle se sentait plus en sécurité ici, à l'école. Au moins, la directrice n'était pas là. Le maître s'appelait Bertil, mais il était interdit de s'adresser à lui par son prénom. Il était sévère, lui aussi, mais personne n'était aussi cruel que la directrice.

Else-Maj l'avait vue attraper les verges et s'éloigner en traînant un élève derrière elle. Elle avait entendu les hurlements. Les jeux dans la salle commune avaient cessé et les enfants avaient baissé les yeux. Tout le monde, sauf Else-Maj qui avait aperçu Anna. Elle s'était levée pour courir dans ses bras, mais Anna avait secoué violemment la tête avant de disparaître.

Else-Maj voulait lui demander ce que le garçon avait fait de mal pour mériter un tel châtiment. Elle craignait, par mégarde, de commettre la même erreur. Elle chuchota à l'oreille de Biret bien qu'elle sache qu'elle risquait leur vie. Un grand racontait que la directrice avait tué un enfant qu'elle avait surpris à parler sami. C'était le genre de rumeurs qu'on pouvait entendre si l'on se glissait derrière le bâtiment pendant la récréation ou après le dîner. Là-bas se déroulaient les conversations secrètes dans leur langue. Else-Maj s'y aventurait rarement. Un jour, elle avait vu la directrice s'y précipiter après avoir entrouvert une fenêtre et les avoir surpris.

Else-Maj préférait se faire aussi petite que possible et se réfugier auprès d'Anna dès qu'elle le pouvait. Quand la directrice sermonnait les enfants, Else-Maj observait Anna : elle fermait les yeux, elle aussi. Else-Maj la voyait se balancer d'avant en arrière, comme pour prendre son élan et intervenir. Mais personne, absolument personne, n'osait contredire la directrice.

Physiquement, la directrice n'était pas si différente des dames du village, peut-être un peu plus grande, les épaules un peu plus larges, presque comme un homme, mais elle portait une jupe et un gilet, et ses cheveux de jais étaient le plus souvent attachés en chignon. Elle avait cette bouche inflexible, ce menton en galoche qui pouvait saillir encore plus, et surtout ces yeux qui se plissaient et lançaient des éclairs. Else-Maj l'avait vue se transformer – de femme ordinaire, elle devenait un monstre.

Maître Bertil écrivait une phrase au tableau à la craie blanche. Else-Maj avait horreur des leçons de suédois. Elle préférait les mathématiques. Elle n'avait pas besoin de connaître le nom des chiffres en suédois pour calculer.

Ce qu'elle préférait, c'était quand ils prononçaient des mots suédois en chœur. Elle se contentait alors de remuer les lèvres, mais quand le maître les interrogeait un par un, sa gorge se nouait et elle gardait les pupilles rivées sur son pupitre.

Son ventre gargouilla alors qu'ils venaient de prendre leur petit déjeuner. Elle fixa l'horloge au-dessus de la porte et, bien qu'elle ne sache pas lire l'heure, elle avait remarqué que les cours s'arrêtaient souvent quand la grande aiguille pointait vers le haut. C'était bientôt fini.

Tout à coup, le silence se fit autour d'elle, elle avait oublié de bouger les lèvres. Tout le monde semblait dans l'attente.

— Else-Maj, j'ai dit que c'était à toi.

En entendant son nom, elle comprit qu'elle devait répondre. Son cœur s'emballa quand le maître se leva de son bureau et s'approcha d'elle. Il lui pinça les joues. Ses doigts sentaient le savon. Il prononça ostensiblement un mot. Il était évident qu'elle devait le répéter, forcer sa bouche à reproduire le mouvement.

Brusquement, sa culotte fut détrempée. Impossible de retenir l'urine qui dégoulinait le long des pieds de la chaise. On entendit un ricanement. Le maître recula instinctivement, l'air embarrassé.

— Sors immédiatement !

Elle leva les yeux vers lui, sans comprendre.

— Allez ! À l'internat.

Il indiqua la porte. Elle ne saisissait pas.

— *Mana*[1], chuchota Biret. Vas-y.

Le maître contempla l'amie avec irritation. Else-Maj savait que ça pouvait mal finir. Elle bondit sur ses pieds et se précipita vers la porte. Elle avait froid au derrière et le long des jambes. Elle traversa la cour en courant, vers l'internat, et Anna l'intercepta sur le seuil. Cambrée vers l'arrière, le visage baigné de larmes, Else-Maj expliqua qu'elle avait fait pipi dans sa culotte. Les mots avaient jailli de ses lèvres en sami. Anna posa doucement sa main chaude sur la bouche d'Else-Maj.

---

1. Les termes en sami, en italique dans le texte, sont regroupés dans un glossaire en fin d'ouvrage. Certains lieux sont aussi évoqués en langue samie, comme le nom sami « Giron » pour la ville de Kiruna par exemple. Ces équivalences sont également répertoriées dans le glossaire. (*Toutes les notes sont de la traductrice.*)

— La directrice n'est pas loin, lui murmura-t-elle à l'oreille. Arrête de pleurer.

Anna la prit par la main et l'entraîna vers la douche installée au sous-sol.

Else-Maj retira ses collants et sa culotte mouillés, et faillit éclater de nouveau en sanglots en découvrant que la jupe que sa mère lui avait cousue était tachée d'urine. Anna s'empara des vêtements et se mit à les frotter dans le coin de la pièce où se trouvait la cuve.

— Rince-toi ! Vite !

Else-Maj se doucha les jambes à l'eau chaude, honteuse de se montrer à moitié nue. Elle essaya de se détourner, voulait s'accroupir, se cacher.

— Je vais te chercher d'autres habits, dit Anna avant de s'éloigner à la hâte.

Else-Maj décrocha sa serviette-éponge pour se sécher. Elle grelottait. Soudain, elle entendit des talons claquer contre le sol mais ce n'était pas le pas d'Anna. Else-Maj recula, tenta de se cacher entre les serviettes. Le pommeau de douche gouttait. La directrice approcha et serra le robinet. Quand elle se retourna, leurs regards se croisèrent. Else-Maj baissa immédiatement le sien sur ses pieds blancs, aussi larges que ceux de sa mère, son *enná*.

— Qu'est-ce que tu fabriques ici ?

La voix ricocha contre les murs et vint frapper Else-Maj de plein fouet. Elle leva les yeux en secouant lentement la tête.

— Et à demi nue, qui plus est ?

Else-Maj fixa sa bouche, son expression de colère, ses lèvres pincées.

— Pardon, dit-elle à voix basse.

Anna lui avait appris ce mot, lui avait dit de l'utiliser si quelque chose se passait mal pour une raison ou une autre. La directrice saisit Else-Maj par le bras. La serviette tomba au sol. Else-Maj essaya de se détourner, mais elle ne voulait se montrer ni de face ni de dos. Elle aurait voulu s'asseoir par terre et remonter ses jambes contre sa poitrine pour cacher son intimité. Les verges étaient accrochées au mur, juste à côté d'elle. Else-Maj savait que la directrice rossait même les plus petits. Elle sentait qu'elle allait de nouveau faire pipi.

Les pas légers d'Anna approchaient. Elle entra avec des vêtements à la main, les joues cramoisies et les yeux écarquillés. La directrice secouait Else-Maj tout en admonestant Anna qui répondait d'une voix presque suppliante. Else-Maj aurait voulu hurler qu'elle lui faisait mal aux bras lorsqu'elle plantait ses ongles dans sa peau à travers les mailles fines. Ses yeux s'humectèrent. Elle savait qu'elle devait ravaler ses larmes, essaya de s'imaginer ailleurs. Mais pas chez elle. Si elle y pensait ne serait-ce qu'un seul instant, elle éclaterait en sanglots.

La directrice la lâcha, aboya un dernier ordre à Anna et quitta la salle de bains. L'assistante douce avait disparu. Anna lui tendait ses vêtements avec des mouvements secs, sans un mot, se contentait d'agiter la main pour lui signifier de se hâter. Else-Maj se retourna, enfila ses sous-vêtements, mais son collant restait collé à ses pieds mouillés. Anna, qui ne pouvait plus attendre, lui donna un coup de main. Elle sentait la sueur et ne regardait pas Else-Maj, ne lui parlait pas. Si. Enfin. Un mot à son oreille.

— *Várálaš*.

Dangereux.

Elles s'empressèrent de grimper les escaliers, Anna entra dans un cabinet de toilette, à côté des dortoirs des garçons, et déroula un long morceau de papier toilette qu'elle tendit à Else-Maj, la poussa doucement devant elle. Vite, vite.

Else-Maj voulait résister. Devait-elle retourner dans la classe ? Essuyer la flaque devant tout le monde ?

— *In hálet*… Je ne veux pas.

Anna lui couvrit la bouche, plus fermement cette fois-là, en secouant la tête. Elle avait peur, ça se voyait. Elle poussa Else-Maj par la porte. La fillette se retrouva dehors, dans la froideur du soleil automnal, et regarda vers l'école. C'était un bâtiment jaune percé de plusieurs rangées de fenêtres, auquel on accédait par un escalier en pierre muni d'une rampe noire en fer forgé. Ses yeux suivirent la route, celle qui menait chez elle. Personne ne lui avait dit quand elle pourrait rentrer. Elle sursauta en entendant des coups frappés contre une vitre. Anna agitait la main. *Mana !* Vas-y !

Elle traversa lentement la cour. Les graviers crissaient sous ses souliers. Le soleil se cacha un instant derrière les nuages et le vent souleva les mèches qui s'étaient échappées de sa tresse. Elle ne savait pas bien se coiffer, elle était habituée aux mains prestes d'*enná* qui lui effleuraient les oreilles. Ses jambes refusaient de marcher, mais elle n'avait pas le droit de s'arrêter. Elle se retourna. Il n'y avait plus personne à la fenêtre. Le papier toilette rêche formait une boule dans sa main. Elle n'eut pas le temps d'arriver que la porte de l'école s'ouvrit brusquement. Les élèves sortirent en courant. L'un d'entre eux risqua une moquerie, la traita de petite merdeuse. *Baikabahta.* En sami, qui plus est. Totalement interdit, mais dans la cour de récréation certains désobéissaient. Else-Maj chercha Biret du regard, cette fillette qui était si vite devenue son amie et avec qui elle osait parler à voix basse en sami. Elle ne voulait pas manquer une occasion de jouer avec elle. Elle grimpa les marches deux par deux, ouvrit la porte de la salle de classe. Le maître était toujours assis à son bureau, les yeux plissés derrière ses lunettes.

Elle leva la main pour montrer le papier, il inclina légèrement la tête. Elle marcha jusqu'à sa chaise, essuya rapidement l'assise, puis les pieds et le sol. Ça empestait et elle en avait plein les mains.

Le maître poussait des soupirs exaspérés. Elle s'empressa de terminer. Elle esquissa une brève révérence et quitta la salle à pas lourds, la boule de papier imbibée cachée derrière son dos.

Else-Maj
1985

Else-Maj surveillait la cafetière sur le feu, agitait les mains pour chasser les moustiques. Elle se plaça dans la fumée, fermant les yeux pour se protéger. Malgré son foulard bien serré par un nœud à la nuque, les simulies étaient parvenues à la piquer, laissant des stries de sang séché derrière son oreille.

Elle se tourna vers l'enclos. Les rennes tournaient en rond, dans le sens inverse de la rotation solaire, frappant le sol de leurs sabots. Ses fils étaient là. Le benjamin, Nils-Johan, à côté de Gustu, comme toujours avide de recevoir les enseignements de son *isá*, son père. Son frère aîné, Per-Duommá, refusait les instructions et, jouant l'autodidacte, voulait appliquer ses propres méthodes. Pourtant, il cassait son poignet de la même manière que Gustu pour lancer le lasso vers le troupeau.

Else-Maj laissa errer son regard et l'arrêta sur un garçon de dix-huit ou dix-neuf ans dont le visage ne lui était pas familier. Elle qui connaissait cependant tout le monde. Il tenait son lasso curieusement, semblait hésitant. On les voyait une fois de temps en temps, ces jeunes. Ils pensaient pouvoir s'intégrer aisément, mais ce n'était pas une mince affaire s'ils ne venaient pas depuis leur plus jeune âge. On ne pouvait pas leur jeter la pierre, c'était la faute de leurs parents.

Inga, la cousine d'Else-Maj, passa à côté du garçon. Elle se dirigeait vers le feu de camp avec Hanna. Mère et fille collaient souvent leurs têtes et se tenaient souvent par la main, bien que Hanna ait déjà douze ans comme Ella, la fille d'Else-Maj. Il ne lui viendrait plus à l'idée de prendre la main de sa fille. Cela lui semblerait artificiel, bizarre. Ella était grande, se comportait presque comme une adulte. Sa fille, sa *nieida*, savait tout faire, cuisiner, tanner la peau, préparer du boudin, tisser des rubans pour les chaussures, et bientôt elle aurait cousu son premier kolt[1]. Else-Maj avait commencé l'enseignement de bonne heure, lui avait tout appris, peut-être avait-elle été sévère parfois, n'avait autorisé aucune négligence. Sa fille devait développer sa dextérité au plus tôt pour qu'avec le temps ses gestes deviennent naturels. Elle ne le voyait peut-être pas encore, mais tôt ou tard elle se rendrait compte du sentiment de sécurité qu'apporte l'indépendance.

Ella était bavarde, parfois à la limite du supportable, et Else-Maj devait régulièrement lui rappeler de se concentrer. « Ne parle pas d'autre chose. Si tu ne peux pas t'empêcher de causer, cause au moins de ce que tu es en train de faire. » Ça faisait pouffer sa fille, un gloussement contagieux qui se changeait en rire. Ce rire qui, depuis ses jeunes années, avait attiré l'attention, fait sourire les autres. Elle avait un côté folâtre qu'Else-Maj avait du mal à comprendre mais qui lui plaisait. Sa fille ne ressemblait à personne. Parfois, alors qu'Else-Maj s'efforçait de se montrer sévère, elle détournait la tête pour sourire aux pitreries de sa gamine.

Élever des fils était tout de même plus facile. Les siens ne s'attendaient pas à ce qu'elle discute d'autre chose que des rennes. Ils étaient terre à terre, venaient la voir quand il fallait repriser ou laver un vêtement. Ils s'occupaient des bêtes presque aussi bien que leurs aînés. Elle avait fait de ses trois enfants des êtres indépendants, capables de s'en sortir seuls, c'était pour elle une certitude.

Else-Maj et Gustu s'étaient donné du mal pour assurer aux garçons un avenir dans la renniculture – d'ailleurs, ils n'avaient d'yeux que pour leurs bêtes. Quant à Ella, du haut de ses douze ans, elle parlait déjà du lycée en ville.

1. Terme suédois désignant la tunique traditionnelle samie, *gákti* en langue samie.

Elle voulait voir le monde, pouvait-elle s'écrier. « À commencer par Giron ! » Cela faisait naître chez Else-Maj une inquiétude, mais c'est aussi pour cela qu'elle poussait sa fille – il fallait qu'elle sache tout faire, que ça devienne une seconde nature.

Inga et Hanna mélangeaient le sami et le suédois, ce qui faisait enrager Else-Maj. Elles n'étaient d'ailleurs pas les seules. Même si elles parlaient surtout sami, des bribes de suédois venaient s'y entremêler. Certains membres de sa famille n'avaient même pas transmis la langue à leurs gamins, lesquels se retrouvaient muets, les uns à côté des autres. Sans *gollegiella*, la langue d'or, on sombrait dans le silence. Au lieu de cela, ils parlaient suédois, imaginant sans doute que ça leur donnait l'air instruit. Les parents accusaient l'école pour nomades, et tout un tas de choses. Ha ! Else-Maj l'avait aussi fréquentée sans pour autant songer un seul instant que ses enfants puissent perdre la langue du cœur. Jamais ils n'avaient entendu parler suédois à la maison, c'était pour elle une grande fierté.

Ils étaient nombreux à être venus à l'enclos aujourd'hui accompagnés de leurs adolescents suédophones. Le jeune garçon qui semblait sur ses gardes devait être l'un d'eux. Incapables de parler sami sur les terres des Samis.

Inga et Hanna se laissèrent tomber sur leur tapis de sol, les bras tendus vers le brasier pour se réchauffer les mains.

— Ça s'est refroidi ce soir, dit Inga.

— Oui, et c'est parti pour durer. Il ne faut pas traîner.

Else-Maj avait un don pour prévoir la météo. Elle pressentait les vents et avait appris à ses fils à observer le comportement des rennes selon les saisons. Le climat affectait le troupeau, et au printemps les bêtes pouvaient se diriger vers les prairies d'altitude bien que ce ne soit pas encore le moment.

— À qui est ce garçon ? demanda-t-elle à Inga. Je ne l'ai jamais vu.

— C'est le fils d'Anne-Risten, Niklas.

— Ça alors ! Ses enfants sont déjà grands ! Il n'est jamais venu, n'est-ce pas ?

— Non, je crois que c'est la première fois.

— Ça crève les yeux ! Et Anne-Risten, elle n'est pas là, si ?

— Penses-tu ! Elle ne viendrait jamais, répondit Inga, en levant ostensiblement les sourcils.

Hanna salua quelqu'un de la main, tout sourire. Inga se vantait souvent de sa fille – un vrai rayon de soleil. Else-Maj la contempla. Oui, elle avait l'œil rieur. Mais Ella aussi. Pour autant, jamais Else-Maj n'aurait l'idée de parler d'elle ainsi. Ça ne se faisait pas, tout simplement.

Else-Maj venait de coudre un kolt pour Hanna. À la dernière minute. Tout le monde savait combien elle était rapide, alors on venait toujours la voir au dernier moment. Au cours des années, elle avait tiré d'embarras de nombreuses personnes qui, paniquées, s'étaient rendu compte qu'il leur fallait une nouvelle tenue pour un mariage, une confirmation ou pour se rendre au marché de Jokkmokk.

— Alors, Hanna, tu t'es mise à la couture ?

La fille acquiesça en minaudant, affichant une mimique qu'Inga devait trouver irrésistible.

— *Enná* a essayé de m'apprendre, mais quelle barbe !

— C'est un cas désespéré, ajouta sa mère.

— Telle mère, telle fille.

Toutes deux éclatèrent de rire, épaule contre épaule, c'était presque gênant d'être assise à côté d'elles. Elles étaient tellement... puériles ! S'emparant du bâton, Else-Maj ôta la cafetière du feu au moment où l'eau se mettait à bouillir. Elle ouvrit le vieux sachet à café de sa grand-mère, son *áhkku*, inspira profondément l'arôme du café mêlé à celui du cuir, retint son souffle. Elle eut même l'impression de sentir l'odeur laissée par la fumée de la pipe de son *áhkku*. Elle versa la poudre. Il lui suffisait de soupeser le sachet pour connaître la quantité nécessaire, elle n'avait pas besoin de cuillère. À l'aide du bout de bois, elle plaça la cafetière à un endroit plus stable.

Elle entendit Nils-Johan appeler et le chercha du regard. Ce n'était pas d'elle qu'il avait besoin là-bas, dans l'enclos. Pour autant, sa voix la faisait toujours réagir.

Hanna se leva, elle était déjà grande, au moins une tête de plus qu'Else-Maj. La dépasser n'était pas difficile en soi, Else-Maj était si petite, la plupart le faisaient en entrant dans l'adolescence, voire avant. Hanna agita la main en direction de quelques filles qui s'acheminaient vers elles, sortit une boîte en plastique, ouvrit le couvercle bleu et la tendit à Else-Maj.

— En tout cas, je sais faire de la pâtisserie. Est-ce que tu veux un roulé à la cannelle ?

Else-Maj prit une parfaite spirale briochée, saupoudrée de sucre perlé. Elle avait besoin de sucre, il se faisait tard. Le soleil terminait sa course, il avait brillé toute la journée, mais les vents lui avaient soufflé que le temps allait changer.

Les copines étaient arrivées, des gloussements s'élevèrent autour du feu. Mais elles portaient un lasso, n'étaient pas complètement bonnes à rien. Elles apprenaient, à l'instar des garçons. Ce qui se passait ensuite, c'était une autre histoire.

Else-Maj retira la cafetière du feu, se servit dans la tasse en bois que Gustu avait sculptée pour elle. Elle était menue, parfaitement adaptée à sa petite main. Il n'en avait pas fait grand cas, mais elle avait naturellement remarqué la taille de la tasse quand il la lui avait offerte bien des années plus tôt. À l'époque où ils avaient commencé à se considérer comme un couple.

Elle reversa le café dans la cafetière. Oui, il était prêt, ni trop corsé ni trop léger. Elle servit Inga et toutes deux burent en silence. Else-Maj écoutait les filles et fronça le nez, agacée.

— Pourquoi est-ce que vous parlez en suédois ?

— Quoi ? fit Hanna qui avait levé la tête du groupe de filles. Je ne sais pas.

— Vous devriez parler sami. Mes enfants ne parlent que sami.

Les filles pouffèrent, chuchotèrent entre elles, puis s'éloignèrent du feu.

— Figure-toi que certaines d'entre elles en pincent pour Nils-Johan, dit Inga.

— Vraiment ?

Else-Maj les suivit du regard. Elles s'approchaient des rennes et de ses fils en minaudant, elle pouvait s'en apercevoir de là où elle était.

— Je crois bien. Elles parlent beaucoup de lui au téléphone. Pas que j'écoute aux portes. Enfin, si.

Inga sourit mais Else-Maj garda les lèvres pincées. À seulement douze ou treize ans, elles ne pouvaient pas déjà penser à ces choses-là ? À sa connaissance, les garçons ne s'intéressaient pas encore aux filles. Ils passaient leur temps avec les rennes, ou bien à jouer au foot. Ils étaient rarement à la maison, toute leur vie se déroulait dehors.

— C'est tout de même curieux qu'elles laissent leurs enfants parler suédois.

Else-Maj indiqua d'un geste du menton les mères qui se tenaient debout un peu plus loin, espérant qu'Inga prendrait le sarcasme pour elle.

— Ne t'en fais pas pour ça, va !

— Et Hanna, elle suit des cours de sami à l'école ?

— Elle a commencé mais ça n'a pas duré. Elle n'en a pas vraiment besoin, elle parle déjà très bien sami. Tu sais, ce n'est pas toujours facile à l'école pour eux, à cause de leur origine. C'est plus simple d'être comme les autres.

Inga haussa les épaules.

Else-Maj n'en croyait pas ses oreilles. Pas facile ? S'ils savaient à quel point on peut souffrir à l'école !

— Il paraît que certains élèves sont la cible de moqueries. Pas Hanna, mais d'autres.

Else-Maj hocha la tête, chercha ses fils du regard. Son estomac se noua. Serait-elle passée à côté de quelque chose ?

Elle ramassa le sachet de café et le ferma consciencieusement. Elle pensa de nouveau à son *áhkku*. Sa grand-mère avait passé les derniers mois de sa vie à la maison de retraite de Vazáš, alitée. Else-Maj avait voulu lui envoyer une carte d'anniversaire.

Elle était restée immobile, le stylo plume à la main, prenant conscience que c'était impossible, qu'elle était incapable d'écrire dans sa propre langue, et même si elle pouvait écrire à peu près phonétiquement, sa grand-mère saurait encore moins lire le texte qu'elle. Les doigts d'Else-Maj ne maîtrisaient que le suédois et la bouche de son *áhkku* ne connaissait que le sami. Alors elle avait laissé tomber.

C'est étonnant de repenser qu'elle ait pu accepter cet état de fait, ne serait-ce qu'un instant. À l'époque, elle parvenait à peine à déchiffrer les articles en sami du *Samefolket*. Elle décryptait une syllabe après l'autre, comme une enfant, et finissait toujours par balancer le journal dans un accès de rage.

C'est pour cette raison qu'elle avait poussé les enfants de toutes ses forces dès qu'ils avaient commencé l'école, s'était assurée qu'ils faisaient leurs devoirs, qu'ils apprenaient à lire et à écrire aussi bien en sami qu'en suédois. Les garçons avaient maugréé, dit que le suédois leur suffisait à l'écrit, mais elle n'avait pas renoncé.

Aux yeux de Gustu, ça n'avait pas la même importance. Pour lui-même non plus, d'ailleurs. Cela ne le dérangeait pas d'être incapable de lire et d'écrire en sami. De toute façon, il ouvrait à peine le journal. Ça ne lui manquait pas.

Jon-Ante

1954

Il était muet. Il n'était pas né comme ça, mais l'était devenu. Par la contrainte.

Cela faisait plusieurs jours, maintenant. La langue pressée contre le palais, les lèvres pincées.

Obéissant, Jon-Ante suivait le flux d'enfants que l'on déplaçait entre différentes chambres et salles, de l'école à l'internat. Sans dire un mot. Au fond, ce n'était pas surprenant. C'était arrivé en un instant. Quand on lui avait attribué son lit, quatre jours plus tôt, et qu'il avait déposé son sac en tissu sur le sol, il avait perdu l'usage de la parole. Il n'avait plus le droit de parler sami, et c'était la seule langue dans son corps.

Son *enná* avait préparé ses affaires. Il n'osa d'abord pas les déballer, il savait que le fumet de la viande de renne séchée le ferait pleurer tant il voulait rentrer chez lui. Pleurer, ça n'était pas autorisé non plus.

Il avait pourtant fini par ouvrir le sac. Paupières fermées, retenant son souffle, il avait sorti son pyjama et sa brosse à dents comme il avait vu faire les autres garçons. Puis il avait tiré la fermeture Éclair et rangé le balluchon sous son lit.

C'était difficile d'être muet, parfois même associé à une sensation de panique, comme si l'air venait à lui manquer. Et il ne parvenait pas à retenir ses larmes.

Il comprit bientôt que les enfants pleuraient la nuit. Ils pouvaient alors relâcher tous les malheurs accumulés pendant la journée. Une fois la lumière éteinte, quand le dortoir vibrait de respirations profondes, il cachait son visage dans l'oreiller, espérant que personne n'entendrait ses spasmes. Son nez se remplissait. C'est peut-être pour ça que beaucoup ronflaient. Ils finissaient par s'endormir la bouche ouverte parce qu'ils avaient le nez pris.

Ce matin-là, il se tenait avec les autres élèves dans le couloir, les paupières gonflées et les pupilles rivées au sol. La directrice était là. Il avait l'impression qu'elle le suivait de son regard alerte, mais ce n'est pas lui qu'elle attrapa. C'était Aslak, un garçon originaire du même village que lui et qui faisait lui aussi sa première rentrée. Petit et léger comme une plume. Elle lui hurla dans l'oreille et l'empoigna par les bras, le secoua si violemment que sa tête sembla sur le point de se décrocher. Les jambes de Jon-Ante se mirent à trembler, il se sentit nauséeux, il aurait voulu fermer les yeux, mais c'était impossible. Aslak essaya de se libérer, mais ses mouvements ne firent que l'approcher du mur et la femme cogna l'arrière de son crâne contre le lambris. Tout s'arrêta, le silence se fit. De nouveau, elle balança la tête d'Aslak contre le mur et son corps parut perdre tout son tonus. Jon-Ante avait envie de hurler. Il jeta un regard circulaire, espérant trouver de l'aide chez les grands, des garçons dont la voix commençait déjà à muer, ou qui faisaient presque la même taille que la directrice. Nilsa, le frère aîné d'Aslak, avait le visage écarlate. Les poings serrés, il avait du mal à tenir en place, mais ne fit rien de plus, ni lui ni aucun autre.

La directrice respirait bruyamment. Elle lâcha Aslak qui s'écrasa au sol, paupières closes. Et s'il était mort ? Jon-Ante s'appuya contre l'encadrement de la porte pour ne pas s'effondrer à son tour. Il entendait son sang siffler dans ses oreilles, des taches noires dansaient devant ses yeux. Il ne devait pas pleurer, n'en avait pas le droit.

— Qu'est-ce que vous attendez ? C'est l'heure d'aller en cours ! Oust !

Elle avait la voix rauque et essoufflée, agitait la main pour replacer une mèche brune qui s'était échappée de son chignon. Elle remonta les lunettes noires qui avaient glissé sur son nez, retrouva son regard de faucon et quitta le hall les poings serrés.

Jon-Ante resta planté là, incapable de bouger. Il n'avait même pas compris ce qu'elle avait dit. Nilsa tomba à genoux auprès d'Aslak, dont les yeux étaient toujours fermés. Un autre garçon, Johánas, poussa Jon-Ante dans le dos. Il résista.

— Il faut y aller. Tu ne veux pas finir par terre, toi aussi ?

Il avait chuchoté en sami. Comment osait-il ?

— *Muhto...*, commença Jon-Ante. Mais...

Le mutisme avait cédé face à la douceur de sa propre langue.

— Chut !

Johánas prit Jon-Ante par le bras et il se laissa entraîner. Jusqu'au bas de l'escalier, sous le ciel d'automne, sur les feuilles d'érable qui crissaient sous ses pieds et dans l'école. Mais une fois dans la classe, il n'y tint plus. Il se mit à pleurer comme un bébé. Le maître s'interrompit.

— Qui pleurniche comme ça ?

Il fronçait les sourcils. Jon-Ante glissa de sa chaise et se cacha derrière Anne-Risten, sa cousine, assise au pupitre voisin. Il se baissa, essayant de ravaler ses sanglots.

— Il est tombé ?

L'instituteur s'était levé. Sa voix était sévère. Anne-Risten tendit le bras vers l'arrière, attrapa la main de Jon-Ante, tenta de le tirer. Elle qui avait déjà un an d'école derrière elle, qui connaissait toutes les règles, se tourna vers lui et posa un doigt sur sa bouche en signe d'avertissement.

Jon-Ante renifla, s'efforça de calmer sa respiration.

— C'est un des petits nouveaux ? Assieds-toi mon garçon.

Jon-Ante essuya ses larmes de sa main moite.

— Dis pardon, souffla Anne-Risten entre ses lèvres pincées.

— *Ándagassii*, marmonna-t-il d'une voix pâteuse.

Il prit une respiration rapide et enfonça ses ongles dans la paume de sa main. Il avait dit « pardon » en sami...

— Pardon, reprit-il en suédois cette fois, en insistant sur le « r ».

Il s'inclina pour faire bonne mesure.

De sa règle, le maître tapotait sa paume. Jon-Ante se hâta d'aller s'asseoir à sa place.

— Tu as arrêté de beugler. Très bien.

Du coin de l'œil, Jon-Ante voyait l'instituteur passer dans les rangs, effleurer le dos des élèves afin qu'ils se redressent. Jon-Ante se tenait droit comme un i, pour ne pas l'agacer davantage, mais il ne vint pas jusqu'à lui. Il retourna devant le tableau, y posa la règle, tira un trait et continua sa leçon.

Jon-Ante avait du mal à y croire. Il avait bravé les interdits et s'en était sorti indemne. Il se tourna vers Anne-Risten qui lui souriait. Ses deux tresses serpentaient sur son dos. Comme celles de son *enná* quand elle se préparait à aller au lit. De nouveau, il sentit une douleur inquiétante au creux de la gorge, il déglutit, regarda les autres élèves, essaya de penser à autre chose. La tête d'Aslak pendait vers l'avant, touchant presque son pupitre, mais il vivait. Nilsa l'avait porté jusqu'à l'école et Aslak avait titubé jusqu'à sa place.

L'un des garçons, originaire de Láttevárri, pivota vers Jon-Ante, singeant silencieusement ses larmes en frottant ses poings serrés contre ses yeux. Son ami, assis à côté, rit aux éclats.

Le maître se contenta de lever une main en signe d'avertissement en faisant claquer sa langue contre son palais.

Jon-Ante fixait ses poings sur ses genoux. Ses oreilles brûlaient. C'était la dernière fois qu'il pleurait, la prochaine fois il ne s'en tirerait pas à si bon compte.

Anne-Risten se griffait le bras. Elle cessa, remarquant le regard de Jon-Ante, mais bientôt ses ongles lacéraient de nouveau sa peau. Elle se mordillait la lèvre supérieure, devenue écarlate.

Le maître se retourna, indiqua le tableau et demanda aux élèves de lire les mots après lui. Jon-Ante avait beau être tout ouïe, sa bouche refusait d'obtempérer. Anne-Risten, elle, continuait de se mordre la lèvre.

Jon-Ante appuya la tête contre le dossier, observa les gravures affichées au mur, représentant des fleurs et des arbres qu'il n'avait jamais vus dans la réalité. Au fond de la salle s'élevaient des bibliothèques munies de portes en verre renfermant tant de livres. Le ménage venait d'être fait, les émanations de chlore lui piquaient les narines. Il les reconnaissait des toilettes de l'internat. Ici, toutes les odeurs étaient différentes, même ses vêtements ne sentaient plus comme à la maison. Il avait une nouvelle odeur qui n'était pas la sienne.

Le maître appela au tableau le garçon de Láttevárri, lequel dut annoncer la date : le jour de la semaine, le mois et l'année. Il indiqua des mots et des chiffres sur le calendrier suspendu au mur, sûr de lui. À force de répétition, il savait déjà contourner les embûches de la langue suédoise.

— Mille neuf cent cinquante-quatre.

Comment Jon-Ante pourrait-il un jour dire la même chose devant toute la classe ? À partir de maintenant, *gaskavahkku* devenait mercredi. *Borgemánnu*, août. Et cette expression interminable pour l'année… Non, c'était impossible à prononcer.

Dehors, les bouleaux balançaient leurs branches au vent, fouettaient l'air comme des bras pourvus de serres. La pluie n'était pas loin. Il songea que sa mère devait être au lit avec la migraine. Elle sentait l'arrivée des précipitations, mais surtout de la foudre, bien avant les autres.

Oskar, son meilleur ami, était comme elle. Il pouvait se figer en plein jeu, soudain livide, dire qu'il devait rentrer. Il s'éloignait alors à pas lents, la tête basse, traversait le champ qui longeait la rivière.

Oskar allait à l'école municipale de Badje Sohppar. Il pouvait retourner chez lui à la fin de la journée. Jamais il ne serait obligé de monter dans un autocar pour Láttevárri afin d'aller vivre dans un internat.

— Pourquoi ? avait gémi Jon-Ante quelques jours avant le départ. Je veux aller à l'école ici, moi aussi. Pourquoi lui et pas moi ?

Son *enná* avait ajouté des bûches dans le poêle, ignoré ses lamentations et quand il s'était mis à crier, son *isá* était arrivé, l'avait fusillé du regard.

— De quoi tu te plains ? Tu suivras les cours dans le même établissement que tes cousins.

Mais les enfants de son oncle paternel ne fréquentaient plus l'école pour nomades, ils étaient grands, de retour chez eux, ils s'occupaient maintenant des rennes. Et il savait que l'autocar partirait du village le lundi matin pour ne revenir qu'à Noël. Il avait vu ses cousins disparaître au fil des années. Lui qui ne passait pas une nuit sans ses petits frères serrés contre lui devrait à présent dormir seul. Sans compter que ses cousins lui avaient fait peur en lui montrant leurs hématomes.

— Pourquoi je ne peux pas rentrer dormir à la maison ?

Ils possédaient enfin un chez-eux, avaient pu acheter une maison. Quelqu'un avait eu l'idée d'appeler leur partie de la rue « l'allée des Samis ». Jusque-là, l'accès à la propriété immobilière était interdit pour les Samis, mais désormais les constructions s'alignaient. Toutes bâties sur le même plan : deux chambres, une cuisine bien dimensionnée, une salle de bains équipée d'une profonde baignoire et d'une fenêtre par laquelle pénétrait la lumière automnale. C'est là qu'il se sentait en sécurité, c'est là qu'il devait être.

— Pourquoi ? avait-il insisté.

— Ils l'ont décidé, alors c'est comme ça. Tu iras à Láttevárri, un point c'est tout, avait répondu sa mère en lui tournant le dos.

Ils l'ont décidé. Ce n'était pas la première fois qu'il entendait ça, mais son *enná* ne précisait jamais de qui il s'agissait. Même quand il posait la question.

— Ça va bien se passer, dit-elle, en le regardant enfin.

Il aurait voulu se blottir dans ses bras.

— Tes cousins, c'est à peine si on les reconnaissait quand ils sont rentrés après le premier semestre, déclara son *isá* en riant.

Mais ce rire était dénué de toute joie. Jon-Ante n'avait que sept ans, mais il ne s'en laissait pas conter.

— Et si jamais vous ne me reconnaissiez pas non plus ?

Son *enná* eut également un rire rauque.

— Tu seras toujours mon grand *reaŋga*. Mon grand garçon. Je te reconnaîtrai toujours.

Oskar avait fait la moue quand Jon-Ante lui avait annoncé qu'il irait à Láttevárri. Il s'était renfrogné, fâché contre son ami. Comme si c'était sa faute ! Il avait ponctué ses reproches d'un gros mot en suédois. Oskar parlait trois langues, le finnois était sa langue de cœur, mais avec Jon-Ante il passait toujours au sami, qu'il avait appris par sa mère. Il maîtrisait plutôt bien le suédois aussi, même s'il n'aimait pas trop l'utiliser – sauf pour jurer.

Ils avaient fini par déduire que c'étaient les enfants des familles d'éleveurs de rennes qui partiraient en autocar le lundi. Les autres pouvaient rester. Dormir auprès de leurs frères et sœurs. Sentir le parfum de leur *enná*.

Malgré cela, Oskar était en colère contre lui. C'était trop injuste !

Assis devant son pupitre, Jon-Ante se racla la gorge, murmura « Oskar » dans sa barbe pour voir s'il avait réellement retrouvé sa voix. Le maître l'avait effrayé, avait chassé le mutisme. Mais quel était l'intérêt ? Il était incapable de parler la langue qu'il fallait.

Jon-Ante

1985

Debout dans la cour, à côté de sa voiture, il avait placé la main en visière pour se protéger du soleil qui léchait les sommets des montagnes à l'horizon. Les habitants de Kiruna oubliaient trop souvent la majesté des paysages découpés qui les entouraient, mais Jon-Ante n'était pas comme eux. Il aimait tourner son regard vers les hauteurs et ce n'était pas un hasard s'il s'était installé en périphérie de la ville, non loin de la nationale communément appelée « la route de la Norvège ». Les rois de Suède et de Norvège l'avaient inaugurée à l'automne, et Jon-Ante avait été l'un des premiers à rouler de Kiruna jusqu'à Narvik. La construction de ce tronçon d'une grande beauté était un coup dur pour les campings, les magasins et les stations-service situés à l'est de la municipalité de Kiruna – terres dont il était originaire – car les touristes empruntaient désormais volontiers la nouvelle voie plutôt que de rejoindre la Norvège par Karesuando. Oskar insultait tous les saints du paradis lorsqu'on mettait le sujet sur le tapis. Quelques années auparavant, son père avait investi massivement dans l'agrandissement de leur camping. Ça n'augurait rien de bon.

Jon-Ante ferma les yeux un moment. Il aimait le silence de la nuit, surtout lorsque le soleil était de la partie. L'espace d'un instant, le monde entier lui appartenait. Il portait cette sensation avec lui depuis l'enfance. Lorsque le temps n'avait pas encore d'importance, qu'il se tenait aux côtés de son *isá*, au milieu des rennes. Dans la lumière de l'été, le temps semblait infini et son corps refusait la fatigue.

C'est cet état de veille qu'il éprouvait à présent, tandis qu'il caressait d'une main prudente les courbes de la décapotable noire. Les rayons du soleil reflétés dans les chromes l'éblouissaient. Il baissa les yeux. Sa Lincoln Premiere de 1956 était restée au garage pendant près de deux ans. Il avait travaillé dessus sans se presser, conscient que l'essentiel se jouait dans l'exécution de chacun des détails qui menaient le véhicule au plus près de la perfection. Prendre son temps, cela avait un sens. Autrement, une fois la voiture achevée, il aurait pu se sentir frustré, déçu que ce soit terminé.

Comment ne pas penser à toutes les pièces qu'il avait changées. Et la peinture de la carrosserie, qu'il avait surveillée sur place, les pneus commandés spécialement, l'intérieur identique à l'original. Dénicher tous les éléments n'avait pas été de tout repos. Il avait épluché tous les magazines automobile, avait même publié ses propres annonces.

Il pouvait enfin s'afficher avec sa Lincoln ; il allait descendre à la compétition de dragster à Piteå en juillet. L'an dernier, une longue caravane de voitures avait fait le trajet depuis Kiruna. Il avait accompagné Classe dans sa Cadillac Fleetwood 1967 vert bruyère. À Piteå, ils avaient rencontré une bande de gars du comté de Värmland, des fêtards invétérés, qui avaient fait la route dans un vieux tacot déglingué. Ils avaient un accent régional à couper au couteau, c'était drôle de les écouter, se disait Jon-Ante. Sa façon de parler à lui avait aussi dévoilé ses racines, et ils avaient rapidement décidé de l'appeler « le Lapon ». Ils lui offraient des bières, et dans leurs bouches le surnom n'avait rien de méchant. Malgré tout, ça piquait.

Les types du Värmland avaient promis de revenir cet été ; ils s'attendraient à le voir débarquer dans une caisse du tonnerre. Au bout de quelques bières, Jon-Ante n'avait pas pu se retenir d'évoquer sa Lincoln, sa silhouette, son vrombissement et la performance de son moteur, ses pots d'échappement et toutes les pièces d'origine. Ils avaient écouté attentivement, posé des questions précises. Il avait réponse à tout.

Avant de partir pour Piteå, Jon-Ante avait peigné sa tignasse brune en arrière, en banane, à l'aide de gomina. Son grand front surmontait ses sourcils noirs, bien dessinés. À Kiruna, ses cheveux longs lui tombaient sur les épaules, mais à l'occasion de la compétition de dragster, de la Saint-Jean à Tärendöholmen ou de la journée de l'enfance, il soignait particulièrement sa coiffure.

Classe était le seul à avoir pu admirer son Américaine. Classe et quelques potes de la bande avaient loué un local dans lequel bichonner ou retaper leur voiture. Il y avait de la place, mais Jon-Ante avait décliné la proposition. Il se plaisait dans son garage à Lokstallarna, au bord de la route de la Norvège. Cela faisait plusieurs années qu'il louait sa maison et il comptait bien pouvoir l'acheter un jour. Ce qui aurait dû déjà être fait, mais il savait que les propriétaires, Betty et Evert, avaient été assaillis par les doutes lorsqu'il avait mis sa Lincoln au garage. Depuis, ils repoussaient la vente.

Jamais il ne se présenterait comme un raggare, c'était un terme utilisé par les citadins. Sans compter que ces adeptes de grosses voitures des années cinquante et de rock avaient mauvaise réputation – on les accusait de picoler et de chercher la bagarre. Betty avait souvent vu Jon-Ante rentrer au petit matin dans la bagnole pétaradante de Classe. Mais ce n'est que quand il était arrivé au volant de sa propre voiture que ses propriétaires s'étaient méfiés. Jon-Ante avait déjà eu une belle Américaine qu'il avait vendue avant de déménager à Lokstallarna, une Buick Electra décapotable d'un rouge éclatant de 1970. Pas comme sa première, un vieux tas de ferraille, un Impala Coupé Sport Chevrolet de 1959, mais à l'époque il était bien plus jeune, il menait une vie de patachon et n'était pas toujours tendre avec son véhicule. Les années passant, il avait commencé à se sentir trop âgé pour les soirées, mais son rêve de retaper une auto ne l'avait pas quitté. C'était enfin chose faite.

Un jour, Betty était descendue de leur nouvelle maison, située de l'autre côté de la route de la Norvège.

— Est-ce que tu bois ?

— Quelle idée !

C'était une étrange question à poser à un homme adulte, très indiscrète même, mais il préféra rester humble pour ne pas risquer de perdre sa maison.

Jon-Ante avait fêté ses trente-huit ans au début du mois de mai. Il n'avait pas organisé de grande fête, ce qui n'avait pas empêché tout le monde de débarquer, comme on faisait pour les anniversaires, que ce soit ou non un chiffre rond. Les voitures étaient arrivées les unes après les autres, s'étaient garées dans la cour et le long de la route – il avait une grande famille. Ils lui avaient tendu des cadeaux et sa mère avait disposé des smörgåstårta, ces gâteaux salés composés de pain et de garniture, dans la cuisine. Elle arborait son kolt pour l'occasion, sans s'attendre pourtant à ce qu'il fasse de même. Ses frères avaient l'air de venir tout droit de la forêt avec leurs chemises en flanelle et leurs pantalons de travail. Contrariés d'avoir dû se rendre en ville, eux qui avaient tant à faire. Mais tout le monde savait qu'ils parcouraient cent vingt-cinq kilomètres en moins d'une heure, alors de quoi se plaignaient-ils ? Ses neveux et nièces avaient rappliqué en courant, les yeux écarquillés, lui avaient demandé ce que c'était que cette voiture dans le garage. Ils avaient épié par la fenêtre – Jon-Ante avait oublié de tirer les rideaux à fleurs jaunes que Betty avait accrochés et qui étaient restés.

— T'es un raggare, tonton ? s'était écrié le plus jeune, au comble de l'excitation.

Jamais il n'avait imaginé ça de son oncle paternel, son *eahki*.

Sa mère avait levé les yeux, cessé de couper le gâteau et lui avait posé la même question que Betty :

— Est-ce que tu bois, Jon-Ante ?

Sa voix était teintée de déception. Elle avait compris qu'il avait acheté une nouvelle voiture. Il était sûr qu'elle n'avait rien contre l'automobile en soi, mais contre ce qu'elle représentait. Elle avait l'impression que ça l'éloignait de son fils. Elle s'était fermée, comme tant de fois auparavant, et il fut agacé par sa question. Elle savait bien qu'il touchait à peine à l'alcool.

Pourtant, le week-end suivant, il avait pris une cuite. Classe avait insisté et l'avait traîné à une soirée improvisée dans un garage. Les gars avaient chanté en apprenant qu'il venait de fêter son anniversaire. Ils avaient hurlé un quadruple hourra. Et Classe l'avait appelé « le Lapon ». Ça lui avait échappé.

C'est là qu'il s'était fait la malle, il avait décidé de rentrer à pied malgré les violentes rafales. Il s'en foutait. La fête était finie pour lui. Classe avait crié après lui :

— Hé Jonne ! On va continuer ailleurs ! Allez quoi, viens avec nous.

Le lendemain, c'était oublié. Classe ne lui avait pas demandé pardon, encore heureux. Jon-Ante ne voulait pas s'expliquer, ne voulait pas parler du racisme qu'il subissait au boulot. Certains des gars de la bande travaillaient aussi à la mine ; il les avait entendus suffisamment de fois pour savoir ce qu'ils pensaient des gens comme lui.

Il s'installa au volant, ferma délicatement la portière. Un moustique bourdonnait dans son oreille. Ils étaient agressifs, comme avant une averse. Ce n'était pas encore la Saint-Jean, et ils étaient déjà là. Dans la forêt de bouleaux, c'était parfois intenable. Il broya l'insecte entre ses paumes. Certaines personnes ne comprenaient pas qu'il ne fallait pas écraser de moustiques contre les sièges. Comment accepterait-il que ce genre de personnes montent dans sa voiture ? Comment accepterait-il de faire monter qui que ce soit ? Ça ne devait pas finir comme avec la Rouquine, la Ford rouillée que Classe avait achetée avec d'autres. C'était une caisse pour faire la fête, toujours pleine à craquer, avec des gens assis sur le dossier de la banquette arrière, le cul à moitié dans le coffre. Du barouf, des types saouls. Du snus incrusté dans les tapis, des empreintes digitales sur la peinture et de la bière renversée. Classe avait deux voitures. Ils avaient acheté la Rouquine à un poivrot de Gällivare qui s'en était débarrassé pour un prix bien trop modique. Redevenu sobre, le vieux avait regretté la vente dès le lendemain. Il avait appelé Classe, lui avait demandé de l'annuler. En vain.

Jon-Ante tourna la clé. Le vrombissement du moteur lui caressa la nuque, il en avait la chair de poule. Ses mains reposaient sur le volant, mais son auriculaire droit pointait vers le ciel. Il laissa tomber sa main sur son genou, essaya comme mille fois déjà de placer son doigt parallèlement aux autres, sans y parvenir.

Oui, il avait un petit doigt tordu qu'il n'aimait ni regarder ni montrer, mais les doigts ont une fâcheuse tendance à se voir. Autant le couper, songeait-il, enfant. Mais les gens ont également tendance à remarquer les doigts manquants.

Il avait eu une peur bleue de ne plus pouvoir tenir le lasso. Il avait dû attendre plusieurs mois avant de pouvoir tenter sa chance, avait presque eu le temps de se convaincre qu'il valait mieux abandonner tout espoir de s'occuper des rennes.

Quand il avait fini par rentrer, après le premier semestre d'école, il avait pris le lasso, s'était rendu derrière la maison où il avait disposé des bois de renne. Il avait lancé le lasso. Et réussi. Mais les cervidés ne restent pas immobiles, ils tirent, baissent la tête, se cabrent à droite, à gauche. On ne peut pas se permettre d'avoir un doigt qui se dérobe.

L'hiver, cachée dans un gant, sa main n'attirerait pas l'attention, mais il comprenait que ce serait pire l'été. Son auriculaire n'était pas normal, non seulement il était crochu, mais en plus il pointait vers les étoiles – pourtant, quand on est avec les rennes, a-t-on vraiment le temps de regarder ces particularités ? Il ne voulait pas ressembler à une vieille pimbêche portant une tasse de thé à ses lèvres. Jon-Ante voulait ressembler à son *isá*, un homme fort capable de capturer un jeune renne, toutes les phalanges fermement serrées sur le lasso. Mais le destin en avait décidé autrement.

« Heureusement que ce n'est pas le pouce », avait dit son *enná* quand il était rentré, ce Noël-là. Ils ne s'étaient pas vus depuis des mois. Les larmes qu'elle avait essayé de chasser en clignant des yeux ne lui avaient pas échappé.

Personne n'avait examiné son doigt, et, du haut de ses sept ans, il avait bien compris qu'il était trop tard pour le redresser et le remettre en place. Il avait l'impression de sentir le cartilage pousser pour reconstituer ce qu'aucun médecin n'avait eu la possibilité de soigner.

Bien entendu, sa mère avait raison : si son pouce avait été blessé, il n'aurait jamais pu retaper la voiture dans laquelle il se tenait maintenant et il n'aurait jamais pu travailler à la mine comme réparateur. Il aurait perdu beaucoup si son pouce avait été touché. Mais si aucun doigt ne l'avait été ?

Il se frappa la nuque ; dans sa paume, une bouillie de moustique ensanglantée. Il tendit le bras vers le vide-poche, en sortit une lingette.

Il n'était pas seulement inquiet pour le lasso. Il avait compris également qu'il ne deviendrait jamais joueur de handball. Il l'avait compris quand son auriculaire avait craqué. Bon, c'était de toute façon un rêve sans espoir, étant donné qui il était et où il vivait. La plupart des garçons du village voulaient être footballeurs, mais il n'était pas aussi doué de ses pieds, il préférait rester spectateur. Encore aujourd'hui, quand il rentrait dans son village natal, il se postait, le dos appuyé au local du club de Vuolle Sohppar et regardait s'affronter les équipes de Hakkas, Leipojärvi et Skaulo. Les gars d'Övre Soppero et de Nedre Soppero étaient vraiment talentueux, souvent de plus petite taille que leurs adversaires, mais ils résistaient aux tacles, contre-attaquaient d'autant plus fort. Leur travail avec les rennes leur avait procuré une condition physique enviable. En particulier son frère Mikkel, un virtuose.

Jon-Ante coupa le moteur. Il était impatient de traverser le village, de longer lentement les maisons, de s'arrêter devant la supérette et de continuer jusque chez lui. *Goahtu*.

En ville, il n'y avait pas ces lieux chers à son cœur. Il n'y avait pas les traces de pas de ceux qui avaient foulé le sol avant lui. Au village, il y avait tout. Pourtant, il était parti.

Marge

1954

— Qui a fait ça ?

Les postillons jaillissaient de la bouche de la directrice. Elle dévisageait l'attroupement d'enfants adossés au mur de la salle commune.

— J'ai entendu quelqu'un entonner un *joik*. (Elle agita l'index.) Seuls les pécheurs font cela. Vous vous comportez comme des ivrognes !

Marge tenait à peine sur ses jambes. Ses paumes moites cherchaient un appui contre le mur frais. Ses lunettes avaient glissé le long de son nez, sa frange lui arrivait aux cils.

Sa mère avait coupé ses longs cheveux blond foncé quelques jours avant son retour à l'école pour nomades après les vacances d'été, lui avait dit qu'une coiffure plus courte serait plus facile à entretenir. Mais elle ne savait pas que la frange repousserait si vite. Son *enná* l'avait pourtant tranchée bien droite, assez haut sur le front. Lorsque sa mère avait sorti les ciseaux, Marge avait ressenti un pincement au cœur – elle qui était si fière de sa chevelure qui lui tombait jusqu'au bas du dos ! Mais en se regardant dans le miroir et en découvrant son carré aux épaules, elle avait écarquillé les yeux. Elle avait l'air d'une grande, alors qu'elle n'avait que huit ans. Le problème, c'étaient les lunettes, qu'elle détestait. Elle baissait la tête à cause d'elles. Elle était la seule à en porter. Du reste, elle n'en avait pas quand elle avait fait sa rentrée à l'école pour nomades, voilà un peu plus d'un an. Non, elle était partie avec ses beaux cheveux longs, son *enná* avait embrassé la tache de naissance rouge sur sa joue, et lui avait murmuré qu'elle avait la forme d'un cœur et que cela signifiait quelque chose. C'est maître Bertil qui avait compris que Marge n'y voyait pas clair. Remarquant qu'elle plissait les yeux, il l'avait placée au premier rang, mais cela ne servait à rien s'il n'écrivait pas assez gros au tableau. Alors Marge avait chaussé des lunettes et fut choquée de découvrir à quel point le monde était net – c'était difficilement supportable. Tout devenait trop proche, en quelque sorte, ce qui lui donnait envie de reculer. Sans compter que les garçons se riaient d'elle, la traitaient de binoclarde. Elle aurait pu s'en moquer, mais quand ils affublaient la directrice du même surnom, elle retirait discrètement ses verres, vexée. Il n'y avait que la directrice, le maître et elle qui portaient des lunettes, et elle ne voulait pour rien au monde leur ressembler.

La directrice tapa rageusement du pied. Marge sursauta.

— Alors ? Qui est-ce ? Si personne ne se dénonce, vous serez tous punis. Tous, vous m'entendez ? Tu veux que tes camarades soient sanctionnés à cause de toi ?

Personne ne bougeait, ils osaient à peine respirer. Marge savait. Tout le monde savait. C'est Nilsa qui avait entonné un *joik* pour plaisanter. Il faisait le pitre, comme d'habitude. Mais moucharder était suicidaire. Se taire l'était tout autant. Si seulement quelqu'un d'autre possédait le courage qui manquait à Marge.

La directrice traversa la pièce d'un pas militaire, arracha des verges du mur près de la porte. Il y avait des verges à chaque étage, et Marge avait entendu dire qu'au début du semestre, certains garçons avaient été envoyés dehors chercher les rameaux avec lesquels ils allaient se faire fouetter. Elle était au bord des larmes. Elle jeta un coup d'œil prudent vers Nilsa, campé sur ses pieds, le visage grave.

Qu'est-ce qui lui avait pris de tourner la tête ? Aucun mouvement n'échappait au regard de la directrice qui s'avançait vers elle, les verges à la main.

— Margit, qui a joiké ?

N'osant lever les yeux, elle les gardait rivés sur la jupe noire de la directrice et sur les chaussures noires usées à petit talon. Sur ses jambes nues couraient de fins serpents bleutés.

— Réponds !

L'éclat de voix la fit haleter.

— Je ne sais pas.

— Oh que si, tu sais. Regarde-moi !

Marge cligna plusieurs fois des paupières. Elle glissa rapidement l'index sous les lunettes, interceptant une larme.

La gifle propulsa sa tête sur le côté, ses lunettes se retrouvèrent de travers, mais ne tombèrent pas. Quelqu'un laissa échapper un gémissement. Était-ce elle ? Ou Anne-Risten qui se trouvait à côté ?

— Cesse de pleurnicher !

La directrice fit volte-face, ses talons claquèrent contre le sol, puis elle pivota sur elle-même.

— Les filles, dans les dortoirs et au lit ! Les garçons restent ici.

On aurait pu penser qu'elles partiraient en courant, mais les fillettes rasèrent le mur et montèrent les escaliers à pas feutrés. Marge avait la nausée, son tympan sifflait. La grande main de la directrice s'était abattue sur sa joue et son oreille. Marge ôta ses lunettes ; tout devint flou, les contours cotonneux, ce qui l'apaisa.

Dans les chambres, elles se déshabillèrent à la hâte, chuchotèrent qu'elles ne s'étaient même pas lavé les dents, mais elles se couchèrent malgré tout. Il y avait six filles dans chaque dortoir, et jamais elles n'avaient entendu un tel silence avant de s'endormir. Marge fixait le plafond. Elles entendirent un cri perçant venu du rez-de-chaussée. Marge se boucha les oreilles, se roula en boule sur le côté. Cruelle sorcière ! Cruelle, cruelle sorcière !

— Tu as mal ? demanda Anne-Risten depuis le lit voisin.

— Oui. J'ai l'oreille qui siffle.

Marge plaça une main en corolle sur son oreille gauche, mais ça ne changeait rien.

— Tu aurais dû dénoncer Nilsa. (Anne-Risten marqua une pause.) Moi aussi j'ai mal aux oreilles. Elle a crié si fort. Tu crois que c'est dangereux ? On peut devenir sourd si quelqu'un nous hurle dans les oreilles.

Des pas résonnèrent dans l'escalier. On entendit un « chut ! ».

La directrice n'alluma pas. Elle se campa sur le seuil, éclairée de dos par la lampe du couloir, puis arpenta la pièce, marchant entre les lits. Marge essaya de remonter discrètement sa couverture jusqu'au nez, pour passer inaperçue.

— Sachez que ceux qui joikent sont en contact avec le diable, tonna la directrice. Ce genre de bruit ne peut venir que de Satan.

Marge songea à son *isá* et ses *joik*. Quand il regagnait les lieux chers à son cœur, là où les faons étaient marqués chaque année. Il se postait sur le point culminant et joikait ses terres, les terres de la famille proche et éloignée, depuis des générations. Un poing serré devant lui formant un mouvement, un rythme. Il fermait les yeux et ils écoutaient l'écho qui gravissait les montagnes. Dès l'âge de deux ans, Marge restait à côté de son *isá* dans ces moments, pour accompagner de sa petite voix les sons qui s'échappaient de la poitrine paternelle. C'est en tout cas ce qu'on lui avait raconté.

— Ce sont les pécheurs qui joikent. Ceux qui ont vendu leur âme au diable, harangua la directrice. Un jour, le Malin se retournera contre vous, alors vous verrez ce qui vous arrivera !

Marge frotta ses pieds gelés l'un contre l'autre en s'agrippant au drap rêche.

— Le diable vous tient déjà entre ses griffes, il suffit d'écouter le *joik*.

Marge jeta un coup d'œil à Anne-Risten qui fermait les paupières si fort que son nez se fronçait.

— Je vous préviens. La prochaine fois, vous ne vous en tirerez pas à si bon compte. Je veux le nom de celui qui joike. Compris ?

Comme d'habitude, on ne savait pas si elle attendait une réponse, mais un tout petit « oui » s'éleva.

— Tous les récits qu'on vous raconte, au sujet des *háldit* et d'autres créatures maléfiques, ne sont qu'une preuve que vos parents ont pactisé avec le diable. Vous le savez, non ? Seuls les Lapons voient des esprits.

Elle avait terminé. Elle sortit du dortoir et continua vers le suivant.

Marge avait déjà entendu un *háldi* l'appeler. Elle était couchée entre son frère et sa sœur dans la *goahti* l'été dernier, en altitude. Elle avait d'abord cru au sifflement du vent, mais bientôt elle l'avait perçu très distinctement. « Maaaargeeee. Maaargeee. *Boađe !* Viens ! »

La voix plaintive avait franchi la toile de tente, lui enjoignant de venir. On aurait dit son *enná*. Marge s'était redressée, avait songé qu'elle devait partir à sa recherche. Quand elle s'était levée, elle avait vu, à sa grande surprise, que son *enná* dormait toujours à sa place. Marge s'était glissée jusqu'à elle, l'avait secouée jusqu'à ce qu'elle ouvre les yeux.

— Quelqu'un m'a appelée. C'était la même voix que toi.

Sa mère avait serré Marge contre elle et lui avait parlé, les lèvres tout contre ses tempes.

— Tu sais que c'est le *háldi* qui veut t'attirer dans ses filets. Dans ces cas-là, tu ne dois jamais sortir.

— Je ne l'entends plus.

— C'est parce que tu m'as réveillée. Tu as bien fait.

Marge avait entendu l'appel de ses propres oreilles. Madame la directrice avait tort, ce n'était pas une invention. Le lendemain, elle avait tout raconté à sa cousine Gáren, et elles s'étaient tenues par la main de toutes leurs forces, les bras hérissés de chair de poule. Elles avaient fini par éclater de rire.

À présent, dans sa tête, c'était le vide. Était-elle si crédule ? Le diable l'avait-il déjà prise dans ses filets ? Et son père aussi ?

Dans le dortoir, on entendait des froissements de draps, des murmures étouffés. Anne-Risten marmonnait dans le noir, de longs discours. Elle parlait tout le temps. Trop, pouvaient maugréer les adultes, mais Marge aimait l'écouter, et elle faisait rire les filles. Marge n'avait jamais fait rire personne. Elle était trop lente, n'avait jamais le temps de s'exprimer, les autres la devançaient toujours. Cela ne la dérangeait pas – on n'est pas tous bavards et c'est très bien comme ça, faisait remarquer sa mère quand quelqu'un soulignait à quel point Marge était taciturne.

Après la première année à l'école pour nomades, la tache rouge sur sa joue avait commencé à pâlir ; bientôt, elle disparaîtrait totalement, lui avait expliqué son *enná*. Marge regretterait son petit cœur et se demandait si sa mère continuerait à l'embrasser à cet endroit. D'autant plus qu'elle devait désormais aussi soulever les encombrantes lunettes pour poser ses lèvres sur sa peau.

Marge se tourna vers Anne-Risten qui avait fermé les yeux et s'était tue. Elle voulait se glisser dans le lit de son amie à la recherche de consolation, mais elle était comme paralysée. Enfoncée dans son lit, un poids posé sur sa poitrine.

Anne-Risten

1985

C'était une bonne année pour les mûres arctiques, tout le monde le disait – on ne parlait que de ça dans les villages. Les Norvégiens faisaient la navette via la Finlande, arrivaient en Suède par le pont à Karesuando pour cueillir les baies ou chercher des pancartes tracées à la main le long de la route annonçant la vente de baies à un bon prix. Anne-Risten savait que le camping de Vuolle Sohppar en achetait pour les revendre – peut-être pourrait-elle passer par là au retour et leur en céder quelques kilos. Son père l'avait déposée dans les bois, lui demandant si elle était certaine de vouloir rester seule. Bien sûr qu'elle allait faire en sorte que ses parents aussi aient des mûres arctiques cet été. Sa mère avait mal aux genoux, sans parler de sa nuque, et quand elle avait appelé Anne-Risten pour lui dire que la forêt scintillait d'or, sans demander ouvertement de l'aide pour la cueillette, elle s'était sentie obligée de grimper dans le car et de rentrer au village.

Le soleil lui tapait dans le dos, elle allait avoir chaud. Elle marchait à grandes enjambées à travers la végétation, chaussée des bottes de son *enná* qui lui arrivaient presque aux genoux, sifflant pour éloigner les ours. Arrivée à une fourche, elle hésita, maugréa, fâchée. Elle déboucha finalement sur la tourbière. À première vue, il ne semblait pas y avoir tant de baies, mais lorsqu'elle s'accroupit pour cueillir la première, elle vit le reste. Une mer orange. Une baie par tige, la plupart charnues, bien mûres. Elle laissait celles qui étaient encore rouges. Les Norvégiens, eux, ramassaient tout, faisant enrager les habitants du coin. Il fallait être patient, revenir un autre jour.

Anne-Risten procédait avec méthode, avançant en zigzag, remplissant rapidement son seau. Il commençait déjà à être lourd. Par chance, elle en avait apporté deux, et le second encore plus grand. Elle se débarrassa de son blouson. Son dos humide de sueur attira les moustiques qui formèrent un essaim autour d'elle. Elle vaporisa son pull de répulsif. Ils n'allaient tout de même pas piquer à travers le tissu ! Ils fondirent alors sur ses mains. Elle se remit à la cueillette en pestant, soufflant sur ses doigts sitôt qu'ils s'y posaient.

Elle se redressa. Ça tirait dans les lombaires et elle avait des fourmis dans les jambes. Elle gagna le grand pin au pied duquel elle avait laissé son sac à dos, et déplia le tabouret. Le thermos de café était plein et le *gáhkku* confectionné par sa mère dégoulinait de beurre fondu qui lui coulait entre les doigts. Elle souleva la moustiquaire de son chapeau, se servit une tasse de café, garnit le pain plat d'une poignée de mûres arctiques, forma un petit rouleau dans lequel elle planta les dents.

Elle pensait à Gun-Britt, sa voisine, qui s'était toujours vantée de connaître un coin secret à mûres arctiques, non loin de son village natal. Anne-Risten n'avait pas mentionné ses propres coins à baies, cela l'aurait obligée à parler plus largement de sa vie, ce qu'elle n'était pas prête à faire. Gun-Britt, elle, fanfaronnait, et leur proposait souvent des mûres arctiques quand elle l'invitait. En confiture ou fraîches, sur une génoise.

Anne-Risten sortit son paquet de Gula Blend, en alluma une, espérant se débarrasser un instant des moustiques. Comme elles avaient fumé, cet automne-là, chez Gun-Britt ! À quand cela remontait-il ? Onze ans ? Oui, c'était en 1974. Impossible d'oublier cette période, mais parfois elle feignait de ne pas avoir toute sa mémoire. C'était pareil chaque année à cette saison. Les souvenirs revenaient.

Elle avait rencontré Gun-Britt dans la cour du numéro 8 de la rue Bromsgatan, un jour où Niklas et Cecilia avaient voulu jouer avec les enfants d'un autre immeuble de la rue.

Gun-Britt lui avait dit qu'un groupe de femmes au foyer se réunissait chez elle le matin, et lui avait proposé de se joindre à elles. La première fois, Anne-Risten s'était sentie nerveuse, mais c'était rapidement devenu une habitude à laquelle elle tenait, pour différentes raisons.

C'est à ce moment-là qu'elle était tombée enceinte de son troisième enfant. Quand Roger était au travail, elle fumait, les yeux rivés sur la mine, sur le balcon, ce qui n'empêchait pas l'odeur de fumée de s'incruster. Quand il lui posait des questions, elle accusait les autres femmes. Il voulait qu'elle arrête le tabac pour le bien de l'enfant, et elle le lui avait promis, agacée. Mais ce n'était pas facile. Elle fumait depuis ses dix-sept ans – depuis plus de dix ans. D'ailleurs, tout s'était bien passé pour les deux premiers malgré cela, pourquoi en serait-il autrement pour le troisième ?

Niklas avait six ans à l'époque et elle l'accompagnait tous les jours au jardin d'enfants situé rue Gruvfogdegatan. Il s'y plaisait, disait la maîtresse, même s'il ne tenait pas en place. Cecilia avait presque cinq ans, Anne-Risten avait espéré que ce soit la dernière, mais Roger était incapable de modérer ses ardeurs, alors même qu'elle lui disait qu'il ne fallait pas. Elle sentait dans tout son corps qu'elle était réceptive. Qu'importe. Il la retournait dans le lit, approchait son visage du sien, lui soufflait dans le cou en la suppliant d'une voix gémissante, et elle finissait par céder.

Le lendemain, elle pleurait, les yeux cernés, enfoncée dans le fauteuil vert bouloché de la grande salle de séjour en grillant cigarette après cigarette.

À cette époque, Roger conduisait le train qui transportait le minerai vers Narvik et Luleå. Il faisait les trois-huit, et parfois les journées paraissaient interminables sans lui. Le pire, c'était d'être tirée du sommeil au petit matin par son réveil et savoir qu'elle ne réussirait pas à se rendormir, que le temps lui paraîtrait plus long encore.

« Heureusement que tu as la compagnie des enfants », disait-il souvent en se penchant pour l'embrasser sur le front avant de s'acheminer vers la salle de bains d'un pas lourd. Jamais il ne lui venait à l'idée de marcher silencieusement pour ne pas déranger les voisins.

Anne-Risten tira sur sa cigarette, chassa les moustiques. Elle ne voulait pas se rappeler cette période, mais les souvenirs revenaient la hanter. Le soulagement qu'elle ressentait chaque fois qu'elle déposait Niklas au jardin d'enfants. Quelqu'un d'autre allait le surveiller, répondre à ses besoins, ne pas le regarder avec angoisse. Ne pas avoir peur qu'il trébuche, qu'il s'ouvre le crâne, ne pas prendre sa température dès qu'il avait l'air d'avoir chaud. Et il pourrait jouer dans la cour avec les autres enfants.

L'avenue Hjalmar Lundbohmsvägen passait juste devant la cour de récréation. La clôture marron était basse, mais les maîtresses ne lâchaient pas les enfants du regard. La première semaine, Anne-Risten avait rôdé de l'autre côté de la chaussée, devant le bâtiment prétentieux d'Odd Fellow, pour s'assurer qu'aucun enfant n'escalade la barrière – surtout pas Niklas.

Anne-Risten n'osait même pas le laisser sortir seul dans la cour du 6 de la rue Bromsgatan. Si, une fois elle l'y avait autorisé parce que Gun-Britt lui avait dit qu'on ne peut pas surveiller ses enfants éternellement, surtout pas les fils, autrement ils ne quittent jamais la maison et deviennent de vieux garçons bizarres. Anne-Risten était restée plantée à la fenêtre à observer Niklas tout l'après-midi. Roger était rentré et s'était agacé parce que le dîner n'était pas prêt. Quand il commençait tôt, l'heure du repas devait s'adapter à son emploi du temps.

Anne-Risten se resservit du café qu'elle sirota malgré les protestations de son estomac. Les mûres arctiques étaient à la fois acides et sucrées, elle en avala encore quelques-unes. À l'époque, Cecilia en raffolait déjà et Gun-Britt la laissait se servir sur la table de la cuisine alors qu'elles buvaient leur café. Anne-Risten avait eu peur qu'elle s'étouffe.

Petite, Cecilia avait la santé fragile, des difficultés respiratoires chaque fois qu'elle attrapait froid. Roger la sortait souvent sur le balcon pour que l'air frais ouvre ses jeunes poumons. Anne-Risten, elle, n'osait pas. Et si elle la balançait dans le vide ?

Roger était raisonnable, lui. Il avait arrêté de fumer pour l'inspirer. Mais ils avaient gardé les cendriers parce que certains de leurs frères et sœurs fumaient. Son plus jeune frère faisait même des ronds de fumée pour amuser ses neveux. Ils essayaient de les attraper, comme des bulles de savon.

Anne-Risten plaça les lèvres en forme de O et souffla des ronds vers les moustiques. Elle se figea en entendant une voiture sur la route non asphaltée. Allait-elle avoir de la concurrence pour la cueillette ? Mais non, le véhicule continua sa route.

C'était comme ça, à l'époque. Les femmes au foyer de la rue Bromsgatan se réunissaient toujours chez Gun-Britt, au deuxième étage du 8A. Une fois les enfants déposés à l'école ou au jardin d'enfants et les petits assis par terre à jouer, elles s'installaient autour de la table de la cuisine pour boire le café.

Anne-Risten leur avait caché sa troisième grossesse, redoutant qu'elles la jugent parce qu'elle fumait.

Ce matin-là, elle portait une robe trapèze couleur bleuet pour dissimuler son ventre arrondi – et qui commençait à se voir. Elle était angoissée à l'idée de se rendre chez Gun-Britt, mais l'angoisse de rester seule avec son enfant était plus forte. Cecilia avait rechigné et Anne-Risten l'avait tirée violemment par le bras, l'avait même poussée devant elle en lui disant que c'était le moment de partir. Elle avait élevé la voix, c'était douloureux d'y repenser aujourd'hui. Les yeux tristes, sa fille s'était dirigée vers l'entrée, s'était trompée de pied en enfilant ses chaussures, ses petits orteils grassouillets regardaient par-dessus bord. Mais Anne-Risten ne pouvait pas rester seule avec Cecilia lorsque la panique menaçait à tout moment de l'envahir. La nausée, les vertiges, les mains qui s'engourdissaient.

Ça disparaissait quand elle était chez Gun-Britt, quand elle était assise à fumer avec elle, Gunilla et Eva-Lena. C'était une robe à manches longues, avec un bouton au poignet qui resserrait la manche. Impossible d'y glisser une main pour se griffer la peau.

Peut-être confondait-elle les jours et les conversations, mais cette journée-là avait été particulière. La conversation l'avait ébranlée.

À l'époque, Gun-Britt avait la même cuisine qu'elle, placards vert clair, poignées arrondies, un meuble aux casiers pleins de farine, de sucre et de flocons d'avoine surplombant un évier en inox. La seule différence était l'absence d'espace vide sous la planche à découper rétractable, où ronronnait un lave-vaisselle. Roger refusait d'en acheter un. Pour lui, c'était aussi cher qu'inutile.

Anne-Risten ferma les yeux. À quoi bon résister. Autant laisser venir les souvenirs.

Lorsque Anne-Risten était entrée dans la cuisine de Gun-Britt, les voisines avaient affiché un large sourire. Elle s'était sentie vexée de les voir déjà réunies. Avaient-elles parlé d'elle, se doutaient-elles qu'elle était enceinte ?

— Bonjour, Anne !

Gun-Britt avait sorti une petite tasse à café au bord doré, ornée de roses couleur saumon, qu'elle avait emplie à moitié pour pouvoir y ajouter du lait.

Anne-Risten s'était installée, avait porté la tasse à ses lèvres, mais sa main tremblait et elle avait dû la reposer.

— C'est chaud !

Elle n'avait cependant pas besoin de se justifier, elles ne l'écoutaient pas. Elles parlaient de la famille qui venait de s'installer au numéro 2 de la rue.

— Göran vendait des tickets de tombola. Vous savez, ils collectent de l'argent pour leur voyage scolaire à Luleå. Il nous a raconté que la femme avait ouvert en chemise de nuit. À quatorze heures !

Eva-Lena faisait monter le suspense. Anne-Risten avait contemplé ses amies. On aurait dit une meute de loups, la gueule grande ouverte, prêts à se jeter sur leur proie.

Elle les considérait pourtant comme ses amies. Sûr que ce n'était pas réciproque. Elles avaient sans doute une autre vie en dehors du café matinal. Avec leurs vraies amies.

— Elle était saoule, avait conclu Eva-Lena, déclenchant une inspiration simultanée autour de la table. Et ce n'est pas tout ! Göran a aperçu le mari, dans le séjour. En caleçon !

— Quand on pense qu'ils ont des enfants ! s'était lamentée Gun-Britt en secouant la tête.

— Oui, le fiston est dans la classe d'Åsa, avait abondé Eva-Lena. Un vrai vaurien. Il lui fait peur.

— Pas étonnant, avait renchéri Gun-Britt. Les chiens ne font pas des chats.

Anne-Risten en avait profité pour lever de nouveau sa tasse. Personne ne la regardait. La porcelaine avait cliqueté contre ses dents. Elle avait aspiré une petite gorgée de café.

Elle avait réussi à sortir son paquet de Gula Blend, mais son index et son majeur semblaient incapables de s'accorder. Elle avait posé la cigarette sur la table.

— J'ai vu le garçon courir après d'autres enfants en bas, avait-elle lâché, pour prendre part à la conversation – elle qui était de nature bavarde ne pouvait pas se comporter différemment ce jour-là. L'autre jour, il est arrivé à vélo, on voyait qu'il cherchait quelqu'un. Il a sauté à terre et s'est mis à pourchasser deux plus petits. Ils ont disparu derrière le bâtiment avant que je puisse lui remonter les bretelles.

Jamais elle n'aurait osé réprimander un enfant qui n'était pas le sien, mais les autres femmes opinèrent, affichant un air résolu indiquant qu'elles auraient agi de même. Crié si elles avaient pu.

Il y avait toujours de quoi alimenter les conversations dans la rue Bromsgatan. Ça tombait à pic. Chacune habitant dans un bâtiment différent, elles pouvaient fournir aux autres les ragots tout chauds de leur résidence.

Les immeubles étaient disposés en carré, comme des forts autour des quatre cours intérieures. Sur les balançoires, sur les structures à grimper ou dans les bacs à sable, les enfants ne restaient jamais sans surveillance. Il y avait toujours une maman qui jetait un coup d'œil par la fenêtre ou qui appelait son enfant depuis le balcon.

— S'il s'en prend à mon Göran, je peux vous assurer que Kalle n'aura pas de pitié, avait affirmé Eva-Lena.

Ses cheveux étaient enroulés dans des bigoudis roses et verts. Avant la fin du café, elle aurait détaché les rouleaux et palpé ses courtes boucles. Se serait faite belle pour la journée. Elle portait de l'eye-liner et du rouge à lèvres, arrivait toujours avec un nouveau vêtement acheté à un tarif préférentiel dans le grand magasin qui l'employait. Cet après-midi, elle allait travailler quelques heures. Désormais, tous ses enfants étaient à l'école et ça collait avec les horaires de Kalle à la mine.

Anne-Risten s'était mis du mascara et avait lissé ses longs cheveux brillants, tracé une raie bien droite et bouclé légèrement les pointes. On lui disait parfois qu'elle ressemblait à Anni-Frid Lyngstad et aujourd'hui elle s'était efforcée d'imiter la coiffure qu'arborait la chanteuse lors des dernières sélections pour l'Eurovision. Elle savait qu'elle n'était pas mal du tout comparée aux autres femmes. Roger avait dit qu'elle était la plus belle épouse de toute la rue Bromsgatan, voire de la ville entière.

Gun-Britt était plus naturelle – pas de maquillage, de longs cheveux blond foncé qui lui descendaient jusqu'au milieu le dos. Elle n'envisageait pas de reprendre le travail comme Eva-Lena. S'occuper du foyer et des enfants lui prenait déjà assez de temps. Gunilla était logée à la même enseigne. Elle avait remonté ses lunettes sur son nez et allumé une cigarette.

— Ils sont lapons, à ce qu'il paraît, avait-elle fait remarquer de sa voix traînante.

Eva-Lena avait opiné du chef et répondu, la cigarette se balançant au coin des lèvres.

— Oui, c'est aussi ce que m'a dit Kalle. Apparemment, le mari possédait des rennes, mais il a pris un boulot à la mine. On verra comment ça se passe. S'il boit, je veux dire.

— Ce n'est pas parce que madame lève le coude que lui aussi. Peut-être qu'il avait travaillé de nuit et venait de se réveiller, avait suggéré Gun-Britt.

— Ben voyons ! Tu y crois vraiment ? Quel homme laisserait sa femme saoule ouvrir la porte ? Non, ils doivent picoler tous les deux. Comme tous les Lapons.

Comme tous les Lapons.

Anne-Risten n'avait pas pu lever les yeux. Elle avait fait rouler la cigarette sous sa paume, l'avait aplatie, sans s'en rendre compte. Elle avait alors lentement ramené la main vers elle jusqu'à faire tomber la cigarette sur ses genoux. Merde ! Elle en aurait eu bien besoin.

Elle avait laissé ses cheveux tomber sur ses joues. Elle devait reprendre son souffle avant de pouvoir regarder de nouveau les autres dans les yeux et sourire. Elle s'appelait Nilsson désormais. Elle était comme les autres. Anne Nilsson, l'épouse de Roger Nilsson. C'était elle.

Anne-Risten se leva en entendant des aboiements. Elle tendit l'oreille – y avait-il des voix ? Elle écrasa sa cigarette, rangea le thermos dans son sac et retourna sur la tourbière munie de son seau. S'il s'agissait de gens du cru, ils continueraient leur chemin – on ne s'approprie pas les coins à baies des autres. Si au contraire c'étaient des Norvégiens, ils feraient semblant de rien, ils arriveraient avec leurs gros sabots, croyant qu'il y avait un motif commun de réjouissance. Elle se baissa, pinça une baie entre le pouce et l'index, elle éclata entre ses doigts.

Jon-Ante

1954

Désormais, les garçons se retrouvaient derrière l'internat à chaque récréation. L'établissement était composé de trois bâtiments jaune clair : l'école, le plus proche de l'église, l'internat, derrière lequel s'étendait la forêt, et en face, de l'autre côté de la cour, l'édifice qui renfermait les appartements des trois instituteurs. La directrice habitait dans l'internat, au premier étage, à côté des dortoirs des filles. Au rez-de-chaussée on trouvait la cuisine, le réfectoire, la salle commune pourvue d'une cheminée et les dortoirs des garçons. Au sous-sol il y avait les douches, le sauna et une seconde pièce commune.

C'est derrière l'internat que les garçons pouvaient échapper aux regards de la directrice, même si ce n'était pas complètement sans danger. Ils se couraient après, faisaient le poirier contre le mur, et aujourd'hui ils lançaient des petits cailloux en direction des arbres : c'était à qui viserait le mieux. Surtout, ils parlaient en sami, à voix basse, jetant de temps en temps un coup d'œil vers le bâtiment. S'ils apercevaient un adulte, ils s'éloignaient, descendaient le coteau vers le bois.

Lorsqu'ils parlaient leur langue, le rire revenait. Jon-Ante avait parfois le sentiment d'être intouchable. Le maître et la directrice pouvaient bien croire qu'ils avaient le pouvoir, mais ce n'était pas vrai. Quand les garçons enfreignaient les règles, son cœur bruissait de joie. Jon-Ante se tenait toujours un peu à l'écart des grands qui décidaient tout, riait avec eux, mais ne leur parlait pas beaucoup.

— On va aller dans l'appartement de la sorcière pour mettre des punaises dans son lit, lança Nilsa, en arrachant un morceau d'écorce de bouleau.

— Tout le monde doit participer, ajouta Guttorm.

Jon-Ante s'immobilisa, regarda les autres se couper la parole. L'excitation montait quand ils imaginaient comment mettre à mort la directrice – il faudrait la traîner dans les bois, l'attacher à un arbre, la laisser se faire dévorer par les moustiques. C'était impossible, bien sûr, il fallait trouver d'autres manières de la torturer.

Jon-Ante ne comprenait pas comment ils allaient s'y prendre. Sans compter que la directrice avait plus d'une fois infligé des punitions collectives quand un seul enfant avait fait une bêtise. Tout ça allait mal finir, elle allait en faire de la chair à pâté.

— Qui est avec nous ? demanda Nilsa.

Seul Jon-Ante détourna le regard, espérant que personne ne le remarquerait. Mais celui qui n'aboie pas avec la meute reste visible. On lui donna une petite bourrade.

— Et toi, alors ?

— Quoi ?

— T'es avec nous ?

— Mais… (Toutes les pupilles étaient à présent rivées sur Jon-Ante. Toutes ces pupilles courageuses.) Si on se fait attraper ?

Il vit les grimaces, les garçons qui bombaient le torse, levaient les yeux au ciel. Ils s'imitaient les uns les autres, devenaient identiques.

— Poule mouillée !

— Je suis pas une poule mouillée !

Il avait osé les contredire ! Il le regrettait déjà.

— Si, t'es qu'une grosse poule mouillée. Reste avec les filles, t'es comme elles.

C'était Nilsa. Posté face à Jon-Ante, il le fixait du regard en jouant avec une pierre qu'il envoyait vers le ciel et rattrapait dans sa paume.

— Il n'y a que les poules mouillées et les filles qui n'osent pas.

Jon-Ante secoua la tête tout en la baissant. Il aurait voulu dire que tous les garçons n'étaient même pas là, qu'il y en avait d'autres qui ne comptaient pas entrer dans l'appartement, qu'il n'était pas le seul.

Nilsa le poussa par les épaules, il dut esquisser un rapide pas en arrière pour ne pas perdre l'équilibre. Quelques minutes plus tôt, ils s'amusaient. Jon-Ante avait touché l'arbre le plus éloigné. Ils avaient ri ensemble, lui faisant oublier, l'espace d'un instant, toutes les difficultés.

— Allez, va jouer avec les fifilles !

Nilsa pointa le doigt vers Marge et Anne-Risten qui décrochaient des serviettes des cordes à linge, détachant les pinces sur la pointe des pieds. Elles avaient les joues roses et les longs cheveux bruns d'Anne-Risten étaient ondulés, elle venait de détacher ses tresses.

Jon-Ante n'avait jamais aimé Nilsa. Au village, ils étaient presque voisins ; seules trois maisons séparaient les leurs. Nilsa était grand et cruel, les oreilles décollées, comme un prédateur à l'affût, des espaces entre les dents, une épaisse tignasse. Il possédait un fusil à air comprimé avec lequel il tirait sur des petits oiseaux et des rats. Il avait quatre ans de plus que Jon-Ante, commençait déjà à avoir les épaules larges.

— Mon frère a ton âge et, lui, il n'a pas peur.

Nilsa prit Aslak par les épaules. Le petit baissa les yeux. Ils n'avaient pas l'air d'être frères. Aslak était mince, avait de gentils yeux noirs. Jon-Ante aimait bien son rire. Ils avaient pouffé ensemble devant la salle de classe la veille, et Aslak avait pourchassé Jon-Ante pour s'amuser. À présent, ils évitaient de se regarder.

Quelqu'un poussa de nouveau Jon-Ante, plus fort, cette fois. Il perdit l'équilibre et tomba en arrière, dans l'herbe.

Une fenêtre s'ouvrit au rez-de-chaussée. C'était Lisbet, la cuisinière. Elle avait les bras épais et un nez plat de boxeur.

— Vous savez, les garçons, je vous entends jusqu'ici. Si quelqu'un d'autre vous surprend, vous allez le regretter.

Jon-Ante bondit sur ses pieds et les autres dévalèrent le coteau. Il hésitait à leur emboîter le pas. Les garçons riaient comme si l'avertissement leur passait au-dessus. Lisbet était toujours penchée à la fenêtre.

— Tu es plus malin que ça. Ne les suis pas dans leurs bêtises, chuchota-t-elle en finnois à Jon-Ante.

Elle savait qu'il ne comprenait pas encore bien le suédois. Elle ne parlait pas sami, mais la plupart des enfants se débrouillaient en finnois, du moins suffisamment pour saisir ce qui était dit.

La cuisinière ne levait jamais la main sur personne. Au contraire, elle caressait souvent la tête des enfants ou serrait une petite main dans la sienne en guise de consolation. Vivant à Láttevárri, elle se réjouissait d'avoir été embauchée comme cuisinière. Jon-Ante avait remarqué qu'elle et la directrice ne s'entendaient guère. La directrice devait se sentir supérieure à quelqu'un qui passe ses journées à manipuler des marmites. Rita Olsson, elle, n'était pas originaire du village qu'elle méprisait. Elle se vantait de venir d'un endroit équipé de trottoirs. Elle ne s'était installée ici que parce que son mari y avait trouvé un emploi. Mais son époux, Ture, n'habitait pas avec elle, à l'internat ; il vivait ailleurs, voyageait beaucoup pour son travail. Tout cela, Jon-Ante l'avait entendu de la bouche d'enfants plus âgés. Tous se lamentaient que la sorcière ait atterri précisément dans leur école.

Jon-Ante ne lâchait pas des yeux Lisbet dont le regard finit par s'adoucir. Elle voyait bien qu'il n'avait pas le choix, qu'il devait faire comme les autres. Elle secoua tristement la tête lorsqu'il s'éloigna pour rejoindre les garçons.

Nilsa

1985

Une pluie fine crépitait contre le toit du mirador. Nilsa avait les yeux rivés sur la tourbière en contrebas, le fusil appuyé contre le garde-corps. La veille au soir, il avait aperçu un élan au loin, mais il n'avait pas pu tirer dans la lumière du couchant. Le risque de manquer sa cible était trop grand. Il ne ratait jamais, il préférait ne pas tirer du tout. Jamais il ne téléphonerait à l'équipe de chasse pour se lancer à la recherche d'un élan blessé par une de ses balles. Il était le meilleur tireur de l'équipe, abattait au moins un élan par an, trois l'an passé.

Il sortit sa boîte de snus de sa poche de poitrine sans lâcher du regard la tourbière. Il pinça un peu du tabac humide entre le pouce et l'index, modela une petite boule qu'il inséra entre la joue et la gencive. Un filet amer coula dans sa gorge. Il cracha, essuya la commissure de ses lèvres du dos de la main. Il tourna la tête vers Láttevárri. Des nuages menaçants approchaient à toute vitesse. Ici, le soleil venait d'être remplacé par la bruine. Le vent se levait, ce qui n'était pas une bonne nouvelle – quand le vent souffle, les élans restent immobiles. S'ils ne peuvent pas renifler les odeurs, ils se méfient, s'arrêtent. Il avait entendu des élans se vider bruyamment les naseaux afin de pouvoir flairer le danger. Ça soufflait dans le bon sens, au moins : les élans arrivaient généralement du bord de la tourbière et continuaient vers la rivière pour s'abreuver.

Il aimait ce passage, auprès de la tourbière. C'est ici qu'il avait tué le plus d'élans. Son frère l'avait souvent accompagné. Jusqu'à ce qu'il ne soit plus là.

Ils avaient bâti le mirador ensemble, autour du tronc d'un pin robuste, à trois mètres de haut. Celui-ci disposait d'un vrai plancher et d'un large garde-corps constitué de six panneaux de bois, renforcé à certains endroits par une bâche rigide. La structure était triangulaire et pouvait accueillir deux, voire trois personnes – même s'il valait mieux être seul. L'échelle était composée de solides planches et de dix barreaux. Nilsa avait installé une trappe que l'on pouvait fermer, pour être totalement à l'abri du vent. Ils avaient même réussi à hisser un vieux fauteuil de bureau. La construction du toit n'avait pas été une partie de plaisir – ils avaient utilisé de grosses poutres bien robustes. C'est cette partie du mirador dont il était le plus fier.

Il y avait d'autres tours de chasse, non loin de là, qu'il allait falloir renforcer – le poids des années se faisait sentir. Un des membres de l'équipe de chasse avait prétendu que le mirador de l'autre côté de la route de Láttevárri était bancal, que le bois commençait à pourrir, mais il exagérait sans doute. Nilsa, qui pesait aux alentours de quatre-vingt-cinq kilos, n'avait rien remarqué.

Il entendit un craquement entre les arbres, s'empara de son fusil. Il n'était pas stressé, mais concentré lorsqu'il braqua le regard entre les bouleaux. Son pouls s'accélérait, mais jamais trop. Il avait du mal à voir, il restait encore trop de feuilles au début du mois de septembre, mais, dans quelques semaines, les arbres seraient nus et la vue plus dégagée. Les saules et les tourbières se paraient déjà de couleurs chatoyantes, jaune, orange et rouge. Le long du sentier qui menait au mirador il avait vu des myrtilles et des airelles en abondance, mais il n'avait pas de temps pour la cueillette. Peut-être que Sire l'accompagnerait un de ces jours. Elle savait se déplacer silencieusement dans la forêt, même quand elle cueillait des baies au milieu d'une partie de chasse. Il aurait aimé que les garçons soient là, mais l'école faisait peu de cas de la chasse à l'élan. Ils viendraient avec lui ce week-end.

La pluie cessa, mais le vent l'avertissait de l'arrivée des nuages noirs. Il devrait descendre et rentrer chez lui, à quoi bon attendre un élan si le temps se gâte. Mais, comme toujours, son besoin de bravade était plus fort. Ça le mettait hors de lui. Il descendrait quand il l'aurait décidé...

Aujourd'hui, il s'était garé près du cimetière et avait marché jusqu'au mirador. De temps en temps, très rarement, il passait par la tombe de son frère. Il se plantait là, sans savoir quoi faire. Il n'avait jamais compris l'intérêt de se rendre sur la tombe de quelqu'un, mais parfois il le faisait pour rabattre le caquet de Sire qui l'accusait de ne jamais y aller. Mais qu'avait-il à y faire ? Dire bonjour à son *viellja* ? Dire à son frère qu'il ne l'avait pas pardonné ? Aslak n'était pas là. Il n'était nulle part. Pourtant, il ne le laissait pas en paix, s'immisçait dans sa tête, prenait quotidiennement ses pensées en otage.

Agacé, Nilsa frotta sa nuque humide de sueur. Il s'était habillé trop chaudement. À présent, un ciel ténébreux pesait sur Láttevárri, les nuages drapaient le ciel comme des pans de tissu, il pleuvait des cordes. Mais il n'y aurait pas d'orage – c'était l'automne et les bouleaux commençaient à peine à jaunir.

Sa mère avait une peur bleue de l'orage. Elle courait se cacher sous la table de la cuisine en poussant des gémissements chaque fois que des grondements se faisaient entendre devant la maison. S'ils étaient dans les hautes prairies, elle se sentait presque prise de panique, elle disait que la maison ne procurait pas une protection suffisante, qu'elle avait appris toute petite qu'il fallait éteindre le feu et que tous les accessoires en métal comme les couteaux, les haches et même les ceintures devaient être glissés sous des peaux de renne pour ne pas attirer la foudre.

Elle parlait souvent du jour où une boule de feu était entrée par la cheminée de la maison. De la taille d'une balle de tennis, elle crépitait, prétendait-elle, mais Nilsa s'en souvenait comme silencieuse. La foudre globulaire avait traversé la cuisine et s'était soudain évaporée. Nilsa, Aslak et leur *enná* étaient restés comme pétrifiés, à la regarder. Heureusement qu'ils étaient là tous les trois et pouvaient témoigner de ce qu'ils avaient vu. Cet épisode ne fit que nourrir la phobie de leur mère. Depuis, elle se réfugiait dans la cave en terre chaque fois qu'un orage éclatait au-dessus du village.

Elle ne parlait jamais de la mort d'Aslak, en tout cas pas avec Nilsa. Ils parlaient à peine de lui, ne se remémoraient aucun souvenir, et si quelqu'un avait le malheur d'évoquer le jeune homme, la conversation s'arrêtait nette. Elle avait vieilli d'un coup le jour où elle avait perdu son plus jeune fils. Tout ce qu'elle ne pouvait ni ne voulait exprimer, toute cette souffrance, se manifestait à travers son corps – sa chevelure avait blanchi, elle était devenue maigre, ses épaules tombantes et des rides s'étaient creusées autour de sa bouche et de ses yeux.

Nilsa remua le haut de son corps et se pencha en avant. Il avait mal au bas du dos. Il était debout depuis trop longtemps. Il posa son fusil, s'étira en penchant la tête en arrière pour relâcher les tensions. Sans un bruit, il était doué pour ça. Seuls les gens capables de ce silence avaient le droit de l'accompagner en forêt. Aslak avait été le seul à maîtriser cet art aussi bien que lui.

Voilà cette image qui revenait. Aslak. Son *viellja*. Il les revoyait, ce jour-là. Il pleuvait des cordes, cinq garçons courant le long de la route Láttevárrivägen. Lui le premier, bien sûr, les autres après. Ils s'étaient fait la malle de l'école. Son frère traînait la patte, et Nilsa avait ralenti pour l'attendre alors que les autres lui criaient de se dépêcher. Il y avait dans le cimetière des cabanons dans lesquels ils avaient prévu de se glisser. Jon-Ante était devenu livide, saisi d'effroi. Nilsa savait comment flanquer la frousse à ce petit morveux. Il l'avait bien cherché, lui qui venait d'une famille de voleurs de rennes. Tout le monde savait que le père de Jon-Ante s'appropriait les rennes des autres en les marquant de leur symbole. Leur père s'en était pris à ce salaud, lui avait foutu une sacrée raclée. Mais les cervidés continuaient à disparaître. Et Nilsa s'était vengé, il l'avait fait pour son *isá*.

Un mouvement entre les bouleaux. Il plissa les yeux pour mieux voir, puis s'empara silencieusement de ses jumelles. C'était bien un élan. Une femelle, accompagnée de son faon, une pauvre bête efflanquée aux longues jambes. Il fallait tuer le petit en premier. Aslak lui soufflait à l'oreille de les laisser partir. « Pas un faon, *viellja.* » Nilsa n'écoutait pas. Il avait braqué son fusil. Pas encore, songeait-il. Ils étaient trop loin, trop d'arbres les séparaient. Il allait devoir tuer les deux. Les élans se tenaient immobiles, comme méfiants. Étrange – le vent soufflait pourtant dans la bonne direction. L'index caressait la détente, il chercha le faon dans le viseur. C'était loin, trop loin. Pas encore, se rappela-t-il. Aslak ne visait jamais les faons. Nilsa savait qu'il avait plus d'une fois laissé passer des femelles avec leur petit. Il s'imaginait qu'il les sauvait, mais la dure réalité, c'est qu'il en faisait cadeau à d'autres équipes de chasse. La femelle se déplaça ; il serait plus facile de la tuer la première, seulement, ça ne se faisait pas comme ça. Mais, après tout, qui était là pour le voir ? Quand l'équipe arriverait et verrait les deux élans à terre, personne ne lui demanderait lequel il avait tué en premier. Il pouvait y aller, jamais il ne raterait le faon après. « Pas un faon, *viellja.* »

Merde alors ! Il cligna plusieurs fois des paupières et regarda de nouveau dans le viseur. La pluie battait maintenant contre le toit du mirador. Le vent faisait trembler les planches. Il tenait fermement son arme, bandait tous les muscles de son corps, serrait les dents. Mais il ne les voyait plus. Il sortit les jumelles. Rien. Ils avaient disparu. Il poussa un hurlement, rivalisant avec les éléments déchaînés. Les gouttes de pluie entraient latéralement, trempaient son visage, ses mains, son manteau. Le froid et la pluie le mettaient hors de lui, mais il ne comptait pas se recroqueviller. Les élans étaient sans doute partis loin, effrayés par ses vociférations, à moins qu'ils se soient abrités sous un arbre en attendant une accalmie.

Que penseraient ses compagnons s'ils l'avaient entendu ? Bientôt son talkie-walkie se mettrait à crépiter, mais il ferait l'innocent. Ah bon ? Non, je n'ai pas entendu de cri.

Il restait encore des hurlements dans sa poitrine, qui cognaient, voulaient sortir, mais ça suffisait. Il avait déjà perdu sa concentration, n'avait pas tué comme il aurait dû le faire. C'était inquiétant, mais ça n'allait pas se reproduire. Il introduisit un doigt sous sa lèvre pour extirper le morceau de snus et un filet de salive noire coula de sa bouche dans la végétation. Il s'essuya les doigts sur la toile lisse de son pantalon, se racla la gorge et cracha de nouveau depuis le mirador.

Le mauvais temps partit aussi vite qu'il était arrivé. Les vents charrièrent les nuages, les éloignant de la tourbière, poursuivant leur route. La pluie se calma et bientôt le silence l'enveloppait de nouveau. Il essuya ses joues humides du revers de la main.

Marge

1985

Voilà quatre jours que Marge était devenue mère. Sa fille de six ans dormait, blottie dans les draps de son lit tout neuf. Elle avait mis du temps à s'endormir. Marge était restée à côté d'elle, sur un tabouret, serrant la petite main dans la sienne, fredonnant la chanson qu'*enná* lui chantait quand elle était enfant.

Estela. C'était son prénom. Son prénom colombien. Elle avait les yeux marron, un petit nez droit et une bouche qui ressemblait à une fraise des bois. Une petite cicatrice d'à peine un centimètre au-dessus du sourcil droit. Elle venait de perdre sa première dent. Ses cheveux d'un noir brillant étaient coupés au carré, le long de sa mâchoire. Sa frange était un peu de travers, comme si elle avait été taillée à la va-vite, ou du moins avec nonchalance. Peut-être que le personnel de l'orphelinat avait songé au dernier moment au fait qu'elle devait être bien coiffée ? Marge se demanda si ses cheveux étaient très longs avant qu'ils les coupent, car la fillette avait l'habitude de tirer dessus, et semblait étonnée qu'ils s'arrêtent aux oreilles.

Estela avait sa propre chambre, mais Marge ne voulait pas qu'elle dorme seule. Aussi avait-elle traîné le lit de l'enfant dans sa chambre à elle. Estela devait pouvoir la voir sitôt qu'elle ouvrait les yeux. Sa fille. Ce n'était pas n'importe quelle fillette. C'était sa fille.

— Tu ne voudrais pas changer son nom ? L'appeler Stella ? Estela, c'est tellement… je ne sais pas… tellement différent. Ça pourrait être difficile à l'école avec un nom si bizarre.

C'est ce que son *enná* avait dit quand Marge avait rendu visite à ses parents, leur avait raconté que c'était le moment, sa fille allait arriver, elle s'appelait Estela. Sa mère ne pensait pas à mal, elle était simplement inquiète, Marge le savait bien. Cela restait difficile à accepter.

— Adopter quand on est célibataire…, avait maugréé son père. Soit on porte son enfant, soit on s'en passe.

Sans répondre, elle avait décroché son manteau du dos de la chaise et avait quitté la maison. Elle était montée dans sa voiture et était rentrée à Giron. À peine avait-elle franchi la porte de l'appartement de la rue Kyrkogatan que le téléphone avait sonné. C'était sa mère.

— Tu connais *isá* ! Quand il verra la fillette, il l'aimera autant que ses autres petits-enfants.

Son frère avait trois fils ; sa sœur, un fils et une fille. Marge était l'aînée, ils l'avaient rattrapée. Ils étaient tous les deux mariés. Son frère était éleveur de rennes et sa sœur en avait épousé un. Les enfants étaient arrivés vite. Marge aimait ses neveux de tout son cœur. Avec eux, elle était Marge-*goaski* et Marge-*siessá* : tante maternelle et tante paternelle.

Dans la famille, le fait qu'elle n'ait pas d'homme dans sa vie, n'en ait peut-être jamais eu, faisait jaser, mais on ne lui posait pas de questions. C'est vrai qu'elle n'était pas très jolie, il fallait se rendre à l'évidence. C'est ce qu'avait dit sa *siessá*, un jour, croyant que Marge ne l'entendait pas. Comme elle aurait voulu avoir de la repartie ! Mais qu'aurait-elle pu dire ? Qu'elle n'était pas laide du tout ? Et ce n'était pas non plus comme si sa tante avait utilisé ce mot-là. Après, c'était trop tard pour réagir.

Certes, elle n'était pas Miss Monde. Sa myopie avait crû avec les années et ses yeux ressemblaient désormais à des têtes d'épingle derrière ses épaisses lunettes. Elle venait de les changer, des montures rose pâle en plastique avec de grands verres qui lui descendaient sur les joues. L'opticien lui avait fait essayer des lentilles. Il lui arrivait de les porter, mais elle se sentait nue. Les lunettes l'enlaidissaient peut-être, si c'est ce que *siessá* avait sous-entendu, mais elles faisaient partie d'elle, de sa personnalité. Même si elle n'aimait toujours pas voir le monde avec une telle netteté. C'était un vrai réconfort de pouvoir retirer ses lunettes lorsqu'elle voulait que tout devienne doux, sans contours.

Peut-être aurait-elle plus facilement rencontré quelqu'un si elle sortait davantage, si elle allait danser au Malmia. Au lieu de cela, elle travaillait, acceptait n'importe quel horaire, même à Noël et le soir de la Saint-Jean. Elle économisait pour devenir mère. Elle avait toujours senti qu'il n'y aurait pas d'homme dans sa vie. Un enfant, en revanche, oui. Pour cela, il lui fallait de l'argent. Elle avait fait des extras au magasin de proximité, mais elle avait surtout son poste fixe d'aide à domicile. Elle rendait visite aux personnes âgées de la ville et savait qu'elle était l'une de leurs chouchoutes. Elle parlait sami et meänkieli, en plus du suédois, et ils voulaient toujours qu'elle reste un peu plus longtemps, juste quelques minutes, disaient-ils, heureux de pouvoir enfin parler avec quelqu'un qui les comprenait.

Lorsqu'elle avait annoncé à sa famille qu'elle allait adopter, le silence s'était abattu sur la cuisine. C'était l'anniversaire de son père. Elle avait délibérément choisi ce jour, songeant que le gâteau et les cadeaux l'auraient mis de bonne humeur, qu'un bébé ne pouvait pas susciter la désapprobation. Elle les avait laissés croire qu'arriverait un jeune enfant. D'une certaine manière, cela semblait plus facile à dire. Elle remarqua toutefois le malaise autour de la table, comme s'ils avaient honte pour elle. Sa sœur finit par forcer un « félicitations » du bout des lèvres et les autres l'imitèrent en marmonnant.

— Mais tu n'as pas de mari, avait prudemment glissé son *oabbá* – sa sœur.

— Non, mais on peut adopter en tant que célibataire.

— Dans ce cas…

Sa sœur avait déduit, sans doute l'ayant lu quelque part, que les femmes qui adoptaient seules, a fortiori si elles n'étaient plus toutes jeunes, n'accueillaient jamais un bébé. Elles avaient toujours su communiquer par des regards, et

Marge eut simplement à plisser les yeux pour que sa sœur se taise.

— Il paraît que ce n'est pas donné, fit remarquer sa mère.

— Comment ça, il faut payer ? On achète l'enfant ?

Son père avait parlé sans réfléchir, comme d'habitude, provoquant l'hilarité. La gaieté avait dissipé la gêne chez tout le monde, hormis chez Marge.

S'ils savaient comme elle avait lutté, toutes les enquêtes qu'elle avait subies, tous les questionnaires qu'elle avait remplis, et la psychologue qui avait retourné sa solitude dans tous les sens. C'est ce qui avait été le plus difficile, devoir exprimer sa solitude devant une inconnue. Jamais elle n'avait parlé de son désir d'enfant, de ce que c'était que de vivre seule.

— Désirez-vous un enfant pour combler votre solitude ? L'enfant est-il une solution à ce que vous ne parvenez pas à atteindre avec un adulte ?

Cette question avait failli la faire tomber de sa chaise, mais elle ne s'était pas laissé provoquer, avait souligné qu'elle n'était pas seule, qu'elle avait une grande famille. Avoir un enfant, ce n'était pas pour échapper à la solitude. Il s'agissait d'amour, de soin, avait-elle dit en baissant les yeux pour cacher ses larmes.

— Ça ne sera pas aussi évident qu'avec un nourrisson qui a besoin d'un adulte pour survivre. Ce sera un enfant plus grand, avec sa propre volonté.

La psychologue avait prononcé ce genre de phrases, s'était tue, guettant sa réaction. Impossible de savoir quelle était la bonne réponse.

— Je veux tenir une petite main dans la mienne, je veux donner à un enfant une sécurité, je veux être maman. Je l'ai toujours voulu. Vous le savez bien, je vous ai raconté que je m'occupais de mes frères et sœurs quand nous étions plus jeunes, et maintenant de mes neveux.

— Cependant, vous n'avez demandé à aucun d'entre eux d'écrire une lettre de recommandation lorsque nous vous avons demandé des références.

— Ma cousine Gáren l'a fait. C'est un regard extérieur. Je préférais trouver quelqu'un d'impartial.

La psychologue l'avait longuement dévisagée, mais Marge avait soutenu son regard alors que ça vibrait intérieurement.

— Vous parlez beaucoup de votre grande famille. Que disent-ils du fait que vous voulez adopter un enfant ?

Elle savait que cette question viendrait et s'était entraînée à mentir devant le miroir. Un parfait petit sourire à la commissure des lèvres quand elle parlait de ses parents, de son frère et de sa sœur qui, prétendait-elle, la soutenaient dans tous ses choix.

— Comment s'est déroulée votre enfance ?

— Parfaitement bien. J'ai eu une enfance merveilleuse, à tout point de vue. Je me suis toujours sentie en sécurité, bien entourée.

— Et votre scolarité ?

— Sans problèmes.

Elle avait tout réussi, tous les tests, toutes les conversations, et à présent Estela était là, dans un lit en bois rouge pourvu d'une petite barrière de protection. Quatre jours s'étaient écoulés, sa fille n'avait quasiment pas ouvert la bouche et s'était endormie avant dix-neuf heures presque tous les soirs, éreintée. Marge n'avait jamais été douée en langues, elle avait du mal avec l'anglais et peinait à prononcer l'espagnol, mais elle s'était entraînée à dire ce qui importait. Bonjour, son prénom. Bienvenue à la maison. Et maman. Mais elle n'avait pas encore osé prononcer ce dernier mot. La fillette la considérait-elle comme sa mère ? Marge, elle, l'avait immédiatement portée dans son cœur. Tout son corps palpitait de sensations maternelles, chantait d'amour pour sa petite chérie.

L'attachement, c'est important, avait insisté l'agence d'adoption. Surtout au début. L'appartement devait être le lieu de référence. Hier, elles l'avaient quitté pour aller faire les courses. Estela lui avait serré la main de toutes ses forces lorsqu'elles avaient traversé la rue au niveau du magasin de proximité pour se rendre au supermarché.

Marge avait poussé le chariot d'une main et donné l'autre à Estela. Elle s'emparait des articles en prononçant leur nom en suédois. Lait. Pain. Au fond d'elle, une petite voix lui disait d'ajouter le terme sami. *Mielki. Láibi.* Elle avait demandé aux dames de l'agence de l'adoption si elle pouvait enseigner à Estela deux langues à la fois – elles avaient répondu avec un mépris à peine dissimulé, l'avaient regardée comme si elle était profondément irresponsable.

— Et puis quoi encore ? Deux langues, impossible.

Elle avait donc choisi le suédois, refoulant tous les sentiments qui découlaient de cette décision.

Lorsqu'elles étaient rentrées du supermarché, Estela avait immédiatement lâché sa main et pris ses distances.

Sa fille restait toujours éloignée d'elle dans l'appartement. Elle s'asseyait tout au bout de la table blanche lorsqu'elles étaient dans la cuisine, à l'extrémité du canapé en cuir dans le séjour, sans pour autant quitter Marge du regard. Sauf quand Marge la contemplait, alors elle détournait les yeux.

La main qu'elle tenait, assise au bord du lit, était toute molle. La fillette dormait déjà quand elle l'avait prise. Enfin, elle pouvait la toucher.

Else-Maj

1952

La pölsa dans son assiette semblait avoir durci. L'odeur nauséabonde de la bouillie d'orge et d'abats flottait dans le réfectoire. Else-Maj luttait contre les haut-le-cœur. Elle avait vraiment essayé, cependant, ce n'était pas qu'une question de goût mais aussi de consistance. Dans sa bouche, la bouillie devenait collante, épaisse, impossible à avaler. Depuis deux ans qu'elle fréquentait l'école pour nomades, elle connaissait évidemment les règles – interdiction formelle de sortir de table tant que l'assiette n'était pas vide. Elle avait même vu des garçons qu'on avait forcés à manger la nourriture qu'ils venaient de vomir. La sorcière était restée à côté d'eux, leur avait pincé la nuque, pressé la tête vers le bas, faisant fi de leurs larmes.

Elle entendait les rires dehors, bien consciente qu'elle manquait le moment de liberté qui suivait le repas. Lisbet aurait pu la laisser partir, elle l'avait déjà fait, mais après qu'on eut décelé de la nourriture collée sous les tables, il n'y avait plus de chances de s'échapper. La directrice avait mis son grain de sel et se trouvait désormais presque tous les jours dans le réfectoire, surveillait les mains et vérifiait qu'on mâchait.

Lisbet rinçait les assiettes dans la cuisine, lançait de temps en temps un regard vers la salle en soupirant. Torchon à la main, elle essuya les tables voisines de celle d'Else-Maj. Elle jeta un coup d'œil dans le couloir.

— *En voi*, chuchota Else-Maj en finnois. Je ne peux pas.

Elle avait envie de hurler qu'elle voulait de la viande de renne, délicieusement salée, des morceaux qui offraient une résistance en bouche. Elle voulait du lavaret qu'il suffisait d'effleurer de la fourchette pour que la chair se détache des arêtes. Elle voulait des pommes de terre en robe des champs que l'on pouvait écraser avec du beurre fondu. Et les galettes de son *enná*.

— Essaie, murmura Lisbet en retour.

La directrice toussa dans le couloir ; Lisbet se hâta de rejoindre la table suivante. La sorcière entra, tourna la tête vers Else-Maj, remonta ses lunettes sur la racine de son nez et la fusilla du regard. Elle était prognathe. Quand elle serrait les dents, sa mâchoire paraissait encore plus large.

— Qu'elle mange ! Peu importe si elle doit rester là toute la nuit.

C'était dimanche, il n'y avait pas école, Else-Maj attendait cette journée toute la semaine. L'Église leur interdisait de faire toute activité pouvant être considérée comme une trahison de la parole de Dieu, mais le jeu n'en faisait pas partie. Elle aperçut Biret qui tentait de jeter un coup d'œil à l'intérieur du réfectoire. Elle l'attendait. La directrice partie, Else-Maj s'affaissa.

Lisbet arriva prestement. Elle posa l'index sur ses lèvres et emporta la *pölsa* d'un coup de torchon. Elle trottina jusqu'à la cuisine, jeta la bouillie à la poubelle et rinça le tissu. Else-Maj n'osait pas bouger. Son souffle tremblait entre ses lèvres où se dessinait un sourire.

Lisbet était de retour.

— Bois ton lait, au moins. (Elle affichait un sourire doux.) Tu vas t'endormir le ventre vide.

— Plutôt ça que la *pölsa*.

Lisbet eut l'air étonnée, elle ne s'attendait sans doute pas à une réponse effrontée. Mais Else-Maj avait maintenant neuf ans, une grande fille, pas aussi craintive qu'avant. Elle but le lait tiède, plissa le nez, elle aurait mal au ventre. Le lait de chèvre qu'ils buvaient en montagne était plus digeste.

— *Giitu*, dit-elle d'abord en sami, en se léchant les lèvres, avant de reprendre en finnois. *Kiitos*. Merci.

Lisbet lui caressa la joue, lui dit qu'elle pouvait partir.

Else-Maj replaça soigneusement la chaise avant de sortir en courant de la cantine. Elle ouvrit la porte, huma l'air froid et revigorant. Dans la cour, quelques-uns des plus jeunes enfants jouaient à être des rennes ; ils plaçaient les mains en forme de bois au-dessus de leur tête et les copains jetaient des lassos de fortune. Else-Maj les jugeait ridicules. Sans compter qu'ils ne savaient pas lancer.

Biret rejoignit son amie.

— Alors, tu as réussi à tout avaler ?

— Oui.

Biret la gratifia d'un grand sourire et fit glisser les mains sur son tablier. Son *áhkku* l'avait cousu et elle voulait tout le temps le porter, surtout que la vieille dame était malingre et grabataire. Biret venait du village voisin Vuolle Sohppar, situé à cinq kilomètres de Badje Sohppar. Les deux fillettes s'étaient rencontrées pour la première fois à l'école pour nomades et s'étaient tout de suite appréciées. Else-Maj était petite et menue, tandis que Biret était grande et corpulente, les cheveux courts, presque comme un garçon, avec un joli visage, parsemé de taches de rousseur, et de longs cils. Biret n'avait que des grands frères. Elles savaient toutes les deux ce que c'était de se faire corriger par ses aînés. Cette expérience les avait rapprochées.

Biret la prit par la main et elles se dirigèrent en silence vers le fossé dans lequel leurs camarades faisaient naviguer des morceaux d'écorce sur l'eau chantante du printemps. La neige avait fondu rapidement et les ruisseaux avaient débordé. Seuls les garçons participaient à la course, ils couraient le long de la rigole en encourageant leur bateau.

Le village sortait de la torpeur de l'hiver. Tout le monde n'attendait qu'une chose : la naissance des petits rennes. Ce serait bientôt le moment de la transhumance, le moment de traverser des frontières qui n'avaient jamais été les leurs. Les enfants rentreraient chez eux, retrouveraient leur famille. Else-Maj avait poussé de quelques centimètres, les manches de son kolt étaient à présent trop courtes. Son *enná* ne la reconnaîtrait peut-être même pas.

Ce semestre lui avait paru interminable, sa famille et son village lui manquaient un peu plus chaque jour. Comme les rennes, elle sentait que le moment était venu de changer d'air. Elle était aussi impatiente d'aller chercher les chèvres qui, pendant l'hiver, avaient pris leurs quartiers dans l'étable d'une autre famille.

Elle vit son grand frère encourager son radeau d'écorce. Il se moquait éperdument qu'elle soit restée seule dans le réfectoire avec de la nourriture dans son assiette. Parfois, elle avait l'impression de ne pas exister.

— Veille bien sur elle, avait dit sa mère.

Mais que savait-elle ? Rien. Son *stuora viellja* devait déjà éviter les bagarres, ça lui suffisait, et il n'avait pas l'intention de s'occuper d'une petite sœur, d'une *unna oabbá.* Ses trois autres frères, encore plus âgés, avaient déjà quitté l'école pour nomades et étaient de retour à la maison. Eux auraient gardé un œil sur elle. Mais Ol-Johan ne l'avait jamais aimée, c'était ainsi. Ils avaient à peine un an d'écart. Un jour, sa tante maternelle, sa *muottá*, avait dit qu'Ol-Johan était jaloux, rien de plus, qu'il avait été trop vite remplacé dans son rôle de petit dernier.

Ensuite, il y avait Sara, son *unna oabbá* chérie, restée à la maison. Else-Maj avait du mal à penser à elle, elle lui manquait tellement que tout son corps souffrait. Quand elle ne pouvait pas pleurer, ses muscles et ses articulations lui faisaient mal, de tout ce chagrin retenu. Sara allait fêter ses cinq ans, et Else-Maj allait rater encore un de ses anniversaires. Elle était née le 15 mai. Le meilleur mois de tous. Son *enná* racontait souvent en plaisantant qu'elle et les rennes femelles avaient été pleines en même temps et qu'elle avait été la première à mettre bas. Else-Maj n'avait que quatre ans, mais elle se rappelait encore lorsqu'elle avait tenu son *unna oabbá* pour la première fois dans ses bras. Depuis ce jour-là, elle s'était toujours trouvée aux côtés de Sara, jusqu'à ce que l'école les sépare. Else-Maj ne se souvenait pas de tout, mais son *enná* lui avait raconté : « Elle était comme ta poupée. » Non, elle avait tort, songeait Else-Maj quand sa mère répétait cette phrase aujourd'hui, elle n'était vraiment pas une poupée. Sara était son tout.

C'était trop difficile, Else-Maj tira Biret par la manche, elle voulait partir, cesser de penser.

— Allez, on va cueillir des fleurs pour Anna !

Biret pinça les lèvres. Elle savait qu'Else-Maj était la chouchoute d'Anna et en éprouvait une certaine jalousie. Le maître leur avait appris les noms de fleurs qui ne poussaient pas ici. Le tussilage. La campanule. Des fleurs qui ne supportaient ni le sol pauvre ni les étés brefs et froids. Ici ne fleurissaient que les pissenlits et les trolles d'Europe, où les insectes aimaient se cacher.

— Il n'y a pas encore de fleurs, rétorqua Biret.

Elle avait raison. Else-Maj s'était projetée trop loin dans le temps. Elle se trouvait déjà au milieu de la verdure, elle courait dans le pré du village, entendait les moustiques bourdonner à son oreille, la main de sa petite sœur dans la sienne.

— Alors on fait la course !

Biret afficha une mine dépitée, elle ne voulait pas faire la course. Else-Maj ne renonça pas, elle traça un trait dans les graviers de son talon et cria qu'elles partiraient à trois. La première à toucher le mur de l'internat.

— *Okta, guokte, golbma !* Un, deux, trois.

Elle partit comme une flèche, sa jupe volait autour de ses jambes et ses bras se balançaient aussi vite que possible. Biret courut à côté d'elle, se laissa distancer et vit Else-Maj toucher le mur.

D'autres enfants arrivèrent, ils voulaient participer. Else-Maj agrandit la ligne de départ et les élèves s'y placèrent. Elle était la plus petite en taille, mais qu'importe ! Si ses frères lui avaient appris quelque chose, c'était bien à courir. Elle était sûre de sa victoire. C'est là que les grands garçons débarquèrent. Ils regardèrent les petits courir. De nouveau, elle arriva la première.

— Cette fois, nous aussi on participe, lancèrent-ils en jouant des coudes pour prendre place sur la ligne de départ.

Les petits baissèrent la tête, ils n'avaient plus aucune chance, ils voulaient abandonner tout de suite. Pas Else-Maj.

Elle se positionna, un pied devant l'autre, plia légèrement les genoux, retenant son souffle.

Les grands démarrèrent avant même qu'elle ait dit « trois », elle partit après eux, derrière leur dos et leurs longues jambes. Elle en vit trois frapper le mur. Elle termina quatrième. Elle qui ne leur arrivait même pas aux épaules, mais personne ne le prit en compte. Ils avaient gagné et poussaient des cris de joie.

Else-Maj tourna les talons et détala vers la forêt derrière l'internat. C'était tellement injuste ! Mais ils n'auraient pas la satisfaction de la voir pleurer.

Anna, qui étendait du linge dehors, la vit filer avec Biret sur les talons.

— Venez là, les filles, appela-t-elle alors qu'elles essayaient de se cacher derrière le fourré.

Elle fixa la pince à linge sur le torchon qui flottait au vent.

Else-Maj ne savait pas si elle devait laisser venir les larmes ou s'il valait mieux faire comme les grands frères, foudroyer tout le monde du regard.

— Tenez !

Anna tendit la main tout en jetant un coup d'œil vers la cour de récréation.

Dans sa paume roulaient deux bonbons luisants, deux polkagris qui semblaient poisseux à cause de la chaleur de la main. Biret écarquilla les yeux. Il ne fallut qu'un instant pour que l'un d'eux disparaisse entre ses lèvres. Else-Maj serra le sien dans son poing jusqu'à ce qu'il y colle. Elle comptait sucer la confiserie, puis se lécher la paume.

Les filles remercièrent Anna avec un sourire jusqu'aux oreilles. Une bosse se dessinait sur la joue de Biret. Elle était aux anges. Quant à Else-Maj, ce n'était pas la première fois qu'on lui donnait des bonbons. Mais elle n'était pas sûre de vouloir partager Anna avec Biret. Anna voyait bien qu'Else-Maj était perdue sans ses pensées, sans être sûre de la raison. Elle la chatouilla sous le menton jusqu'à ce qu'elle lève les yeux.

— Je sais bien, moi, qui a vraiment gagné la course, dit-elle.

Jon-Ante

1985

Jon-Ante espérait être le premier dans la salle de repos, mais lorsqu'il ouvrit la porte, Einar était déjà là. C'était à se demander quand il bossait, celui-là – une plaisanterie récurrente parmi les gars. La rumeur courait qu'Einar était du genre à piquer un roupillon dès qu'il apercevait un banc, utilisant des sacs de bourre comme matelas. Les espaces où l'on pouvait s'éclipser pour faire un petit somme ne manquaient pas.

Einar ne parlait pas pour ne rien dire, ce qui convenait bien à Jon-Ante. Il prit une tasse de café et s'assit à la table, plongé dans ses pensées. Ils bâillaient à qui mieux mieux. La veille, Jon-Ante avait passé un mauvais moment dans la salle de repos. Les vieux l'avaient taquiné à propos d'une nouvelle employée de la cantine, lui avaient dit que c'était le moment de trouver chaussure à son pied. Il valait mieux ça, rester en silence avec Einar et boire lentement son café bien noir.

Jon-Ante, l'éternel célibataire. Il se mit à y penser. Ça avait commencé à l'adolescence. Jamais il n'aurait cru qu'il resterait sur le carreau, que les filles du village ne seraient pas assez nombreuses. Mais c'est ce qui s'était passé. L'une après l'autre, elles s'étaient casées, avec ses amis, ses cousins. Il avait quitté le village pendant deux ans, pour fréquenter le KPU, le lycée professionnel de Kiruna, ce qui n'avait rien arrangé. Après sa scolarité, il était revenu quelques années au village pour s'occuper des rennes avec son père. C'est là qu'il avait compris qu'il était en train de devenir un laissé-pour-compte. Sa décision était prise : il ne pouvait pas rester chez ses parents. D'autres raisons expliquaient son envie d'ailleurs, mais il pouvait à peine l'admettre, encore moins s'en ouvrir.

Son retour à la maison avait été temporaire. Même s'il le cacha à son père, il n'attendait qu'une chose : que ses frères cadets soient suffisamment mûrs pour prendre sa place. Lorsqu'il déménagea, il n'imputa pas son départ à l'absence de filles célibataires. À vrai dire, il n'eut pas besoin de se justifier. Il se contenta de retourner en ville et devint mineur, comme beaucoup de ses camarades du KPU. Il s'était trouvé un petit appartement dans la vieille zone résidentielle Ön, située juste à côté de l'imposante mine. On la rejoignait en passant sous le viaduc de la voie ferrée qui transportait le minerai de fer vers le reste du monde. Parfois, lorsqu'il marchait le long du chemin de fer, il trouvait de petites boulettes tombées des wagons, et les rapportait à Isak. Son petit frère qui avait alors une douzaine d'années s'émerveillait toujours du poids de ces sphères gris anthracite, à peine plus grandes que les billes en verre avec lesquelles il jouait quand il était plus jeune, dans la cour de récréation.

Quand sa mère avait fini par lui demander pourquoi il ne demeurait pas au village, Jon-Ante avait répondu qu'il allait à Giron pour devenir quelqu'un, apprendre un métier, et qu'il reviendrait – persuadé que ce n'était pas vrai.

— Tu es déjà quelqu'un, Jon-Ante, lui avait-elle répondu.

— Cette vie n'est pas assez bien pour toi ? avait demandé son grand-père – c'était le plus douloureux, un souvenir qu'il effleurait rarement du doigt. Que ses parents soient déçus, c'était une chose, mais que son *áddjá* le soit aussi, c'était dur. Son *áddjá* qui l'avait abreuvé de récits d'autrefois, qui lui avait raconté les terres, qui avait toujours eu de la patience, qui lui avait tout appris et lui avait dit qu'il était chez lui avec les rennes. « Attendez un peu, vous allez voir, il est unique, mon Jon-Ante. » Son grand-père était un conteur. S'il avait su écrire, il aurait sans doute pu devenir écrivain, mais cette affirmation le faisait ricaner. « Écrire ? Pourquoi écrire quand on peut parler ? »

Jon-Ante l'avait trahi, n'avait réalisé aucune des prophéties de son *áddjá*. Néanmoins, les histoires restaient, il n'en avait pas oublié une seule, il portait en lui la voix de son grand-père. S'il en avait eu la force, ou plutôt le courage, il lui aurait dit que rien n'avait été en vain, qu'il avait tout gardé. Il s'était tant de fois assis à la table de sa cuisine, désireux de lui confier cela, mais les mots refusaient de sortir.

Il s'était senti nerveux la première fois qu'il s'était installé en ville, à quinze ans, même s'il logeait chez un cousin plus âgé à quelques encablures de l'hôtel Standard. Per-Johan lui avait raconté son arrivée à Giron, lorsqu'il était jeune. L'hôtel lui était interdit. Les Lapons n'avaient rien à y faire, lui avait-on assené, avant de l'envoyer au centre d'hébergement qui leur était réservé.

— J'étais à la réception, avec du monde qui attendait derrière moi quand on m'a dit que les Lapons n'étaient pas les bienvenus. Eh oui, il faut te méfier. Il y a des gens comme ça un peu partout dans la ville, surtout au KPU.

Jon-Ante avait enfilé des vêtements anonymes, s'était fondu dans la masse des garçons du lycée et avait commencé à consommer du snus. Il avait rencontré Classe qui portait un blouson en cuir et une coiffure à la Elvis Presley. Il parlait toujours des bagnoles américaines qu'il conduirait quand il aurait du fric. Jon-Ante s'était laissé pousser les cheveux pour pouvoir les peigner comme son ami.

Son père trouvait le KPU inutile. Jon-Ante rétorquait que ça pouvait toujours servir de savoir réparer les motoneiges, les voitures et les machines. Sa première voiture avait été une Volvo PV grise qui avait constamment besoin d'un coup de tournevis. Quel plaisir de se dire qu'on était indépendant, qu'il suffisait de bricoler un démarreur qui faisait des siennes pour le remettre en ordre de marche. Bien sûr que son père était reconnaissant quand Jon-Ante faisait repartir les scooters des neiges qui avaient rendu l'âme au milieu de nulle part, même s'il aurait préféré se passer complètement de ces engins.

Jon-Ante se plaisait en ville. Il le concédait volontiers. L'obscurité dans la mine lui pesait parfois, mais il avait des semaines entières de congé. Difficile d'obtenir un autre boulot présentant les mêmes avantages. Pendant ces journées de répit, il retapait sa Lincoln et rentrait au village, allait chasser l'élan avec son *isá*, pêcher, aider au tri des rennes et à l'abattage. C'était aussi à lui de bidouiller les voitures et les motoneiges de ses frères, lesquelles avaient une fâcheuse tendance à tomber en rade.

Ce n'était pas toujours facile, à la maison. Son grand-père et sa mère ne le lâchaient pas, comme s'ils avaient décidé de le persuader de rester.

— On ne te reconnaît plus, disait son *enná* sans s'expliquer davantage.

— Alors tu repars, se lamentait son *áddjá*.

Son *isá*, lui, avait laissé tomber, ça se lisait dans ses yeux, il n'essaierait même pas. Il était peut-être le plus malin de tous, il n'envahissait pas leurs courts moments ensemble de mauvaise conscience. C'est pourquoi, quand il était au village, Jon-Ante se levait tous les jours à cinq heures du matin pour l'accompagner dans la forêt ou au mirador de chasse.

Jon-Ante se resservit une tasse de jus de chaussette en consultant l'horloge murale. Bientôt l'heure de sortir de terre et de retrouver la lumière. Il effleura des yeux la photographie érotique qui venait juste d'être épinglée à côté de l'horloge pour que l'on puisse feindre de regarder l'heure. L'image était extraite d'un magazine pour adultes ; on distinguait encore les trous des agrafes, l'une semblait avoir crevé le sein gauche. La pin-up avait de longs cheveux blonds jusqu'à la chute de ses reins. Elle était très cambrée, la tête rejetée en arrière de sorte que sa chevelure lui frôlait la croupe.

Les premières années, Jon-Ante devenait écarlate quand, entrant dans la salle de repos pour boire un café, il voyait ces femmes dénudées qui le fixaient avec concupiscence. Les gars l'avaient raillé. Cela faisait longtemps désormais que son pouls n'accélérait plus à la vue des posters.

— Ça va être notre semaine de congé, dit-il à Einar qui aspirait le breuvage noir à travers un morceau de sucre serré entre ses lèvres.

Einar opina du chef, les yeux fixés sur la nouvelle photographie.

— Tu vas profiter du lac ?

— Un peu que je vais en profiter !

C'était rude de s'enfermer dans la mine quand le soleil ne se couchait jamais. Mais d'un autre côté, il faisait toujours jour quand on remontait, quelle que soit l'heure. L'hiver, en revanche, il faisait tellement sombre, et l'on ne se réveillait jamais vraiment si l'on manquait les quelques heures de lumière naturelle. Il fait noir comme le péché, soupirait Einar. Au printemps, il était également difficile de descendre à sept cent soixante-quinze mètres sous terre. Lorsque les toits gouttaient et que tout le monde allait pêcher sur la glace, le visage offert aux rayons du soleil. En fait, c'était difficile toute l'année.

— Vous allez y rester toute la semaine ? s'enquit Jon-Ante.

— Oui, avec mon nouveau bateau.

Einar passait tout son temps libre au lac Torneträsk. Au printemps dernier, il s'était vanté de son nouvel abri de pêche en bois qu'il avait placé au meilleur endroit du lac glacé.

— Et maintenant, Jonne, on peut y aller par tous les temps. Tu sais que tu es le bienvenu quand tu veux, si tu fais un tour dans le coin.

Parfois, il devenait étonnamment bavard, et Jon-Ante avait réfléchi à le prendre au mot et à s'y rendre en motoneige depuis la ville.

Einar et Jon-Ante bossaient ensemble depuis la fin des années soixante, ils avaient connu l'époque où les salles de repos n'existaient pas. Ils se planquaient derrière des armoires à outils hautes de deux mètres, allumaient au chalumeau un réchaud qu'ils avaient apporté en catimini. Tout ça pour quelques gorgées de café. La vache, oui, songea Jon-Ante, ils en avaient bavé pendant ces années.

Pas étonnant qu'Einar s'allonge sur des sacs de bourre pour ronfler dès que l'occasion se présentait.

La salle de repos s'emplit peu à peu, on se pressait autour de la table. La plupart des ouvriers s'exprimaient en finnois. L'un des chefs disait qu'utiliser le finnois pour communiquer avec les radios mobiles représentait un risque pour la sécurité. Tout le monde devait être en mesure de comprendre, personne ne devait être exclu. Le nouveau boss, lui, employait la langue châtiée. Il n'était pas d'ici, personne ne le respectait. Ils n'avaient pas abandonné le finnois. Jon-Ante le parlait aussi couramment que les autres.

Sune, l'un des vétérans de leur équipe, entra, fit cliqueter les tasses, se répandit en invectives parce que la cafetière était vide.

— Jonne, lança-t-il à l'intention de Jon-Ante, c'est toi qui es arrivé le premier, non ? Pourquoi tu n'as pas refait du café ?

— Qu'est-ce que j'en sais, ce que les gens boivent. Celui qui finit la cafetière en refait, cracha-t-il en retour.

— Va te faire voir, gamin.

Sune approchait lentement mais sûrement l'âge de la retraite, et ça faisait des années qu'il n'effrayait plus Jon-Ante, mais le vieux ne s'habituait pas à ce qu'il lui tienne tête. Quand il était vraiment de mauvaise humeur, il se plaignait des Lapons. Il n'attaquait pas Jon-Ante personnellement, il n'était pas si bête, néanmoins, il pouvait parler des rennes qui avaient bouffé tout son jardin ou de l'interdiction des motoneiges, que les Lapons avaient obtenue à force de pots-de-vin, simplement pour pouvoir pêcher dans les meilleurs lacs.

Le contremaître avait fait l'erreur de présenter Jon-Ante par son prénom le premier jour de travail, trahissant ses origines – Sune avait plissé les yeux avec mépris. Par la suite, il avait peiné à faire accepter à ses collègues qu'il fallait l'appeler Jonne, le surnom que Classe lui avait donné quand ils fréquentaient le KPU. Ça avait fini par rentrer. Mais c'était déjà trop tard.

Pendant un temps, Jon-Ante avait changé d'équipe, ça s'était amélioré, mais il était désormais de retour avec ses camarades du début.

Sune s'était lancé dans une harangue – le syndicat Gruvtolvan était devenu de plus en plus frileux avec les années.

— Va falloir qu'ils tapent du poing sur la table.

Il se targuait d'avoir été inflexible pendant la grève de 1969. Il impressionnait les plus jeunes, leur racontant qu'il était monté sur les barricades. Jon-Ante, qui avait également pris part aux réunions, ne se rappelait pas Sune comme une figure de proue du mouvement. Mais il se souvenait de tous les ouvriers rassemblés dans la salle A du gymnase pendant la grève. C'était saisissant. Depuis son arrivée en ville, il suivait de près l'équipe de handball de Kiruna – voir le local se remplir de mineurs prêts à en découdre lui avait procuré une sensation vertigineuse.

Il avait participé aux manifestations, brandissant une pancarte « On n'est pas des machines ».

Personne de la famille n'avait été particulièrement impressionné. Travailler à la mine n'était pas quelque chose d'enviable. On ne s'en vantait pas.

— Quand j'ai dit aux meneurs de grèves qu'on devait…

Sune était remonté comme une pendule.

Jon-Ante se leva, rinça sa tasse, songeant à la réticence de son *enná*. Bien qu'il ait travaillé longtemps à la mine, elle était anxieuse chaque fois qu'il y descendait. « Cette fuite de gaz, Jon-Ante, disait-elle. Ça aurait pu être toi. »

Ce n'était pas vrai. Il ne faisait pas partie des herscheurs qui arrivent sur place après une explosion. Au bout de tant d'années, sa mère n'avait toujours pas compris quelles étaient ses tâches. Pourtant, le jour où deux hommes étaient morts, il avait pour la première fois sérieusement hésité à continuer. Des ouvriers avaient été blessés et tués dans des éboulements, mais cela ne l'effrayait pas autant que ce gaz, cet ennemi invisible, qui suinte après une détonation. Il avait également peur du feu. En cas d'incendie, les galeries s'emplissaient rapidement de fumée létale. La première année, il redoutait aussi de s'égarer sur les kilomètres de route ; se trouver sous terre et ne jamais être sûr du chemin pour sortir procurait une sensation désagréable. À présent, il connaissait le moindre virage, à tous les étages.

Il posa la main sur la poignée de porte crasseuse et dévisagea Sune. Ce type-là aurait du mal à supporter la retraite, lorsqu'il partirait à soixante ans ; il serait l'un de ceux pour qui la vie perdrait son sens. Quand son corps aurait enfin l'occasion d'éprouver à quel point le travail sous terre l'avait brisé, il mourrait sans doute d'une crise cardiaque ou d'un cancer du poumon.

Jon-Ante sortit et ferma derrière lui. C'est pour ça qu'il faut avoir autre chose que le travail dans la vie, songea-t-il.

Jamais il ne retournerait aux rennes. « Peut-être », disait-il, mais c'était une tactique dilatoire face à l'insistance de sa mère. Non, il n'y avait pas de peut-être. Pour quoi faire ? Entrer en compétition avec les autres, s'efforcer d'être celui qui a le plus de rennes ? En posséder suffisamment pour pouvoir en vivre ? Très peu pour lui. Il savait bien qui créait des conflits dans le Sameby – la communauté d'éleveurs de rennes – qui se vantait d'avoir un plus grand nombre de voix dans les votes en assemblée et qui faisait voter des décisions défavorables à sa famille à lui.

Il monta dans le pick-up, son casque cogna contre le toit. Il démarra le moteur, les phares illuminèrent les murs de roche noire. Il mit le clignotant à droite et s'engagea sur la route. Il n'avait jamais souffert de claustrophobie, mais, certains jours, il avait plus de mal à respirer. Quand il pensait qu'il pourrait être dehors, humer l'air frais, emmener la chienne de son père faire une balade en motoneige. L'animal avait appris tout petit à rester couché, à répartir son poids pour ne pas tomber du siège. C'était une superbe chienne, qui lui manquait souvent. Si la vie au village ne tournait qu'autour des animaux, la mine et Giron ne l'auraient pas attiré. Mais il y avait tant d'autres choses insupportables.

Il songea à sa Lincoln, fut pris d'une envie de siffloter une mélodie de Jerry Williams. Il avait une passion à côté du boulot, c'est ce qui importait. Son nez coulait, il attrapa un mouchoir dans le paquet près du levier de vitesse. Il vida ses narines. Le papier se teinta de noir. C'étaient bientôt les vacances, il n'aurait pas besoin de poser plus de trois semaines pour en avoir sept, grâce aux récup'. Ce serait de vraies vacances, pas comme ses frères qui n'étaient jamais totalement libres. Quand ils s'étaient vus pour la dernière fois, quand Jon-Ante taquinait Mikkel en évoquant ses sept semaines de congé, son frère lui avait rétorqué que lui ne travaillait jamais : il vivait. Jon-Ante n'avait pas encore trouvé de réponse cinglante. Il cessa de siffler, dans sa tête la mélodie s'était tue.

Jon-Ante

1954

Un matin, Jon-Ante s'était réveillé avec une tête de hamster. Il n'avait jamais vu de vrai hamster, mais il avait entendu dire qu'ils remplissaient leurs bajoues de nourriture. Il n'était pas le seul, Aslak, Johánas et Sara, la petite sœur d'Else-Maj, avaient des poches depuis les oreilles jusqu'au cou. Ça avait commencé par de la fièvre. Ils avaient passé quelques jours au lit, et Johánas, qui était le plus âgé et paraissait le plus malade, avait été placé une nuit en salle d'isolement. Lorsque les joues des élèves avaient gonflé, la panique avait gagné l'établissement. Les oreillons. C'était extrêmement contagieux. La directrice avait envie de les étriper, il le voyait à sa mine : elle était cramoisie, hurlait des ordres aux assistantes. On ouvrit grand les fenêtres, on ôta les draps, et les quatre enfants descendirent sur des jambes flageolantes, brûlants de fièvre, dans la pièce commune, en attendant d'être ramenés dans leur famille.

Else-Maj serrait la main de Sara. Elle se moquait bien des règles de la directrice. Il y avait sûrement d'autres enfants qui auraient aimé s'approcher d'eux, être contaminés pour pouvoir rentrer chez eux. On chuchotait jalousement dans les couloirs. Seule Anne-Risten avait peur – elle avait demandé si on pouvait mourir de cette maladie.

Sara avait sept ans, comme Jon-Ante. Lui aussi aurait bien voulu avoir une sœur aînée près de lui pour le consoler, le dorloter. Else-Maj prit Sara dans ses bras et s'assit avec elle par terre. Jon-Ante fit de même. Il avait si mal à côté de l'oreille gauche. Il entendit Else-Maj chuchoter en sami.

— Reste à la maison le plus longtemps possible, Sara. Ne les laisse pas te renvoyer ici. Dis à *enná* et *isá* que tu es malade, que tu n'as pas la force.

Sara hocha la tête, ferma les yeux. Ses joues étaient rouges à cause de la fièvre et l'inflammation chez elle était plus importante que chez lui. Elle poussait des gémissements réguliers.

La directrice fit irruption dans la salle commune, et commença à hurler en apercevant Else-Maj collée à sa sœur.

— Qu'est-ce que tu fabriques ici ?

Elle empoigna Else-Maj par le bras. Sara dégringola au sol. La directrice traîna Else-Maj et la jeta dans le couloir d'une bourrade.

— Foutue gamine ! Si tu tombes malade, je te mettrai à l'isolement. Pas question que tu retournes chez toi.

Sara parvint difficilement à s'asseoir et ne put retenir ses larmes. Jon-Ante s'approcha doucement pour la soutenir, lui chuchota d'arrêter de pleurer.

On entendit un bruit de moteur devant le bâtiment. La directrice changea de ton et cria d'une voix suraiguë :

— Dehors ! Tout de suite ! Le taxi est là ! Dépêchez-vous !

Jon-Ante sortit le dernier, clopin-clopant, levant les yeux vers l'escalier où le groupe d'enfants les suivait du regard. S'il ne souffrait pas tant, il aurait éclaté de rire. Il allait rentrer chez lui. Il ne serait plus obligé de faire les quatre cents coups avec les autres garçons. Ils ne s'étaient pas encore introduits dans l'appartement de la directrice, mais Nilsa et les autres grands disaient presque tous les jours que le moment était bientôt venu.

Le taxi longeait la route accidentée. Jon-Ante était ballotté sur le siège, il soufflait sur la vitre. Ils étaient serrés comme des sardines, trois garçons sur la banquette arrière, et Sara à l'avant. Elle semblait s'être endormie. Elle était la plus malade des trois, les yeux comme absents et la voix pâteuse.

Ils dépassèrent des arbres jaunis, des saules aux branches rouge vif, traversèrent Vuolle Sohppar et arrivèrent enfin chez eux, à Badje Sohppar. Le chauffeur était gentil, il demanda à chaque enfant où il habitait, fit le tour des chemins de campagne pour les déposer. Il n'avait pas peur d'être contaminé, leur expliqua qu'il avait déjà eu les oreillons, et même la rougeole.

Jon-Ante descendit le dernier, il remercia le chauffeur en finnois. *Kiitos*. Il resta planté devant la maison, le visage gonflé comme un hamster, le front brûlant, mais il n'avait jamais été aussi heureux. Ránne fut le premier arrivé, comme toujours en liberté dans la cour. Le chien aboya et frotta son pelage noir contre la jambe de Jon-Ante qui s'accroupit et se laissa lécher le visage. Son haleine était fétide, comme d'habitude, mais Jon-Ante le remarqua à peine. Sa mère avait entendu la voiture. Elle était sortie sur le perron, les manches retroussées et les cheveux cachés sous un fichu blanc. Elle faisait du pain ! L'odeur l'accompagnait dehors, et c'était presque trop pour lui. Elle descendit les marches, les graviers crépitèrent sous ses pas, et elle le prit dans ses bras. Le serra si fort. Pressa sa joue contre la sienne, huma ses cheveux, lui caressa le dos. Il n'allait pas pleurer, ça non. Elle semblait avoir pris la même décision.

— *Ráhkis Jon-Ante*, murmura-t-elle, Jon-Ante, mon amour, comment vas-tu ?

Elle effleura délicatement sa joue, puis son cou.

— Je suis contagieux, parvint-il à prononcer.

Elle renâcla et rit en même temps, lui dit qu'il était fou. Elle allait bien sûr s'occuper de son enfant malade. Il était si difficile de ne pas fondre en larmes quand la main chaude de son *enná* étreignait la sienne. Il baissa les yeux. Ils s'acheminèrent ensemble vers la maison.

Les galettes confectionnées par sa mère couvraient déjà la table de la cuisine, ça débordait. Elle avait cuit le pain plat dans le poêle à bois. Jon-Ante savait exactement comment elle avait étalé la pâte sur la grande planche et utilisé l'arrière d'un couvert pour creuser d'une main légère de petits trous où glissait le beurre quand ils dégustaient le pain tout chaud. Puis elle enfournait et défournait à l'aide d'une pelle à pain ronde.

L'été, elle cuisait le *gáhkku* sur un feu de camp, lorsqu'ils étaient dans les prairies d'altitude, avec les rennes, ou dans le fumoir de la cour. Jon-Ante avait toujours aimé y entrer ; c'était comme une cabane.

Elle avait déjà déposé sur un triangle de pain du beurre qui, effectivement, coulait dans les vallons.

— *Bora !* dit-elle en riant. Mange.

Jon-Ante laissa tomber son sac en tissu à ses pieds et s'assit sur la banquette de la cuisine, là où son *áddjá* dormait ces dernières années. Il ramena ses pieds sous ses fesses et ferma les yeux en plantant les dents dans le pain.

La douleur était insupportable, la déception violente.

— Ça fait trop mal.

Elle avait également coupé des morceaux de viande séchée ; il les approcha de son nez, luttant contre les larmes. Il ne put s'empêcher d'en placer une lichette sur sa langue pour sentir le goût salé, sauvage, mais mâcher s'avérait impossible.

— Oh, mon *reaŋga* ! Mon garçon. (Sa mère lui caressa les cheveux.) Tu es affamé, je le vois bien. Ils ne vous nourrissent pas à l'école ?

Il lut l'inquiétude sur son visage, se dit qu'elle n'avait pas envie de savoir.

— Si, mais ce n'est pas aussi bon qu'ici.

Il entendit un gémissement dans l'une des chambres. *Unna viellja !* Petit frère. Il en avait deux : Mikkel, bientôt cinq ans, et Isak, qui venait de fêter son premier anniversaire.

Jon-Ante bondit sur ses pieds, voulait le saluer au plus vite.

— Je peux ?

— Tu peux jeter un coup d'œil, mais garde tes distances.

Isak était allongé dans son berceau, les yeux grands ouverts, battant l'air de ses petits poings. Il se tourna sur le ventre malgré le peu d'espace et aperçut Jon-Ante. Il éclata de rire, comme si quelqu'un l'avait chatouillé. Jon-Ante voulait le serrer contre lui, sentir sa chaleur et ses mains toutes douces. Sa mère s'approcha, souleva son *viellja*, fit signe à Jon-Ante de s'asseoir sur la banquette de la cuisine et le posa par terre.

— Il marche maintenant, annonça-t-elle.

Au même moment, le bambin pointa les fesses vers le ciel, repoussa le sol de ses mains et se mit debout. Il vacillait sur ses jambes fines et arquées, sa couche avait glissé jusqu'à ses genoux. Incapable de s'en empêcher, Jon-Ante tendit les bras, l'encouragea.

— *Boađe !* Viens.

Isak faisait le fier, avançait en chancelant.

— *Don vázzát !* Tu marches.

Jon-Ante battit des mains, mais au moment où il s'apprêtait à réceptionner son *unna viellja*, sa mère l'attrapa.

— Je dois le changer.

Elle disparut dans la salle de bains avec le petit. On entendit l'eau couler et sa mère chanter.

— Jon-Ante !

Mikkel se tenait sur le seuil de la porte, il se frottait les yeux, sa voix était enrouée. Il fonça vers Jon-Ante et ils s'effondrèrent tous les deux sur la banquette. Son petit frère partit de son gloussement caractéristique, jusqu'à en avoir le hoquet. Il essaya de parler, mais la moitié des mots furent engloutis.

— Tu es là pour toujours ? L'école est finie ?

Il s'accrocha au cou de Jon-Ante, voulait jouer à la bagarre, comme ils faisaient d'habitude. Ils roulèrent sur la banquette et Jon-Ante le laissa triompher, allongé sur le dos, haletant, tandis que Mikkel rebondissait sur son ventre.

— *Mon vuiten !* J'ai gagné.

Non, ce n'était pas tout à fait vrai.

— Voyons, Jon-Ante ! Arrête !

Sa mère, de retour, souleva Mikkel d'un coup sec. Elle resta plantée là, avec un enfant sur chaque hanche.

— Je n'ai pas eu le temps de le prévenir, il s'est jeté sur moi.

Elle secoua la tête et soupira.

— Qu'est-ce qu'on va faire ? Ils vont être contaminés, c'est sûr.

Jon-Ante posa une main sur sa gorge endolorie, les yeux rivés au sol.

— Ce n'est pas ta faute, *reaŋga*. (Sa mère avait retrouvé sa voix douce.) Ça va s'arranger.

Mikkel esquissa une moue, il voulait descendre, il était trop grand pour être porté.

— Jon-Ante est malade. Ne jouez plus à la bagarre.

— Je resterai longtemps à la maison, dis ?

Jon-Ante n'osait pas vraiment la regarder – il s'était aperçu que sa lèvre inférieure tremblait. Elle disait souvent qu'elle n'était pas forcément triste quand elle pleurait, qu'elle était faite comme ça : les larmes coulaient lorsqu'elle était heureuse et malheureuse.

— Oui, au moins une semaine. Jusqu'à ce que la fièvre soit retombée.

— Tu as une tête bizarre, dit Mikkel qui venait de remarquer le visage asymétrique de son frère. Ça fait mal ?

Jon-Ante acquiesça d'un signe de la tête. Il sentait dans son corps que la fièvre était en train de s'apaiser. Les journées précédentes, il avait des vertiges. Quarante degrés, avait murmuré Anna. Il ne voulait pas guérir, il voulait rester à la maison pour toujours.

Mikkel donnait la main à Isak et arpentait la cuisine avec lui. Jon-Ante les regardait, avec envie.

— Quand est-ce qu'il a appris à marcher ?

— Le lendemain de ton… (Sa mère s'interrompit.) Cette semaine, même peut-être hier.

— *Isá* ne va pas rentrer, si ?

— Non.

— Est-ce qu'il sait que je suis malade ?

Sa mère secoua la tête. Ils n'allaient pas se voir pendant encore plusieurs mois. Si tout avait été comme avant, il se serait trouvé avec son père et les rennes.

— Mais il t'a fabriqué quelque chose. Il devait te l'offrir pour Noël, mais je pense que c'est le bon moment.

Elle revint avec une tasse en bois, si lisse qu'elle lui glissait presque des mains. L'anse rehaussée d'un rectangle en bois de renne portait la signature de son *isá*, gravée au couteau et incrustée d'écorce de bouleau. Jon-Ante était allé chercher l'écorce avec son père, laquelle avait été mise à sécher. On la grattait pour former une poudre que l'on mouillait d'un peu de salive ou d'eau avant de l'introduire dans les rainures. Jon-Ante connaissait parfaitement la technique.

— Tu le prendras à l'école.

Elle lui tapota le bras.

Il regardait la tasse, la caressait du bout des doigts, sans savoir quoi répondre. Il n'aurait pas le droit de l'utiliser au réfectoire, ou bien Nilsa la lui volerait. Il voulait évidemment l'emporter. Il la cacherait dans son lit, la serrerait dans son poing le soir en pensant à son père.

— Tu as ramené du linge sale ?

— Oui.

Il avait honte de remettre ses sous-vêtements à son *enná*. Certains étaient maculés d'urine séchée.

— Qu'est-ce que tu as appris à l'école ?

Il savait lire quelques mots en suédois à présent, presque toute la prière du matin, mais il se garda bien de le dire.

— Je sais faire les additions, et bientôt les soustractions.

— Tu t'y plais ?

Sa question était légère comme une plume. Il souffla la réponse avec la même légèreté.

— Pas trop mal.

Anne-Risten

1954

Anne-Risten reconnut immédiatement ses pas devant le dortoir. Elle avait appris à les distinguer des autres. Il croyait marcher sans bruit, mais elle entendait. Pourquoi n'avaient-elles pas le droit de verrouiller la porte ? Comment la directrice pouvait-elle passer à côté de ces grincements, elle à qui rien n'échappait ?

Le lit d'Anne-Risten était disposé à côté de la fenêtre, un mauvais endroit, balayé de courants d'air du début à la fin de l'hiver. Elle était presque toujours enrhumée, elle reniflait, avait mal à la gorge. Elle avait beau dormir avec les chaussettes en laine que son *enná* lui avait tricotées, elle avait toujours froid. Mais, à présent, elle se félicitait d'être loin de la porte par laquelle venait de se glisser Nilsa. Elle n'osait pas bouger, voulait se jeter dans le lit d'Else-Maj. Il était comme une ombre effrayante. La lune qui brillait cette nuit-là ne l'avait pas dissuadé. Plissant les yeux, elle le vit se diriger vers Laila, une des filles les plus âgées. Pourquoi n'appelait-elle pas à l'aide ?

Nilsa se pencha en avant, passa la main sur la couverture. Puis au-dessous. Anne-Risten distinguait mal, mais il semblait que Laila s'était assise et lui donnait un coup. Il ricana et s'en alla en courant, réveillant plusieurs filles qui, apeurées, remontèrent leur couverture jusqu'au menton. Maintenant, il se vanterait d'avoir touché des nénés.

Les grandes s'approchèrent du lit de Laila qui sanglotait.

Anne-Risten glissa sa main le long de sa chemise de nuit, sur sa poitrine plate. Elle était si maigre qu'elle sentait ses côtes à travers le tissu. Pas de nénés. Elle ne voudrait jamais devenir comme Laila. Si ses seins poussaient, elle les banderait. Son cœur battait la chamade sous ses doigts, elle suffoquait, comme si elle était déjà emmaillotée. Est-ce que c'était grave ? Et pourquoi ça cognait dans ses oreilles ? Même dans son ventre, elle sentait un pouls désagréable.

À côté d'elle, Else-Maj s'était réveillée.

— C'était encore Nilsa ?

— *Juoa*, approuva Else-Maj.

Else-Maj, qui avait onze ans, devrait bientôt avoir des seins. Mais elle était de petite taille, presque aussi petite qu'Anne-Risten malgré ses trois ans de plus, et l'on ne pouvait pas imaginer qu'elle serait bientôt pubère. À douze ans, Laila ressemblait déjà à une adulte, avec des seins et des fesses rebondies. Nilsa la tripotait dès qu'il en avait l'occasion. Aucun adulte ne s'en apercevait. Comment était-ce possible ?

Anne-Risten se sentait parfois paralysée par la sensation d'être complètement abandonnée, de n'avoir personne vers qui se tourner. Si au moins Anna dormait dans le même bâtiment, elle aurait pu se glisser dans sa chambre pour y puiser du réconfort. Mais ici il n'y avait que la directrice qui haïssait les enfants, qui leur voulait du mal. Qui ne s'occupait pas d'elle même quand elle était souffrante. C'était le pire cauchemar d'Anne-Risten : tomber malade à l'école et pleurer silencieusement l'absence de son *enná*.

Au printemps dernier, elle avait téléphoné à ses parents, avec l'aide d'Anna. Sa gorge était particulièrement enflée, elle avait l'impression d'étouffer. Elle avait échangé avec sa mère, en larmes, disant qu'elle cesserait sans doute de respirer cette nuit-là. On avait fait venir un médecin, lequel l'avait accusée de fabuler, de se plaindre pour rien. Anne-Risten voyait bien, pourtant, lorsqu'elle ouvrait la bouche dans un grand « ah », que sa gorge était rouge vif et gonflée de part et d'autre du petit lambeau qui pendouille au fond du gosier. Quand le médecin avait palpé les ganglions au niveau de son cou, elle avait gémi de douleur, mais il s'en moquait aussi. La directrice s'était bien entendu fâchée – comment osait-elle demander à voir un docteur sans être malade ? Ce dernier parti, elle avait traîné Anne-Risten hors du dortoir, l'avait plaquée contre le mur du couloir et menacée, les dents serrées, de la fouetter. Mais, se ravisant, elle avait empoigné les cheveux d'Anne-Risten et avait tiré d'un coup sec. Son cuir chevelu brûlait comme du feu, et le choc l'avait fait hurler. La directrice avait ouvert la main et l'avait secouée pour faire tomber les mèches qui y collaient encore. Anne-Risten voulait toucher sa tête pour savoir si ça saignait, mais ne pouvait détacher le regard de la touffe échouée au sol.

— Ann-Kristin, tu te coucheras sans dîner ce soir, avait vociféré la sorcière.

Ann-Kristin. Elle avait eu du mal à s'y faire. C'est le maître qui lui avait donné un prénom suédois, du moins avait-il été le premier à l'utiliser pour l'appel. Elle ignorait qui avait changé son prénom sur les listes de classe. Plusieurs enfants avaient été étonnés et avaient murmuré un « oui » hésitant en entendant leur nom sami déformé pour correspondre à l'école pour nomades.

— C'est toi, lui avait soufflé un élève une fois que l'instituteur eut répété deux fois « Ann-Kristin » sans que personne ne réagisse.

Elle aurait voulu protester, mais avait été obligée de répondre par l'affirmative, acceptant par là même qu'elle portait désormais un autre prénom.

Laila avait cessé de sangloter. Ses amies se recouchèrent.

— Nilsa, je le déteste, chuchota Anne-Risten à Else-Maj.

— Tout le monde le déteste.

— Je peux rapprocher mon lit du tien ?

— Tu es folle ? Ça va résonner dans tout l'internat. (Else-Maj lui tourna le dos.) Dors, maintenant.

— On ne peut pas parler un peu ?

Anne-Risten aurait tellement voulu faire taire le vrombissement de l'angoisse dans sa tête. Elle voulait demander à Else-Maj si elle pensait à sa chère Sara qui était toujours à la maison avec les oreillons. Elle aurait aimé savoir quelle sensation Sara éprouvait à la gorge. En tout cas, son visage avait doublé de volume. Ça faisait peur à voir.

Anne-Risten laissa glisser ses doigts sur les ganglions du cou. Elle se racla la gorge. Peut-être avait-elle attrapé les oreillons, elle aussi ? C'était boursouflé, non ? Malgré le froid, elle repoussa sa couverture, écarta les lèvres pour respirer par le nez et la bouche. Et si sa gorge s'obstruait au milieu de la nuit ? Cette idée lui coupa la respiration et elle dut se forcer à inspirer profondément.

— Else-Maj, chuchota-t-elle. Tu dors ?

Pas de réponse. Non, personne ne l'aiderait. Le lendemain matin, les autres filles la trouveraient morte, glacée au fond de son lit. Et si, cette fois, cela arrivait vraiment ?

Nilsa

1954

— On va s'évader.

Nilsa les observa un par un. Juhan, Guttorm, Aslak et Jon-Ante. Juhan et Guttorm affichaient un sourire jusqu'aux oreilles. Jon-Ante, lui, écarquillait les yeux. Nilsa les avait rassemblés derrière l'internat dans une atmosphère nimbée de mystère. Ils n'avaient pas pu disposer les punaises dans le lit de la directrice, la sorcière était trop rusée, elle fermait sa porte à clé. Mais une nouvelle idée avait germé dans son esprit, bien meilleure.

Quand il avait demandé, ou plutôt ordonné, à Jon-Ante de l'accompagner derrière l'internat, cette poule mouillée l'avait suivi, l'air pas rassuré.

— On ne compte pas rester ici un jour de plus, avait-il commencé. On en a ras le bol. Ce soir, quand tout le monde dort, on se fait la malle. Allez vous coucher sans vous déshabiller. Je vous ferai signe au moment de partir. Et gare à celui qui fait le moindre bruit et qui nous fait prendre.

Jon-Ante baissa les yeux.

— Pourquoi est-ce que je dois venir avec vous ?

— Pour prouver que t'es pas une mauviette. Si t'es une mauviette, on va t'abîmer le portrait.

Nilsa se rengorgea. Il allait casser la gueule à ce moins-que-rien s'il osait lui tenir tête. Une fois, il lui avait décoché un coup de poing dans le ventre. Sans air dans les poumons, Jon-Ante s'était effondré au sol, incapable de pleurer ni crier.

— Mais ma famille n'est pas au village en ce moment, je ne peux pas rentrer chez moi.

— Tu te débrouilleras.

— *Enná* m'a dit de ne pas courir juste après avoir eu les oreillons.

— Aslak n'a aucun mal à courir. Il était aussi malade que toi.

Il entoura son petit frère de son bras, le serra contre lui, s'étira pour qu'Aslak suive le mouvement, mais lâcha prise, sentant de la résistance de son côté.

— On emporte quelque chose ? demanda Jon-Ante d'une voix tremblante.

— Ce que tu veux.

Nilsa n'allait rien emporter, aucun d'entre eux n'allait rien emporter. Il sourit à Juhan et Guttorm, haussa les sourcils, les fit rire. Ils n'étaient pas vraiment en train de se tirer, il s'agissait d'autre chose. À l'instar du projet impliquant les punaises, l'objectif était bien différent de celui annoncé. Il avait convaincu ses amis de se joindre à lui, leur avait dit qu'ils allaient tromper Jon-Ante pour que la directrice lui flanque une vraie correction. « Ce petit morveux a besoin d'une bonne leçon. »

Plusieurs heures plus tard, dans son lit, les mains sur les draps, il essuyait sans bruit ses paumes, agacé par leur moiteur. L'excitation était à son comble. Il allait pouvoir dire à son père que lui aussi s'était vengé de cette lignée de voleurs de rennes. Il serait fier de lui. L'heure était venue de les remettre à leur place, avait dit son *isá* la dernière fois que Nilsa était rentré, sans lui expliquer comment, mais il avait fomenté son propre plan.

Quand les respirations dans le dortoir se firent calmes et régulières, il tourna la tête vers Guttorm, esquissa un signe. Nilsa souleva délicatement sa couverture, Guttorm l'imita. De l'autre côté de la pièce, Juhan se leva d'un bond. Ils sortirent à pas feutrés et continuèrent vers l'autre chambre. Ses pupilles s'étaient accoutumées à l'obscurité. Aslak se glissa rapidement hors du lit, mais Jon-Ante ne bougea pas. S'était-il endormi ? Nilsa allait devoir passer devant plusieurs garçons qui roupillaient pour l'atteindre. D'un mouvement de la tête, il indiqua à Guttorm d'aller chercher le morveux. Guttorm dut le tirer par le bras. Jon-Ante serrait dans ses poings ses chaussures et son sac en lin blanc. Son regard fiévreux trahissait sa peur.

Le plancher dans l'entrée craqua, mais en deux pas ils étaient à la porte. Ils se glissèrent dehors l'un après l'autre. Nilsa respira à pleins poumons l'air frais de l'automne. Chaque fibre de son corps était en état d'alerte. Les autres avaient l'air nerveux, il devait leur montrer que lui n'avait pas froid aux yeux, consolider sa réputation d'intrépide. Ils se dirigèrent vers la rue. Les graviers de la cour crissèrent sous leurs pieds. La première ligne droite qui traversait le village n'était pas très longue. Ils accélérèrent la cadence une fois l'église jaune dépassée. Un habitant pouvait regarder par la fenêtre, mais les nuits étaient noires à présent. Au bout de quelques centaines de mètres, ils atteignirent un embranchement dans un virage. L'une des routes menait à l'école municipale où les enfants d'éleveurs de rennes n'étaient pas les bienvenus. Nilsa cracha dans cette direction. Pas plus tard qu'hier, une bagarre avait éclaté entre des enfants du village et les élèves de l'école pour nomades. Il avait balancé une de ces torgnoles au laideron de la bande, en plein dans le nez, ça dégoulinait de sang écarlate, épais. Son poing lui faisait encore mal.

Tout avait commencé par un « Saleté de Lapons ! », suite à quoi Nilsa, Guttorm et Juhan les avaient pris en chasse. Ils étaient lancés. Ils s'étaient battus jusqu'à ce que deux d'entre eux tombent à terre et Nilsa n'avait pas pu s'empêcher de les marteler de coups de pied en les menaçant de leur faire la peau s'ils mouchardaient.

Après le virage s'ouvrait la plus longue ligne droite. Il fallait prier pour que personne ne les remarque.

— On va courir longtemps comme ça ? haleta Guttorm à côté de lui.

— Pour l'instant, oui, mais tout à l'heure on pourra se cacher dans le fossé ou dans la forêt si on nous voit.

Jon-Ante avait l'air paniqué. Son sac en lin bondissait sur son dos à chaque foulée. Aslak était le dernier. Nilsa ralentit pour lui permettre de rattraper son retard. Il aurait voulu lui hurler de se ressaisir, de courir plus vite, d'être plus fort, plus dur. C'était comme si Aslak l'entendait, il suppliait Nilsa du regard, comme une âme en peine, les larmes aux yeux.

— Je crois qu'il va pleuvoir, dit Guttorm avec un mouvement du menton vers l'arrière.

Nilsa ne se retourna pas.

— Cause toujours, tu m'intéresses.

— Mais…

— Cours, au lieu de jacter !

Nilsa accéléra, la distance avec les autres s'accroissait. Il ne s'arrêta qu'à la courbe suivante. Il chercha tant bien que mal à calmer son souffle, feignant l'indifférence, contemplant les garçons qui crachaient leurs poumons, pantelants. Jon-Ante était rouge comme une tomate et se mordait la lèvre inférieure.

— Je n'ai plus la force de courir, chuchota-t-il.

— On va continuer en marchant. On peut se cacher derrière les arbres.

— Mais il y a des ours dans les parages.

Nilsa eut un rire.

— Chante, ça les éloigne.

Il se mit en route. Les autres lui emboîtèrent le pas. Jon-Ante resta coi. Nilsa devait-il insister, le forcer à entonner un air ? C'est vrai qu'il y avait des ours, ici. Il se ressaisit. Ah ! Qu'est-ce que ça pouvait bien faire ? Il n'avait pas peur.

Le vent s'était levé, leurs pantalons flottaient autour de leurs jambes.

— Il va pleuvoir, je te l'avais bien dit, fit Guttorm, l'air renfrogné.

— Et alors ?

Guttorm se pencha vers lui, murmura :

— On ne peut pas rentrer mouillés, ça va nous trahir. Où va-t-on faire sécher nos vêtements ?

Nilsa pesta. Guttorm, un vrai monsieur Je-sais-tout.

— Si t'as les jetons, tu peux toujours rebrousser chemin.

Ils avaient encore plusieurs kilomètres à parcourir. Peut-être qu'ils s'étaient levés trop tard finalement. Nilsa essayait de calculer le temps qu'il leur faudrait pour regagner l'école. Deux heures, au moins, aller-retour.

Le grondement arriva telle une avalanche de pierres à flanc de montagne.

— Il y a de l'orage ? suffoqua Aslak.

C'était impossible. C'est vrai que la journée avait été inhabituellement chaude, le soleil brûlait comme en été, mais un orage en automne, c'était du jamais-vu.

— Mais non, tête de nœud, grogna Juhan.

Aslak eut un regard plein d'incertitude. Nilsa détourna les yeux, ne supportait pas de voir ça. Il en avait la chair de poule. Il songea à son *enná* qui avait une peur bleue des orages, crainte qu'elle avait transmise à Aslak. Son *viellja* lui ressemblait à tout point de vue. Beaucoup trop fragile. Nilsa avait essayé de lui apprendre à se battre, mais les coups de poing d'Aslak étaient trop mous et il finissait toujours par se faire mal. Nilsa avait beau lui dire de serrer la main plus fort, il en semblait incapable. Cette nuit, il avait amené Aslak pour montrer aux autres qu'il était plus courageux qu'ils le pensaient, mais il était là, les jambes flageolantes. Il avait tout gâché.

— Il va pleuvoir comme vache qui pisse, dit Guttorm. Vous avez vu le vent ?

Les bourrasques soufflaient, c'était presque une tempête. Ils étaient encore loin, ils allaient devoir se magner le train.

— Allez, courez ! ordonna Nilsa. Direction le cimetière.

C'était le projet dès le début. Il se dit que l'averse tombait à point nommé. Ils n'auraient pas besoin de forcer Jon-Ante, il irait au boulevard des allongés de son plein gré, pour s'abriter.

Le déluge s'abattit sur leurs têtes, leur fouettant le visage. Leurs vêtements, détrempés en quelques secondes, leur collaient à la peau. Leurs chaussures étaient pleines d'eau.

Aslak courait, les mains sur les oreilles, criant que le vent lui donnait mal à la tête. Jon-Ante avait l'air en pleurs.

Nilsa, Guttorm et Juhan cavalaient en serrant les dents, en renâclant. Trempés qu'ils étaient, ils pouvaient aussi bien couper par la tourbière ! Mais la progression serait trop difficile, Nilsa le comprenait bien. Il ralentit l'allure, les autres parvenaient plus facilement à suivre.

Ils avançaient en silence, sans se regarder. Bientôt, ils auraient atteint le dernier virage avant le cimetière.

— Et si on s'abritait dans le cabanon, s'exclama Guttorm, comme s'il venait d'avoir une idée.

Une dernière montée facile, et ils avaient atteint le vieux muret de pierre qui entourait les morts. Nilsa le franchit le premier. Le goût du sang envahit sa bouche, mais il ne cracha qu'un filet de salive.

Ils se glissèrent entre les sépulcres. La pluie battait les tombeaux gris et noirs, comme des larmes coulant sur les noms et les années.

Ils gagnèrent le cabanon en bois rouge. La porte était fermée par un cadenas. Ils s'y attendaient.

— Va chercher une pierre, ordonna Nilsa à Guttorm qui se mit à fouiller le sol du regard. En vain.

— Va voir vers la forêt.

Nilsa indiqua l'allée couverte de graviers. Guttorm s'immobilisa. Au bout du chemin, juste à l'orée du bois, se trouvait la chambre froide où on gardait les défunts avant l'enterrement. Sous terre, dissimulée sous la butte. Qui sait quels fantômes y flottaient encore. Nilsa dévisagea son ami d'un air de défi. Interdiction de flancher, il le savait, ne jamais faire paraître le moindre doute, toujours être le chef.

— Qu'est-ce que tu attends ?

— Demande à Jon-Ante.

— Bonne idée. Vas-y, morveux, fit Nilsa, soulagé que ça ne se transforme pas en lutte de pouvoir avec Guttorm.

Jon-Ante grelottait tellement qu'il était incapable de tenir en place. Il reniflait, s'essuyait le nez de la main.

— Je ne veux pas y aller.

— Tu préfères qu'on crève de froid ici ? Il faut qu'on arrive à rentrer, dit Nilsa en poussant Jon-Ante par l'épaule.

— Je peux aller chercher un caillou devant le cimetière.

— Ils sont trop petits. Il nous faut une grosse pierre.

Il bouscula le minus qui tituba en avant, dans l'allée. Lui-même se réfugia sous le toit du cabanon. La pluie se calma, bientôt elle s'arrêterait. Refusant de révéler qu'il était gelé, Nilsa croisa ses bras tremblants sur sa poitrine.

Jon-Ante s'éloigna, tête basse. Parvenu à la butte, il se mit à galoper, grimpa par-dessus le muret et disparut entre les arbres. Bientôt, il était de retour avec une pierre si lourde qu'il la portait le dos voûté.

Nilsa l'abattit sur le cadenas, mais ce fut peine perdue. Les autres le fixaient. Il essaya de nouveau. Ses mains le faisaient souffrir, mais il ne le montrait pas, prenait sur lui.

— Tant pis, dit-il. On va casser la fenêtre.

Il arracha le sac de lin des mains de Jon-Ante, glissa la pierre à l'intérieur et frappa la vitre fine qui se brisa. Les bouts de verre s'échouèrent au sol avec des cliquetis. Il retira soigneusement les éclats autour de la fenêtre. Il ne fallait pas qu'ils se coupent. La fenêtre était étroite. Les petits pouvaient passer, mais il ne voyait pas comment Guttorm, Juhan et lui allaient réussir à s'y faufiler.

— Oust, entrez là-dedans, dit-il à Jon-Ante et Aslak. Vous serez à l'abri.

Ils soulevèrent d'abord Jon-Ante qui baissa les manches de son manteau pour ne pas risquer les éraflures quand il se hissa sur le rebord de la fenêtre. Il se laissa tomber délicatement sur le sol parsemé de tessons. Ils prirent la main d'Aslak et l'aidèrent à grimper. Les garçons avaient l'air soulagés. Ils s'assirent par terre, à côté de pelles et d'outils.

— Nous, on va s'en sortir dehors, dit Nilsa.

Les grands se plaquèrent contre le mur du cabanon. La température avait chuté. Ses habits glacés lui collaient à la peau. Sa lèvre inférieure tremblait même s'il la mordait. Guttorm claquait des dents, tout son corps était secoué de soubresauts.

Les nuages avaient glissé vers Sohppar, vers chez Nilsa. La pluie cessa brutalement. Seules les gouttes qui tombaient du toit brisaient le silence.

— On continue ? demanda Juhan, mais son regard trahissait une envie bien différente.

— Non, je crois qu'il faut qu'on se repose. Qu'on sèche, répondit Nilsa. Le gardien ne vient qu'à six heures, on peut attendre un peu sans se faire pincer. Personne ne nous cherchera cette nuit.

Jon-Ante et Aslak étaient affalés contre le mur, comme des poupées de chiffon, pâles et muets.

Les minutes passèrent, puis un quart d'heure. Incapables de rester immobiles, les garçons se mirent à faire les cent pas sur les graviers. Nilsa évitait de contempler les tombes, espérant qu'Aslak n'allait pas s'inquiéter des mauvais esprits. Ils avaient du mal à se réchauffer, frappaient leurs torses avec leurs poings.

— Qu'est-ce qu'on fait ? On doit rentrer. Il fait trop froid, gémissait Guttorm.

— Jon-Ante ne s'endormira pas. Il garde les yeux grands ouverts, dit Juhan.

Le plan initial avait été de faire entrer Jon-Ante par la ruse dans le cabanon, attendre qu'il s'assoupisse et le laisser seul.

Nilsa décocha un coup de pied dans un caillou, toucha un sépulcre. On entendit un bruit sourd de mauvais augure.

— Alors, on va l'obliger à rester.

— Comment ?

Nilsa eut un vif mouvement de la tête et s'avança vers la fenêtre. Il n'arrivait pas à parler normalement, ses lèvres étaient bleues, gelées.

— Lève-toi, Aslak.

Il sauta sur ses pieds.

— Prends le tabouret et sors.

Les mains d'Aslak tremblaient quand il les ferma sur celles de Nilsa. Jon-Ante se mit debout, attendant son tour.

— Toi, tu ne bouges pas d'ici.

— Mais…

— Tu restes là.

— Vous allez continuer sans moi ?

— Eh oui, ça t'étonne, hein ?

Les yeux de Jon-Ante se mouillèrent de larmes.

— Je ne veux pas rester seul.

— C'est une épreuve. Si tu restes là jusqu'à demain matin, on ne lèvera plus la main sur toi. Mais si tu nous suis, on te flanquera des raclées tous les jours.

À ses côtés, Guttorm et Juhan affichaient une mine hilare.

— Espérons que les fantômes ne viendront pas te chercher. Il paraît qu'ils sortent de leurs tombes si on leur rend visite la nuit, dit Nilsa.

Il s'était réchauffé, son cœur battait plus vite, faisant monter sa température corporelle. Il appuya sur une narine, souffla par l'autre. Immobile, Jon-Ante les dévisageait, semblant demander grâce. Aslak baissa la tête. Nilsa aurait voulu lui relever le menton, l'obliger à soutenir le regard de Jon-Ante.

— Nous, on se tire. Et si tu es de retour à l'internat avant le petit déjeuner, alors…

Nilsa brandit un poing serré devant lui.

— Vous ne vous enfuyez pas ? Vous ne rentrez pas chez vous ? demanda Jon-Ante d'une voix piteuse.

Personne ne répondit. Nilsa fit signe aux autres, ils sautèrent par-dessus le muret et s'enfoncèrent dans le noir. Ils entamèrent au pas de course leur retour jusqu'à l'école.

Marge

1985

Marge avait mis à Estela un t-shirt à manches longues blanc décoré d'un motif pastel sur la poitrine, un pantalon rose clair et des petits mocassins blancs à pompons. Elles remontaient la rue Kyrkogatan. Plus loin, on distinguait l'église en bois rouge. Marge s'était dit qu'elles iraient la visiter, un jour. Il était écrit dans les documents d'Estela qu'elle aimait beaucoup la musique, surtout le chant. Marge avait songé à l'inscrire dans une chorale d'enfants, mais ça pouvait tomber à plat. L'orphelinat avait été décrit comme une institution religieuse. L'église et les notes de l'orgue pouvaient raviver un tas d'émotions. Réveiller des souvenirs douloureux. Avait-elle le mal du pays ? Marge ne savait pas grand-chose de la région d'origine de sa fille. Après le rendez-vous chez le médecin, elles iraient à la bibliothèque. Elle emprunterait des livres sur la Colombie, ce qu'elle aurait dû faire depuis longtemps.

Estela lui serrait la main de toutes ses forces en jetant des regards inquiets autour d'elle. Marge lui souriait, lui tirait un peu le bras pour lui faire lever les yeux, et la faire sourire en retour. Estela l'observait en coin sans quitter son expression boudeuse.

Marge avait essayé de lui expliquer ce matin, à grand renfort de gestes, ce qu'effectue un médecin. Estela avait déjà passé plusieurs visites médicales avant d'arriver en Suède. Elle devait avoir l'habitude.

— Hôpital, dit Marge en indiquant le bas de la rue dans laquelle elles venaient de tourner à gauche. Médecin.

Cela faisait quelques semaines qu'elle était là et Marge ne décelait aucun progrès. Elle serait obligée de mentir au professionnel de santé, mais il comprendrait bien à leurs langages corporels que quelque chose ne tournait pas rond.

Estela se figea en franchissant la porte. L'odeur de désinfectant piquait le nez, elle huma l'air.

— Non, dit-elle en secouant la tête. Non.

Marge s'accroupit, inclina la tête sur le côté.

— Tout va bien se passer. Je suis avec toi.

Estela lâcha sa main. Elle la fusilla du regard. Elle se sentait trahie, Marge le voyait bien. Elle pensait qu'elles sortaient pour leur promenade quotidienne à la recherche d'un nouveau square. Marge essaya de lui reprendre la main, mais Estela cacha les siennes derrière son dos.

— Le médecin est gentil.

Estela recula d'un pas, considéra la sortie comme si elle envisageait de prendre la poudre d'escampette, puis elle observa le couloir. Marge n'eut pas le temps de se lever que sa fille avait détalé. Elle avait aperçu des toilettes. Marge lui courut après, mais la porte claqua devant son nez. Elle s'était enfermée.

— Estela ! S'il te plaît, ouvre. (Elle frappa délicatement.) Le médecin est gentil, je te le promets.

La fillette devrait comprendre davantage de mots désormais. Marge le croyait, mais c'était désespérant de ne pas pouvoir en être certaine. Elle avait usé de pédagogie, acheté des fruits qu'elle avait posés sur la table. Elle avait indiqué la pomme en prononçant lentement le mot. Puis la banane. Ses « a » longs lui avaient fait penser à un clown qu'elle avait vu un jour à la télévision avec ses neveux. Sa fille avait écouté, mais ne l'avait pas imitée.

— Estela, ouvre ! Je reste avec toi. Ça va bien se passer.

Marge jeta un coup d'œil circulaire, consulta sa montre. Plus que dix minutes. Marge avait offert à sa fille une Swatch multicolore et avait patiemment essayé de lui apprendre les chiffres.

— Le médecin nous attend. On doit y aller.

Elle parlait à voix basse et s'interrompait chaque fois que quelqu'un longeait le couloir.

— Bon, je te laisse quelques instants. Tu vas rester toute seule, mais je dois aller chercher quelqu'un qui pourra ouvrir.

Elle se hâta vers le guichet d'accueil sans quitter des yeux la porte des toilettes. La femme derrière la vitre affichait un sourire accueillant.

— Ma fille est enfermée dans les toilettes et nous avons rendez-vous chez le médecin. Pouvez-vous m'aider ?

Marge pointa le doigt, tentant d'empêcher sa main de trembler.

— Elle a peur ?

— Oui, c'est la première fois qu'elle va chez le médecin. Ou bien vous voulez dire, peur d'être enfermée ? Oui, bien sûr.

Elle ne parvenait pas à dire qu'Estela s'était enfermée délibérément. La femme la jugerait, la prendrait pour une mauvaise mère. Ce qu'elle était, évidemment.

— Je vais appeler Bosse, qui va nous régler ça. Ça va aller, madame ? Vous êtes toute pâle.

Marge dut détourner les yeux ; cette bienveillance inattendue, c'était trop.

Combiné à l'oreille, la femme composait le numéro à l'aide d'un stylo.

— Oh, regardez, la porte s'est ouverte !

Elle irradiait. Marge fit volte-face et vit Estela dans le couloir, les yeux écarquillés, qui la cherchait du regard.

— Ici ! Je suis là !

Marge agita la main, trotta jusqu'à sa fille. Elle aurait tant voulu la serrer dans ses bras, mais s'arrêta juste à côté d'elle. La femme à l'accueil devait se poser des questions. Marge n'osait pas caresser les joues striées de larmes. Sa fille la contemplait avec inquiétude.

— Le médecin est gentil, insista Marge en lui tendant la main.

Estela ne la prit pas.

— On va par là.

Elle esquissa un signe et Estela lui emboîta le pas.

L'infirmière les attendait déjà à la porte, qui se trouvait presque au bout du corridor. N'avait-elle pas l'air agacée ? Marge se demanda si elles devraient accélérer le pas.

— Je suis désolée, mais elle s'est enfermée, ou plutôt elle est restée enfermée dans les toilettes, expliqua-t-elle en arrivant.

L'expression de l'infirmière s'adoucit, elle baissa les yeux sur Estela, fit glisser ses doigts sur sa joue.

— Ma petite puce. Heureusement que tu as réussi à sortir.

Estela ne repoussa pas la main qui caressait son visage. Était-ce aussi facile ?

— Le médecin sera bientôt là. Je vais d'abord te peser et te mesurer. (Elle marqua une pause, leva les yeux vers Marge.) Comprend-elle le suédois ?

— Très peu.

— Vous devez le lui faire pratiquer tout le temps.

Marge hocha la tête. Que faisait-elle, à son avis ?

L'infirmière posa une main sur sa propre poitrine.

— Ulla.

Elle se pencha vers Estela et plaça la paume sur la sienne. Estela n'essaya pas de s'y soustraire.

— Estela, chuchota-t-elle.

Ulla monta sur la balance et montra l'aiguille qui tournait vers la droite.

— Oh là là ! Beaucoup de kilos, rit-elle. À ton tour.

Estela s'exécuta. L'aiguille bougea à peine, mais l'infirmière sourit de nouveau gentiment en prenant des notes.

Ulla se plaça sous la toise et Marge vit qu'elle mesurait un mètre soixante-deux. Un simple geste du plat de la main suffit pour qu'Estela plaque le dos au mur. L'infirmière abaissa la poignée en bois jusqu'à un mètre douze.

— Elle n'est pas très grande pour son âge, dit-elle. Est-ce qu'elle se nourrit bien ?

Comme si Marge était la cause de sa petite taille et son poids plume ! Ne voyait-elle pas dans ses papiers qu'Estela venait d'arriver ?

— Assez bien.

— Assez bien ?

— Oui. Elle est un peu difficile.

L'infirmière leva un sourcil.

— Ce n'est pas ce que je veux dire, reprit Marge. C'est juste qu'elle n'est peut-être pas encore habituée à nos plats.

— Donnez-lui ce dont raffolent les enfants. Des crêpes, des spaghettis bolognaise, de la glace, de la tarte à la crème. Elle n'a que la peau sur les os.

Comme si Marge ne lui avait pas déjà fait manger de la glace. Aux trois parfums. Estela avait préféré la vanille et le chocolat. Elle avait fait des crêpes. Les rideaux étaient poisseux de vapeurs grasses.

— Quand va-t-elle entrer à l'école ?

Était-ce vraiment à l'infirmière de poser toutes ces questions ? Pas au médecin ? Marge voulait se rebiffer, mais la soignante le noterait dans ses papiers.

— Elle ira d'abord au jardin d'enfants. Nous allons bientôt commencer l'adaptation.

— Alors il y a un deuxième responsable légal ?

Le « nous » était sorti sans crier gare. Non, il n'y avait pas de père, pas d'autre responsable. Elle rougit.

— Je veux dire, le personnel du jardin d'enfants et moi.

L'infirmière se tourna vers Estela.

— Tu vas bien t'amuser au jardin d'enfants. Te faire des copains et des copines. (Elle adressa à Marge un petit sourire.) C'est bien de découvrir autre chose que la vie à la maison avec maman.

C'est la première fois qu'on l'appelait maman. L'infirmière avait devancé Estela. Et sa propre famille.

On entendit des coups légers à la porte, et un homme d'une quarantaine d'années, grand et élancé, entra. L'atmosphère dans la pièce changea subitement. Marge vit Estela baisser les épaules, se faire toute petite.

Il tendit le bras. Poignée de main ferme et regard autoritaire. Marge avait déjà vu des yeux de médecin comme les siens.

— Krister, dit-il brièvement à Marge qui se présenta.

Il consulta les annotations de l'infirmière, puis, se tournant vers Estela, il indiqua la table d'auscultation où le papier blanc garantissait un certain niveau d'hygiène. Estela s'y assit, le papier se froissant sous ses fesses.

— Retire ton t-shirt, dit-il.

Estela regarda ses mains. Marge regrettait de lui avoir mis du vernis à ongles rose, comme sur les siennes. C'était une manière de pouvoir toucher sa fille. Tenir tendrement sa main douce en caressant ses ongles du bout du pinceau. Elle lui avait appris à souffler pour les sécher. Estela avait observé ses mains toute la journée, les plaçant devant elle, écartant les doigts, cherchant la lumière du soleil, à la fenêtre de la cuisine. À présent, ça faisait seulement mauvais genre. Une fillette de six ans aux ongles peints.

— Elle ne comprend pas, dit Marge en imitant l'infirmière : elle saisit son pull, le remonta légèrement, tout en montrant sa fille du doigt.

Estela tira sur son t-shirt, resta bloquée, les bras levés près des oreilles ; Marge l'aida délicatement à se dépêtrer de son vêtement. Les cheveux d'Estela, chargés d'électricité statique, formaient comme un halo autour de son visage. Ulla lui tapota la tête en souriant. Elle avait le contact si facile. Le buste et les bras d'Estela se couvrirent de chair de poule. Elle avait froid.

— Le médecin va t'ausculter, écouter ton cœur et tes poumons, expliqua Ulla en appuyant son poing contre sa poitrine. *Boum-boum.*

Le médecin appliqua le pavillon du stéthoscope sur le thorax aux côtes saillantes. Le silence régnait dans la pièce. Il écoutait, affichant une expression neutre. Il fit de même dans le dos.

— Retiens ton souffle.

Estela continua à respirer normalement. Ulla réagit au quart de tour.

— Regarde, fit-elle en s'approchant d'Estela.

Elle inspira profondément, garda l'air dans les poumons en écarquillant les yeux.

— À toi.

Estela l'imita, et expira lorsqu'elle vit Ulla souffler par la bouche.

— Très bien.

Elle caressa de nouveau la tête d'Estela.

Le médecin éclaira ses pupilles avec une petite lampe, examina ses oreilles et posa une spatule sur sa langue. Il lui palpa le cou et lui indiqua de s'allonger. Elle occupait à peine la moitié de la table d'examen. Elle ferma les paupières. Marge voulut se recroqueviller auprès d'elle, protéger son petit corps gelé.

Le médecin frotta ses paumes l'une contre l'autre.

— J'ai les mains un peu froides, fit-il, d'une voix étonnamment douce.

Ulla gloussa. Le médecin plaça délicatement les paumes sur le ventre d'Estela qui sursauta. Il resta immobile, attendant qu'elle se détende.

— Ça va aller.

Il palpa les viscères du bout des doigts, pressa, chercha une réaction sur le petit visage. Il n'en vit pas. Il parut satisfait.

— C'est terminé. Tout va bien. Légère insuffisance pondérale, mais ça devrait s'arranger. Revenez dans six mois pour un nouveau contrôle. Donnez-lui une alimentation calorique. Ulla va vous fournir une brochure.

— Estela, dit l'infirmière.

La fillette ouvrit les yeux. La femme lui indiqua de se lever, ce qu'elle fit rapidement. Marge lut le soulagement dans ses yeux. Elle devrait la serrer contre elle, la féliciter pour son courage, mais elle avait peur qu'ils voient sa fille l'éconduire. Elle lui tendit le t-shirt, voulait le lui enfiler, en profiter pour caresser ses cheveux noirs, comme Ulla l'avait fait. Estela ne bougeait pas, elle attendait la prochaine instruction ; Marge s'avança, glissa délicatement le col sur sa tête, et l'aida à passer les manches.

L'infirmière lui remit un livret et leur ouvrit la porte.

— Estela ? Au revoir !

Elle agita la main.

— Au revoar !

Anne-Risten

1985

Depuis combien de temps était-elle enceinte quand elle avait commencé à désirer la disparition de son enfant ? Pas longtemps. C'était à peine une graine en train de germer, mais son ventre avait reconnu l'état, après deux grossesses, et se préparait. Il s'était mis à gonfler au bout de quelques semaines, tout au plus.

Anne-Risten soupira, enfila son manteau. Assez ! À quoi bon remuer le couteau dans la plaie ? Mais les pensées étaient plus tenaces encore que les moustiques, et, seule dans la forêt, il était difficile de s'en protéger.

Elle avait cueilli deux seaux de mûres arctiques qu'elle avait traînés au bord de la route. Ils étaient tellement lourds qu'elle éprouvait un tiraillement à une épaule, qui remontait jusqu'à la tempe. Ça pourrait finir en migraine. Elle regarda sa montre. Son père était en retard. Il aurait dû venir la chercher il y a plus d'un quart d'heure. Elle n'avait même pas fait pipi, s'était retenue pour éviter de se découvrir le derrière par ce vent. Quelle idiote ! Les bactéries devaient s'en donner à cœur joie là-dedans. Ne sentait-elle pas un lancinement au-dessus du pubis, comme un poids ? Pourquoi fallait-il qu'elle boive autant de café ? Si elle attrapait une cystite à cause de ça, son père devrait la conduire en ville. Elle risquait d'avoir de la fièvre et du sang dans les urines. Ce qui lui était arrivé, une fois. La faute aux betteraves qu'elle avait mangées, avait prétendu sa mère, mais qu'en savait-elle ? Le médecin avait dû lui prescrire un puissant antibiotique. Elle commençait à s'agiter, faisait les cent pas sur le chemin, tournait autour des seaux. Elle essayait de respirer normalement, mais ses poumons repoussaient l'air au lieu de le laisser entrer. Le sang dans les urines pouvait être le signe d'une pyélonéphrite. Elle posa la main au niveau de la ceinture du pantalon de forêt d'*enná*, exerça une pression sur son bas-ventre. Oui, c'était sensible. Elle palpa son dos, sous ses côtes. Elle savait exactement où se trouvaient les reins. Elle tâta – il n'y avait pas encore de douleur.

— Ça devrait te rassurer, se dit-elle.

Elle savait précisément quand elle avait, pour la première fois, vraiment voulu se débarrasser du troisième enfant. Elle avait déposé Cecilia à Gun-Britt pour aller chez Tempo. Elle était restée assise dans une cabine d'essayage du magasin de vêtements avec un jean à pattes d'éléphant qu'elle ne parvenait pas à boutonner. Elle avait enfilé la taille au-dessus, un 38, mais il était trop long d'au moins dix centimètres, elle avait l'impression d'avoir une cape sur les pieds. Quand elle s'était avouée qu'elle ne voulait pas de ce troisième bébé, elle n'avait pas pu se regarder dans le miroir. Elle souhaitait mettre fin à une vie. Elle avait lu que la Suède avait facilité l'accès à l'avortement, lequel n'était plus limité à des cas de viols ou de pathologies. Mais Roger ne serait jamais d'accord. D'ailleurs, elle n'oserait jamais lui en parler. Elle voulait tout bonnement assassiner leur enfant. D'un autre côté, elle parvenait à peine à assumer la responsabilité de deux gamins, comment s'en sortirait-elle avec trois ?

Elle regrettait de s'être confiée à lui, elle aurait dû lui cacher sa grossesse, prendre rendez-vous chez la sage-femme. Elle ne sentait pas encore les coups de pied, mais elle savait qu'à partir du moment où elle distinguerait ces petits roulements de tambour sous le nombril, elle ne serait plus capable d'avorter.

Dans la cabine d'essayage, elle tremblait, baignée de sueurs froides. Elle ne réussissait pas à se changer pour sortir. Les clients étaient rares dans le grand magasin, ce jour-là. Surtout des femmes, évidemment. Des mères au foyer, mais aussi des salariées de la mairie, des femmes haut placées qui profitaient de la pause-déjeuner pour faire un peu de shopping. Anne-Risten leur trouvait un regard différent, une confiance en elles lorsqu'elles se déplaçaient avec un objectif précis en tête. Elles faisaient leurs courses avec célérité et efficacité. Elle-même envisageait de chercher un emploi, les enfants seraient bientôt à l'école tous les deux. Elle était impatiente à l'idée de pouvoir s'y mettre. Avant d'apprendre l'existence de ce troisième.

Elle était douée en maths et avait suivi la filière secrétariat au lycée. Quand il lui arrivait de ressortir sa photo de classe de l'école de Kiruna, elle passait le doigt sur son image, assise au premier rang avec les mêmes cheveux crêpés que les autres filles. Elle ne détonnait pas du tout. Même col roulé, jupe courte et coiffure volumineuse. N'était-ce pas incroyable qu'elle ait quitté le village et se soit installée chez des parents éloignés en ville ? Elle n'avait pas pu rester au village. Elle voulait faire quelque chose de sa vie. Quelque chose d'autre. Puis Roger l'avait remarquée. Il fréquentait le KPU. Il était grand, ses mains étaient chaudes. Il l'avait rapidement demandée en mariage, avait crié sur tous les toits qu'elle était à lui. Il avait été embauché à la mine dès la sortie du lycée. Quant à elle, elle était tombée enceinte avant même d'obtenir un emploi.

Elle avait essayé de se distraire derrière le rideau, chez Tempo, imaginé qu'elle prenait aussi sa pause méridienne, avant de regagner son poste important à l'hôtel de ville. Le spacieux vestibule du bâtiment en brique jouissait d'une hauteur sous plafond impressionnante. Elle savait que les talons résonnaient contre le sol en pierre, que l'écho montait dans tous les étages. Pendant la grève de 1969, postée sur l'un des balcons, elle avait contemplé la foule de mineurs en contrebas. Avec Niklas pressé contre son sein, elle avait aperçu Roger, assis au milieu des autres, les bras croisés, pugnace, le regard noir. C'est elle qui l'avait convaincu de quitter la mine pour devenir conducteur de locomotive. Elle le voulait à l'air libre. Elle avait tant souffert, les années où il travaillait sous terre et qu'il était injoignable. Toutes les fois où elle était seule, dégoulinante de sueur, serrant dans ses bras un Niklas qui s'égosillait, certaine qu'il avait contracté une maladie mortelle. Elle faisait fondre un cachet d'aspirine dans un peu d'eau et essayait de le lui administrer, mais il recrachait tout. Elle ne pouvait pas appeler la mine et demander à parler à son mari, descendu profondément sous terre, dans l'un des boyaux. C'était plus facile avec le train bien qu'il passât parfois la nuit à Narvik ou Luleå. Alors elle comptait les heures qui la séparaient de son retour.

Anne-Risten entendit une voiture au loin. Ça devait être son *isá*. Elle n'allait pas lui montrer qu'elle était agacée par son retard. Il fallait qu'il reste de bonne humeur, au cas où elle aurait besoin d'être conduite aux urgences en ville. Il lui faudrait s'arranger un peu avec la vérité, ne pas évoquer le sang dans les urines, il faudrait inventer quelque chose. Les enfants. Bien sûr. Il ne pourrait jamais refuser.

Jon-Ante

1954

Jon-Ante avait retiré son pantalon et son manteau trempés et les avait accrochés à des clous devant la porte. Bien que son t-shirt fût humide aussi, il l'avait gardé. Pas question de rester uniquement en sous-vêtement. Il avait enveloppé ses jambes de toile de jute dénichée sous l'établi, et s'était recroquevillé dans un coin, s'efforçant de respirer calmement. Un vent frais s'engouffrait par la fenêtre brisée. Il avait poussé tous les débris de verre contre le mur. Il ne pouvait pas penser aux garçons qui l'avaient abandonné ici. Il ne pouvait pas penser à sa mère, son père et ses frères. Il fallait ne penser à rien. Mais le *joik* était là, dans sa poitrine, n'attendant que de sortir. Ce qu'il finit par faire. Dans un murmure.

Quelle consolation ! Il sentait la présence de son grand-père, tout contre lui. C'était lui qui lui avait appris à joiker. Ils joikaient souvent ensemble, en secret. Jon-Ante prit une profonde inspiration, recommença. Il imitait son *áddjá*, tout bas, mais ça suffisait.

Les simulies et moustiques, les derniers de l'année, pénétreraient sans doute dans son abri. Impossible de calfeutrer la fenêtre. Des larmes lui montèrent aux yeux. Il allait devoir couvrir tant bien que mal toutes les parties de son corps, se rouler en boule, cacher son visage contre ses genoux, les bras serrés autour de ses jambes.

Dehors, on entendait des craquements, comme si quelqu'un déambulait entre les tombes. Il était complètement seul, dans un cimetière, au milieu de la nuit. La panique le saisit. Sa gorge se noua, les sanglots ébranlèrent sa poitrine. Il devait joiker plus fort. Il devait joiker son *áddjá*. Ensemble, ils éloigneraient les fantômes. Il se sentait essoufflé, peinant à inspirer. Le vent avait de nouveau forci, sifflant aux coins du cabanon. Avec l'aide des bourrasques, il parviendrait bien à chasser les esprits venus à sa recherche.

Peut-être s'était-il endormi en joikant, il ne parvenait pas à s'en souvenir, mais quand il distingua une voix, le jour s'était déjà levé. Il resta immobile. Un visage se matérialisa dans l'encadrement de la fenêtre brisée. Pekka, le gardien du cimetière. Il passa une main sur sa calvitie et poussa un juron en finnois. Jon-Ante, qui connaissait le mot, le répéta dans sa barbe. Il se gratta les mains dont la peau pâle était criblée de boutons rouges. Les moustiques l'avaient dévoré, tout autour des poignets et dans les paumes. Les endroits les plus sensibles aux démangeaisons, avec la plante des pieds.

Une clé dans le cadenas. La porte s'ouvrit. Pekka n'était pas très grand et avait les jambes arquées. C'est lui qui avait creusé la tombe de son *áhkku* près d'un an auparavant. Le jour de l'enterrement, une journée d'automne glaciale, il avait caressé la tête de Jon-Ante qui pleurait à chaudes larmes en se dirigeant vers le cimetière. Le premier givre avait pris en tenaille les brins d'herbe et l'air était saturé du parfum de la neige. À son regard, Jon-Ante comprit que l'autre l'avait reconnu.

— Piera-Heaika-Jon-Ante, avait récité Pekka.

C'était en effet son nom. Il ne s'appelait pas que Jon-Ante. Entendre son véritable nom – le sien précédé de ceux de son *áddjá* et de son *isá* – le revigora. Il se redressa et opina du chef.

— Que fais-tu ici ?

Pekka s'exprimait en finnois. Jon-Ante voulait répondre, mais ne trouvait pas les mots. Il aurait aimé raconter en sami tout ce qui lui lacérait la poitrine. Il finit par céder. Dans un seul souffle, il confia que ce n'était pas lui qui avait cassé la fenêtre, il parla de Nilsa qui lui avait joué un mauvais tour, qui l'avait abandonné ici. Pekka écoutait, les yeux plissés, bien qu'il ne comprenne sans doute pas tous les détails.

— Nilsa ? Jovna-Nilsa.

Jon-Ante retint sa respiration. Il n'avait pas le droit de cafter. Il secoua la tête.

— Non ! *Ei*, reprit-il en finnois, par acquit de conscience. *Ei !*

Pekka ne sembla pas le croire. Jon-Ante fut pris d'un vertige quand Pekka le prit par le coude pour l'aider à se lever. Son corps était tout raide. La toile de jute tomba par terre et il eut honte de ses jambes nues. Pekka regarda autour de lui, se saisit du pantalon et le lui lança. Le vêtement était quasiment sec ; il l'enfila en un instant.

Pekka observa la fenêtre, s'empara d'un balai, jeta les éclats de verre dans un sac-poubelle et inspecta de nouveau l'ouverture.

— Je te ramène à l'école pour nomades, alors ?

— Ce n'est pas moi, marmonna Jon-Ante dans un finnois fautif.

— Je le sais bien.

Jon-Ante mit son manteau et sortit sur l'allée gravillonneuse. Lorsque le cimetière était baigné de lumière, que les bouleaux frémissaient pour se délester de leurs dernières feuilles, l'atmosphère y était totalement différente. Paisible. Il regarda vers le lieu où reposait sa grand-mère. Le remarquant, Pekka hocha la tête. Jon-Ante, qui avait appris à ne jamais piétiner les pelouses qui recouvraient les tombes, marcha sur l'allée, tourna à gauche, continua dix mètres et bifurqua de nouveau. La tombe de son *áhkku* était inondée de soleil. La petite pierre portait une inscription dorée. Jon-Ante n'était jamais venu sans ses parents. Il ne savait pas quoi faire devant une sépulture.

— *Veahket mu*, chuchota-t-il. Aide-moi. (Pekka lui faisait de grands gestes, le rappelait déjà alors qu'il venait tout juste d'arriver.) Aide-moi, répéta-t-il en caressant la pierre noire.

— Allez, viens ! J'ai du boulot aujourd'hui !

Jon-Ante trouvait étrange qu'il crie aussi fort dans un cimetière, où parler était habituellement tout juste toléré. Il rebroussa chemin.

Pekka conduisait un vieux pick-up. Le levier de vitesse faisait des siennes ; il s'acharnait dessus. Il portait une casquette marron, ses mains étaient larges et ses avant-bras couverts de poils épais qui s'étiraient jusqu'au milieu de ses doigts.

Il roulait lentement sur la route qu'ils avaient empruntée en courant cette nuit, pourchassés par l'orage. Jon-Ante, qui pensait rentrer dans son village, avait prévu de se rendre chez sa grand-tante en l'absence de sa famille. À présent, il approchait de l'école. La ligne droite qui débouchait à Láttevárri lui fit baisser la tête. Pekka lui tapota les cheveux.

— Tout va s'arranger.

Il ne connaissait pas la directrice. Ni l'existence des verges. Personne en dehors de l'école ne semblait au courant de ce qui s'y passait. Autrement, ils n'y laisseraient pas les enfants, n'est-ce pas ?

— J'ai envie de faire pipi, chuchota Jon-Ante.

Il se tortillait sur son siège. Pekka freina, Jon-Ante ouvrit la porte et sauta à terre. Ne trouvant nulle part où se cacher, il jeta un regard timide en arrière, mais Pekka paraissait occupé à observer ses mains et à essuyer la vitre de la voiture de sa manche.

Jon-Ante fit quelques pas vers le fossé, contempla la rivière, l'eau qui descendait sans discontinuer de son village, et plus au nord encore. Il urina dans l'herbe. L'odeur était forte. Il frissonna après la dernière goutte. Retourna tête baissée vers le véhicule.

Jamais aucun adulte ne l'avait frappé. Aujourd'hui, ce serait sa première fois. Il gratta jusqu'au sang ses piqûres de moustique.

Pekka se gara devant l'internat. Il se frotta la nuque en soupirant.

— Si j'avais pu, je t'aurais conduit chez Heaika.

Jon-Ante sentit sa gorge se nouer en entendant le nom de son *isá*.

— Je sais ce que vous endurez.

Pekka était le frère aîné de Lisbet, la cuisinière, Jon-Ante ne l'ignorait pas. Ils étaient de la même pâte, semblait-il. Des gens qui caressent gentiment la tête des enfants.

— J'ai peur.

Pekka posa sa main parcheminée sur l'épaule osseuse du garçon.

— Je vais t'accompagner à l'intérieur pour raconter ce que j'ai vu.

Pekka lui emboîta le pas. Jon-Ante aurait voulu se laisser tomber dans ses bras.

À peine eurent-ils fermé la porte que la directrice était là. Elle remonta plusieurs fois ses lunettes, comme si elles voulaient s'échapper de son nez et planta ses mains sur ses hanches. Jon-Ante écoutait. Pekka parlait finnois, ignorant l'air offensé de la femme.

— Il ne peut pas l'avoir fait tout seul. Il est trop petit. La fenêtre se trouve à cette hauteur.

Pekka plaça sa main à une vingtaine de centimètres au-dessus de la tête de Jon-Ante.

Mais la directrice faisait la sourde oreille. Elle serrait les poings. Ses articulations étaient devenues blanches. Elle semblait n'attendre que le départ de Pekka. Elle esquissa quelques pas vers la porte, tendit une main vers la poignée.

— Occupez-vous de vos affaires, je m'occupe des miennes.

Pekka posa sur Jon-Ante des yeux pleins de tristesse. On entendit des pas et des murmures depuis l'étage, des enfants qui désiraient voir sans réellement le vouloir. Avaient-ils découvert au réveil ce matin qu'il n'était pas dans son lit ? Avaient-ils appelé Anna ? Où l'avaient-ils cherché ?

Pekka avança la main, cherchant peut-être à le saluer comme un adulte, mais la directrice s'interposa, le poussa vers la sortie et claqua la porte.

Elle grandit comme une bête féroce devant Jon-Ante, renferma ses doigts semblables à des griffes autour de son avant-bras.

— Pardon, chuchota-t-il, mais la bête n'entendait pas. Elle poussa un rugissement qui venait du plus profond de ses entrailles, montra les dents, comme prête à les planter dans le cou de Jon-Ante.

Elle vociféra d'une voix déformée, son visage si proche du sien, effrayante avec son regard noir de forcenée. Il ferma les yeux.

Alors, dans son esprit, monta le *joik* de son *áddjá*. Plus fort que les rugissements de la bête. Le chant l'aida à supporter le coup qui s'abattit à l'arrière de sa tête, la torsion de son oreille. Le *joik* gagnait en puissance à mesure qu'elle l'invectivait. La dernière torgnole lui fit perdre l'équilibre. Il se retrouva les quatre fers en l'air, comme un scarabée sans défense. Elle tituba, comme déséquilibrée, elle aussi. Elle n'allait tout de même pas le rouer de coups de pied ? Non, mais sa chaussure était dotée d'un talon qui lui broya la main. On entendit un craquement. La douleur annihila tout le reste.

Il ouvrit les yeux. Le hurlement qui montait en lui était trop fort, le *joik* s'éteignit. Il était seul. Pourtant, quelqu'un d'autre s'époumonait aussi. Marge. Dans l'escalier. Elle se bouchait les oreilles. Le faisait-elle parce qu'il hurlait ou parce qu'elle-même criait à tue-tête ?

Marge

1954

Les garçons avaient été réveillés les premiers. On leur avait à tous posé la même question. Où est Jon-Ante ? Les voyant secouer la tête – ils n'en savaient rien – Anna avait continué chez les filles. Réveillées en sursaut aux aurores, elles s'étaient assises dans leur lit. Elles n'étaient pas plus au courant.

Marge ôta sa chemise de nuit, enfila son pull vert et sa jupe de la même teinte, qui lui tombait jusqu'aux genoux et que sa mère lui avait cousue. Certes, il était arrivé déjà qu'un enfant ne revienne pas après une visite chez ses parents, mais, là, c'était différent. Un élève avait disparu. Elle s'efforçait de ne pas songer au *háldi.* Impossible. Jon-Ante n'avait-il pas pu résister ? Avait-il entendu l'appel d'une créature, cette nuit, qui l'aurait fait se lever et sortir ?

Au milieu de la nuit, elle avait été tirée du sommeil par la tempête, comme plusieurs autres filles. La pluie tambourinait contre la vitre. Elle avait pensé à sa famille, se demandant où elle se trouvait.

— Sortez ! Cherchez-le ! N'allez pas trop loin, bien sûr, restez autour de l'école, avait dit Anna.

L'inquiétude que Marge lisait dans ses yeux amplifiait la sienne. Elle aurait voulu lui expliquer que ça pouvait être un *háldi*. Si au moins Jon-Ante avait porté son couteau à la ceinture. Or les lames, seule manière de se protéger, étaient interdites à l'école. Pour attirer un enfant, les *háldit* adoptent une forme humaine à laquelle il peut se fier, et une voix qui lui est familière. Puis, une fois que l'enfant l'accompagne, l'être se retourne. À la place du visage, il n'y a rien. C'est à ce moment-là que Jon-Ante aurait eu besoin de sortir son couteau pour le jeter par-dessus la tête de la créature. Cela aurait été sa seule planche de salut.

— Vous prendrez votre petit déjeuner après les recherches, avait ajouté l'assistante.

Marge sentait son ventre gargouiller, mais elle suivit le rythme. Les garçons étaient déjà dans la cour, la plupart graves, mais pas Nilsa. Elle avait remarqué son sourire en coin. Lui et Guttorm qui échangeaient des œillades. Les adultes ne le voyaient-ils pas ? Marge se dirigea vers Anna, tira légèrement sur son tablier. Anna affichait une mine de personne pressée. Marge ne savait pas comment le lui dire. Elle fit un signe de tête en direction de Nilsa, mais Anna se contenta de poser une main sur son dos.

— Ça va aller, Marge. Tu n'as pas à t'inquiéter.

Nilsa la fusilla du regard. Marge scruta le ciel où volaient deux corbeaux. En quelques battements d'ailes, ils allèrent se jucher sur le toit de l'école. Ils devaient bien avoir vu où était passé Jon-Ante, mais personne ne comprendrait leurs croassements. Marge essaya, suivit des yeux leurs mouvements de tête rapides.

Les garçons se dirigèrent vers la rivière avec l'ordre de n'y plonger sous aucun prétexte. Les filles fouillèrent autour de l'école, de l'église et à l'orée des bois. Marge avait envie de se boucher les oreilles – et si les *háldit* l'appelaient ? C'était déjà arrivé et ça pouvait se reproduire. Les autres la dévisagèrent avec curiosité en la voyant plaquer les paumes sur ses oreilles. Quelqu'un criait « Jon-Ante ! ». Elle emboîta le pas aux plus grandes, les filles qui, la mine sérieuse, descendaient le coteau derrière l'internat en écartant les branches des bouleaux. Et s'ils le trouvaient mort ? Marge retira ses lunettes, redoutant de découvrir avec trop de netteté une scène atroce. Else-Maj marchait en tête, aussi petite que son courage était grand. Elle tenait sa cadette par la main. Depuis le retour de Sara après les oreillons, les deux sœurs étaient inséparables. Marge aurait tant voulu avoir une sœur aînée sur qui compter, elle aussi.

Else-Maj scruta la forêt, sans doute décidée à franchir la limite fixée par les adultes.

— Attends-moi ici avec Sara, je vais jeter un coup d'œil plus loin.

Reconnaissante, Marge prit la main de Sara. Le contact la rassurait, Sara s'appuya contre elle. Marge chaussa de nouveau ses lunettes et elles cherchèrent Else-Maj du regard, aperçurent son bonnet rouge à dentelle blanche entre les troncs. Marge ne la quitterait pas des yeux. Devrait-elle lui parler des *háldit* ? L'avertir ? Elle s'enfonça entre les troncs, traînant Sara derrière elle. Elle tourna rapidement la tête. Les autres filles s'acheminaient vers l'église.

— Else-Maj !

Marge ne put s'empêcher d'avancer entre les myrtilliers vidés de leurs baies. Elle ne voyait plus le *beccegahpir* rouge d'Else-Maj. Devait-elle appeler les grandes ?

— Elle aussi, elle a disparu, maintenant ? demanda Sara d'une voix inquiète.

— Mais non. Je voulais juste lui dire quelque chose.

Elle s'efforçait d'adopter un ton apaisant. Les simulies, longues de quelques millimètres à peine, s'acharnaient sur son cou et son visage. Les corbeaux étaient toujours là, leur bec pointé vers la forêt, lui indiquant la direction. Elle fit encore quelques pas.

— Else-Maj ! la héla-t-elle de nouveau.

On entendit des craquements de branches et le bonnet rouge apparut. Marge résista à l'envie de se précipiter dans ses bras. Else-Maj avait les yeux rivés au sol, y cherchant des traces, elle se baissait souvent. C'est sans doute pour cela qu'elles l'avaient perdue de vue.

— Il n'est pas dans les parages, et n'est pas passé par ici, affirma-t-elle, catégorique, en les rejoignant. Pourquoi m'appelais-tu ?

— Je… (Marge jeta un coup d'œil aux oiseaux, mais ceux-ci lui avaient tourné le dos.) Je me suis dit qu'il y avait peut-être des *háldit* ici. (Pause.) Puisque Jon-Ante a disparu.

Else-Maj ne se moqua pas. Aucun enfant ne riait de ces choses-là. Sauf peut-être Nilsa, qui n'avait peur de rien.

— Tu les as entendus ?

— Pas ce matin. Mais ça m'est déjà arrivé.

— Tu sais bien qu'on ne peut pas en parler. Les adultes pourraient nous surprendre.

Else-Maj cracha, essuya la commissure de ses lèvres tachées de bleu. Elle avait dû tomber sur des myrtilles.

— Je sais.

— Allons voir à la rivière.

— Ce sont les garçons qui devaient aller là-bas.

— Pff ! Je pense que tout le monde s'en fiche, tant qu'on le trouve.

— On ne le trouvera pas.

Else-Maj l'interrogea du regard. Pour une fois, Marge insista.

— Je crois qu'il a été enlevé.

— Retourne dans la cour avec Sara, reste avec Anna. Je passe derrière l'internat, on ne me verra pas.

— S'il te plaît, si quelqu'un t'appelle, n'y va pas.

Else-Maj, habituellement avare de sourires, lui en décocha un.

— Tu as eu beau m'appeler, je ne suis pas venue.

Elle s'éloigna vers la rivière. Marge se dirigea vers la cour avec Sara. La directrice se tenait à côté d'Anna et semblait lui aboyer dessus. Si un enfant disparaissait, la responsabilité incombait à la directrice, c'est ce qu'elle avait entendu les grandes murmurer. Marge les vit traverser la cour à pas comptés.

— Alors ? les interpella la directrice.

Elles secouèrent la tête. La sorcière leva un index vers Anna avant de faire volte-face et rebrousser chemin vers l'internat.

— Vous devez prendre votre petit déjeuner. L'école va bientôt commencer.

La voix d'Anna était éteinte, ses joues d'habitude si roses étaient livides.

Elle héla les garçons. Les filles étaient déjà en route vers le réfectoire. Else-Maj ne revint pas avec les garçons. Marge la vit se faufiler entre les bâtiments et feindre d'arriver depuis l'église.

Ils mangèrent en silence. Aucun rire ne dut être réprimé. Personne ne pinçait ni ne chahutait. Marge mâchonnait sa tranche de pain rassis en balançant les pieds. Elle peinait à avaler.

De retour à l'internat, les enfants erraient comme des âmes en peine, voyant au visage des adultes que cela finirait mal. C'est alors qu'un véhicule entra dans la cour. Les grandes se précipitèrent à la fenêtre.

— C'est Pekka. Avec Jon-Ante !

Un murmure de soulagement se propagea. Une expiration collective. Marge se laissa tomber sur le lit. On entendit un « merci mon Dieu », un petit rire.

Marge se leva, elle avait envie de faire pipi. Elle croisa Anna sur le seuil du dortoir. Elle avait retrouvé ses couleurs et ses yeux brillaient.

— Où vas-tu, Marge ?

— Aux toilettes.

Anna l'autorisa à passer en continuant de parler aux filles. Marge n'écoutait pas. Elle s'arrêta en haut de l'escalier, distingua des voix : celle de Pekka, en finnois, et les réponses laconiques de la directrice, en suédois. À la différence d'Else-Maj, Marge n'aimait pas prendre de risques, mais ses jambes semblaient mues par une volonté propre. Elle descendit la première volée de marches et épia le rez-de-chaussée, cachée sur le palier.

Pekka gesticulait, Jon-Ante baissait la tête et la directrice se balançait d'un pied sur l'autre en serrant les poings. Elle poussa Pekka vers la sortie. Marge dut fermer les yeux quelques secondes pour ne pas voir. Ses genoux tremblaient sous sa jupe, ses oreilles sifflaient. Elle manqua de basculer en arrière, comme si c'était elle qui recevait les coups. Elle ouvrit un œil. La directrice attrapa Jon-Ante par le bras, le secoua d'avant en arrière et lui assena un coup violent à l'arrière du crâne. Il gémit, leva un bras pour se protéger. Il y avait dans ses pupilles une terreur qui transperça le corps de Marge. Elle voulait crier à la sorcière d'arrêter. Elle allait faire pipi dans sa culotte. Jon-Ante tomba à terre – à force de se débattre ou parce qu'elle l'avait frappé, difficile à dire, tout était allé si vite.

C'était terminé maintenant, n'est-ce pas ? Pitié, faites que ce soit fini, songea Marge. Mais la directrice bougeait de manière saccadée, elle se pencha en avant comme pour le forcer à se relever ou bien… que faisait-elle exactement ? Marge ne vit que sa chaussure, sa chaussure à talon qui s'écrasa sur la main de Jon-Ante. Le hurlement du garçon la fit rugir à l'unisson.

Nilsa

1985

Ils progressaient lentement, bercés par le ronronnement des motoneiges, ils avaient parcouru une longue distance, réussi à contenir leur troupeau. La transhumance s'était déroulée sans trop d'encombres, malgré les températures qui tutoyaient parfois les moins trente degrés. Telle une rivière vivante, le cheptel avait déferlé sur les terres, franchissant les monts et les tourbières, piétinant d'épaisses couches de glace qui avaient supporté leur poids. Ils étaient bientôt arrivés.

Sire jugeait les garçons trop jeunes, persuadée que ce serait trop difficile pour eux. Ne voyait-elle pas l'espoir dans leur regard ? Ils n'attendaient que ça.

Nilsa avait observé ses fils tandis qu'ils préparaient leurs affaires. Ils ne pouvaient se croiser sans se bousculer ou se pincer. Cela lui rappelait Aslak et lui, les mêmes chamailleries qui pouvaient rapidement dégénérer en pugilat. Il avait toujours le dessus, c'était joué d'avance. Son petit frère abandonnait la partie, ravalant ses larmes. À peine dix-huit mois séparaient ses fils, Nils-Ola l'aîné et Juvva le cadet. Ils se ressemblaient comme deux gouttes d'eau et étaient le portrait craché de Nilsa. Musclés dès la puberté, les cheveux bruns, les yeux noirs, les pommettes saillantes. Quant à Nilsa, il avait grisonné précocement. C'est le chagrin, avait glissé sa femme, mais qu'en savait-elle ? Il s'était rasé le crâne, et ses tempes poivre et sel faisaient comme des éclats de lumière.

Non, il n'écoutait pas Sire quand elle arguait que leurs fils étaient trop jeunes. Quand il était question d'élevage de rennes, elle n'avait pas son mot à dire. Les garçons avaient suivi leur père, avaient observé, avaient appris et étaient vite devenus aussi agiles que lui de leurs doigts comme de leur corps. Et ils étaient intrépides. Nilsa leur avait enseigné très tôt que la peur ne les mènerait nulle part.

Que deux frères puissent être aussi différents qu'Aslak et lui demeurait un mystère. Jamais il n'accepterait ça sous son toit. Le plus jeune de ses fils serait bientôt aussi fort que son aîné. Nils-Ola le savait également. Juvva encaissait de mieux en mieux les coups. Il suffisait que Nilsa le regarde.

Nilsa et les garçons avaient beau porter une cagoule et deux paires de gants, leur visage et leurs mains restaient les plus exposés au froid. Les vibrations du guidon fatiguaient les bras. Nilsa aurait les épaules endolories cette nuit. Ses fils conduisaient les bras tendus, un genou posé sur le siège. Ils accéléraient par de légères pressions. Nils-Ola avait enfourché la motoneige d'Aslak, Juvva, celle de son père. Nilsa avait d'abord songé à les vendre – quand il s'occupait des rennes, il ne voulait penser ni à son *viellja* ni à son *isá* – mais comme elles ne valaient plus un clou, il avait décidé que les garçons s'en serviraient jusqu'à ce qu'elles rendent l'âme. Il aurait aimé tout remiser au fond de sa mémoire : les tris de rennes, les longues transhumances, les moments joyeux et les moments difficiles. Des bribes d'événements et de conversations remontaient pourtant à la surface – le jargon qu'ils utilisaient, les fois où son père s'était moqué d'Aslak qui avait acheté une motoneige à chenille fine et non large. Leur *isá* leur avait tout appris, s'était projeté dans un avenir où ils constitueraient un trio puissant dans le Sameby pendant des décennies. Ça ne s'est pas passé comme ça. Rien ne s'est passé comme prévu.

Depuis quelques années, le fardeau reposait uniquement sur ses épaules – il était responsable des bêtes de la famille. Or, bientôt, les garçons seraient assez mûrs pour le seconder.

Nilsa avait compris très tôt que leur *enná* avait failli mourir en couches à la naissance d'Aslak. Suite à quoi, le médecin avait dissuadé le couple d'avoir d'autres enfants. Une famille qui ne comptait que deux fils demeurait pourtant vulnérable. Et Nilsa faisait maintenant partie d'un nouveau trio qui serait cette fois plus fort que le précédent. Il n'était pas du genre à ruminer, mais leur *isá* avait tant insisté sur leur troïka ! Pendant toute son enfance. Pourtant, tout avait foiré. Ça lui flanquait un de ces cafards ! Rien n'était jamais acquis. Quand il avait dit à Sire qu'il voulait d'autres enfants, elle avait fait la sourde oreille. Elle s'était fait poser un stérilet et avait déclaré que c'était fini pour elle.

« On aurait certainement eu une fille et tu aurais été déçu », avait-elle déclaré. Elle feignait la plaisanterie, mais il voyait bien qu'elle était sérieuse.

Les aboiements des chiens l'arrachèrent à ses souvenirs. Les deux bêtes couraient dans tous les sens, franchissant les pistes et les congères, rassemblant le cheptel, pressant les retardataires. Ces animaux étaient tout pour lui. La chienne, qui prenait de l'âge, se fatiguait vite. Nils-Ola la laissait parfois monter derrière lui sur la motoneige, ce qui ne plaisait pas à Nilsa, qui était à deux doigts de la faire descendre, de l'obliger à continuer à pied.

Ils traversèrent le lac gelé. Le troupeau essayait de s'étirer. Nilsa indiqua à Nils-Ola et Juvva de presser les derniers animaux. Lui et ses oncles longeaient le cheptel de part et d'autre pour le guider sur le chemin de transhumance. Deux des hommes se faisaient vieux. Ils voulaient multiplier les pauses. Ses fils, eux, ne se plaignaient jamais. Ils avançaient jusqu'à ce qu'il décide qu'il était temps de s'arrêter.

Les vrombissements des moteurs ne couvraient pas les grognements des rennes et avec le froid, leur haleine se changeait en fumée. Il s'agissait aussi d'observer les animaux, de ne pas trop les fatiguer.

Une dizaine de rennes firent brutalement volte-face et détalèrent vers la droite. Nilsa héla ses fils qui se tournèrent aussitôt vers lui. D'un geste de la main, il indiqua les fugitifs à Nils-Ola. Il fallait réagir vite : si les autres cervidés leur emboîtaient le pas et rebroussaient chemin, il serait difficile de remettre le cheptel sur la bonne voie. Nils-Ola s'assit sur le siège, les prit en chasse, tenta de leur barrer la route pour les faire repartir dans le bon sens.

Prenant conscience que son fils n'y arriverait pas tout seul, Nilsa coupa par l'autre côté. Les rennes n'avaient plus d'autre choix que de regagner le groupe.

Nils-Ola, dont on ne voyait que les yeux, le foudroya du regard. Il s'éloigna avec un signe de tête, reprenant sa place à l'arrière du troupeau. Il était sans doute persuadé qu'il aurait réussi seul, mais Nilsa n'était pas dupe.

Nilsa roula des épaules. Son épaisse combinaison rigidifiée par le froid et le cartilage de sa nuque craquèrent de concert. Ses yeux s'humectèrent sous l'effet de la vitesse, il cligna des paupières plusieurs fois. Son souffle couvrait l'intérieur de sa cagoule d'une pellicule glaciale.

Dans certains villages, les habitants étaient sortis de chez eux pour assister au passage de la caravane. Ils avaient dû entendre les rennes et les motoneiges arriver au loin, peut-être curieux de connaître la taille du troupeau.

Nilsa interpella son plus vieil oncle, lui indiquant qu'il était temps de marquer une pause. L'homme opina du chef, esquissa un geste, probablement un pouce en l'air. Sans cagoule, son visage était comme figé dans une grimace. Sa morve avait gelé dans sa moustache. Son visage était criblé de taches blanches, stigmates des engelures des années passées.

Ils décidèrent de s'arrêter sur une tourbière. La vue était bonne. Les rennes étaient tellement épuisés qu'il ne leur viendrait pas à l'idée de repartir tout seuls. Deux des cousins de Nilsa restèrent sur leur motoneige à l'avant du troupeau, par précaution.

Nilsa se couvrit le nez de sa cagoule, se servit du café dans sa tasse en bois. Dans le thermos, le café était tiède, mais ça faisait du bien malgré tout. Le pain était congelé. Il planta les dents dedans, en laissa fondre un morceau sur la langue.

Nils-Ola tenait sa tasse de ses mains tremblantes. Soit elles étaient gelées, soit ses bras avaient souffert. Nilsa ne comptait pas le lui demander.

— Bon boulot, les garçons, dit son oncle en souriant.

Ils s'éclairèrent, ravis des compliments.

— Certains ont failli prendre la tangente, fit Juvva.

— Mais Nils-Ola s'en est sorti comme un chef.

L'oncle ponctua sa phrase d'un hochement de tête. Il serrait sa tasse entre ses doigts déformés par les rhumatismes.

Nils-Ola opina du bonnet sans un regard pour son père. Il n'avait pas l'intention de partager les éloges avec quiconque. Ce qui ne dérangeait pas Nilsa.

Il écouta en silence ses fils parler de celui qui apercevrait le Guorpmit le premier. Cette montagne, leur destination. Ils vivaient sur des terres relativement planes que le Guorpmit venait fièrement interrompre. Nilsa laissait ses fils gravir ses flancs escarpés en motoneige. Une fois, la motoneige de Nils-Ola s'était renversée. L'épaisse couche de neige l'avait empêché de dévaler toute la pente. Les fils avaient dû exhumer le véhicule tandis que lui les contemplait, installé sur sa Yamaha. Ils avaient bougonné, dit qu'ils n'y parviendraient jamais. Alors il avait démarré et avait pris le chemin de la maison. Ils étaient rentrés à leur tour deux heures plus tard.

Sire s'était emportée en voyant son mari revenir seul.

« Comment peux-tu laisser deux garçons avec une motoneige ensevelie ! »

Elle savait pourtant qu'ils devaient apprendre à s'en tirer par leurs propres moyens. On ne peut pas appeler son *isá* quand on est seul dans la forêt.

Nilsa sortit la viande séchée, en découpa de petits morceaux. Il ne sentait plus son pouce. Il mangea à même la lame. Il en trancha d'autres qu'il tendit à ses fils. Ils avaient fumé le renne ensemble. Les yeux de Juvva ne l'avaient pas supporté. Ils étaient devenus rouges, larmoyants. Il fallait retourner la viande tous les quarts d'heure – le garçon entrait dans le fumoir de la cour sans se plaindre, les paupières fermées. Ses yeux étaient restés injectés de sang pendant vingt-quatre heures.

Nilsa contempla les rennes allongés sur le sol gelé. Son père aurait été fier de cet imposant cheptel.

Il fouilla dans sa poche intérieure jusqu'à trouver la boîte à tabac verte portant l'inscription *Tre ankare*. Il préférait le snus en vrac, les sachets n'étaient pas assez dosés. Il lui fallait en caler deux sous sa lèvre supérieure.

Les températures étaient en train de grimper – ce n'était plus aussi éprouvant.

Les garçons s'étirèrent. S'ils avaient montré des signes de découragement à un moment pendant les heures en motoneige, ils avaient à présent repris du poil de la bête.

Ses guerriers. Leur trio. Jamais leur *isá*, Aslak et lui n'avaient été aussi forts que ce trio-là.

Else-Maj

1954

Sara était au plus mal. Elle avait le teint cireux, la peau presque transparente, et des cernes mauves sous les yeux. Ses lèvres avaient perdu leur couleur, adoptant parfois un ton bleuté. On aurait dit qu'elle ne s'était jamais vraiment remise des oreillons en automne. C'était l'hiver à présent et Else-Maj avait beau lui enfiler plusieurs couches de vêtements, sa petite sœur frissonnait souvent, même à l'intérieur. On voyait qu'Anna se faisait du souci pour elle, et Lisbet lui glissait de temps en temps un morceau de pain, disant à Else-Maj que la pauvre petite avait besoin de se remplumer.

Certains jours, le regard de Sara était plus limpide, elle avait la force de jouer avec les autres enfants dans les congères. Else-Maj sentait alors son cœur frémir de joie. Mais cet état de grâce ne durait pas ; le lendemain, la toux revenait et l'appétit disparaissait.

Else-Maj avait dit à son *enná* que Sara ne devait pas fréquenter l'école pour nomades. Elle l'avait suppliée de se battre pour inscrire Sara à l'établissement municipal, mais sa mère n'osait pas, surtout face à des hommes assis derrière leur bureau, vêtus quotidiennement en habits du dimanche.

— Elle sera bien avec toi, se contentait-elle de répondre.

Sara était fragile depuis sa naissance, mais son *enná* semblait refuser de le voir. Pour Else-Maj, ça crevait les yeux. Elle prenait soin de son *unna oabbá*, s'assurait qu'elle n'ait jamais froid, dans la maison et dehors, avec les rennes, s'allongeait à côté d'elle lorsqu'elles dormaient dans la tente.

Sara présentait souvent cette toux aboyante et leur mère lui préparait des boissons chaudes.

— Ma pauvre chérie, disait-elle, pourquoi es-tu aussi malingre ?

Mais leur *enná* avait de nombreux enfants à surveiller, toute une famille à nourrir et à garder au chaud, et pas assez de bras pour y serrer tous les petits. C'est à Else-Maj qu'il incomba de s'occuper de Sara.

— Tu es grande maintenant, Else-Maj, disait *enná*. Heureusement que tu es là.

Avant de monter pour la première fois dans l'autocar qui la conduisait à l'école des nomades, Else-Maj avait pleuré toute la nuit. Sur son propre sort, mais surtout sur celui de Sara, qui était trop jeune pour comprendre, naturellement. Elle lui avait parlé, expliqué qu'elle irait dans un internat, qu'elle y resterait longtemps. Longtemps était un mot insaisissable. Même Else-Maj avait du mal à l'appréhender, du haut de ses sept ans. Sara n'en avait que trois.

— *Enná*, tu me promets de bien veiller sur elle ? avait demandé Else-Maj ce soir-là.

Sa mère avait acquiescé et détourné la tête.

Else-Maj n'avait pas fermé l'œil de la nuit, entourant Sara de ses bras. Elle avait embrassé ses joues douces et murmuré à son oreille endormie :

— Je reviens vite.

Le lendemain matin, Sara avait agité ses deux mains en guise d'au revoir, postée à côté de leur mère sur les marches devant la maison. Elle devait penser qu'Else-Maj ne s'absenterait que quelques heures. Mais, le soir, elle commencerait à se poser des questions, à chercher sa grande-sœur, sa *stuora oabbá,* dans la maison, à tirer la jupe de leur *enná* en chouinant. Celle-ci la soulèverait dans ses bras, mais seulement quelques instants, elle finirait par lui dire qu'elle était trop lourde et qu'elle avait trop à faire. Sara pleurerait le soir, Else-Maj ne pourrait plus s'allonger à ses côtés, lui raconter des histoires sorties de son imagination.

— *Enná*, tu me promets de dormir avec elle ?

— Oui, et je resterai à son chevet jusqu'à ce qu'elle s'endorme.

— Vraiment ?

— Promis.

Assise dans le car qui l'éloignait de Sara, Else-Maj avait pleuré, le visage enfoui dans son châle. La panique n'était pas loin, et, chaque fois que l'autocar ralentissait pour bifurquer, elle était à deux doigts de se lever et de demander à descendre. Ne le comprenaient-ils pas ? Mais le voyage avait continué. Elle avait abandonné sa sœur. Sara ne le lui pardonnerait peut-être jamais.

Lorsqu'elle était rentrée pour la première fois, aux vacances de Noël, son *unna oabbá* s'était montrée timide. Elle s'était cachée derrière les jambes de leur *enná*, les doigts dans sa bouche. Mais quand elles s'étaient couchées le soir, Sara avait ri en écoutant l'histoire drôle d'Else-Maj. Elles s'étaient tenu les mains jusqu'à s'endormir.

Le lendemain matin, Else-Maj avait pleuré dans les bras de sa mère : elle avait l'impression de trahir sa sœur. Sara lui faisait de nouveau confiance, et bientôt elle devrait de nouveau partir.

— Tu t'en iras pendant sa sieste. Elle ne se rendra compte de rien, avait dit son *enná*.

Else-Maj l'avait dévisagée, mais celle-ci évitait son regard.

— C'est encore plus cruel !

— Au moins, tu échapperas aux larmes.

Elles finirent par s'habituer, d'une certaine manière, aux adieux douloureux et aux instants ensemble qui n'étaient qu'éphémères.

— Bientôt, vous vous verrez à l'école, les consolait leur mère.

— Elle ne peut pas y aller, répétait Else-Maj.

Elle avait onze ans l'été où elle prépara Sara à faire sa rentrée à l'école pour nomades. Ils étaient montés dans les prairies d'altitude avec les rennes. Else-Maj avait emmené son *unna oabbá* se promener sur les terres constellées de pierriers. Elles s'étaient assises sur les hauteurs, contemplaient les *goahti* en contrebas. Else-Maj essayait de lui décrire l'école, les bâtiments, les classes, les cours, et racontait que Lisbet cuisinait quasiment aussi bien que leur *enná*. Elle souriait beaucoup, ne voulait pas l'effrayer, lui dit que Biret s'occuperait d'elle, jouerait avec elle tout le temps. Sa langue devait être noire de tous ces mensonges ! Mais comment aurait-elle pu lui dire la vérité ?

Elles s'éclipsaient également pour qu'Else-Maj lui apprenne le suédois en secret.

— C'est bien si tu connais le suédois. Ce sera plus facile. Dis toujours pardon si la directrice se met en colère.

Sara écarquilla les yeux.

— Elle se met en colère ? Pourquoi ?

— Pas contre toi, sans doute. Mais si jamais, tu dois dire pardon. Alors tout s'arrange.

Sa langue était tellement noire qu'elle n'allait pas tarder à tomber. Elle était obligée de dire au moins une vérité.

— La directrice peut être très sévère, parfois, mais surtout avec les garçons et là… (Elle hésita.) Eh bien, il arrive qu'elle les batte.

Sara était au bord des larmes.

— Je serai là, je prendrai soin de toi.

Else-Maj lui demanda de se retourner, elle ne supportait pas son regard. Elle lui retira son bonnet, caressa lentement ses cheveux noirs si fins avant de les tresser rapidement.

Sara prit la natte, se mit à en suçoter l'extrémité. Ses yeux étaient vides, comme si elle était bien loin dans ses pensées.

— Ça va aller, tu verras. Si on faisait un peu de suédois maintenant ?

Non seulement son *unna oabbá* avait la santé fragile et attrapait le moindre microbe, mais en plus elle ne prenait pas de poids. Non qu'Else-Maj soit grande, mais entre petite et chétive, il y a une différence !

Lorsque Sara avait eu les oreillons, Else-Maj s'était alarmée. Son front était tellement brûlant… Mais quel soulagement quand elle avait pu rentrer à la maison ! Elle aurait aimé que leur *enná* la garde pour toujours. Cependant, au bout d'un moment, Sara était suffisamment rétablie pour pouvoir revenir à l'internat. Pour leur mère qui voulait bien faire, l'école revêtait une importance capitale.

Sara restait collée à Else-Maj en permanence et ses yeux se mouillaient de larmes quand elles devaient se séparer pour aller en classe. Sara était avec les petits, les première et deuxième année, et Else-Maj avec les grands de cinquième et sixième année. Elles ne dormaient pas non plus dans le même dortoir. La directrice ne bougea pas d'un pouce. Le soir, Else-Maj se faufilait dans la chambre d'à côté et trouvait souvent sa petite sœur les yeux écarquillés, le regard inquiet. Alors elle lui racontait une histoire à l'oreille et attendait que sa respiration s'apaise.

Aujourd'hui, il était évident que Sara allait mal, peut-être encore plus mal que d'ordinaire. Assises en face d'elle dans le réfectoire, Else-Maj et Biret aspiraient bruyamment la soupe à la viande de Lisbet. Jamais elles n'avaient mangé de la soupe aussi bonne, toutes s'accordaient pour le dire, mais Sara se contentait de la touiller.

— Tu ne te sens pas bien ?

Sara secoua la tête. Else-Maj se pencha par-dessus la table, embrassa le front de sa petite sœur et fut choquée par la chaleur contre ses lèvres. Leur mère avait appris que c'est ainsi qu'on vérifie la température.

— Il faut qu'on en parle à Anna.

Elle se leva, prit Sara par la main. Elles passèrent voir Lisbet dans la cuisine.

— Nous allons voir Anna. Sara est malade.

— Je vois bien que ça ne va pas, répondit Lisbet, l'air inquiet.

Quand Sara eut gravi l'escalier menant à l'étage, elle fut prise d'une quinte de toux. Sa main était glaciale dans celle d'Else-Maj. Pas de trace d'Anna.

— Elle fait peut-être la lessive.

Else-Maj tenta d'empêcher la panique de teinter sa voix. Elles descendirent au sous-sol. Sara haletait comme si elle avait couru.

Anna était là. Else-Maj expliqua d'une voix étranglée que Sara était au plus mal. Anna se laissa tomber à genoux, posa la main sur le front de Sara et força un sourire rassurant, mais Else-Maj avait eu le temps d'apercevoir son regard.

— Nous allons te coucher bien au chaud dans ton lit, Sara, et je vais te donner un médicament pour la fièvre.

La poitrine de Sara se levait et se baissait par saccades sous la couverture.

— Il faut appeler *enná*, dit Else-Maj à Anna. Il faut qu'elle vienne la chercher.

Anna alla voir la directrice et quelques minutes plus tard, elles observaient toutes les deux Sara, qui avait fermé les yeux. Else-Maj savait qu'elle ne dormait pas, c'était juste qu'elle n'osait pas regarder la sorcière.

— Ça n'a pas l'air bien grave, décréta la directrice, sans même toucher son front. Ça attendra demain. Elle ne va pas passer l'année à faire des allers-retours.

— Mais..., dit Anna. Ça fait longtemps qu'elle est souffrante. Cette toux n'augure rien de bon. Et elle est brûlante.

— Vous avez pris sa température.

Anna rougit.

— Non, j'étais tellement pressée de lui donner de l'aspirine que ça m'est sorti de la tête.

— Elle a l'air assoupie. Ça ira probablement mieux demain.

Else-Maj se sentait toute bizarre, comme si son corps entier était secoué de tremblements.

— Je peux rester à côté d'elle ? demanda-t-elle d'une voix chevrotante.

La directrice refusa d'un signe de tête, agitant ses boucles. Elle s'était coupé les cheveux court.

— Elle est peut-être contagieuse. On ne peut pas courir le risque que d'autres enfants tombent malades.

— C'est justement pour ça que ses parents devraient venir la chercher, hasarda prudemment Anna. Pour que la maladie ne se propage pas, je veux dire.

La directrice haussa le menton, fit claquer sa langue contre son palais.

— Ma décision est prise, je ne reviendrai pas dessus.

— Ne vaut-il pas mieux que Sara dorme en bas, dans la salle commune ? Je peux veiller sur elle.

La directrice avait l'air enragée. Else-Maj crut qu'elle allait envoyer Sara à l'isolement.

— Faites ! Mais si vous êtes souffrante, Anna, vous travaillerez quand même.

Une fois la directrice partie, Else-Maj pencha la tête contre l'épaule d'Anna et gémit :

— Il faut vraiment qu'elle rentre.

— Je sais. Mais je lui ai donné un médicament. Demain, j'appellerai ta maman à la première heure si la fièvre est remontée.

Anna dut porter Sara dans les escaliers et Else-Maj demanda de l'aide à Biret pour descendre le matelas.

— Le sol est trop froid, posons le matelas sur le canapé, dit Anna. Je vais allumer un feu.

Le soir venu, Else-Maj se faufila dans la salle commune où le feu crépitait encore dans la cheminée. Elles s'agenouillèrent à côté du canapé. Sara toussait toujours. Sa respiration était haletante.

— On ne peut pas la laisser comme ça, marmonna Anna.

Else-Maj avait les larmes aux yeux.

— Tu dois prévenir la directrice.

— Elle est partie. (Anna pinça les lèvres. On voyait qu'elle aurait voulu en dire plus.) Elle a eu une urgence.

— Alors, c'est toi qui décides, Anna ! Tu peux téléphoner à *enná*. Ou au médecin.

— Elle a dit mot pour mot que Sara ne devait pas bouger d'ici.

— Mais elle va tellement mal !

Anna fit fondre un nouveau comprimé blanc dans une cuillerée à soupe d'eau. D'une main tremblante, elle approcha la cuillère de la bouche de Sara.

Else-Maj posa les lèvres sur son front, aussi brûlant que tout à l'heure.

— Le médicament ne fait pas effet.

— Mais si, il faut patienter, le temps qu'il agisse.

Elles restèrent une heure au chevet de Sara, palpant et touchant son front à tour de rôle. Anna apporta des serviettes humides qu'elle lui plaça sur la tête, essaya de lui faire boire plus d'eau. En vain. Elle finit par trancher.

— Non, je ne peux pas attendre demain. Bientôt, Hulda fermera le standard. L'état de Sara peut empirer pendant la nuit. Je téléphone.

Else-Maj était trop épuisée pour pleurer.

Son *enná* fut bouleversée par l'appel, et promit de trouver quelqu'un pour venir chercher Sara.

— Tout va s'arranger, Else-Maj, dit Anna en lui caressant le dos.

Else-Maj se pencha sur le canapé, et murmura à côté de la petite oreille.

— Tout va s'arranger, Sara, tu vas rentrer à la maison.

Else-Maj

1985

Un office læstadien se tenait à Láttevárri. L'église jaune scintillait de givre au milieu des arbres alourdis par la neige. Les voitures étaient garées dans la cour de l'école et le long de la route, jusqu'au supermarché Konsum. Il faisait froid, moins vingt-cinq degrés. Les participants devraient s'éclipser pendant la célébration pour allumer le moteur de leur véhicule pour que la batterie ne finisse pas à plat.

La tête drapée d'un châle, Else-Maj se pressait vers le portail bleu de l'édifice religieux. Le froid lui pinçait les joues, traversait les couches de vêtements jusqu'à sa peau. Gustu l'avait déposée. Pour rien au monde il n'assisterait à un office læstadien. Elle ne parvenait même pas à le traîner à un culte classique.

— Comment as-tu la force de te tourner vers Dieu ? Ici, qui plus est ! avait-il lancé, jetant un regard noir à l'ancienne école pour nomades, devenue un établissement scolaire sami. Tu as envie de te souvenir ?

Non, elle s'y refusait. Elle détournait toujours la tête en passant devant l'école, l'ignorait délibérément. Ils auraient dû la raser. Elle avait choisi un autre établissement pour ses enfants, bien que la route soit plus longue. Jamais elle n'aurait pu remettre les pieds là-dedans. La simple idée la faisait frémir.

Au sujet de Dieu et de l'Église, Gustu défendait une vision radicalement différente de la sienne. Il n'avait pas été facile d'en parler. Il savait bien, pourtant, qu'elle y puisait une forme de stabilité, de sécurité.

— Tu n'as pas besoin de comprendre, lui avait-elle dit avant de partir. J'ai grandi dans un foyer chrétien et...

Elle s'était interrompue. On aurait dit un vieux disque rayé.

— Eux, ce ne sont pas juste des chrétiens, avait-il rétorqué. Ce sont des cinglés. Ces læstadiens sont complètement malades.

Dans la file de voitures qui serpentait doucement jusqu'à l'église, Gustu avait remis le sujet sur la table.

— Qu'est-ce que tu vas faire là-bas ? Je peux t'emmener à Giron, te déposer à un office ordinaire, avec des personnes rationnelles. Les læstadiens ont une vision tordue de la vie, ils peuvent bourrer le crâne de n'importe qui.

— Hors de question d'aller à Giron par ce froid. (Elle enfila ses gants.) Je ne vais pas devenir comme eux, tu le sais bien. Je ne suis pas læstadienne.

— Comment peux-tu en être si sûre ? Une secte peut embobiner n'importe qui.

— Ce n'est pas une secte.

Elle énonçait les mots lentement, retenant les émotions qui bouillonnaient en elle.

— Le simple fait que tu le dises ça m'inquiète.

— Ces offices me plaisent, on y rencontre tellement de monde.

Elle noua son châle noir sur sa tête et glissa ses mèches de cheveux derrière ses oreilles.

— Pourquoi mets-tu ça ?

— Il fait froid.

— Il y a un bonnet sur la banquette arrière.

— Par respect.

— Effectivement, ils le méritent.

Lorsqu'il s'essayait au sarcasme, mieux valait faire profil bas. Cela devait se voir, à travers la vitre, qu'ils se disputaient. Il y avait des yeux indiscrets partout. Elle força un sourire.

— Tu viendras me chercher ?

— Si la voiture démarre, avec ces températures.

Elle aurait pu lui dire de la mettre au garage, mais il n'attendait que ça pour se rembrunir et répondre que c'était impossible parce qu'il devait réparer la vieille motoneige. Leurs altercations commençaient toujours ainsi. Cela lui faisait de la peine.

— Ils disent que le *joik* est un péché, poursuivit-il en rétrogradant en première dans la dernière montée. Je suis un pécheur, c'est ça ?

— Le *joik* n'a pas sa place partout.

— N'est-ce pas étrange qu'il soit réservé à certains lieux ?

Elle détacha sa ceinture, peut-être valait-il mieux finir à pied. Elle ne voulait pas entendre ce discours.

— Je veux écouter la parole de Dieu, rien de plus, murmura-t-elle.

— Tu te rappelles la violence avec laquelle ils nous l'inculquaient, la parole de Dieu ? Hein ? Nous étions des pécheurs, voués à l'enfer pour avoir suivi nos coutumes.

Gustu avait trois ans de plus qu'elle. À l'école des nomades, il était l'un des gentils garçons. Ils ne parlaient presque jamais de cette époque, et ce n'était vraiment pas le moment. Gustu était bien conscient qu'elle n'avait pas envie de penser à ce qu'ils disaient du péché, ce qui ne l'empêchait pas de revenir à la charge. Aujourd'hui, il lui cherchait des noises comme rarement. Si ses commentaires acerbes visaient généralement les læstadiens, cette fois-ci tous les chrétiens en prenaient pour leur grade. Il était d'une humeur massacrante pour une tout autre raison, mais préférait sans doute parler religion que d'admettre les véritables motifs, plus profonds, de son inquiétude, comme le grand nombre de leurs rennes tués par des prédateurs cet hiver. Ça pouvait l'empêcher de dormir.

Ou le fait que leur couple battait de l'aile. Au cours d'une nuit sans sommeil, il s'était approché d'elle, mais elle l'avait repoussée. Il ne s'y attendait pas, et elle avait été surprise par sa propre réaction. C'était arrivé à pas de loup – les sueurs nocturnes et un dégoût qui n'était pas uniquement dirigé contre lui. Elle ne se reconnaissait pas. Biret avait évoqué la ménopause, mais n'était-elle pas trop jeune ? Quarante-deux ans seulement. Elle se souvenait vaguement que sa mère avait eu très tôt des bouffées de chaleur, mais avait-elle vraiment moins de cinquante ans ?

Gustu était bel homme, dire le contraire serait mentir. Elle voyait bien les autres femmes glousser en sa présence. Il passait son temps dans les bois, mais il prenait soin de lui. Il était distingué, tout simplement. Il n'avait pas les ongles noirs, il se brossait toujours les dents avant une petite course au supermarché. Les disputes étaient rares, mais quand elles survenaient, il espérait, comme avant, une réconciliation sur l'oreiller. Ce qui la mettait en colère, la plongeait dans le mutisme. Lui ne supportait pas le silence. Il dormait parfois sur le canapé, lui disait qu'il ne voulait pas la réveiller en tournant dans le lit. Ça irait mieux quand il reviendrait après plusieurs mois avec les rennes, songeait-elle, parce qu'il lui aurait manqué. Alors son propre corps ne la laisserait pas tomber.

— Je descends ici, tu peux faire demi-tour et rentrer.

Il freina, la déposa, mais détourna le regard lorsqu'elle leva la main pour le saluer. Lorsqu'ils avaient commencé à se fréquenter à l'adolescence, il savait qu'elle était croyante. Aux premiers temps de leur amour, cela ne posait aucun problème. Il l'avait écoutée quand elle racontait que c'était une consolation de remettre son destin entre les mains de Jésus. Cela voulait dire aussi que tout n'était pas sa faute, mais ça, elle ne l'avait pas précisé. C'était une pensée égoïste, dont elle avait honte, mais c'était vrai. Elle voulait se débarrasser de la culpabilité. Toujours bien agir était un fardeau trop lourd à porter. Même si elle s'efforçait de vivre ainsi.

— Si l'on accepte la volonté divine, on accepte plus facilement ce qui dans la vie est difficile à comprendre, avait-elle dit à Gustu.

À vrai dire, sa foi n'était pas plus problématique aujourd'hui : il était irascible pour d'autres raisons. Tant qu'il la laissait fréquenter l'église, tout se passerait bien. Elle n'avait jamais essayé de lui imposer sa religion. Aux enfants non plus, mais elle leur avait évidemment appris à réciter la prière du soir et leur avait défendu de jurer.

On ne convoque pas le diable en vain, disait-elle chaque fois qu'ils blasphémaient. Rien à voir cependant avec les læstadiens qui interdisent les jeux de cartes, la musique, la télévision et d'autres activités dont les enfants sont férus, non, elle n'avait fait que leur donner de bons fondements chrétiens. Quand ils étaient tout petits, elle s'agenouillait avec eux au pied de leur lit, joignant les mains en prière. Cette époque-là lui manquait. Aucun de ses enfants ne se définirait comme chrétien, et elle vivait cela comme un échec. Mais si, à l'avenir, le destin leur jouait un mauvais tour, elle était sûre qu'ils se rappelleraient qu'ils pouvaient trouver en Dieu du réconfort.

Oui, elle avait bien fait de descendre de la voiture et de terminer à pied. Leur échange aurait pu tourner au vinaigre. Else-Maj toussa lorsque le froid s'insinua dans ses poumons. Elle évita du regard l'ancienne école pour nomades lorsqu'elle se pressa au milieu de la foule et franchit le portail bleu. Elle aperçut une place libre au dernier rang.

Bâtie dans les années trente à la mémoire de la princesse Eugenia, l'église avait été rénovée au cours de la décennie précédente. S'y célébraient encore de grands offices læstadiens, bien que de plus petite envergure qu'à l'époque de son enfance. Or, aujourd'hui, les premiers rangs étaient déjà pleins. Else-Maj s'était assise sur l'un des bancs vert clair, s'installant sciemment au fond de l'église. Elle voulait pouvoir s'éclipser en cas de lamentations. Entendre des adultes implorer le pardon à grand renfort de cris et de larmes restait pour elle une source de profond malaise. Enfant, elle s'était souvent recroquevillée sur le banc, prise de panique. Sa mère s'en était aperçue et avait cessé de l'amener aux offices. Il n'empêche qu'elle était là aujourd'hui. Les temps avaient changé, ce serait différent, plus calme. En tout cas, elle voulait le croire.

De longues tresses pendaient derrière les dossiers des bancs devant elle, les jeunes filles parlaient à voix basse. Sur d'autres rangées, beaucoup portaient le *gákti* – leur kolt, celui de la région de Karesuando.

Les pasteurs préparaient leur discours dans un bruissement de papier, installaient leur micro. Le prêche serait prononcé en suédois et traduit en finnois. L'un des hommes balayait l'audience de son regard sévère. Il le posa sur Else-Maj. Elle baissa les yeux, fit pivoter son alliance. Ils remarquaient immédiatement les nouveaux, les hésitants. Ils n'aimaient pas les curieux comme elle, et comme sa mère à l'époque, qui assistaient au culte de temps en temps sans appartenir à la communauté. Elles étaient croyantes, ça oui, mais pas de la bonne manière. Elle tourna la tête vers la haute fenêtre arquée, oublia toute vigilance et aperçut l'école pour nomades. Elle tressaillit comme si elle s'était brûlée.

Une femme en kolt prit place à côté d'elle. Else-Maj se décala vers le bout du rang. Elle jeta un coup d'œil discret par-dessus son épaule pour voir si l'église était pleine. Elle ne reconnaissait pas grand monde, les ouailles venaient probablement de Kiruna et Pajala, sans aucun doute aussi de Finlande. Au moment où elle redressait la tête, elle sentit un frisson la parcourir. Quelque chose clochait – il fallait qu'elle regarde à nouveau.

Là-bas, au dernier rang, dans le coin tout au fond, un foulard sur les cheveux. Ses mouvements avaient quelque chose de familier. Ses doigts qui repoussaient les lunettes vers la racine du nez. Sa tête qui branlait par saccades. Son visage était plus maigre et son dos plus voûté. Cependant, il n'y avait aucun doute.

L'oxygène vint soudain à manquer. La chaleur au milieu de la foule était insupportable. Else-Maj sentit son visage et sa poitrine consumés par une flamme féroce. Il fallait sortir.

Le prêche commença. Il fut immédiatement question du péché. Les têtes se baissèrent. Else-Maj dut poser une main sur le bras de la femme à côté d'elle, laquelle venait tout juste de se trouver une place.

— Désolée, je…

Else-Maj était déjà à moitié debout, la femme replia les genoux, murmura quelques mots, « heureusement que nous ne sommes pas bien grandes ».

Le tapis de l'allée centrale étouffa ses pas titubants et, à la sortie, elle se fraya un chemin entre les fidèles qui n'avaient pu s'asseoir.

D'un coup d'épaule, un homme l'aida à pousser la lourde porte. Elle s'agrippa à la rampe noire, le givre crissa sous son gant en cuir. Elle descendit d'un coup sec la fermeture à glissière de son manteau et éventa de la main sa poitrine en feu, ahanant, tentant de reprendre son souffle. Personne ne devait voir sa crise. Elle longea le muret de pierre et bifurqua à gauche sans réfléchir. Soudain, elle se trouva plantée là, dans la cour de l'école qu'elle s'était promis de ne plus jamais fouler. Depuis la fenêtre de l'ancien internat, une lumière jaune éclaboussait la neige. Des pieds rapides s'affairaient dans des pièces où tant de peur et de chagrin s'étaient amoncelés. On sortait le café et les petits gâteaux. On mettait la table à l'endroit où, trente ans plus tôt, Sara s'était trouvée, livide, dans un délire fébrile. Else-Maj sentit son estomac se retourner, ravala son haut-le-cœur, fit volte-face et descendit la rue en titubant vers le supermarché. La réaction de son corps l'avait stupéfaite. La neige grinçait sous ses grosses chaussures, le froid s'insinuait à l'intérieur, lui glaçant les pieds. Elle arracha son foulard, le fourra dans sa poche de manteau. Elle remonta la fermeture Éclair. On ne pouvait pas se promener par ce temps, le manteau grand ouvert ? Les gens allaient se poser des questions.

Comment pouvait-elle se permettre de revenir au village ? Else-Maj voulait courir, comme elle le faisait enfant, la plus rapide de tous. Elle pourrait courir jusqu'à la maison. Quinze kilomètres, ce n'était rien pour elle. Mais elle parvenait à peine à respirer avec ce froid. Et qui courait en jupe ? Cela ferait jaser.

Peut-être se faisait-elle des idées ? Elle n'aurait jamais l'audace de revenir ici, n'est-ce pas ? Elle n'habitait pas dans le hameau, une telle nouvelle se serait répandue comme une traînée de poudre. La rumeur disait qu'elle était devenue chrétienne ; mais qu'elle assiste à un office ici, c'était tout de même un comble ! À tel point qu'Else-Maj marmonna pour elle-même.

— Est-ce vraiment mon Dieu qui l'a pardonnée ?

Elle s'arrêta devant la façade rouge du supermarché, lequel se targuait d'être le Konsum le plus septentrional de Suède. Il fallait qu'elle entre, qu'elle appelle chez elle pour que Gustu vienne la chercher. Mais pas avant d'avoir retrouvé son aplomb. Elle se racla la gorge, inspira trois fois profondément, força un sourire amène.

Le froid s'engouffra avec elle dans le magasin. Elle referma rapidement la porte. En un pas, on atteignait les oranges disposées dans des cartons. En trois pas, les bonbons. Astrid qui tenait la caisse, comme d'habitude, commenta la météo glaciale. Else-Maj se contenta d'une réponse évasive.

— Est-ce que je pourrais utiliser le téléphone ?

Ça sonnait, mais personne ne décrochait. Gustu était sûrement dans le garage à bidouiller la motoneige. Mais les enfants ? Ella devait être à la maison. Else-Maj rappela, laissa sonner une dizaine de fois.

— Ça ne répond pas, indiqua-t-elle à Astrid. Je réessaierai dans quelques minutes.

Elle était gênée de faire le tour de la petite boutique sans rien acheter. Elle pourrait rentrer à pied, c'était possible. Quelqu'un s'arrêterait sans doute pour la prendre en chemin, mais elle devrait expliquer pourquoi elle marchait. Personne ne marchait entre les villages en plein hiver.

Des clients entrèrent, Else-Maj fut obligée de discuter. Du temps qu'il faisait, du grand événement à l'église. Le supermarché se vida et elle se glissa de nouveau dans le bureau étriqué d'Astrid, derrière la caisse. Elle fit pivoter le cadran rotatif du téléphone. Il décrocha enfin. Prononça leur numéro 310 45, comme il le faisait souvent. Quand il ne disait pas « allô ».

— Viens me chercher s'il te plaît, murmura-t-elle. Je suis à Konsum.

Elle interrompit sa question par un « Viens vite » catégorique.

Astrid était curieuse, ça se voyait. Elles avaient le même âge. Astrid avait fréquenté l'école du village. Elle était aussi ronde à l'époque que maintenant. Ses joues lisses la rajeunissaient.

— Tu es allée à l'office ?

— Non.

Else-Maj avait déjà posé la main sur la poignée.

— Tu ne vas pas attendre dehors !

Elle ne pouvait pas non plus attendre à l'intérieur. Astrid était une commère notoire. Une vraie sans-gêne. Quand le silence devenait trop pesant, on finissait par cracher ce qu'on s'était promis de taire. À moins qu'Astrid pose carrément des questions indiscrètes. Elle collectionnait les détails de la vie des villageois, comme des bonbons à distribuer au client suivant. « Tu ne devineras jamais la dernière ? » Non, ici il n'y aurait pas de ragot à colporter.

« Je ne suis pas frileuse. »

Elle devrait forcer un sourire pour se dépêtrer de cette situation. Astrid serait sans doute capable de tisser un récit à partir de l'étrange comportement d'Else-Maj. Elle deviendrait un bonbon quoi qu'il arrive. Rita Olsson à l'église ! La rumeur produirait une détonation semblable à celle de la débâcle, dont l'écho se propagerait dans tout le village avant même la fin de l'office.

Marge

1954

Marge serra les pièces de monnaie dans sa main gantée de laine. Elles étaient moites contre sa paume. La directrice avait gracieusement distribué leur ration de pièces de cinq et de dix öre procurées par leurs parents, pour leurs petits achats hebdomadaires à l'épicerie du village. La nuit tombait déjà. Bientôt le soleil ne se lèverait pas du tout. Début décembre, il s'en allait pour ne réapparaître à l'horizon que quelques jours après le début du mois de janvier.

Marge se tenait juste derrière Biret et Else-Maj. Elle n'aimait pas marcher dans le noir et voulait être sûre de reconnaître les voix autour d'elle. Sa meilleure amie, Sylvia, cheminait à ses côtés, énumérant les friandises qu'elle allait acheter. Sylvia, qui avait toujours un peu plus d'argent que les autres, revenait toujours avec le sachet le plus rempli. Marge, qui en avait souvent le moins, racontait qu'elle ne voulait pas tout dilapider, comme si elle voulait économiser pour s'offrir quelque chose de spécial. Elle répétait chaque fois la même histoire, mais elle voyait bien les grandes hausser les sourcils. Elle n'était pas pauvre, elle refusait qu'on le pense, mais son *enná* ne lui donnait pas assez d'argent et Marge ne voulait pas quémander. Car, en réalité, ils étaient un peu pauvres. Cette année, ils n'avaient pas abattu beaucoup de bêtes. Les pâturages étant difficiles d'accès, beaucoup de rennes avaient péri, faute de nourriture. Consciente de cela, elle ne pouvait raisonnablement pas réclamer plus de deniers pour s'acheter des bonbons. Mieux valait garder la face, affirmer que trop de sucre donne des caries. Ce qui n'empêchait pas les autres filles de mâchonner leur caramel, qui faisait des fils dans leur bouche.

Devant la boutique, elles tapèrent des pieds pour détacher la neige de leurs chaussures, puis entrèrent. Le comptoir formait un L. La caisse se situait juste à l'entrée. Les denrées non périssables étaient stockées sur des étagères fixées au mur derrière la vendeuse. Les confiseries, colorées et attrayantes, s'amoncelaient dans des bocaux, protégés par une vitre.

Si les enfants étaient autorisés à dépenser leur argent comme ils le souhaitaient, ils choisissaient presque tous des friandises. Marge attendait toujours que les autres aient fait leurs emplettes – ils étaient alors trop occupés à comparer leurs sucreries pour regarder ce qu'elle commandait. Sylvia en avait un sachet entier qu'elle parvenait à peine à fermer. Else-Maj en achetait aussi une bonne quantité, mais elle en gardait au moins la moitié pour Sara. Sa petite sœur était tombée malade et avait été renvoyée chez elle, mais Else-Maj refusait d'en parler. Pas un mot, avait-elle averti, et les filles osaient à peine aborder le sujet à voix basse, entre elles. Marge savait qu'Else-Maj aurait voulu rester avec sa sœur, mais ce n'était pas permis. Or Noël approchait, et tout le monde rentrerait chez soi, évidemment. Tous les soirs, Marge joignait les mains et prononçait à la va-vite une prière pour que Sara guérisse. Elle aurait préféré ne pas se tourner vers Dieu, mais il n'y avait personne d'autre. Son *enná* lui manquait. Elle l'aurait serrée dans ses bras, consolée, apaisée.

— Alors, qu'est-ce que ce sera pour toi ?

Le propriétaire de l'épicerie était bedonnant. Il avait des mains rougeaudes et gercées. Marge se sentait toujours timide face à lui. Elle avait honte de son suédois médiocre. Elle préférait les gestes. Elle montrait d'abord les friandises sur lesquelles elle avait jeté son dévolu, puis levait les doigts pour indiquer la quantité. Elle avait une préférence pour les petites boules jaune clair acidulées, les caramels enveloppés dans du papier et les menues silhouettes rouges et sucrées. Elle se hâta de fourrer le sachet à peine à moitié plein dans la poche de son manteau. Les autres se léchaient déjà les babines. Marge huma leur haleine délicieusement sucrée.

Sur le chemin du retour, elles se mirent à glousser. Même Else-Maj. L'ombre sur son visage s'était dissipée un instant. Marge n'avait pas mangé un seul bonbon.

— Tu épargnes toujours ? bafouilla Else-Maj, la bouche pleine. On pourrait croire que tu n'aimes pas les sucreries.

Marge n'eut pas le temps de répondre.

— Vous avez entendu ? s'écria Sylvia en regardant les grandes. Nilsa a volé tout ce que Jon-Ante venait d'acheter. Il avait un sachet presque plein et, brusquement, il avait disparu.

Else-Maj se rembrunit. Si seulement Sylvia avait pu se taire !

— Un jour, je vais le massacrer, ce Nilsa. (Else-Maj décocha un coup de pied dans la neige.) Comment ose-t-il s'en prendre aux plus petits ?

— C'est aussi lui qui a laissé Jon-Ante dans le cabanon du cimetière, ajouta Sylvia.

Ce n'était pas une nouvelle, tout le monde était au courant. C'était arrivé cet automne et Nilsa s'en était tiré. Jon-Ante n'avait pas cafté. Malgré ce qui était arrivé à sa main. Marge ne voulait pas y penser, elle sentait une brûlure dans le diaphragme chaque fois qu'elle approchait de ce souvenir. Ça lui faisait peur qu'Else-Maj dise des choses pareilles.

— Tu ne peux pas t'attaquer à Nilsa, dit-elle. Il est beaucoup plus grand que toi. Il flanque des raclées à tout le monde.

— Et ce qu'il fait aux filles, c'est encore pire, renchérit Biret.

— Je vais le tuer pour tout ce qu'il a fait.

— Tu devrais t'en prendre à Aslak, c'est plus facile, continua Biret. Nilsa en souffrira. Vous verrez, quand Nilsa aura quitté l'école et qu'Aslak restera seul, ils se vengeront sur lui.

— Vraiment ? Qui t'a dit ça ?

Else-Maj affichait une mine sceptique.

— Plusieurs des garçons. Ils n'osent pas s'en prendre à Nilsa, mais Aslak, c'est une poule mouillée. Ça ne sera pas difficile.

— Ce n'est quand même pas la faute d'Aslak si son frère est cruel, jugea Sylvia.

— Pff, fit Biret. Aslak est d'accord avec tout ce que fait son frère.

— Il doit avoir peur de s'opposer, rétorqua Else-Maj.

Elle avait sans doute raison. Marge la regarda avec admiration, elle était intelligente.

— Ne te bats avec personne, Else-Maj, la supplia-t-elle.

— Si j'ai l'occasion de pousser Nilsa dans l'escalier, je le fais, mais je ne toucherai jamais à un seul cheveu d'Aslak. Sauf si c'est lui qui commence, bien sûr.

Marge ne comprenait pas d'où venait son courage. Else-Maj était minuscule. Si Nilsa l'écrasait de tout son poids, elle n'y survivrait pas. Elle serait plate comme une crêpe.

C'était peut-être les grandes filles qui avaient entendu le crépitement, ou bien elles étaient toutes attentives, car elles levèrent la tête et la virent. Juste au-dessus d'elles. De longs rubans jaune-vert balayaient le firmament, prenant une teinte bleutée et formant des vagues au-dessus du village.

— Baissez les yeux, ordonna Else-Maj en tirant Marge par le bras. Et courez !

Elles prirent leurs jambes à leur cou. Marge avait la gorge nouée de sanglots. Voilà ce qui arrive quand on parle de tuer quelqu'un ! Même quelqu'un comme Nilsa. Else-Maj était rapide, elle devança de dix mètres les autres filles. Sentant le sachet de sucreries cogner contre sa hanche, Marge regretta de ne pas déjà les avoir englouties. Elles arrivèrent à la porte. Sylvia semblait au bord des larmes. Else-Maj tirait déjà sur la poignée.

— C'est fermé !

L'aurore boréale, *guovssahasat*, éclaira la cour et disparut aussitôt, pour revenir avec la même force d'un autre côté. Marge glissa un regard vers le ciel. Impossible de résister, c'était aussi attirant que les appels des *háldit*.

Else-Maj et Biret frappaient, comme possédées, hurlaient qu'on leur ouvre. Elles criaient même en sami.

— *Raba !* Ouvrez.

Le visage de Nilsa se matérialisa dans la vitre de la porte en bois brun. Il se riait d'elles. Biret tambourina de plus belle. Nilsa se hâta de fuir avant que la directrice le voie.

— Baissez les yeux, répéta Else-Maj en appuyant la tête contre la porte.

Marge crut voir des larmes, ce qui l'étonna, car Else-Maj pleurait rarement. Mais l'aurore boréale était naturellement de très mauvais augure. Les rubans qui dansaient sur le ciel étoilé étaient un avertissement.

La serrure tourna. La directrice apparut sur le seuil.

— Vous êtes complètement folles ? Vous allez casser la porte !

Else-Maj n'attendit pas la réprimande, elle fila en coup de vent et se précipita dans l'escalier.

Marge et les deux autres restèrent plantées là. La directrice sembla hésiter – suivre Else-Maj ou passer un savon aux filles devant elle.

— L'aurore boréale, murmura Marge.

Les autres ouvrirent des yeux grands comme des soucoupes. Comment osait-elle ? Non seulement elle essayait d'expliquer à la directrice, mais, en plus, elle osait nommer l'innommable. Or Marge voulait entrer, se mettre à l'abri, et pour une fois elle n'avait pas d'autre choix que d'ouvrir la bouche la première.

— Vous et vos stupides légendes ! C'est une aurore boréale, des lumières dans le ciel, rien de plus.

Bien entendu, la directrice n'allait pas se préoccuper de ce qui leur faisait peur. Jamais elle ne comprendrait.

— Qui a fermé la porte à clé ? demanda-t-elle d'un ton sévère. Vous avez vu ?

Marge haussa les épaules. La directrice ouvrit la bouche pour ajouter quelque chose, mais abandonna, elle avait surtout l'air lasse, elle les chassa, heureuse de se débarrasser d'elles. Elles montèrent dans leur chambre sans demander leur reste.

Les lunettes de Marge étaient de nouveau couvertes de buée. Elle les avait prises à la main pour courir. Else-Maj était allongée de tout son long, le visage dans l'oreiller. Marge voulait lui caresser le dos ; en même temps, elle aurait voulu que les grandes la consolent. Sylvia la tenait par la main. Elles entouraient Else-Maj, sans savoir quoi faire. Biret finit par s'asseoir sur le lit. Que dire ? Personne ne savait. Marge n'en menait pas large. Elle avait parlé de *guovssahasat*. Ce n'était pas délibéré, ça lui avait échappé.

Biret ouvrit son manteau, retira son bonnet.

— Nous n'avons pas crié. Nous ne l'avons pas montrée du doigt. Nous ne l'avons pas regardée.

Elle le dit lentement, en accentuant chaque mot pour offrir à tout le monde une vérité apaisante. Marge serra la main de Sylvia. Elle avait regardé et parlé. Ce n'était pas Else-Maj qui devait pleurer, c'était elle. Elle jeta un coup d'œil dans le dortoir. Quelques filles s'étaient rassemblées sur un lit dans un coin. Elles semblaient frappées d'effroi. Les rideaux étaient fermés. Au moins quelqu'un s'en était occupé.

D'un geste de la main, Biret chassa les petites qui s'éloignèrent et se laissa tomber sur le lit de Marge. Sylvia sortit son sachet de friandises replet, l'ouvrit et le présenta sous les yeux de Marge.

— Prends-en autant que tu veux.

Elle vit ses préférés, mais ses mains reposaient lourdement sur ses genoux.

Sylvia fit crisser le sachet, porta une confiserie à la bouche, fit claquer ses lèvres.

— Sers-toi. *Váldde*.

Marge fouilla délicatement, attrapa ses bonbons de prédilection, les laissa reposer dans sa paume.

— Je peux en donner à Jon-Ante ?

Sylvia cessa de mâcher, la regarda sous sa frange et haussa les épaules.

— Évidemment.

— Il me fait de la peine.

C'était vrai. Mais pas seulement. Pouvait-elle réparer sa faute ? Pouvait-on utiliser la puissance de l'aurore boréale pour se faire pardonner en faisant le bien ? Elle l'ignorait, mais elle devait essayer. Son *enná* aurait su, elle. Elle aurait aussi pu dire à quel point ce qu'elle avait fait était grave. Peut-être donnait-elle ses bonbons préférés en vain ? Elle hésita, approcha la main de son visage, inspira le parfum sucré. Elle se décida. Les friandises serrées entre ses paumes comme si elle priait avec les mains à plat, elle traversa la pièce, se faufila dans les escaliers, chercha Jon-Ante parmi les garçons, continua à descendre jusqu'à la pièce commune située au sous-sol. Il était assis là, tout seul, comme elle l'avait vu plusieurs fois déjà. Totalement immobile, les yeux dans le vague. Il sursauta en la voyant, fit mine de s'affairer, mais il n'avait rien à se mettre dans les mains.

— Tu es ici à cause de…

Elle s'interrompit, ne voulant évoquer ni Nilsa ni l'aurore boréale.

Elle tendit la main pour lui montrer son trésor.

— Tu en veux ?

Il secoua la tête. Elle insista.

— Mange-les tous d'un coup. Ça évitera qu'il te les vole.

Jon-Ante se frotta le nez, fit un geste, se souvint que sa main droite n'était plus vraiment comme il fallait, et tendit la gauche. Elle laissa tomber les confiseries dans sa paume.

— Les caramels sont mes préférés, dit-elle. Et toi ? (Il avait déjà retiré l'emballage dans un froissement de papier et glissé la petite boule entre ses lèvres.) Fais attention à ta dent qui bouge. Elle pourrait rester coincée dedans, dit-elle avec un sourire.

— Moi aussi, ce sont les caramels que je préfère, répondit-il alors.

Marge, qui n'avait pas quitté son manteau, glissa sa main dans sa poche, puis dans le sachet, pour attraper un caramel. Ils mastiquèrent, leur bouche se tordit en grimaces lorsque le caramel forma des fils entre leurs dents. Ils pouffèrent de rire.

Jon-Ante

1985

Les drapeaux de corner flottaient au vent sur le terrain de football de Vuolle Sohppar. Ils avaient pâli au fil des années jusqu'à devenir roses et s'étaient effilochés. Une dizaine de véhicules s'alignaient autour du local du NIK, le club de Nedre Soppero. La plupart des supporters restaient dans leur voiture, certains les fenêtres ouvertes pour pouvoir commenter la rencontre avec les occupants du véhicule d'à côté. Des enfants faisaient des tours de vélo, d'autres étaient assis dans l'herbe.

Jon-Ante était arrivé avec Oskar, dans la voiture de ce dernier. Le vent cinglant levait des nuages de poussière au-dessus du terrain en terre ; les brins d'herbe et les trolles d'Europe jaunes ployaient dans les bourrasques.

— C'est un match décisif. S'ils ne gagnent pas, ils risquent d'être relégués, dit Oskar en se rongeant un ongle.

— Ils vont gagner. Mon frangin est en super forme, rétorqua Jon-Ante.

Il suivait Mikkel du regard, remarquait ses débordements le long de la ligne de touche, ses centres précis devant la cage adverse, mais aussi sa frustration d'avoir affaire à des coéquipiers incapables de terminer les actions.

— Le gardien est trop bon pour cette équipe. Je te parie qu'ils l'ont débauché, si ça se trouve il joue à Gällivare en temps normal. Il faudrait tirer ça au clair.

L'équipe de Hakkas lança une contre-attaque rapide. Ils avaient le vent dans le dos. Quand le ballon franchit la ligne de but, Oskar frappa le volant des deux paumes et Jon-Ante se prit la tête entre les mains.

— Et la défense ? Qu'est-ce qu'ils foutent ?

— Quel match de merde. Je ne peux pas regarder ça ! (Oskar avait sorti son paquet de cigarettes.) Je vais m'en griller une. Tu viens ?

Ils descendirent de la voiture. Appuyés sur le capot, ils moulinaient des bras pour chasser les moustiques. Oskar fumait.

— Allez, les gars ! cria-t-il.

Mikkel reçut la balle et se lança dans un dribble côté droit. Le public fébrile poussait des cris étouffés. Jon-Ante en avait la chair de poule pour son frère. Cette fois, Mikkel choisit de ne pas faire de passe, de finir l'action seul. Il feinta un défenseur et tira un boulet de canon à ras du sol, lequel rebondit sur le poteau avant d'entrer dans la cage.

Oskar hurla de joie, lâcha sa cigarette en ouvrant la portière et se précipita sur l'avertisseur sonore. Le but fut salué par un concert de klaxons.

Jon-Ante débordait de fierté, il aurait voulu s'égosiller. Son cadet devrait jouer pour le club de Kiruna, il méritait une meilleure équipe.

— La vache, quel but !

Hilare, Oskar secouait Jon-Ante.

Sur le terrain, la tension monta d'un cran. Le NIK menait des attaques rapides et les contacts devenaient de plus en plus physiques. Oskar faisait les cent pas à côté de la voiture, regardait l'heure toutes les deux minutes.

— Ils font rentrer le morveux, mais pourquoi ? Il ne fait pas le poids face aux armoires à glace de Hakkas, grogna Jon-Ante.

C'était Nils-Ola, le fils aîné de Nilsa. Un jeune prodige, Jon-Ante le savait. Mikkel n'avait évidemment pas de carrière au Kiruna FF devant lui, il ferait bientôt partie de l'équipe de vétérans, mais Nils-Ola, ça c'était l'avenir. Nilsa était assis sur le banc, lui aussi, prêt à entrer sur le terrain, mais les joueurs de plus de quarante ans jouaient rarement. Néanmoins, il insistait encore pour figurer sur la feuille de match, exigeait de garder sa place malgré le passage des années et le maillot noir et jaune qui lui moulait à présent le ventre.

Jon-Ante se frotta les mains, palpa les parties noueuses de son auriculaire. Nilsa le saluait quand ils se croisaient au village, jamais plus. Jon-Ante feignait toujours de devoir se rendre quelque part, d'être en mouvement, pour ne pas avoir à s'arrêter. Après coup, il pouvait se réciter de longs monologues intérieurs où il interpellait Nilsa, lui disait ses quatre vérités, vidait son sac, le poussait à faire amende honorable. Cela ne se produirait jamais. Il avait entendu Nilsa parler de l'école pour nomades, raconter qu'il avait fait les quatre cents coups. Il avait transformé la vérité de cette époque. L'un des cousins de Jon-Ante lui avait relaté qu'il avait osé rappeler à Nilsa à quel point il avait été cruel. Nilsa lui avait répondu que sa mémoire lui jouait des tours. Jon-Ante n'aurait jamais supporté qu'on lui balance ça à la figure.

Nilsa bondissait du banc chaque fois que Nils-Ola avait la balle. Le garçon était grand pour son âge, et téméraire. Il taclait des joueurs bien plus imposants que lui.

— C'est un dur, comme son père, fit Oskar en écrasant sa énième cigarette contre le pneu de la voiture. Et il est aussi doué qu'Aslak. (Il se tut un instant avant de se reprendre.) Que l'était Aslak.

Le maillot d'Aslak était toujours accroché dans le local sportif. Personne n'aurait plus jamais le droit de porter le numéro dix. Nilsa en avait décidé ainsi. Ça n'avait pas été bien accueilli dans l'équipe. C'était un numéro mythique. Mais qui osait faire des histoires quand la mort était passée par là ?

Hakkas marqua un nouveau but, cette fois sur un penalty douteux. Oskar dut faire le tour du local sportif pour, expliqua-t-il, éviter de faire une crise cardiaque. Jon-Ante demeura immobile, assailli par les moustiques et les simulies, agitant les bras pour les chasser. Nilsa hurlait sur Nils-Ola, s'indignait, jurait. Le garçon ne le gratifia pas d'un seul regard, mais, juste après, il écrasa ses crampons sur la jambe d'un joueur de Hakkas qui roula dans les graviers, le visage tordu de douleur. Carton jaune. Ce n'était pas du goût de

Nilsa qui cria à l'arbitre que Nils-Ola était le premier sur la balle.

— Allez, les gars ! s'égosilla Oskar qui était revenu. Vous êtes les meilleurs !

Le joueur s'était relevé. Il passa à côté de Nils-Ola, les yeux menaçants, et lui dit quelque chose qui lui fit tourner la tête vers Nilsa, lequel esquissa un geste interrogateur. Nils-Ola s'approcha en trottinant et annonça suffisamment fort pour que le public debout devant les voitures l'entende :

— Il m'a traité de sale Lapon.

— Bordel de merde !

Nilsa était sur le point de rentrer sur le terrain, mais l'entraîneur l'en empêcha d'une main sur le torse.

— Assis.

Nilsa repoussa le bras. Il longeait la ligne de touche, le visage cramoisi en brandissant le poing d'un air intimidant.

— Il y a un putain de raciste dans cette équipe. Hé, l'arbitre ! Tu vas rester les bras croisés ?

Les joueurs de Hakkas secouèrent la tête, affichant un rictus amusé. L'arbitre faisait des moulinets avec les bras, on aurait dit une locomotive à vapeur. Continuez à jouer, continuez à jouer.

— Fait chier. Maintenant ça va devenir violent, lâcha Oskar en crachant des morceaux de cuticule.

Il avait raison. Les adversaires étaient de plus en plus agressifs. Jon-Ante voyait son frère bondir lestement au-dessus des tacles assassins. Nils-Ola mordit la poussière, saigna bientôt du genou. L'entraîneur dut renvoyer Nilsa dans les vestiaires, mais il se posta dans le public, se plaignit à voix haute de ces enfoirés de l'équipe de Hakkas et de l'arbitre qui n'avait pas les yeux en face des trous.

— Il ne s'améliore pas avec le temps. Ça doit être depuis Aslak, dit Oskar.

Nils-Ola marqua. Il avait réceptionné une passe magnifique de Mikkel et frappé dans la lucarne. C'était si beau – le genre de but dont on parlerait pendant des années. Nilsa poussa un rugissement de joie, rivalisant avec les klaxons des voitures. Ce qui fit rire le public. Jon-Ante soupira. Il ne méritait pas toute cette attention.

Le but décisif ne vint jamais et ça se termina par un match nul.

— Ça fait tout de même un point. Théoriquement, ça pourrait marcher si Hakkas perd le prochain match, précisa Oskar.

Hakkas le célébra comme s'ils avaient gagné. Sans doute par esprit de provocation, songea Jon-Ante. Nilsa ne put s'empêcher de décocher un coup d'épaule à un joueur qui manqua de tomber. Il cherchait la bagarre. L'arbitre s'était réfugié dans sa caisse dès le coup de sifflet final.

Jon-Ante sentit un frisson lui parcourir l'échine. Il avait aperçu le regard noir de Nilsa, son regard d'avant. Assis sur le banc, Nils-Ola voyait son *isá* bomber le torse, serrer les poings. Le visage inexpressif, pas un mouvement indiquant qu'il allait se lever pour soutenir son père. Pas un seul membre de l'équipe ne le rejoignit. Jon-Ante donna un coup de coude à Oskar en contemplant les joueurs de Hakkas qui formaient une muraille autour de Nilsa.

— Mate un peu ça !

— Oh merde ! Ça s'annonce mal.

— J'espère qu'ils vont lui foutre une raclée.

Mais les adversaires optèrent pour l'humiliation, se contentèrent de railler le vétéran au sang chaud avant de se diriger vers les vestiaires. Jon-Ante sourit dans sa barbe. Ils avaient laissé Nilsa en plan et celui-ci n'allait pas leur courir après. Il préféra empoigner le jeune juge de ligne, se mit à gesticuler et à le montrer du doigt. Comme si ce gamin de dix-sept ans avait pu changer la donne.

Au bord du terrain, Nils-Ola gardait les yeux baissés. Il délaça ses chaussures, retira avec difficulté ses chaussettes tachées de sang et reposa ses tibias débarrassés de ses protections. Jon-Ante observait ses moindres mouvements, ses épaules tombantes.

Pauvre gosse, songea-t-il, pauvre gosse. Se coltiner Nilsa comme père.

— Je vais passer un coup de fil à mon cousin à Skaulo, voir comment ça s'est terminé pour eux. Si Skaulo a été vaincu, ça pourrait vouloir dire que… (Oskar compta sur ses doigts.) Ça peut le faire, Jon-Ante, c'est possible.

Mikkel gravit la petite pente en courant. Son *viellja* avait ce sourire qui donnait envie à tout le monde d'être près de lui. Jon-Ante sentit une absurde envie de le serrer dans ses bras, mais se contenta d'une grosse tape dans le dos. Oskar alla plus loin, prit Mikkel par les épaules.

— Quel but ! C'est grâce à toi qu'on est encore dans la bataille. Tout n'est pas perdu.

Oskar disait souvent « on » alors qu'il n'avait jamais mis les pieds sur le terrain.

— Dommage pour le penalty. Autrement on aurait gagné, dit Mikkel.

— C'est dégueulasse ! Les joueurs n'étaient même pas dans la surface.

— D'après l'arbitre, on ne voyait pas bien les lignes dans les graviers.

Ces dernières ayant été tracées par son oncle, Oskar considéra cela comme un affront personnel.

— Quel con, cet arbitre !

— Nils-Ola a bien joué, constata Mikkel.

Ils jetèrent un coup d'œil vers le banc en contrebas. Nilsa toisait son fils, bras croisés. Il s'agitait vers le terrain, semblant expliquer ce qu'il aurait dû faire.

— Mais ce salaud n'est jamais content, ajouta Mikkel. (Il essuya la sueur de son front et se tourna vers Jon-Ante.) Tu restes combien de temps ?

Jon-Ante savait ce qu'il voulait. L'emmener bosser. Il fallait changer la clôture d'un enclos. Il avait besoin de lui. Isak s'était foulé la cheville.

— Jusqu'à demain.

Le visage de Mikkel s'éclaira. Il partait toujours du principe que Jon-Ante dirait oui.

— Je me dépêche. On passe au camping se faire un sauna, et après on y va.

Jon-Ante hocha la tête, autant offrir son aide maintenant. Il y aura peut-être moins de plaintes plus tard. Parce qu'il allait devoir leur annoncer sa décision. Il allait manquer le marquage des faons. Au lieu de cela, il roulerait vers le sud au volant de sa Lincoln.

Marge
1985

À en croire le calendrier, et même si le thermomètre peinait à dépasser les cinq degrés, l'été était arrivé. Des nuages gorgés de pluie surplombaient la piste de slalom un peu plus loin. Marge suivit du regard les mains aguerries de sa collègue Pirjo qui braquait le volant pour se garer en créneau dans la pente de la rue Gruvvägen. Pirjo serra le frein à main.

— Bon, je dois te prévenir, dit-elle en jetant un coup d'œil furtif dans le rétroviseur. Cette femme est assez spéciale.

— Comment ça ?

— Tu verras. C'est parfois difficile à expliquer.

Pirjo ouvrit la portière, le vent s'y engouffra et elle dut la tenir de toutes ses forces. Elle allait sur ses soixante ans et travaillait depuis quarante ans comme aide à domicile. Elle avait tout vu et savait tout. Marge n'avait pas encore travaillé dans le quartier de la rue Gruvvägen. Elle était reconnaissante que Pirjo la présente. Pirjo n'avait pas sa langue dans sa poche. Si elles se rendaient chez un vieillard acariâtre à la limite de la sénilité, elle le disait. Si elles allaient chez une femme qui les houspillait parce que le ménage n'était jamais assez bien fait, elle ne le cachait pas. Un parent d'un conseiller municipal ? Elle le précisait. Plus encore s'il s'agissait d'un membre de la famille du chef. Dans ce cas, il fallait être sur ses gardes, car les vieux colportaient évidemment des ragots. Pirjo avait un langage fleuri et devait se contrôler chez les chrétiens. Une femme avait refusé de la faire entrer. C'était la première fois que ça lui arrivait et Pirjo l'avait pris comme un affront personnel. Elle avait dit au chef que soit elle continuait à travailler chez cette femme, soit elle présentait sa démission. Il n'y avait que Pirjo qui pouvait poser ce genre d'ultimatum.

Dans l'ascenseur qui les menait au sixième étage, Marge s'attacha les cheveux en queue-de-cheval. Elle peinait à se concentrer, obnubilée par Estela, qu'elle avait laissée au jardin d'enfants. Ce matin, elles avaient agité la main pour se dire au revoir, mais Estela lui avait lancé un regard noir, difficile à interpréter. Marge avait dû s'appuyer contre le mur blanc et irrégulier du coin de la rue. Chaque fois qu'elle la déposait, elle avait l'impression de l'abandonner. Elles se retrouveraient l'après-midi, bien sûr, mais elle craignait qu'Estela ne la croie pas quand elle le lui promettait. Que son petit corps reste tendu toute la journée pour se préparer à l'éventualité que Marge ne soit pas là, dans la cour, à l'attendre. La première semaine, Marge avait lu l'inquiétude sur le visage de sa fille qui sortait du jardin d'enfants ; elle avait vu sa bouche se relâcher lorsque Marge lui avait fait de grands signes des deux mains. Elle avait ouvert les bras, proposé un câlin, mais Estela avait gardé les mains dans le dos.

— Au revoir, Stella ! avait crié une fillette au loin.

Estela s'était retournée rapidement, secouant la main, l'air joyeux.

— Au revoar, Sofia !

Mais dès qu'elles avaient pris le chemin de la maison, son sourire s'était éteint. Marge en souffrait profondément. Elle n'avait personne à qui parler, personne à qui demander si le comportement de sa fille était normal, et surtout personne pour lui dire si ça allait passer. Parfois, l'agacement prenait le dessus, et les pensées interdites émergeaient – que la gamine devrait être reconnaissante d'avoir trouvé un foyer. Cette réflexion était toujours suivie par une honte incommensurable.

Estela ne lui tenait plus la main entre le jardin d'enfants et la rue Kyrkogatan – elle savait maintenant qu'elles rentreraient chez elles. Cela signifiait sans doute qu'elle comprenait qu'elle ne devait pas avoir peur, et c'était bon signe, mais Marge regrettait la petite main dans la sienne au point d'en avoir mal à la poitrine.

Dans les moments les plus sombres, elle se disait qu'elle était une mauvaise mère. Elle avait défié Dieu qui voulait que son utérus ne porte jamais d'enfant. Elle était allée contre son destin – l'échec était annoncé.

Pirjo se racla la gorge et sortit de l'ascenseur.

— Comme je te le disais, elle est spéciale. Accroche-toi bien.

Pirjo pressa puissamment la sonnette trois fois. Au bout d'un certain temps, on entendit des pas s'approcher.

— Zut ! J'ai oublié son nouveau pilulier dans la voiture. Tiens, prends la clé et va le chercher. Il vaut mieux que je la prépare à ta venue. Elle n'aime pas les nouvelles.

Marge saisit la clé du véhicule, regagna l'ascenseur et l'appela. La porte de l'appartement s'ouvrit et Pirjo entra en lançant un bonjour entreprenant en finnois. « *Hyvä päivä !* »

L'ascenseur était lent. Il s'arrêta avec une petite secousse. Estela adorait les ascenseurs. Marge l'avait amenée dans quelques-uns des hauts immeubles de la ville. Elles étaient montées et descendues un nombre incalculable de fois. Dommage qu'il n'y ait pas d'ascenseur chez elles, rue Kyrkogatan.

Arrivée à la voiture, elle fouilla dans le coffre, dans les boîtes et les sacs en plastique soigneusement disposés jusqu'à trouver un pilulier muni de compartiments amovibles. Ça devait être celui-ci.

Elle reprit l'ascenseur. La porte était entrebâillée. Elle se glissa dans l'appartement. Du cabinet de toilette entrouvert s'échappait une vague odeur d'urine. Marge détestait récurer les sols des WC maculés de taches jaunes. Elle ignorait si cela faisait partie de ses obligations chez cette femme.

La voix de Pirjo lui parvint depuis la cuisine, en finnois. Elle mettait de l'ordre sur le plan de travail quand Marge entra. La vieille dame avait le dos voûté et l'on voyait son cuir chevelu à travers ses mèches grises qui paraissaient sèches et cassantes.

— Je vous présente Marge. Elle va travailler chez vous, annonça Pirjo, en suédois.

La femme ne se retourna pas. Elle fixait des boîtes de comprimés posées sur la table devant elle.

— Elle ne veut pas de pilulier, mais j'en ai décidé autrement. La semaine dernière, elle s'est trompée deux fois de cachet.

Marge esquissa un pas vers la table, y déposa le boîtier rouge et se prépara à afficher un sourire bienveillant. Elle avait un sourire qui plaisait aux personnes âgées. La femme leva la tête. Derrière ses lunettes, ses yeux larmoyants étaient injectés de sang. Ses joues étaient parsemées de taches de vieillesse et ses sourcils étaient réduits à quelques poils. Ses mains aussi tavelées que son visage se terminaient par des ongles jaunis.

— Il lui faut des gouttes. Elle sait très bien que nous devons les lui administrer, mais elle insiste pour le faire toute seule et tout coule à côté, expliqua Pirjo.

Marge n'avait jamais aimé que l'on parle des vieillards à la troisième personne en leur présence. Elle s'adressait toujours à eux – en gazouillant et plaisantant avec ceux qui appréciaient ce ton, ou avec plus de gravité, de compréhension avec ceux qui en ressentaient le besoin.

À présent, plantée là, elle hésitait quant à l'attitude à adopter. Il y avait quelque chose de louche chez cette femme. Un sentiment de malaise avait envahi tout son corps. Elle n'avait jamais éprouvé ça. Elle avait pourtant rendu visite à des alcooliques baignant dans leur vomi et à un nombre incalculable de clients qui auraient eu leur place en hôpital psychiatrique.

— Allons, Rita, ne faites pas d'histoires. Laissez Marge vous mettre vos gouttes. Vos yeux ne vont pas bien du tout.

Pirjo récurait la cuisinière, entre les plaques de cuisson. Elle leva les yeux au ciel.

— Pourquoi ne parlez-vous pas finnois ? demanda la femme.

— Parce que Marge ne maîtrise pas bien cette langue.

Rita ? Marge comprit ce que son corps avait perçu avant elle ; sa réaction physique s'expliquait. Mon Dieu ! Elle s'efforça de scruter le visage vieillissant. C'était elle, sans aucun doute. Rita Olsson. Même sa voix était inchangée.

Sa tête bourdonnait comme un essaim d'abeilles. Son premier instinct était de corriger Pirjo – ce qu'elle pensait de sa connaissance du finnois n'était pas tout à fait correct. Marge parlait meänkieli, la langue des Tornédaliens, mais avait plus de mal avec le « vrai finnois », comme disait son père.

Elle ne pouvait s'empêcher de la fixer tandis que son corps tout entier lui intimait l'ordre de fuir. C'était vraiment elle. La sorcière. Le surnom qu'ils avaient donné à la directrice lui était revenu en mémoire.

Rita Olsson, qui s'était toujours targuée de ne s'exprimer qu'en suédois. Son suédois était parfait, sans une once de cet accent chantant que l'on distinguait chez bien d'autres. Dire que maintenant elle ne parlait que finnois !

— Tu es lapone ?

Un frisson lui parcourut l'échine lorsqu'elle entendit de nouveau cette voix. Elle voulait se boucher les oreilles, comme avant.

— Je vois bien que tu es lapone, poursuivit Rita Olsson, en suédois cette fois.

Elle passa sa langue sur ses lèvres craquelées.

— *Älä houra nyt*, lança Pirjo en finnois, d'un ton sec. Arrêtez de divaguer.

Marge sentit le sol se dérober sous ses pieds. Elle dut se retenir au dos de la chaise. C'était impossible, n'est-ce pas ? Elle n'était pas en train de vivre ça ?

— Allez, mets-lui ses gouttes, dit Pirjo derrière elle.

Marge se saisit de l'emballage, sortit le petit flacon en plastique. Les mains tremblantes, elle parvint à le déboucher.

— Penchez un peu la tête en arrière, dit-elle – c'était un miracle qu'elle réussisse à s'exprimer.

Rita Olsson regardait fixement par la fenêtre, feignant de ne pas l'entendre.

— Hier, la nourriture était infecte.

— Ah bon ? Pourtant, c'était un beau plat. Du ragoût de renne, précisa Pirjo en nouant un sac-poubelle.

— Je ne mange pas de ces choses-là.

— Allons, inclinez la tête en arrière, ordonna Pirjo avec un soupir, avant de se diriger vers la porte d'entrée avec la poubelle.

Marge serrait le flacon dans son poing.

— Vous avez besoin des gouttes, vos yeux sont très rouges.

Était-ce vraiment elle qui parlait ? Avec une voix si professionnelle, si gentille. C'était inexplicable. Rita Olsson inclina la tête vers l'arrière, mais ferma les yeux. Comment Marge pourrait-elle toucher ce visage ? Le sentiment d'irréalité la submergea et elle posa une main sur le plateau froid de la table. Elle sentit une crampe dans le bas-ventre et un caillot de sang glissa de son vagin, s'écrasa sur sa serviette hygiénique. C'était infâme. Le deuxième jour de ses règles, les douleurs étaient parfois insurmontables. Le sang faisait des caillots noirs et elle était obligée d'utiliser les toilettes des vieux pour changer de protection plusieurs fois par jour. Son supplice n'était pas normal, elle l'avait compris avec les années. Ses amies ne s'évanouissaient pas, n'étaient pas contraintes de se mettre en arrêt maladie. Elle aurait dû rester chez elle aujourd'hui.

— Ce n'est pas encore fini ? s'enquit Pirjo, de retour dans la cuisine. Ouvrez les yeux, Rita.

Elle était repassée au finnois.

Marge tenait sa main tremblante au-dessus de son front, elle savait d'expérience que ça calmait les personnes âgées de poser la main là. Mais comment pourrait-elle la toucher ? Ses paupières frémirent, mais elle ne les écarta pas.

— Je ne regarde pas les Lapons, murmura-t-elle.

— Voyons, Rita, vous qui êtes chrétienne, vous ne faites pas de différence entre les gens, continua Pirjo de sa voix pleine de sagesse.

Marge jeta un coup d'œil circulaire dans la cuisine, à la recherche de signes religieux, puis dans le séjour, et vit, sur un des murs, un crucifix doré. Dans l'entrée se trouvait une broderie portant ce texte : « Juste un jour, seulement un instant. »

Rita Olsson renâcla, leva les yeux vers le plafond. Marge ne parvint pas à poser la main sur son front, mais pressa l'index sur la peau fine, d'un bleu violacé de sa paupière inférieure. Elle la tira vers le bas, dévoilant une plus grande partie de l'œil injecté de sang, et y fit glisser une goutte qui tomba sur l'iris. Elle répéta le processus dans l'autre œil, puis rangea le flacon dans la boîte. Elle regarda ses mains. Elles étaient souillées à présent. Elle se hâta de les rincer sous le robinet de l'évier.

— Tu as oublié de te laver les mains avant de lui mettre les gouttes, chuchota Pirjo à son oreille.

Marge rougit. Jamais elle n'omettait cela, elle qui était si tatillonne sur l'hygiène. Ses mains étaient rouges et gercées à force de les nettoyer.

— Mon Dieu ! laissa-t-elle échapper.

Pirjo secoua la tête et sourit.

— Ce n'est pas grave.

— N'utilisez pas à tort le nom du Seigneur, assena Rita Olsson.

Marge sentit de nouveau ses jambes se dérober. Rita Olsson avait toujours dit ça. Déjà à l'époque.

Marge se frictionna les paumes. Refusant de les sécher sur le torchon beige crasseux suspendu à la poignée du four, elle arracha une feuille de papier essuie-tout et la frotta vigoureusement contre sa peau.

Elle ne pouvait pas rester à côté de Rita Olsson, sentir son odeur, être obligée de la voir. Marge voulait sortir, s'éloigner d'ici. Son corps frissonnait comme lorsqu'elle avait de la fièvre. C'était peut-être aussi à cause de ses règles, elle essaya de se calmer. Il fallait qu'elle change sa serviette, mais plutôt mourir qu'utiliser les toilettes ici. Elle préférait encore l'inconfort dans la voiture.

— Nous avons fini. La prochaine fois, Marge viendra seule, dit Pirjo en entrouvrant une fenêtre d'aération.

— Envoyez quelqu'un d'autre.

Dans l'ascenseur, Pirjo se mira en souriant.

— Je te l'avais dit, une vraie vipère. Pas une once de bonté en elle.

— Elle perd la boule ?

— Pas le moins du monde, mais elle a une maladie des yeux et a besoin d'aide pour prendre ses médicaments. Et pour faire un peu de ménage, bien entendu.

— Je ne veux pas retourner chez elle. Est-ce que je peux échanger avec quelqu'un ?

Leurs yeux se rencontrèrent dans le miroir où de petites mains avaient déposé des empreintes digitales.

— Ne te laisse pas impressionner par cette mégère.

Marge secoua la tête.

— Ce n'est pas ça.

— Qu'est-ce qu'il y a, alors ?

Pirjo poussa la porte de l'ascenseur et dévisagea sa collègue avec curiosité.

Marge fut effrayée par ses propres pensées. Elle ne pouvait pas dire à Pirjo qu'elle risquait de faire la peau à cette vieille sorcière. Pourtant, c'était vrai.

Anne-Risten

1985

Dans sa maison d'enfance flottait un parfum reconnaissable entre mille. C'est sans doute ce que diraient la plupart des gens, mais Anne-Risten y était encore plus sensible, elle en était convaincue. Le pavillon, qui se dressait au bord de la grand-route, non loin du chemin qui montait vers l'école du village et l'église, aurait bien besoin d'un coup de peinture. La couleur marron s'écaillait autour des fenêtres et sur l'escalier devant la porte d'entrée. Chaque fois qu'elle venait au village et entrouvrait la porte, elle retrouvait cette odeur, la même depuis toutes ces années. Elle se demandait si ses frères partageaient son expérience. Peut-être ses deux aînés, qui avaient déménagé à Karasjok et rentraient rarement à Sohppar, éprouvaient-ils ces sensations. Probablement pas ses trois autres frères qui vivaient dans le village. L'odeur n'était pas une chose dont elle pouvait leur parler ; ils se contenteraient de secouer la tête. Encore une de ses élucubrations. Elle avait tant désiré une sœur, quelqu'un qui aurait eu la même vision du monde, à qui elle aurait pu se confier. Ses frères ne s'intéressaient pas à elle et n'avaient aucune sympathie pour Roger, qu'ils trouvaient ridicule. Si seulement ! Une sœur qu'elle aurait pu appeler chaque fois qu'elle s'inquiétait, une sœur qui aurait accueilli ses pensées interdites, à l'époque où elle avait voulu mettre fin à sa grossesse, il y a si longtemps.

À peine rentrée de la cueillette de mûres arctiques, elle fut de nouveau pénétrée par les parfums de son enfance. Son *enná* avait saisi le seau d'une main ferme, sans un merci, mais avec un sourire éloquent. Pourtant, quelques instants plus tard, elle laissa libre cours à son pessimisme.

— Quel dommage que les enfants ne t'aient pas accompagnée, déplora-t-elle.

— Ils ont leur vie. Ils sont grands maintenant.

L'air se chargea d'électricité. Il y avait tant de non-dits. À qui la faute, si les petits-enfants venaient si rarement ? Jusqu'où pouvait-on remonter, si l'on se lançait dans cette conversation ? *Enná* la caressa dans le sens du poil, comme d'habitude, c'était plus facile comme ça. Elle cita un souvenir lumineux.

— Tu te rappelles l'été où ils sont venus cueillir des mûres arctiques avec moi ? Quelle énergie ! Ils avaient rempli plusieurs seaux.

Anne-Risten acquiesça d'un signe de tête en souriant. Cecilia en avait mangé plus que ce qu'elle avait laissé tomber dans le panier et avait eu une crise de foie. Le ramassage des baies, ils s'y étaient adonnés une fois et c'était amplement suffisant, estimait Roger. Après tout, c'est lui qui avait le permis de conduire, c'est lui qui décidait. Elle aurait pu prendre le bus toute seule avec les enfants, pour d'autres cueillettes. Pourquoi ne l'avait-elle pas fait ? Elle regarda sa mère, se sentit coupable. La réponse était simple : tout se faisait toujours selon le bon vouloir de Roger, et il préférait rendre visite à sa famille, aller dans son village. Mais, cet été-là, elle avait insisté, lui avait dit que ses parents avaient envie de fêter son anniversaire, un chiffre rond, avec un gâteau. Il venait d'avoir trente ans. Elle se perdit dans ses souvenirs, se rappela que Roger avait déjà commencé à se plaindre avant même qu'ils passent la porte.

— Tu sais que je n'aime pas qu'ils parlent lapon. Je ne comprends rien. Les enfants non plus.

— Allez, on entre. Ils parleront suédois avec toi.

Anne-Risten avait acheté une robe noire, suffisamment ample pour dissimuler son petit ventre. Le regard de Roger s'était adouci lorsqu'il y avait posé la main.

— Arrête !

Elle avait reculé d'un pas en jetant un coup d'œil angoissé vers le séjour.

— Tu ne leur as toujours pas annoncé ? Mes parents sont au courant.

— Comment ça ? On devait leur dire ensemble ! Et attendre encore un peu.

— J'en ai parlé à ma mère à mon anniversaire.

Évidemment. Il avait bu une bière de trop pour accompagner le smörgåstårta – dans ces cas-là, les secrets étaient vite dévoilés.

— Pas question qu'on le dise à mes parents aujourd'hui.

Sa voix était devenue rauque, ses cordes vocales s'étaient rétractées. Si les parents de Roger étaient au courant, un avortement était désormais impossible. Il l'avait acculée. Avait-il senti ses doutes, remarqué qu'elle n'était pas heureuse ?

— Ah bon, avait répondu Roger en s'approchant du porche, et elle lui avait emboîté le pas.

Lorsqu'ils avaient franchi la porte, le parfum était là. Ce parfum indescriptible qui restait sur la peau quand elle et les enfants passaient le week-end, parfois. À leur retour, elle lavait à contrecœur les vêtements qu'ils avaient portés.

Les enfants étaient déjà à l'intérieur. Anne-Risten pouvait les entendre pouffer à qui mieux mieux avec leur *áddjá*. Il était drôle et avait toujours été doué avec les petits. Il était assis sur le sol de la cuisine, Niklas était suspendu à son dos et Cecilia bondissait autour d'eux en pépiant. Ses fins cheveux châtains flottaient autour de sa tête.

— Maman, regarde ! s'écria-t-elle. On a capturé *áddjá* !

Sa mère se tenait près de la table de la cuisine joliment dressée. Des petits pains à la cannelle décorés de perles de sucre d'un blanc éclatant, une génoise nappée d'un glaçage et même des petits beignets à l'anis qu'elle avait fait frire dans de l'huile de coco le matin même. On les roulait ensuite dans du sucre semoule. Roger en raffolait. Anne-Risten espérait qu'il serait amadoué par les efforts de sa belle-mère.

— Bon anniversaire, Roger ! Dire que tu as déjà trente ans !

— Merci, merci ! Eh oui, bientôt, je vous aurai rattrapés.

Le père d'Anne-Risten renâclait entre les enfants qui tiraient sur tous ses membres.

— Oui ! Joyeux anniversaire !

— Merci ! Allez, les enfants, avait lancé Roger, laissez papi se relever, qu'on puisse passer à table !

Papi. Ça sonnait tellement faux. Anne-Risten n'avait pas osé regarder son *isá*, de peur de voir la tristesse dans ses yeux. Il n'était pas un papi, il était un *áddjá*.

— Viens, *áddjá* ! Mets-toi à côté de moi, avait dit Niklas en saisissant fermement sa grande main.

— *Mon haliidan čohkkát du ja Cecilia luhtte*, avait répondu celui-ci, persistant à parler sami.

— Bien entendu que tu peux t'asseoir entre Cecilia et moi ! avait répliqué Niklas en s'installant sur la banquette.

Anne-Risten avait jeté un bref coup d'œil à son fils. Avait-il compris ? Comment était-ce possible ? Il n'entendait pas le sami à la maison. Roger avait insisté pour qu'elle parle uniquement suédois avec les enfants. Même seule avec eux, elle ne parlait pas sami. Il lui avait expliqué qu'avec un suédois bancal, ils pourraient se retrouver en échec scolaire, et peut-être même qu'ils deviendraient « alingues », qu'ils ne maîtriseraient vraiment aucune des deux langues.

— Tu as pensé aux conséquences, pour eux ?

Elle ne s'était pas battue, il n'avait pas eu besoin de la convaincre. Elle ne voulait pas exposer ses enfants au risque de subir les contrecoups de son héritage, ni à l'école ni en ville. Vraiment pas. Elle qui allait jusqu'à se cacher entre les rayons de Konsum si elle apercevait un habitant du village par peur qu'il lui adresse la parole en sami. Les gens pourraient l'entendre ! Elle n'avait pas donné aux enfants son nom de famille qui se transmettait depuis des générations et elle ne les laissait pas chausser leurs *nuvttahat* à Kiruna, bien que sa mère ait passé des semaines à les coudre. Cependant, l'hiver, quand ils arrivaient au village, elle leur enfilait ces chaussures en magnifique peau de renne. Le regard de son *enná* s'éclairait en les voyant.

Ce jour-là, Anne-Risten avait coiffé Cecilia de son bonnet à fleurs rouges bordé de dentelle que sa mère avait également confectionné. Cecilia l'adorait, elle voulait sans cesse l'arborer en ville, mais Anne-Risten hésitait.

Roger ne s'était jamais préoccupé des vêtements des enfants. Cela dit, il trouvait sa fille si mignonne avec le bonnet sur la tête qu'il acceptait qu'elle le porte, mais les chaussures en peau de renne, il n'en était pas question. Ni le splendide *diehppegahpir* de Niklas, dont il était si fier. Le garçon pouvait se poster devant le miroir, secouer la tête et regarder le gros pompon se balancer.

— *Áddjá* a le même !

Anne-Risten lui enfilait le chapeau quand elle prenait le bus seule avec ses enfants pour rendre visite à ses parents. Chaque fois, sa mère laissait courir ses doigts le long du tissu au niveau de la joue, là où le bonnet était plaqué contre la peau, protégeant les oreilles. Elle voulait s'assurer qu'il n'était pas trop petit, auquel cas elle lui en coudrait un nouveau.

— *Makkár bullá doai háliideahppi ?* Quelle brioche voulez-vous, tous les deux ?

Son père avait tendu l'assiette de roulés à la cannelle.

— Je veux un roulé et du gâteau, avait dit Niklas en empoignant une viennoiserie avant que quiconque n'ait le temps de protester.

— *Buorre.* Bien.

— *Buorre*, avait répété Niklas en souriant.

Anne-Risten n'avait pas osé regarder Roger. Elle l'entendait boire goulûment son café. Sa mère, qui s'était efforcée de discuter météo avec lui, semblait considérer qu'elle avait assez donné de sa personne. Elle s'était tournée vers Anne-Risten, s'exprimant dans la langue du cœur, comme pour la capturer dans son lasso linguistique.

— Je vais à Giron la semaine prochaine, j'ai rendez-vous chez le podologue. Je pensais passer vous voir.

Anne-Risten avait hoché la tête.

— Peut-être qu'on pourra faire un tour chez Tempo aussi, ça fait longtemps.

— Oui.

— Ta ceinture de kolt est prête pour les obsèques le week-end prochain ? Veux-tu que je lustre les boutons ?

— Ce n'est pas la peine.

Anne-Risten s'était exprimée en suédois. Son *enná* l'avait regardée droit dans les yeux. Elle avait encore raté son lancer. Elle s'était sentie meurtrie, mais n'en avait rien laissé paraître, avait continué, s'engageant dans un monologue au sujet de son oncle maternel, son *eanu*, qui avait brutalement succombé à une crise cardiaque. Elle était proche de lui. Anne-Risten aussi. Comment pourrait-elle répondre à cela en suédois ? Comment pourrait-elle parler de sa mort dans une autre langue que la sienne ? Sa mère avait proposé de lui montrer le châle qu'elle venait de franger et qu'elle porterait à l'enterrement. Anne-Risten s'était levée et, ensemble, elles s'étaient dirigées dans la chambre. Le châle rouge était rangé dans un carton. Sa mère s'en était saisie, l'avait drapé autour de ses épaules, avait pincé le tissu au niveau de sa poitrine, là où elle attacherait le *risku*.

— *Nu fiinna rámssut*, avait déclaré Anne-Risten en faisant glisser les doigts sur les franges. Quelles jolies franges.

Chacune était légère comme une plume, mais ensemble elles devenaient lourdes.

Le lasso n'avait plus de raison d'être. Elle parlait. Elles parlaient. Comme au téléphone, surtout quand Roger était absent, et comme elles parlaient lorsque Anne-Risten rentrait au village, seule avec les enfants. Elle avait eu un déclic. C'est ainsi que Niklas avait entendu et appris.

Son enná évoquait l'enterrement, le visage dénué d'expression. Elle n'allait pas verser de larmes. Elle attendrait l'église.

Elle avait longtemps gardé le visage lisse, jusqu'à cinquante ans, mais à présent on distinguait un lacis de rides autour de ses yeux, et ses paupières tombantes occultaient ses cils. Anne-Risten dut retenir sa main qui, par habitude, voulait se poser sur son ventre. Elle ne pouvait pas pleurer chez sa mère. Elle ne pouvait pas lui confier ses souffrances, son désir de se débarrasser de l'enfant. Elles ne parlaient jamais des difficultés. Si, de celles des autres membres de la famille. Ça, elles pouvaient en discuter en long et en large, mais elles dissimulaient leurs propres tourments. Comme s'ils n'existaient pas. Elle ne voulait pas tracasser son *enná*, et elle savait qu'elle ne supporterait pas son silence, si elle lui ouvrait son cœur. Elle ne pourrait pas répondre, encore moins aider ou guérir. Anne-Risten lui donnerait simplement l'impression d'être une mauvaise mère. Ce n'était pas possible.

— Tu couves quelque chose ? lui avait demandé sa mère.

Elle avait bien vu que sa fille avait mauvaise mine, mais jamais elle ne demanderait comment elle allait réellement. Elle trouvait toujours une expression neutre pour expliquer une pâleur ou une voix brisée. Parfois, quand sa mère téléphonait, qu'elle tombait juste après une crise de larmes, elle ne s'enquerrait jamais des raisons de son chagrin. Non. Elle préférait lui parler des remèdes de grand-mère pour soigner les différents maux.

— Oui, j'ai peut-être attrapé froid, avait concédé Anne-Risten. Niklas a été enrhumé lui aussi.

— C'est vrai que tu as l'air un peu à plat, mais ça va vite passer, tu verras.

La cafetière siffla. Anne-Risten était de retour dans le parfum de la cuisine où le temps semblait s'être arrêté. Tout y était familier, le ronronnement du congélateur, le tic-tac assourdissant de l'horloge murale, le sucrier en étain dans lequel les enfants voulaient plonger la main. Onze années s'étaient écoulées depuis qu'elle avait désiré que cet enfant disparaisse, et aucune des personnes qui étaient avec elle à ce moment-là n'avait soupçonné sa souffrance. La cuisine, si familière, lui procurait un sentiment de sécurité, mais éveillait aussi trop de souvenirs. Elle poussa un lourd soupir. Son *enná* étala sur la table des vieilles coupures du *NSD*, un journal local, et renversa un seau de mûres arctiques. Elle voulait les trier sur-le-champ.

— Je passe faire pipi et je t'aide.

— Encore ? Tu viens d'y aller, dit sa mère sans lever les yeux.

N'y avait-il pas dans sa voix une pointe d'agacement ? Anne-Risten dut plaisanter – sa vessie était trop petite, elle avait bu trop de café. En réalité, elle aurait eu tant d'autres choses à dire, elle aurait eu tant de questions à poser sur certains phénomènes. Des interrogations qui revenaient toujours quand elle commençait à penser à ses propres enfants, à comparer leur enfance avec la sienne. Comment était-ce pour son *enná* d'avoir une fille angoissée ? S'était-elle sentie coupable ou seulement impuissante ? Et que pensait-elle aujourd'hui de sa fille ? Anne-Risten ne valait pas mieux qu'elle. Sa mère utilisait son bavardage inoffensif comme remparts aux sujets graves.

Enfant, on l'avait maintes fois traitée d'hypocondriaque. On lui disait que ses douleurs étaient dans la tête. Souvent, la maladie était absente, alors même qu'elle la sentait très clairement. Sa mère, et le reste de son entourage aussi, d'ailleurs, avait cessé d'écouter ses questions inquiètes et déclarait simplement que ça allait passer. Ce que personne ne comprenait, c'est que ça ne passait jamais, il y avait sans cesse de nouvelles afflictions.

Aux toilettes de l'école pour nomades, elle examinait régulièrement son corps, palpait les zones endolories, se mettait debout sur la cuvette pour mieux se voir dans le miroir, scruter son dos qui la démangeait, regarder le fond de sa gorge. Une fois, elle avait même inspecté l'intérieur de son nez, avait aperçu une tache rouge et gonflée tout au fond et avait pris conscience qu'elle ne respirait que par un orifice de quelques millimètres de large. Elle avait eu l'impression de s'étouffer et avait respiré par la bouche jusqu'à être prise de vertige. Et toutes les fois où elle ressentait des brûlures pendant la miction et qu'elle faisait à peine quelques gouttes. « Tu vas trop souvent aux toilettes, lui disaient les assistantes, arrête. » Mais c'était le seul endroit où elle pouvait observer son corps en paix. Et puis elle avait vraiment envie de faire pipi. Ne comprenaient-elles pas ?

Depuis, peu de choses avaient changé, elle n'avait pas changé, sa mère non plus. *Ráhkis, ráhkis enná*, songeat-elle, submergée par une émotion inattendue. Sa chère, très chère *enná*. Et elle la regarda de nouveau, assise là, les baies étalées devant elle sur la table, la concentration dans ses mouvements, ses lunettes de lecture sur le nez, son marmonnement. Elle parlait volontiers toute seule. Pour l'enfant qu'était Anne-Risten, voir sa mère vaquer à ses occupations tout en les décrivant avec des mots était comme un petit spectacle. Ce babil lui avait tant manqué, le soir, à l'internat. Sa mère qui finissait de ranger la cuisine ou la tente, l'été, qui se réprimandait elle-même et se rappelait ce qui devait être fait. Impossible de s'endormir sans sa voix.

Anne-Risten pivota sur ses talons, gagna la salle de bains, ferma à clé, essuya la lunette des toilettes et s'assit doucement. Elle n'éprouva pas le moindre picotement quand l'urine éclaboussa l'intérieur de la cuvette, pas même avec les dernières gouttes. Mais alors, quelle était cette douleur lancinante dans son ventre ? Elle le sentait lourd, tendu, comme lorsqu'elle avait été enceinte du troisième.

Elle se lava les mains, les frotta longuement avec du savon, les rinça plus longtemps encore sous l'eau brûlante, diminua la pression du robinet pour qu'ils n'entendent pas qu'elle se lavait les mains depuis longtemps. Cela pourrait-il être une tumeur ? Elle s'agrippa au lavabo, les mains mouillées, retenant son souffle. Elle était obligée de se relaver les mains. Le lavabo avait l'air sale. Elle ne s'essuya pas sur la serviette, mais déroula un long ruban de papier toilette.

Elle aurait voulu demander à sa mère :

— J'ai une sensation de lourdeur, de tension dans le ventre. Qu'est-ce que tu en penses ? Tu crois que c'est grave ?

Elle s'abstint. Les questions relatives à son corps terrifiant s'étaient taries avant qu'elle atteigne l'adolescence. Elle avait du mal à supporter les regards accusateurs. Elle était donc seule. À vrai dire, elle était seule depuis l'âge de sept ans.

Else-Maj

1954

Un après-midi, le téléphone sonna et la directrice envoya Anna comme messagère. Else-Maj jouait à des jeux de mains avec Biret dans la salle commune. C'était amusant – elles accéléraient la cadence, jusqu'à s'emmêler les pinceaux.

Anna entra dans la pièce. Elle éclata en sanglots avant même d'avoir annoncé la nouvelle. Elle ne parvint pas à prononcer un seul mot, elle se contenta de tendre la main vers Else-Maj qui ne voulut pas la prendre. Elle se leva du sol sans un regard pour Biret.

— C'est Sara ? Il lui est arrivé quelque chose ?

Anna plaqua une main sur sa bouche, elle essaya de parler, mais tous les mots furent avalés par ses gémissements. Else-Maj eut des sueurs froides. Elle avait l'impression de ne plus sentir ses bras. Les mains qui, quelques minutes plus tôt, étaient rouges à force d'avoir frappé dans celles de Biret, étaient tout aussi engourdies.

Anna parvint à étouffer ses sanglots, posa une main sur l'épaule d'Else-Maj, la poussa en avant. Else-Maj baissa les yeux sur ses chaussettes grises tricotées par son *enná*. Elle glissait sur le sol, sans lever les pieds. Elles montèrent dans le dortoir déjà vide – Anna avait demandé aux filles de sortir. Else-Maj les voyait dans le couloir, avec leurs yeux curieux.

Une fois la porte close, Anna se laissa tomber sur le lit le plus proche et tapota la couverture, mais Else-Maj refusa de s'asseoir. Anna tendit les mains, les ferma délicatement sur ses avant-bras nus. Peau contre peau. Des paumes moites. La sensibilité était revenue. À présent, c'était dans sa tête que ça sifflait. Tout tanguait.

— *Ráhkis*, Else-Maj. Ma chère Else-Maj.

Anna inclina la tête, et quand elle la releva, les larmes dégoulinaient sur ses joues.

— *Ráhkis,* Else-Maj. *Mon lean nu morašlaš. Du unna oappáš lea jápmán.* Je suis tellement désolée. Ta petite sœur est morte.

Son visage se contorsionna en prononçant l'indicible. Else-Maj la regarda, résistait, refusait d'écouter, d'être embrassée.

— *Son ii lea jápmán !* s'époumona-t-elle. Elle n'est pas morte !

Anna tenta de nouveau de l'attirer vers elle, mais Else-Maj parvint à lever les mains et poussa de toutes ses forces les épaules d'Anna pour se libérer. Elle avait de petits ongles pointus et voulait griffer.

Elle ne comptait pas pleurer, car jamais elle n'accepterait ce que lui avait dit Anna. Son *unna oabbá* n'était pas morte !

Un courant d'air s'engouffra dans la chambre. On avait ouvert la porte.

— Que se passe-t-il ?

C'était la voix autoritaire d'Iris, une autre assistante.

— Sors d'ici, Iris, fit Anna d'une voix éteinte. Dehors !

— Mais la directrice l'a entendue crier en lapon.

Else-Maj fit volte-face.

— *Jávka !* s'égosilla-t-elle. Va-t'en !

Elle poussait des hurlements, avait l'impression qu'elle ne parviendrait jamais à s'arrêter. Iris plaqua une main sur ses lèvres, épouvantée. Elle recula dans le couloir et ferma la porte.

Anna se leva, attrapa fermement Else-Maj par les bras afin de l'amener contre elle. Elle posa une main légère sur sa bouche pour essayer de faire taire le cri.

— Chhhut, chhhut, calme-toi.

Else-Maj dut reprendre son souffle, Anna l'étreignit plus fort, la berça dans ses bras, c'était une sensation consolatrice que son corps reconnaissait, et le hululement s'éteignit.

Le désespoir se lisait sur le visage d'Anna qui lâcha les bras fins d'Else-Maj.

Elle était libre de partir, mais où aller ? Elle était coincée ici. Lorsque ses jambes se dérobèrent sous elle, elle s'effondra sur le sol froid et demeura assise, léthargique, le regard vide. Anna s'agenouilla, entoura les épaules d'Else-Maj de ses bras.

— *Ráhkis, ráhkis*, murmura-t-elle encore et encore contre les cheveux d'Else-Maj.

Else-Maj sentait les battements rapides du cœur d'Anna, mais dans sa poitrine il n'y avait plus rien. Ses bras s'étaient changés en plomb. Plus jamais elle ne les tendrait pour serrer quiconque.

Alors elle éclata en sanglots, pleura jusqu'à ce que sa gorge se révulse. Elle eut plusieurs haut-le-cœur, mais rien ne sortit.

— Tu veux savoir ce qui est arrivé ? s'enquit Anna.

— Non !

Elle s'arracha à l'étreinte de l'assistante, appuya la tête contre le lit. Ses tempes semblaient sur le point d'exploser à cause de tous ces sanglots. Anna lui caressa le dos, mais Else-Maj ne voulait pas qu'on la touche et se tortilla comme une lotte au bout d'une ligne de pêche dans une eau glaciale.

Elle se dégagea et s'assit, bien droite, le regard fixe. Un monstre noir rampait en elle, lui murmurant qu'elle était coupable. Elle avait abandonné sa sœur. Une fois de plus. Son corps finit par s'engourdir, comme si son être n'existait plus.

— Sara est décédée paisiblement dans son sommeil, dit Anna. Elle n'a pas souffert.

— Tu n'en sais rien, chuchota Else-Maj, si bas qu'Anna ne l'entendit pas.

Elle ajouta, d'une voix plus forte :

— Je peux rentrer chez moi, maintenant ?

Jon-Ante

1954

La cour de récréation avait été déneigée, des congères d'un mètre s'élevaient tout autour, et aux fenêtres de l'internat brillaient des étoiles rouges au-dessus des bougeoirs. Les enfants connaissaient la vie de Jésus et la signification de Noël ; ils savaient joindre les mains, réciter les prières de l'église, chanter les psaumes. Mais, ce jour-là, rien n'était plus important que de tendre l'oreille pour entendre approcher l'autocar qui allait les libérer.

Jon-Ante était resté éveillé presque toute la nuit, n'attendant que de se lever, de faire sa valise et de rentrer chez lui. Il s'était peigné à l'eau pour dompter son épi à l'arrière de la tête, mais cela ne se voyait pas sous le bonnet.

— Il fait moins vingt-trois degrés, leur avait dit Anna. Vous allez vraiment patienter dehors ?

Elle les taquinait, mais son sourire ne montait pas jusqu'aux yeux. Elle prenait un air gai pour faire plaisir aux enfants, elle voulait se réjouir pour eux, mais tout le monde devinait qu'elle ne pensait qu'à Sara et Else-Maj. Jon-Ante la serra rapidement dans ses bras avant de sortir en courant, lui aussi. La plupart des enfants n'avaient pas vu leur famille depuis près de quatre mois. Dans ses jambes, ça pétillait comme de la limonade et son cœur battait si vite que jamais il n'aurait froid.

Tous les élèves n'avaient pas la possibilité de rentrer aujourd'hui. Certains avaient été informés que leurs parents ne viendraient que plus tard. Nilsa et Aslak, Anne-Risten et deux sœurs resteraient encore une nuit.

Le matin, Nilsa avait poussé Jon-Ante contre le lavabo. Un bleu à hauteur des côtes apparaîtrait sans doute le lendemain. Il prendrait sa place parmi d'autres hématomes en train de pâlir. Certains faisaient mal au toucher. Nilsa était d'humeur massacrante ce matin-là et Jon-Ante n'était pas le seul à subir ses bourrades et ses torgnoles. Aslak suivait son frère comme une ombre. Quand Nilsa s'en était pris à Jon-Ante, Aslak avait détourné le regard, comme s'il refusait de voir. Puis il était sorti à reculons de la salle d'eau, avait mimé quelque chose que Jon-Ante ne parvenait pas à saisir, mais ils avaient échangé un petit signe de la main.

À présent, Jon-Ante se tenait à l'arrière de la file, dans la cour de récréation, son sac en tissu bien serré dans son poing. Les autres riaient, discutaient, ils osaient même parler sami. Personne n'aurait le temps de les punir, ce qui leur donnait du cœur au ventre. On apercevait la directrice à la fenêtre de son appartement. Elle aussi avait le pas plus léger, et n'avait pas été aussi lunatique que d'ordinaire ce matin au petit déjeuner.

Anne-Risten errait un peu plus loin dans la cour, s'arrêtait au coin d'un bâtiment ou s'asseyait sur une balançoire quasiment ensevelie sous la neige, seule. Jon-Ante l'avait entendue pleurer dans les bras d'une des grandes. Elle ne voulait pas rester, elle avait peur de Nilsa.

Jon-Ante n'avait jamais dénoncé Nilsa ni les autres garçons qui l'avaient abandonné dans le cabanon du cimetière. Il croyait qu'ils le laisseraient tranquille après ça, comme ils l'avaient promis. Le répit avait duré une semaine, durant laquelle ils passaient à côté de lui sans le regarder. Mais quand le bandage provisoire, devenu gris, avait été ôté, il avait pris conscience que ça allait empirer. Nilsa pouvait lui assener un coup de poing dans le ventre à tout moment. L'air quittait alors ses poumons, il ne pouvait ni crier ni respirer.

Les horions dans le ventre ne laissaient pas de traces, il l'avait remarqué. Mais s'ils le pinçaient fortement, oui. Les plus gros hématomes apparaissaient sur les côtés du dos, quand on visait les reins. Jon-Ante ignorait où se trouvaient ses organes jusqu'à ce que Nilsa lui dise qu'ils allaient se battre comme des boxeurs et frapper à cet endroit. Jon-Ante ne répliquait jamais, ainsi les attaques ne dégénéraient-elles jamais en bagarre comme avec d'autres garçons. Il recevait, tombait rapidement. Pour l'instant, personne n'avait jamais continué de le cogner une fois qu'il gisait à terre.

Il avait du mal à savoir pourquoi il était le bouc émissaire. Nilsa prétendait que son *isá* était un voleur de rennes. Mais ce n'était pas vrai ! Quand il disait cela, Jon-Ante pouvait serrer les poings et être à deux doigts de lever la main sur lui.

On entendit l'autocar. Les enfants le cherchaient du regard avec des hurlements de joie. Il s'arrêta à côté de l'école et ils se bousculèrent pour entrer. Jon-Ante s'installa au quatrième rang, à la fenêtre. Nilsa et Aslak s'étaient aussi approchés. Il les vit joindre leurs mains gantées. Ils façonnaient des boules de neige. L'une d'elles s'écrasa contre la vitre, juste à côté de Jon-Ante. Sans sursauter, il afficha un sourire qui venait du fond de ses entrailles. Nilsa enrageait, mais pas Aslak. Il étira les lèvres en retour, et Jon-Ante plaqua l'index et le majeur contre la vitre, ça formait un V. Le maître avait parlé de la guerre et d'un homme politique qui avait esquissé ce signe, lequel signifiait victoire. Il espérait qu'Aslak s'en souvenait.

Nilsa continua à presser de la neige entre ses mains, il arracha ses moufles pour être plus rapide. L'autocar était déjà parti et il manqua sa cible. Jon-Ante eut un rire.

— Bien fait pour toi ! murmura-t-il dans sa barbe.

— Il a raté ! se réjouit un autre élève derrière lui dans le car.

Jon-Ante était assis seul, il avait l'habitude. Comme un pestiféré. Personne ne voulait lui ressembler. Se faire abîmer le portrait à longueur de temps, non merci. Il posa les mains à plat sur ses genoux, s'efforça de placer l'auriculaire à côté de l'annulaire, mais c'était trop douloureux.

Aucun médecin n'avait examiné son doigt. La directrice avait jugé cela inutile. Ce soir-là, Anna avait étouffé un cri en apercevant la main de Jon-Ante. Elle avait doublé de volume.

— Il faut que tu voies un médecin, lui avait-elle glissé à l'oreille, en sami. Ça a l'air cassé.

Elle était partie. À son retour, elle avait les joues écarlates.

— Elle a perdu la tête. Elle me demande de te faire un bandage. Comment pourrais-je faire ça comme il faut ?

Anna avait malgré tout apporté de la gaze et des pinces de fixation. Elle avait tenté de placer le doigt correctement. Il pleurait en silence.

— Ça fait très mal ?

Oui, mais il y avait autre chose d'encore plus douloureux. C'était difficile à expliquer. L'idée qu'un adulte s'en soit pris à lui, physiquement.

Anna avait délicatement appliqué la bande de gaze, marmonnant à mi-voix.

— Ce n'est pas ma faute s'il n'est pas droit. (Elle avait essuyé une larme.) Mais ce sera ma faute, de toute façon.

— Je veux rentrer à la maison, était-il parvenu à articuler.

Anna avait déroulé le bandage, recommencé. Il avait suivi ses mouvements du regard, ses doigts froids qui tenaient les siens.

Si son *enná* demandait ce qui s'était passé, quand il rentrerait enfin, il n'était pas sûr de pouvoir tout raconter. C'était comme si sa mémoire jouait à cache-cache. La directrice lui avait-elle écrasé la main à dessein ? Ou avait-elle perdu l'équilibre ?

Au bout de dix kilomètres, le car entra dans Vuolle Sohppar où le chauffeur déposa quelques enfants. Plus que cinq kilomètres. En apercevant le mont Guorpmit, il sentit des picotements sous le nombril. Ses frères et ses parents lui manquaient tant, mais il ne voulait pas les attrister dès son arrivée. Il cacherait sa main tant bien que mal. Il la plongea dans la poche de son pantalon.

Les gants bien en place, il descendit du car et cette fois-ci, son *enná* l'attendait à l'arrêt. Ses petits frères le doublèrent et s'accrochèrent à ses jambes. Il se sentait différent, comme s'il était devenu un autre depuis qu'il était rentré la dernière fois, avec les oreillons. Elle le regarda, comme si elle avait remarqué la même chose. Elle prit son visage entre ses mains, passa les pouces sous ses yeux où des ombres noires avaient élu domicile depuis longtemps.

Mais ils se mirent en route côte à côte, feignant que tout allait bien. Il contempla le village, la fumée qui s'échappait par les cheminées, les chiens qui couraient au bord de la route, et il leva les yeux vers l'école du village, un peu plus haut, celle qu'il n'avait pas le droit de fréquenter. Bientôt, il verrait son chez-lui. *Goađun.* Plusieurs enfants que leurs parents n'étaient pas venus chercher à l'arrêt du car galopaient devant eux et s'engouffraient dans les maisons le long de l'allée des Samis. Il voulait courir, lui aussi, tant son cœur éclatait de bonheur.

Son *enná* était venue en spark, Isak était assis sur le siège et Mikkel était debout sur les patins. Quant à Jon-Ante, il portait son sac et marchait à côté, comme le grand garçon qu'il était à présent.

Son *isá* avait déblayé la neige devant la maison. D'immenses tas blancs s'élevaient dans le jardin. À la fenêtre de la cuisine pendait une étoile de Noël. Ils passèrent la porte. Le parfum de chez lui le cloua sur place, dans l'entrée. Il enfouit le nez dans les vêtements accrochés au portemanteau et huma sa famille jusque dans son cœur.

— Tu dois avoir chaud, dit sa mère en tirant sur ses gants.

Il tressaillit. Elle le contempla d'un œil attentif, mais le laissa tranquille, prenant Isak dans ses bras.

Jon-Ante réussit tant bien que mal à se débarrasser de ses gants. Il enfonça les mains dans ses poches et fit son entrée dans la cuisine avec une démarche chaloupée. Sa mère éclata de rire.

— C'est un vrai dandy qui nous est revenu !

Il leva un sourcil comme une star de cinéma. La table était mise. On entendait son père qui déneigeait ses chaussures en tapant du pied devant la maison. L'instant suivant, il se tenait dans l'entrée, presque gêné, accrocha son manteau avec un petit rictus à l'adresse de Jon-Ante.

— Te voilà, toi !

Son sourire s'élargit et il écarta les bras.

Jon-Ante se laissa tomber contre lui, sentit les battements du cœur de son *isá* contre son oreille. Il aurait tant voulu étreindre son corps chaud, mais ses mains pinçaient l'intérieur de ses poches.

Son *isá*, lui, le serrait, de toutes ses forces, le pressait contre lui. Il ne semblait même pas remarquer qu'il n'y avait pas de bras pour le serrer en retour.

Une odeur de bois et de quelque chose d'autre, d'indescriptible, se dégageait de son corps. Jon-Ante s'appuya contre son torse, ferma les yeux. Le tissu rêche du pull de son *isá* lui égratignait la joue. Leurs respirations se calèrent l'une sur l'autre, comme toujours.

— C'est un dur, maintenant, avec les mains dans les poches, lança sa mère en posant des casseroles fumantes sur la table. Et il a encore grandi.

Son père l'écarta un peu de lui, puis l'attira de nouveau pour voir à quel niveau de son torse il lui arrivait.

— *Juoa*. Oui.

— Allez, assieds-toi, dit sa mère.

Il s'installa à sa place sur la banquette de la cuisine, au plus près de la fenêtre. Il jeta un coup d'œil vers les maisons de l'autre côté de la route en se demandant si Oskar était aussi en train de déjeuner. Il irait le chercher après manger.

Son père épluchait des pommes de terre, pendant que sa mère détaillait la viande en petits bouts pour Isak et Mikkel. Jon-Ante partagea ses pommes de terre de la main gauche. Pour la viande, c'était plus difficile. Il planta la fourchette dans son morceau de *suovas* et mordit dedans à pleines dents. Ses parents regardèrent avec étonnement.

— Je sais bien compter maintenant, s'empressa-t-il de dire.

— Ah bon, fit sa mère.

D'une main gauche hésitante, il piqua une pomme de terre au bout de sa fourchette et croqua dedans sans l'éplucher.

— Tu n'utilises pas les deux couverts ? demanda son *enná* en inclinant la tête. Ça m'a l'air compliqué ce que tu fais.

— Je veux améliorer ma dextérité de la main gauche. Je m'entraîne.

— Pourquoi ?

Il mastiqua sans trouver de réponse.

— Tu as peut-être quelque chose dans la poche ?

Son *enná* semblait satisfaite, comme si elle avait deviné quelque chose.

— Non. (Jon-Ante avait planté les dents dans un gros morceau de viande.) C'est délicieux.

— On le découvrira peut-être plus tard, reprit sa mère.

Ce n'était plus tenable. Il éclata en sanglots et Isak l'imita de près. Jon-Ante posa sa main droite sur la table pour la leur montrer. Sa mère prit son petit frère sur ses genoux et le berça rapidement tout en fixant son doigt.

Son père prit sa main dans la sienne, la toucha délicatement.

— Que s'est-il passé ?

Ses pleurs voulaient se changer en hurlement, mais il se mordit la lèvre inférieure qui tremblait. Impossible de prononcer le moindre mot.

— Quand est-ce arrivé ?

— Il y a longtemps, hoqueta-t-il.

Il ignorait combien de semaines étaient passées. Le temps à l'école ne se mesurait pas comme à la maison.

— Peut-être après l'abattage des mâles, hasarda-t-il.

— Que s'est-il passé ?

Son *isá* tourna la main dans tous les sens et rapprocha délicatement l'auriculaire de l'annulaire, essaya de réparer les dégâts comme il l'avait fait lui-même.

— La directrice s'est… (Ses poumons se vidèrent de leur air.) Elle s'est mise en colère et elle a marché dessus.

Son père ouvrit des yeux immenses. Sa mère, qui avait réussi à calmer Isak, cessa brusquement de le bercer.

— Qu'est-ce que tu dis ?

Jon-Ante dissimula sa main sous la table, s'efforça d'arrêter de pleurer. Il s'essuya le nez avec sa manche. Puis il leur raconta. Tout. Depuis le cimetière jusqu'à la chaussure de la directrice. Pas une seule fois ils ne lui coupèrent la parole.

— Pourquoi personne ne nous a appelés ?

Son père avait posé une question à laquelle il était impossible de répondre. Tout le monde avait cessé de manger, ça leur avait coupé l'appétit.

— Il faut aller voir un médecin, finit par lâcher sa mère.

— C'est trop tard, constata son père.

Jon-Ante le savait aussi. Le doigt avait cicatrisé tout seul. De travers.

— Et Nilsa, dis-tu ? tonna son père.

Jon-Ante s'était abstenu de préciser que Nilsa avait traité son *isá* de voleur de rennes. Il ne voulait pas en rajouter.

— Ce gamin a toujours été méchant, éructa sa mère. Il est exactement comme l'était son *áddjá*.

Ils parlaient comme si Jon-Ante n'était pas là, et comme s'ils n'avaient plus la force de le regarder. Cependant, il avait caché sa main sur ses genoux.

— Je vais contacter Rita Olsson, dit son père d'une voix enrouée. Ça ne peut pas se passer comme ça.

Jon-Ante n'osa pas protester. Il ne savait pas que faire face à cette directrice. Son estomac gargouilla. Comme les plats de son *enná* lui avaient manqué ! Il empoigna les couverts, coupa sa viande. Il les vit jeter des coups d'œil à son auriculaire qui rebiquait. Ça ne se voyait pas tant que ça, si ? Il essayait de se consoler.

Il vida son assiette jusqu'à la dernière miette, lécha son couteau et sa fourchette.

— Je vais voir Oskar.

— Alors change de haut, dit sa mère qui avait à peine mangé.

Il ne pensa pas aux bleus qui couvraient son corps, retira son haut et attendit qu'on lui en apporte un nouveau. Quand son *enná* revint, il l'entendit se figer et reprendre son souffle. Il sentit la pulpe de ses doigts effleurer son dos avec délicatesse. Il n'osait pas bouger.

— Enfile ça, dit-elle simplement, la voix pâteuse.

Le col passa difficilement la tête, et il s'emmêla encore plus que d'habitude dans les manches. Il aurait voulu lui dire que la directrice n'avait pas causé tous les bleus, elle était peut-être responsable d'un ou deux hématomes. C'était surtout Nilsa. Et d'autres garçons, aussi, mais ça, il n'avait pas envie d'en parler. Il y aurait tant de noms à citer.

Anne-Risten

1954

Anne-Risten avait fermé la porte à clé et s'était assise sur les toilettes. Elle venait d'observer sa poitrine toute plate en se disant qu'elle n'intéresserait pas Nilsa. Il n'y avait vraiment rien à tripoter.

Elle allait demander à Anna l'autorisation de verrouiller la porte de leur dortoir, cette nuit. Elle avait déjà posé la question, mais Anna avait répondu que la directrice interdisait que l'on ferme à clé, que ce soit de l'intérieur ou de l'extérieur. Anne-Risten avait entendu les grandes dire que la sorcière semblait vouloir qu'il leur arrive malheur. Elles avaient sans doute raison. Parfois, la directrice feignait aussi de ne pas voir quand Nilsa passait à tabac Jon-Ante ou d'autres garçons. C'étaient les assistantes ou le maître qui les séparaient. Parfois, personne n'intervenait.

Trois des filles allaient rester à l'internat une nuit de plus. Les deux sœurs, qui se tenaient en permanence par la main, et elle. Bien qu'elles soient trois, elle avait l'impression d'être seule.

Anne-Risten tira la langue et observa ses amygdales, essayant de se rappeler leur taille lors de la dernière inspection. Étrange que son corps ait tant changé depuis son arrivée à l'école pour nomades. Elle avait soudain des affections, des plaques rouges et des douleurs qui n'existaient pas à la maison. Elle se disait parfois qu'il devait y avoir quelque chose dans le bâtiment, peut-être des punaises dans son lit, qui la rendait malade.

On frappa.

— Anne-Risten, tu es là ?

Elle déverrouilla la porte en entendant la voix d'Anna. L'assistante lissait son tablier, l'air tracassé.

— Les sœurs rentrent chez elles finalement. On est venu les récupérer.

Anne-Risten sentit ses jambes se dérober. Elle, la seule fille. Toute une nuit avec Nilsa juste au-dessous.

— Non, je ne peux pas rester ici toute seule !

— Calme-toi. J'ai réfléchi.

Anna jeta un coup d'œil circulaire, bien que cela soit inutile : la directrice était partie. Son mari était passé la chercher après le départ du car.

— J'ai pensé que tu pouvais m'accompagner. Iris a promis de rester avec les garçons.

— Oui, fit Anne-Risten avec un soupir de soulagement. Je veux bien.

— Ce n'est pas très grand. Tu dormiras sur un matelas par terre.

— Bien sûr.

— J'habite avec ma *siessá*, poursuivit Anna. Tu sais combien c'est important que la directrice ne sache pas que tu es venue avec moi.

Anne-Risten hocha la tête avec gravité. Dire qu'elle allait chez Anna ! Même Else-Maj n'en avait pas eu le droit. Pourtant, Anna n'avait d'yeux que pour elle. Aucune assistante ne s'occupait autant d'Anne-Risten. Elles la trouvaient pénible – toujours à se plaindre d'une indisposition, même si elles la complimentaient parfois sur sa beauté, ce qui lui faisait plaisir.

— On part bientôt, dit Anna. Les garçons sont descendus au sauna. Je leur ai dit que tu rentrais aussi.

Anne-Risten courut jusqu'au dortoir et rassembla à la va-vite des vêtements, sa chemise de nuit et sa brosse à cheveux. Elle alla chercher sa brosse à dents dans la salle de bains. C'était la seule qui était encore là. Tous les autres verres sur l'étagère à côté des lavabos étaient vides.

Comme c'était grisant de quitter l'internat à pas de loup en donnant la main à Anna. Cela faisait si longtemps qu'un adulte ne lui avait pas tenu la main. Elle serra un peu plus fort que nécessaire pour qu'Anna ne la lâche pas. Anna souriait, faisant apparaître ses fossettes.

Elles descendirent le coteau et tournèrent à droite pour s'engager dans la rue qui menait à l'épicerie. Anna s'engouffra dans le bâtiment blanc. Anne-Risten l'attendit dehors. Le vent s'était levé. De la neige se décrocha des branches d'un bouleau, saupoudrant son bonnet et ses épaules. La nuit tombait déjà. Si seulement les autres filles savaient qu'elle avait quitté l'école pour passer la nuit chez Anna. Elles crèveraient de jalousie. Anne-Risten avait le nez qui coulait – elle se lécha la lèvre supérieure. Anna ressortit de la boutique avec un sac en papier. Elle n'avait plus de main libre pour tenir celle d'Anne-Risten. La neige fraîche scintillait sous les lampadaires. Le long des trottoirs, les fenêtres éclairées semblaient autant d'invitations.

— J'habite là-bas, dans la maison en bois rouge, juste au niveau du virage, indiqua Anna avec un signe de tête. C'est chez ma tante maternelle Inger, Inger-*siessá*, mais j'ai ma propre chambre.

— Quel âge as-tu, Anna ?

— Je vais sur mes vingt-deux ans.

— Pourquoi travailles-tu à l'école ?

— Pourquoi ? (Elle eut un petit rire.) Eh bien, parce que je m'y plais. J'aime beaucoup les enfants. Je ne pensais pas rester quatre ans, mais ensuite je ne pouvais plus partir.

— *Manin ?*

Elle avait demandé pourquoi en sami. Anna esquissa un sourire et elles changèrent de langue. Elles étaient loin des oreilles sévères, à présent.

— Parce que je vous adore.

— Surtout Else-Maj.

— Je vous aime tous, s'empressa de répondre Anna. Mais je venais d'arriver quand Else-Maj a fait sa première rentrée. Elle était si petite. J'ai senti qu'elle avait un peu plus besoin de réconfort que les autres.

— Maintenant, elle est grande. C'est la plus courageuse de toutes les filles, alors ce n'est même pas la plus âgée.

Anna sourit, tendit le sac à Anne-Risten et dégagea le balai qui était calé sous la poignée de la porte. Elle ouvrit.

— Eh oui, ce n'est plus la plus jeune. Il y a d'autres petits à qui je dois porter une attention toute particulière.

— Comme moi.

Anne-Risten eut immédiatement honte de ses paroles. Elle s'agenouilla à la hâte pour délacer ses chaussures. Elle n'était même pas l'une des plus jeunes. Elle était déjà en deuxième année.

— Exactement. Comme toi.

Anne-Risten aurait voulu dire qu'elle avait l'impression qu'Else-Maj demeurait la plus importante aux yeux d'Anna, mais ç'aurait été vraiment mal élevé. Anna venait de la sauver des griffes de Nilsa.

Anna l'invita dans la cuisine équipée d'un poêle à bois. Un tapis en lirette bleu couvrait le sol. L'odeur de pain frais fit monter dans sa poitrine une bouffée de nostalgie. Elle resta immobile à regarder Anna remplir le réfrigérateur.

— Pourquoi tu n'as pas de maison à toi ni de mari ?

Anna s'esclaffa, se retourna et plaça ses mains sur ses hanches.

— Je suis heureuse toute seule. Quand j'aurai épargné assez d'argent, je m'installerai dans mon propre logement.

Anne-Risten se dit que ce n'était peut-être pas toute la vérité. Personne n'est heureux tout seul. Peut-être était-ce à cause de ses dents de lapin qu'elle avait du mal à rencontrer un homme. Elle n'aurait pas eu elle-même cette idée : elle avait entendu son *enná* le dire. Qu'elle éprouvait de la peine pour Anna qui avait ces incisives – autrement, elle était plutôt jolie. Anne-Risten avait longuement observé ses nouvelles dents, qui étaient en train de combler les trous laissés par celles qu'elle avait perdues.

Anna la conduisit dans la chambre où elles allaient dormir. Une photographie était posée sur la table de chevet. Anna, qui devait avoir à peu près l'âge d'Anne-Risten, posait à côté de trois grands frères et de ses parents. Son *enná* exhibait la même dentition qu'Anna aujourd'hui, ce qui ne l'empêchait pas de sourire. Tous portaient un kolt et semblaient tendus derrière leurs rictus. La petite Anna gardait les lèvres pincées.

— Des messieurs importants étaient venus nous rendre visite. Ils ont pris cette photo, expliqua Anna qui avait remarqué le regard d'Anne-Risten.

— Tu as l'air fâchée.

— Tu trouves ? (Anna souleva le cliché pour l'observer.) Oui, tu as sans doute raison.

Anne-Risten vit qu'elle était perdue dans ses pensées, elle avait le regard dans le vague.

— La photo a été prise dans les prairies d'altitude. Je ne fréquentais pas une école pour nomades en dur comme toi, mais une école ambulante, dans une hutte. Les professeurs venaient, et aussi les messieurs avec leur appareil photo et… (Anna se tut, reposa rapidement le cadre.) Vous êtes mieux lotis aujourd'hui.

Anne-Risten eut envie de protester, de dire qu'elle n'était pas bien lotie du tout, mais elle s'abstint. Les yeux d'Anna exprimaient une telle tristesse. Elle observa la chambre. Elle était propre et ordonnée. Le lit blanc était fait et couvert d'un jeté de lit en crochet jaune. Il y avait un bureau et un tabouret bleu clair à la peinture écaillée. La fenêtre donnait sur la forêt, mais, à présent, on ne voyait que du noir.

La porte d'entrée s'ouvrit et on entendit une voix de femme plus âgée.

— C'est ma *siessá*, dit Anna en indiquant à Anne-Risten de la suivre.

Sa tante portait des lunettes en amande qui la faisaient ressembler à un chat. Elle était ronde comme Anna, son derrière se balançait lorsqu'elle faisait des allers-retours entre la cuisinière et la table de la cuisine.

— *Gean nieida don leat ?* Qui sont tes parents ?

Oui, c'est ce que les gens voulaient savoir, surtout les plus âgés. De quelle famille elle venait. Anne-Risten articula son nom, comme il fallait le dire : tous les autres noms, puis le sien. Elle avait l'estomac noué. Ça faisait si longtemps qu'elle ne s'était pas présentée ainsi.

Le visage d'Inger s'éclaira. Elle était heureuse de savoir à quelle lignée elle avait affaire.

— Je vois maintenant que tu ressembles à ton *enná* et ta *muottá*.

Anne-Risten sourit, hocha vigoureusement la tête. Elle avait déjà entendu ça plusieurs fois. Elle était particulièrement flattée de ressembler à sa tante qui avait un air de vedette de cinéma.

— Il y a beaucoup de belles femmes dans cette famille, continua Inger. Elles se marient jeunes. J'imagine que ce sera pareil pour toi.

Elle hennissait comme un petit cheval quand elle riait. C'était si amusant qu'Anne-Risten ne pouvait s'empêcher de pouffer.

Anna lui tourna le dos et rangea des assiettes dans un placard marron.

— On va réchauffer la soupe à la viande pour le dîner, non ?

Anne-Risten se laissa tomber sur la chaise la plus proche de la fenêtre, écoutant la conversation des deux femmes et leurs pas lourds contre le sol alors qu'elles vaquaient à leurs occupations. Son corps se détendit. Elle se sentait comme à la maison. Le duvet qui couvrait sa nuque se dressa et la chair de poule se diffusa sur ses bras. Elle avait l'impression de sentir déjà l'odeur de la soupe de viande de renne cuite.

— Tu es maigrichonne, toi. Nous allons préparer beaucoup de *biergomális*, annonça Inger. J'ai aussi du pain.

Anna disparut dans la chambre à coucher en fredonnant ; Inger jeta un coup d'œil au tas de bois près du poêle, s'installa à la table, sortit son tricot et se mit à compter les mailles. Anne-Risten remarqua qu'elle n'avait aucun mal à supporter le silence, au contraire. Ici, elle n'avait pas besoin de parler pour ne rien dire. Elle se délassait les oreilles, les nombreux bruits de l'internat étaient bien loin. Elle s'appuya contre le dossier, laissa ses muscles se relâcher, sentit le sommeil la gagner.

— Ma petite, tu vas t'endormir assise. Tu dois te reposer avant le repas, décréta Inger en bondissant sur ses pieds.

Elle alla chercher un matelas qu'elle posa à même le sol à côté du lit d'Anna et le recouvrit d'un drap. La couverture était aussi lourde qu'à la maison.

Anne-Risten se laissa dorloter, envelopper dans la couverture. Elle ferma les yeux lorsque la main chaude d'Anna caressa son front et sa joue avec légèreté.

— Je te réveille pour le dîner.

Elle éteignit la lumière en sortant.

Dehors, il faisait nuit noire. L'obscurité ne l'avait jamais effrayée, et encore moins maintenant. Dans la cuisine, on entendait des bruits de casserole et de temps en temps le rire bas d'Anna.

Sa gorge ne brûlait plus, elle le remarquait maintenant. Elle laissa glisser ses doigts le long de son cou, au niveau des amygdales. Pas de bosse. Elle n'avait pas de démangeaisons. Même pas aux bras.

Nilsa

1985

Le jour de l'anniversaire de la mort d'Aslak, une bougie de cimetière et un bouquet de fleurs avaient été déposés sur le bord de la route. Nilsa passa lentement en voiture, essayant de voir s'il y avait une carte. Le mont Guorpmit était derrière lui, et la ville d'Ađevuopmi à quelques kilomètres devant. Il avait annoncé qu'il allait faire quelques emplettes à la station-service de Gárasavvon, mais Sire n'était pas dupe.

— Tu ne veux pas qu'on aille sur sa tombe, plutôt ? avait-elle demandé.

Comme il ne répondait pas, elle avait poursuivi :

— Moi, j'y vais. Pour allumer les bougies.

Il y avait quelque chose avec cette tombe qui n'allait pas. Les parents avaient choisi la mauvaise pierre, trop droite, trop lisse. Le texte n'aurait jamais dû être coloré. Sans compter que l'emplacement était situé à l'ombre. Les fleurs que Sire avait plantées ne s'y plaisaient pas. De toute façon, la tombe était à présent recouverte de neige. Un jour, Sire avait fait remarquer que la tombe avait été décorée. Alors, Nilsa s'était réfugié dans l'atelier, avait vidé sa boîte à outils et s'était installé avec sa lampe frontale pour faire du tri. Il était resté là toute la soirée.

Nilsa se gara sur le petit parking juste à la fin de la ligne droite quand on venait de Sohppar. Il y avait ça, aussi. Aslak était mort sur une route rectiligne. Pas un chat en face, pas de virage ni de soleil qui l'aurait ébloui. Non, c'était en pleine nuit. Zéro circulation. Un ciel étoilé. Un soir de pleine lune, même, avait affirmé quelqu'un avec un hochement de tête qui en disait long. Nilsa ne croyait pas ces conneries. Comme d'habitude, Aslak avait passé la soirée chez ces imbéciles de bouilleurs de cru qui ne faisaient pas de différence entre la semaine et le week-end.

Vers trois heures du matin, le téléphone avait sonné chez Nilsa. Il ne s'était pas précipité dans l'entrée pour décrocher. Ce n'est que quand Sire avait commencé à bouger à côté de lui, prête à y aller, qu'il avait posé une main sur son bras et s'était levé.

Cet appel, tous les membres de la famille le redoutaient. Tout en sachant qu'il viendrait.

Nilsa s'était dirigé à pas lourds vers le téléphone sur la table en pin de l'entrée. Il s'était assis, avait soulevé le combiné. La chaise tapissée de skaï était froide contre ses cuisses nues. Sire l'avait naturellement suivi à pas de loup. Elle était plantée sur le seuil, en chemise de nuit.

Il y avait eu un accident, impliquant un seul véhicule. Aslak était mort. Il avait fait une sortie de route et s'était encastré dans un pin. Un Norvégien qui roulait vers Kautokeino avait vu la voiture, s'était arrêté, avait marché dans la neige profonde et ouvert la portière. C'était trop tard. L'homme était retourné à son véhicule, avait rebroussé chemin. Il savait qu'il trouverait une cabine téléphonique à Sohppar. Il avait longuement cherché dans sa voiture des pièces d'une couronne suédoise jusqu'à se souvenir que l'on pouvait appeler gratuitement le 900 00 en appuyant sur le bouton rouge.

L'ambulance et la police avaient traversé le village, gyrophares allumés, mais sans sirènes, jusqu'au lieu de l'accident.

Les lumières bleues avaient balayé le mur de la chambre à coucher, mais Nilsa ne s'était pas réveillé. Ils habitaient pourtant tout près de la grand-route. Il avait bien dormi, comme presque toutes les nuits. Un camion de pompier était passé aussi, lequel disposait des outils tranchants nécessaires pour extraire Aslak de sa voiture. Il était comprimé contre le volant, la poitrine enfoncée, le cœur écrasé, réduit à néant.

Aux premières lueurs de l'aube, Nilsa s'était rendu sur place, laissant Sire, le visage rougi de larmes, et les garçons mutiques à la table de la cuisine. Sans doute pleureraient-ils avec elle dès qu'il aurait refermé la porte derrière lui.

Il avait conduit lentement, dépassé le lieu de l'accident, fait demi-tour au milieu de la route et roulé à la même vitesse dans le sens inverse pour se garer de l'autre côté de la chaussée.

Il avait marché le long de la route à la recherche de traces de freinage. Elles étaient là. Aslak avait dû freiner à la dernière minute, juste avant le talus neigeux qu'il avait traversé. Il devait rouler vite. Le tas de neige n'avait pas arrêté la voiture, et il s'était pris l'arbre. Un pin, tout seul. Et il fallait qu'il fonce dedans. S'il s'était planté quelques mètres plus loin, il s'en serait tiré.

Nilsa avait cherché des empreintes d'élan ou de renne, mais la neige était blanche, vierge. Rien qui puisse expliquer l'accident. Par chance, la dépanneuse avait déjà emporté la carcasse. C'était une Volvo 240 rouge. Elle avait été à Nilsa, mais il l'avait donnée à Aslak quand il avait acheté une nouvelle voiture. Aslak avait voulu payer, mais Nilsa avait balayé sa proposition d'un geste de la main, dit qu'on trouverait une solution.

Il avait cherché du sang dans la neige, mais tout avait coulé dans la voiture. L'écorce du pin était amochée ; il avait laissé courir sa main gantée le long des brèches. Frappé le tronc à coups de poing. Mais le cri s'était bloqué dans sa poitrine.

Il savait bien ce que la police trouverait. Il y aurait de l'alcool dans son sang. Aslak, qui pensait pouvoir conduire dans n'importe quel état, qui ne se croyait jamais trop bourré. Il devait être en train de chanter à tue-tête, là, dans la voiture. Peut-être cherchait-il une cigarette dans sa poche de poitrine en oubliant de garder les yeux sur la route. Puis ç'avait été trop tard.

Son *viellja* n'avait toujours été heureux que lorsqu'il buvait. Et qu'il s'occupait des rennes. Mais Nilsa remarquait bien quand il commençait à s'agiter dans l'enclos, quand l'envie d'étancher sa soif prenait le dessus. Nilsa le forçait parfois à rester et c'est dans ces moments-là qu'ils pouvaient se voler dans les plumes. Néanmoins, ils évoquaient rarement l'alcool.

En termes d'élevage de rennes, Aslak avait tiré le gros lot – son imposant troupeau était constitué de bêtes solides, à tel point que Nilsa éprouvait parfois une pointe de jalousie –, ce qui ne l'empêchait pas de taquiner la bouteille.

Les frères ne parlaient jamais de ce que cachait son penchant, mais Sire croyait savoir et, plusieurs années avant l'accident, elle avait tenté d'aborder le sujet avec Nilsa.

— Tu ne crois pas qu'il va mal à cause de tout ce qui s'est passé ?

La première fois, Nilsa était parti, mais elle n'avait pas lâché le morceau. Certains jours, elle s'obstinait et, une fois, il avait haussé la voix :

— Et même si c'était vrai, qu'est-ce que ça change ?

— Il peut se faire aider.

Sire travaillait comme aide-soignante à Vazáš. Lorsqu'il s'agissait de santé, elle prétendait toujours savoir mieux que les autres.

— Il pourrait essayer l'Antabus pour arrêter de boire.

Nilsa ne savait pas si c'était la bonne solution. Si lever le coude était la seule chose qui rendait son *viellja* joyeux, ils ne pouvaient pas lui retirer ça.

— Mais si ! Au moins, il serait obligé de se confronter à ce qui s'est passé.

Elle était insistante, agaçante.

Ce qui s'est passé. Si même Sire utilisait une périphrase pour parler de l'école pour normades, comment pouvait-elle croire qu'Aslak pourrait regarder ça en face ?

— Parler ne le fera pas disparaître.

Nilsa s'ébroua, assis dans sa voiture garée sur le petit parking en bord de route. Autant sortir. Deux véhicules passèrent en trombe. Il tourna la tête. Les gens ne se rappelaient pas quel jour Aslak était mort, si ? Peut-être qu'en voyant le bouquet de fleurs planté dans la congère, ils échangeraient quelques mots dans la voiture : « Oui, c'est vrai, ça doit faire deux ans qu'Aslak est parti. Je me demande ce qui est réellement arrivé. S'il voulait mourir ou non. »

Nilsa descendit de la voiture. Le froid était mordant. Il ferma son manteau. Non, Aslak ne s'était pas tué sur la route parce qu'il n'avait plus envie de vivre. Il en était sûr. C'était un accident, un putain d'accident. Aslak ne l'aurait jamais quitté à dessein. Sa respiration se fit haletante, comme si sa trachée était comprimée, il peinait à reprendre son souffle. Non, Aslak ne l'aurait pas abandonné, mais lui, il avait abandonné Aslak.

Une fois son souffle apaisé, il fit quelques pas, mais c'était difficile, les pensées revenaient le hanter. Sire avait tort. Il ne fallait pas parler, ça faisait ruminer. On voulait du calme dans sa tête. Il se força à avancer.

Les roses rouges étaient enveloppées de givre et la bougie s'était éteinte. Il sortit son briquet, plaça la main en corolle autour de la flamme pour allumer la mèche. La personne qui avait déposé les fleurs avait laissé des empreintes de pas et une carte. « Je ne t'oublierai jamais, Aslak. Hilde. »

Hilde et Aslak s'étaient rencontrés à Pâques, trois ans avant sa mort, à Guovdageaidnu. Elle travaillait à l'épicerie du village, lieu où il s'était approvisionné plusieurs fois ce week-end-là. Elle aurait dû comprendre, en voyant toutes les bières qu'il déposait sur le tapis roulant. Mais c'était la semaine pascale, tout le monde était content, ils allaient faire la fête, et il arborait son nouveau kolt.

Au début, Hilde avait eu une influence positive. Aslak avait diminué sa consommation d'alcool et s'était mis à faire la navette entre Kauto et Sohppar. Il était heureux. Nilsa aimait se remémorer cette période. Hilde était appréciée de toute la famille. Elle était si enjouée. Les femmes se faisaient souvent des confidences. Par la suite, c'est Hilde qui avait raconté qu'Aslak s'était remis à boire plus que de raison. Sire pensait avoir toutes les réponses, et croyait être celle qui avait percé à jour Aslak, alors que c'était en réalité Hilde. Dans un excès de sentimentalisme induit par l'ivresse, Aslak s'était épanché, lui avouant qu'il allait mal à cause de l'école pour nomades, qu'il n'avait jamais vraiment réussi à tourner la page. L'affection que Nilsa éprouvait pour Hilde avait pâti de cet épisode. Pour qui se prenait-elle ? Répéter à Sire ce qu'Aslak lui avait confié ! Pouvaient-ils d'ailleurs lui faire confiance ? Mais Hilde n'en démordait pas, surtout le lendemain de l'accident, quand elle avait téléphoné et tout répété. Nilsa avait entendu ses lamentations, bien que Sire fût dans l'entrée, le combiné bien collé à l'oreille.

— Elle doit se sentir coupable d'avoir refusé de le voir aussi souvent qu'avant, avait décrété Nilsa quand Sire eut raccroché.

— Je n'ai pas l'intention de me disputer avec toi. Pas aujourd'hui. Mais je suis sûre d'une chose. Hilde dit la vérité.

Aslak n'avait pas apprécié que Hilde critique son rapport à la boisson. Celle-ci refusait de le voir quand il avait picolé, ce qui ne l'empêchait pas de monter dans sa voiture et de rouler jusqu'en Norvège pour lui faire la surprise. Il s'y rendait probablement ce soir-là. Ce n'était pas fini entre eux, même si Hilde avait posé un ultimatum. D'après Aslak, elle ne le repoussait pas quand il était bel et bien devant sa porte. Mais les visites à Guovdageidnu s'étaient espacées à mesure qu'il renouait avec l'alcool. Il était déprimé, Nilsa le voyait bien, mais ce n'était pas à lui de s'en mêler. Qu'est-ce qu'il aurait bien pu faire ? Nilsa était en colère. Contre Aslak, contre leur *enná* qui avait fait de lui une mauviette, et contre leur *áddjá* qui n'avait fait qu'enfoncer le clou, qui se moquait d'Aslak, enfant, qui le traitait de poule mouillée, disait qu'on ne ferait jamais rien de ce gamin. Aslak avait peur de leur grand-père. Il se cachait derrière Nilsa quand le vieillard haussait la voix. Ils l'avaient obligé, lui, le *stuora viellja*, à rester alors que ses genoux tremblaient. Leur *isá* n'avait jamais pris la défense d'Aslak. Il s'était contenté de faire sortir les enfants quand leur *áddjá* prenait son regard menaçant. Ce fumier n'avait pas pu assister à la bonne fortune d'Aslak dans la renniculture, n'avait pas eu le temps de voir que ce garçon qu'il méprisait tant était devenu le plus grand éleveur de rennes de tout le Sameby. Et tout ça, à cause de Nilsa.

Il soupira. Pas le moment de penser à la mort de son *áddjá*. Il grogna. Ce n'était pas normal d'être à ce point dominé par ses pensées. Il irait faire un tour de motoneige dans la forêt tout à l'heure, se viderait la tête en faisant travailler son corps. Il se fatiguerait suffisamment pour s'endormir, épuisé, le soir venu.

Le pin n'était plus là. Nilsa était venu l'automne dernier, armé de sa tronçonneuse. L'arbre le toisait et lui faisait la nique chaque fois qu'il passait en voiture, à savoir plusieurs fois par mois. Il avait fini par en avoir assez. Les copeaux de bois avaient volé autour de lui lorsqu'il s'était acharné sur le tronc qui avait fini par tomber. Puis il l'avait détaillé en milliers de morceaux qu'il avait laissés là. La sueur coulait sur ses tempes, son dos était humide. Mais sa rage s'était apaisée. Pour un temps.

Après l'accident, Sire avait concentré ses attentions sur lui, lui disant qu'il devait parler du passé. Une vraie psychologue du dimanche.

— Toi aussi, tu portes une peine, disait-elle. On en a tous bavé à l'école pour nomades.

— Tu plaisantes. Je n'ai pas souffert, moi. J'avais la belle vie.

— À d'autres ! On sait tous que tu étais un monstre.

Elle croyait toujours qu'il réagirait. Qu'il regretterait certaines de ses actions. Elle avait tort. Il s'était vraiment bien amusé. Il avait de bons souvenirs. Il avait fait les quatre cents coups avec ses copains, fait la course dans la cour de récré, et le soir, dans la salle commune, il gagnait toujours quand ils se bagarraient. Sa famille ne lui manquait même pas, au contraire, il était content qu'ils puissent échapper à leur *áddjá*, surtout pour Aslak.

Nilsa était sorti indemne de cette école. Il en était sacrément fier. Il aurait voulu qu'Aslak soit comme lui, avait essayé de le faire changer, de le renforcer, mais impossible. Puis Aslak était resté seul à l'école, une fois Nilsa parti. Il l'avait abandonné. Cette mauvaise conscience-là, il ne l'avouerait jamais à Sire. Il lui avait fallu plusieurs années pour admettre qu'il se sentait coupable d'avoir laissé Aslak seul. Ces pensées pénibles l'avaient tourmenté, il avait tourné la chose dans sa tête dans tous les sens, se disant parfois qu'il n'aurait rien pu y faire, il n'était qu'un enfant. Jamais il n'en avait parlé à Aslak, mais il voyait bien ses hématomes. Ça le rendait fou ; il prenait son fusil à air comprimé et allait tuer des oiseaux pour faire redescendre la pression.

Nilsa ne savait pas à quel point son *viellja* en avait bavé, et désormais, après l'accident, il ne saurait jamais. Pendant les vacances, Aslak rentrait, livide et mutique. Il ne révélait jamais le nom de ses bourreaux, si c'était la mégère ou les camarades qui avaient causé telle ou telle contusion. Il avait raconté une fois que les garçons du village l'avaient pourchassé depuis l'épicerie, lui avaient volé ses bonbons et l'avaient traité de « sale Lapon ». Le pire n'avait pas été les coups et les insultes, mais le fait qu'aucun de ses camarades n'avait levé le petit doigt pour l'aider. Ils n'avaient fait que le regarder quand il avait reçu un coup de poing au visage qui lui avait fendu la lèvre et teint la bouche en rouge. Il avait prétendu que Jon-Ante leur avait crié d'arrêter, mais Nilsa n'en avait pas cru un mot. Alors, Aslak s'était refermé comme une huître et avait refusé de parler. Nilsa avait réagi comme d'habitude, en disant à son frère de rendre les coups. Aslak avait esquissé un sourire penaud et hoché la tête. Il ne voulait pourtant pas s'entraîner à frapper ou à se défendre. À partir de ce jour-là, Aslak ne lui avait plus rien raconté, et Nilsa avait cru que c'était fini – c'était forcément le cas, autrement Aslak le lui aurait dit.

Il ressortit de l'épaisse couche de neige, se dirigea vers sa voiture à pas comptés, ouvrit la portière et se laissa tomber lourdement sur le siège. Aslak avait commencé à boire jeune, mais Nilsa ne se rappelait plus à quel âge exactement. Longtemps après la fin de l'école, en tout cas. Nilsa avait dû aller le chercher à des fêtes chez des amis du village, le traîner dans la maison et le porter jusqu'à son lit sans que leur mère le voie. Souvent, il était euphorique. Mais parfois, ça sortait.

— *Viellja*, tu aurais dû lui faire la peau, à la sorcière.

Else-Maj

1955

La neige était tombée toute la matinée. Une poudre irisée s'était posée sur les villages, suffisamment légère pour s'envoler des rampes de l'escalier devant l'internat. La petite heure de soleil était attrapée par la fenêtre de l'école comme un scintillement. C'était beau, mais personne ne le remarquerait.

Les enfants descendirent de l'autocar en silence. Certains avaient pleuré ; ils n'avaient pas encore quitté Sohppar que leur famille leur manquait déjà. Else-Maj était restée le dos droit, n'avait pas salué son *enná* d'un geste de la main quand ils étaient partis. À présent, elle cherchait Anna du regard, impatiente de se jeter dans ses bras. Noël était passé sans célébration et pour la première fois sa mère n'avait pas voulu assister aux offices, mais Else-Maj l'y avait obligée. Elle étouffait dans le silence de la maison, manquait de fondre en larmes chaque fois qu'elle apercevait les chaussures de Sara dans l'entrée. Mais personne ne parlait avec elle, ni avec ses frères, personne ne lui demandait comment elle se sentait. Les bras d'Else-Maj avaient fini par être si pesants qu'elle avait les épaules endolories. Sa poitrine était alourdie par une masse noire, une pierre de chagrin. Ses frères étaient guindés, taciturnes, ils sortaient dans l'obscurité du mois de décembre, se réfugiaient dans les maisons des autres. Elle voyait ses cousins passer en spark devant chez elle, mais personne ne sonnait. Tout le monde avait peur d'évoquer Sara.

C'est pourquoi elle s'était tournée vers Dieu. Il n'y avait personne d'autre. Le soir, elle priait, joignant ses paumes moites, et elle avait besoin de l'espace de l'église, la hauteur de plafond qui lui permettrait, espérait-elle, de respirer plus facilement.

Ils avaient finalement assisté à l'office du matin de Noël, sous les regards compatissants des villageois. Sa mère avait fondu en larmes quand le pasteur avait serré ses mains dans les siennes. Elle lui avait demandé pardon – pleurer devant un homme aussi important ! Il avait enterré beaucoup de petits dans les villages depuis qu'il était là. Les familles perdaient des enfants, c'était comme ça. Certaines fratries passaient de dix à six membres, certaines familles voyaient s'éteindre leur premier enfant, et certains, comme Else-Maj, n'auraient plus jamais de sœur.

Elle avait fermé les yeux pendant presque tout l'office, attendant un signe de consolation. Et soudain, le pasteur avait dit quelque chose qui lui avait fait ouvrir les yeux et le regarder tout droit. Leurs regards s'étaient rencontrés, il lui parlait, lui donnait la parole de Dieu.

Les mots exacts lui échappaient et c'était frustrant. Toujours est-il qu'elle avait quitté l'église avec la sensation que la pierre noire dans sa poitrine avait un peu rétréci. Il le fallait, autrement, comment allait-elle survivre ?

De retour dans la cour de l'école, la pierre de chagrin se rappela à elle, appuyant contre ses côtes et son conduit respiratoire, poussant son cœur à battre plus fort. Comment allait-elle supporter de voir la sorcière sans lui sauter à la gorge. Sara était morte à cause d'elle. Et elle avait interdit à Else-Maj de rentrer pour aider sa sœur. Au cours de ces vacances mutiques, la même scène lui était revenue en mémoire encore et encore.

— Je vous en prie, madame la directrice, je peux téléphoner chez moi ? Je veux savoir comment va Sara.

— Pas question. Ta sœur était enrhumée, rien de plus. Anna n'aurait jamais dû la laisser rentrer à la maison.

Et Anna, qui avait fini par lui venir en aide, qui avait monté la garde tandis que le standard téléphonique transférait l'appel chez elle. D'une voix monocorde, son *enná* avait annoncé que Sara était toujours souffrante. Ce qui avait éveillé la panique chez Else-Maj qui avait de nouveau plaidé auprès de la directrice.

— Est-ce que je peux rentrer chez moi ? *Unna oabbá* est tellement malade ! Elle a besoin de moi.

— Les vacances de Noël arrivent. Tu rentreras avec les autres enfants.

Else-Maj haïssait comme elle n'avait jamais haï auparavant, mais elle ressentait également une immense culpabilité. Elle essayait encore et encore de changer le passé, de refaire l'histoire, réfléchissait à la manière dont les événements se seraient déroulés si elle avait fait les bons choix. Si elle avait exigé de partir. Si elle s'était enfuie. Si sa mère lui avait expliqué clairement à quel point Sara était malade. Tous les si qui la rendaient folle de chagrin et lui donnaient mauvaise conscience. Sara aurait pu survivre. Else-Maj aurait compris mieux que sa mère qu'il fallait la conduire à l'hôpital. Du haut de ses onze ans, elle était déjà très réfléchie. Elle avait été plus que la sœur de Sara, elle était responsable d'elle. L'échec la déchirait chaque jour.

Elle pénétra dans l'internat. L'odeur des produits d'entretien lui piquait les narines. Les sols venaient d'être lustrés. Dans le dortoir, les autres filles discutaient à voix basse, mais tout le monde se tenait à distance d'elle. Comme si la peine était contagieuse. Elles murmuraient en sami, mais il faudrait bien qu'elles reprennent l'habitude de ne parler que suédois.

— Anna a été obligée de partir, vous êtes au courant ?

Else-Maj fit volte-face et dévisagea Anne-Risten.

— Ce n'est pas vrai.

— *Juoa.* Oui. Je t'assure. C'est Marge qui me l'a dit dans le bus.

Toutes les filles du dortoir se tournèrent vers Else-Maj. Elle était la chouchoute d'Anna, tout le monde le savait. Elles attendaient une réaction, mais son abattement muet ne transparaissait guère sur son visage. Elle se pencha en avant, plia soigneusement sa chemise de nuit avant de la placer sous sa couverture. Elle s'employa à fixer sa barrette dans ses cheveux, puis à la détacher, attendant patiemment de ne plus être le centre de l'attention. Elle put enfin quitter la chambre, descendit le couloir d'un pas indifférent jusqu'à apercevoir Marge, devant les toilettes. En un instant, elle était auprès d'elle, attrapa la fillette par le bras et l'entraîna avec elle.

— Pourquoi Anna est-elle partie ?

Elle chuchotait. Personne n'avait vu la directrice, mais elle pouvait très bien être dans son appartement.

— *Enná* m'a dit de ne rien dire.

Marge afficha un air affligé.

— Tu as intérêt à parler !

Else-Maj lui pinça le bras.

— Elle a fait plusieurs choses interdites. Et elle a menti.

— À quel propos ?

Marge se mordit la langue, ses yeux se remplirent de larmes et elle secoua la tête.

— Ne va pas chialer, hein ! siffla Else-Maj en la tirant dans l'escalier jusqu'à la salle commune.

Lisbet avait allumé un feu qui crépitait dans la cheminée. Elles se placèrent juste devant.

— Je ne peux pas te le dire. Ça va te faire de la peine.

Quatre garçons, parmi lesquels Nilsa, entrèrent. Else-Maj vit ce qu'il y avait dans leurs regards, leur désir de narguer celle qui pleurait. Elle poussa Marge devant elle en direction du sous-sol. Jon-Ante s'y trouvait déjà, incapable de décider où poser son regard quand elles arrivèrent. Il marmonna quelques mots, essayant d'expliquer les raisons de sa présence là, dans la pénombre. Tout le monde savait qu'il se cachait de Nilsa et sa bande.

— Tu peux partir, Jon-Ante ?

Il secoua la tête. Else-Maj ne parvint pas à se contenir.

— *Mana !* Pars !

Il s'éloigna, la tête basse, mais Else-Maj entendit qu'il ne montait pas jusqu'en haut de l'escalier, restant sans doute assis au milieu. Marge se laissa tomber dans le canapé.

— C'est ma faute aussi, dit-elle. Mais je n'ai pas osé raconter ce que j'ai vu.

Elle avait fondu en larmes. Else-Maj dut joindre les mains, comme si elle priait, pour ne pas lui frapper la tête.

— Arrête de pleurnicher et dis-moi ce qui s'est passé. Explique bien, je ne comprends pas ce que tu veux dire.

— Il y a plusieurs choses. *Enná* travaillait au standard, elle a surpris des conversations.

La mère de Marge remplaçait parfois la vieille Hulda au standard téléphonique et il était bien connu qu'elle avait les oreilles qui traînaient. Comme Hulda. On les entendait respirer et Hulda pouvait même renâcler si la conversation était inconvenante.

— Raconte-moi tout, insista Else-Maj en s'asseyant à côté de Marge.

Elle tenta d'adoucir sa voix. Après tout, Marge avait trois ans de moins ; il fallait peut-être prendre des pincettes pour la faire parler. Un bras consolateur autour de son épaule aurait sans doute aidé, mais impossible. Ses bras étaient devenus trop lourds.

— *Enná* les a entendus parler de toi, dit Marge sans cesser de renifler.

— Qui ? Qui parlait de moi.

— Je ne sais pas, mais la directrice était en colère parce que Anna a appelé ton *enná* quand Sara… (Elle se tut, sembla apeurée.) Eh bien, quand Sara était malade. Puis tu as pu téléphoner chez toi même si tu n'en avais pas le droit. Anna t'a donné un coup de main. C'était interdit.

Else-Maj fixait la bouche de Marge, entendait les mots, mais n'en croyait pas ses oreilles. C'était sa faute si Anna avait dû partir ? Comment la sorcière savait-elle qu'elle avait appelé ses parents ?

— La directrice a dit qu'Anna t'avait donné de l'argent et des bonbons.

— Ce n'est pas vrai !

S'il était arrivé qu'elle lui offre une sucette, elle ne lui avait jamais donné d'argent. Elle répéta :

— Ce n'est pas vrai !

Elle crevait de rage. Cette satanée mégère ! Quelle menteuse ! Else-Maj avait du mal à tenir en place.

— Tu disais que c'était aussi ta faute. Pourquoi ?

Le visage de Marge se ratatina, Else-Maj s'efforça de l'apaiser. Elle lui prit doucement le bras et posa un doigt sur sa propre bouche.

— Ne pleure pas.

— Je ne peux pas te le dire.

— Si. Crache le morceau.

Marge se pencha contre ses genoux et marmonna, le visage caché dans les mains.

— J'ai vu la directrice marcher sur la main de Jon-Ante, mais je ne l'ai dit à personne. Et la directrice dit que c'est la faute d'Anna si l'auriculaire de Jon-Ante est tout crochu.

Le bandage qu'elle lui a fait, songea Else-Maj. Elle tendit l'oreille, crispée. Un bruit dans l'escalier ? Jon-Ante était-il toujours assis là ? Marge leva les yeux, ses joues étaient écarlates, ses lunettes couvertes de buée.

— Elle a raconté que Jon-Ante était tombé et qu'il ne pouvait s'en prendre qu'à lui-même. Et qu'Anna ne l'avait pas bandé correctement, ce qui lui a tordu le doigt. C'est complètement faux !

Else-Maj lissa sa robe de ses paumes moites. La pierre de chagrin remplirait toute sa poitrine, anéantirait ses poumons. Elle ne respirait désormais que comme un tout petit animal.

— Est-ce que c'est ma faute, Else-Maj ?

Marge cherchait du réconfort, mais Else-Maj ne parvenait pas à la regarder.

— Personne ne t'aurait crue, de toute façon.

— Non, personne ne m'aurait crue. Et la directrice m'aurait battue. J'avais tellement peur !

— Où est Anna maintenant ?

— Je pense qu'elle est retournée à Ađevuopmi.

Else-Maj s'affaissa, vidée. Ne restait que la pierre de chagrin. Anna aurait dû être là pour panser ses plaies. Quand la peine avait barbouillé de noir son foyer, Else-Maj se languissait d'Anna, de ses mains chaudes, de ses bras consolateurs. Dieu et Anna devaient lui donner la force de rester debout. À présent, Anna était partie. Elle n'était même pas passée à Sohppar en chemin vers Ađevuopmi. Elle aurait pu frapper chez elle. La prévenir.

— La directrice est cruelle, murmura Marge. C'est ce que dit *enná*.

Cruelle n'était pas un mot assez fort.

— Tu sais, c'était la faute d'Anne-Risten aussi. Elle a été avec Anna chez sa *siessá*. Elle a dormi là-bas.

Else-Maj dévisagea Marge, stupéfaite. Anna avait invité Anne-Risten chez elle ? Anne-Risten était-elle devenue sa chouchoute sans qu'Else-Maj s'en rende compte ? C'est pour cela qu'elle était partie sans lui faire ses adieux.

— Tu es sûre que c'est vrai ? Anne-Risten n'a rien dit.

— Oui, certaine. *Enná* l'a entendue.

Else-Maj écumait de rage, elle aurait voulu déblatérer contre la mère de Marge et son indiscrétion. Elle se leva d'un bond, Marge l'imita et lui emboîta le pas. Jon-Ante n'était plus là.

La salle commune était animée. Les garçons se bagarraient en se roulant par terre. Else-Maj eut à peine le temps d'entrer qu'elle entendit les talons. Ils avaient appris à dresser l'oreille, à l'affût de ce bruit. Les garçons tentèrent de s'échapper de la pièce, mais trop tard. Else-Maj resta plantée au milieu de la pièce. Le feu crépitait derrière elle. La directrice entra, fouilla la salle du regard. Elle portait un gilet noir bouloché sur un sous-pull noir, et sa sempiternelle jupe en laine. Mais ses cheveux qui avaient presque repoussé jusqu'aux épaules venaient d'être mis en plis et ses lunettes étaient posées en équilibre à la racine de son nez. Elle fixa les garçons du regard, sans doute cherchait-elle des raisons de leur passer un savon. Ils pouffèrent discrètement.

— Qu'est-ce que c'est que ce boucan ? Vous êtes à peine revenus et vous vous comportez déjà comme des chiens. Ça doit être parce que vous êtes rentrés chez vous que vous êtes redevenus des animaux.

Elle serra son gilet contre sa poitrine et regarda Else-Maj qui ne baissa pas les yeux.

— Et qu'est-ce que tu fais ici, seule avec les garçons ?

Comme si elle ne voyait pas Marge près du mur à côté de la fenêtre.

— Rien.

Else-Maj voyait la cruauté dans ses yeux, mais elle n'avait pas peur. Elle respirait lentement, s'imaginait dans le corps d'un glouton. Dès que cette peau de vache aurait le dos tourné, elle lui sauterait dessus, enfoncerait ses dents dans sa nuque et la laisserait se vider de son sang par terre.

— Je vous l'ai déjà dit, vous, les filles, vous devez rester entre vous, sinon ça fait toujours des problèmes. Mais tu n'écoutes pas, comme d'habitude.

Il valait mieux s'abstenir de répondre, Else-Maj le savait, mais elle ne lâcha pas du regard ce suppôt de Satan. Dieu qui était avec elle l'aiderait à supporter. Anna était partie, mais Dieu serait là pour elle. Le pasteur lui avait dit quelque chose dans ce style, cela lui revenait, elle ne serait jamais seule.

— Arrête de me fixer ! Et vous, les garçons, vous avez besoin de bouger. Allez, dehors !

Ils quittèrent la pièce en ricanant. Else-Maj ne bougea pas.

— Et toi, dans ta chambre ! Ne crois pas que tu peux rester là, à me dévisager comme ça.

— Où est Anna ? s'enquit Else-Maj d'une voix limpide, dans un suédois impeccable.

Elle entendit Marge prendre sa respiration et, du coin de l'œil, elle la vit se cacher derrière le rideau.

Les yeux de la directrice se plissèrent, elle avança de quelques pas. Else-Maj devinait son haleine, une odeur de café, âcre.

— Pour qui tu te prends, sale gamine ? Misérable petite Lapone.

Elle se saisit des cheveux d'Else-Maj. Elle était si proche. Elle tira d'un coup sec et quelques brins s'arrachèrent avec la racine. Else-Maj serra les dents, sa mâchoire aussi dure que de la pierre, mais elle ne laissa pas échapper un seul bruit.

— Tu es aussi pénible que ton père !

Son isá avait appelé les autorités après la mort de Sara. Posé les questions qui fâchent. Pris une voix furieuse, puis fondu en larmes après avoir raccroché. Cela avait effrayé Else-Maj au point qu'elle s'était sauvée de la maison. Son *isá* était fort. Il n'avait pas le droit de pleurer. Si même lui n'avait aucun pouvoir sur la directrice, nulle part elle n'obtiendrait de l'aide. Elle savait bien que c'était comme ça. Aucun adulte n'avait le pouvoir sur les messieurs importants et la directrice. Son père s'était entendu dire que ça devait être de leur propre faute. Ils avaient prétendu que Sara était tombée malade dans les prairies d'altitude, que c'était la raison pour laquelle elle était restée maladive, et que ses poumons avaient finalement cessé de fonctionner.

Bien avant que Sara rentre à l'école, Else-Maj avait supplié sa mère de cacher sa petite sœur, lui avait demandé de dire aux messieurs importants qu'il n'y avait pas d'autre enfant dans la maison à mener de force à l'internat. Et ça avait fini comme ça. Sara n'était plus là.

— Va mourir, murmura Else-Maj en sami, campée sur ses jambes.

La directrice fut déstabilisée, ça se voyait. Else-Maj qui pensait partir resta là. D'une étrange manière, l'équilibre des pouvoirs avait changé.

— Qu'est-ce que tu as dit ? Retire ça tout de suite !

La directrice l'attrapa par le bras et la secoua. Mais sans la force du diable.

Dieu était-il avec elle ? Else-Maj se sentit grandir, un sourire fendit son visage.

— Comment oses-tu me jeter une malédiction !

La directrice la lâcha, recula, les poings serrés levés devant elle, folle de rage.

Une malédiction ? Else-Maj sentit l'envie de rire bouillonner en elle. Avait-elle bien entendu ? Oui, elle reconnaissait ça. Elle avait entendu des vieilles dames chuchoter que l'on pouvait faire peur aux messieurs importants avec les pouvoirs prétendus des Samis.

La sorcière hurla soudain :

— Dehors !

Else-Maj quitta la salle commune, gravit les escaliers d'un pas délibérément lent, Marge à ses côtés. Elle eut l'audace de continuer à parler en sami, chuchota d'une voix fébrile :

— Elle ne me fait pas peur. Je me fiche de ce qui se passe maintenant.

Jon-Ante

1955

La peau de son cou et derrière ses oreilles était comme écorchée. Iris l'avait frotté sans ménagement pour le nettoyer. Jon-Ante aurait préféré les mains attentives d'Anna, mais elle n'était plus là. Iris pouvait être aussi dure que la directrice et décochait facilement une tape à l'arrière de la tête.

L'inspecteur de l'école pour nomades était attendu et les enfants n'étaient pas les seuls à craindre de répondre à côté aux interrogatoires. Les instituteurs, la directrice et les assistantes paraissaient tout aussi nerveux. Aujourd'hui, on allait les examiner. Ils allaient pouvoir montrer qu'ils respectaient les exigences de l'État, à savoir que les enfants lapons devaient rester des Lapons. Le maître avait prononcé une phrase dans le genre. Jon-Ante avait du mal à saisir : ils devaient rester des Lapons, pourtant on leur interdisait de parler sami à l'école. Ils apprenaient que le *joik* était un péché, mais ils devaient porter leur kolt quand ils recevaient de la visite.

Ils étaient à présent alignés dans la lumière de *guovvamánnu*, le mois de février, devant l'internat, tous en kolt. Il n'y avait pourtant aucun signe avant-coureur du printemps : il pouvait encore tomber des quantités de neige et le froid leur mordait le nez. Mais le soleil était revenu.

Les élèves devaient d'abord souhaiter la bienvenue aux visiteurs, puis on passerait au chant et aux photographies. On chuchotait en souriant, certains gloussaient nerveusement. L'un des nombreux chiens errants du village, un petit spitz finlandais couleur renard leur tournait autour et se laissait caresser.

La voiture entra dans la cour. Le silence se fit immédiatement.

L'inspecteur descendit. Il était grand et mince, vêtu d'un pardessus noir, le bonnet et les gants serrés entre ses doigts. Il était accompagné de deux autres messieurs haut placés, c'est en tout cas ce qu'il sembla à Jon-Ante, avec leurs pardessus à larges revers et leurs chaussures qui conviendraient mieux à une piste de danse. L'un d'entre eux était même coiffé d'un chapeau. S'ils avaient froid, ils ne le montraient pas. Ils étaient graves, conversaient à voix basse avec la directrice et le maître. Un autre véhicule pénétra dans la cour. Trois femmes en sortirent, très joyeuses. Elles poussaient des jappements, tapaient dans leurs mains en contemplant les enfants avec ravissement. Les dames revêtaient de larges manteaux en laine qui descendaient sous le genou. Elles enfilèrent leurs jolis gants. L'une portait un béret jaune clair et les deux autres de petits chapeaux plats posés comme des crêpes sur leurs cheveux lisses. Jon-Ante n'avait jamais vu une chose pareille. Les femmes semblaient penser la même chose des enfants, car elles s'étaient approchées des filles, caressaient les kolts, palpaient le tissu, laissaient courir leurs doigts le long des rubans. Leur sourire était avenant, si chaleureux que les filles se mirent à pouffer. Jon-Ante recula, refusant qu'on le touche. Mais il était sans doute trop petit, trop mignon, car la femme au béret se trouva soudain en face de lui, gazouillant d'une voix criarde.

— Qu'il est adorable ! Moi qui ai toujours voulu un garçon, gloussa-t-elle en direction de sa voisine.

Jon-Ante en eut le souffle coupé. Ces messieurs et ces dames élégants n'étaient tout de même pas venus pour les emmener avec eux ? Il baissa les yeux sur les *nuvttahat* qu'il portait aux pieds, ne risqua pas le moindre sourire. Il allait se rendre aussi inintéressant que possible.

— Regarde comme il est timide. Ils doivent être comme ça, ces enfants, déclara la femme d'un ton qui lui déplaisait. Est-ce que ce sont tous d'authentiques Samis ?

Levant les yeux, Jon-Ante la vit agiter la main à destination de la directrice, laquelle approcha d'un pas lourd, bien différent de la démarche légère des autres dames.

— Oui, de vrais Samis. Tous.

— Comme c'est merveilleux de les voir, ajouta la femme, essayant de décrocher un sourire à la directrice.

Sans succès, bien sûr.

— Les enfants veulent vous chanter quelque chose, annonça-t-elle plutôt.

Les femmes reculèrent pour rejoindre les hommes. La directrice leva le bras, fendit l'air de sa main, signe qu'ils devaient commencer. Jon-Ante se contenta de bouger les lèvres, comme toujours. Personne ne pouvait l'obliger à chanter en suédois. C'était un psaume. Else-Maj avait la plus jolie voix de tous. Elle connaissait le moindre vers par cœur, comme la majorité des filles. Nilsa et sa bande n'ouvraient pas la bouche, ils ne faisaient même pas semblant. La directrice les fusillait du regard. Ils allaient sans doute se faire tirer les oreilles dès que l'occasion se présenterait.

La femme au béret ôta un gant et s'essuya sous les yeux. Quand la dernière note s'éteignit, elle applaudit avec enthousiasme.

— Magnifique, bravo !

Les garçons s'inclinèrent, les filles esquissèrent une révérence. Nilsa et Guttorm se divertirent en se penchant jusqu'au dos des élèves devant eux, ce qui déstabilisa le rang. La directrice plaqua une main sur sa poitrine et jeta un regard inquiet aux inspecteurs.

— À présent, allons voir les salles de classe, annonça le maître en indiquant l'école de ses deux mains.

— Mais d'abord, une photographie, jeune homme, intervint l'un des messieurs. Nous voulons des images de nos petits Lapons.

Jon-Ante remarqua qu'ils parlaient comme à la radio.

— Allez, charmants enfants, un petit sourire ! s'exclama la femme au béret une fois l'appareil photo installé.

Else-Maj et Biret soulevèrent le spitz, sourire narquois aux lèvres. Jon-Ante vit la directrice devenir cramoisie.

Elle s'approcha d'un pas militaire, poussa brutalement les petits du premier rang.

— Je suis navrée, lança-t-elle vers l'arrière. Ils ne doivent évidemment pas avoir un chien dans les bras.

— Non, laissez ! se récria la femme. Un chien, ça ira très bien dans l'image.

Jon-Ante ne comprenait pas ce qu'elle voulait dire et la directrice, qui avait déjà empoigné le bras d'Else-Maj, se retourna, interloquée.

— Ah bon ? (Elle lâcha prise et recula.) Mais n'est-ce pas étrange ?

L'homme à l'appareil agita la main.

— Mais non, c'est parfait.

La directrice fit quelques pas en arrière, Jon-Ante la vit serrer les dents avant de faire volte-face avec un geste nonchalant.

— Vous savez mieux que moi.

Ils se trouvaient tous bien alignés. Else-Maj et Biret haletaient, s'aidant l'une l'autre à soulever le chien. Les enfants riaient, presque tous, surtout à cause de l'animal qui léchait le visage d'Else-Maj. Jon-Ante ne comptait pas leur offrir le moindre sourire.

— Et à présent, allons voir les classes, déclara le maître, rasé de près pour l'occasion, en s'éloignant avec les messieurs.

La directrice resta avec les élèves et les assistantes. Elle plaça l'index sur ses lèvres.

— Maintenant, silence !

— Comme ils sont sages. C'est incroyable quand on pense qu'ils ont quasiment vécu à l'état sauvage, dans la nature, constata la femme au béret.

Elle sembla vouloir prendre le bras de la directrice pour marcher vers l'école, mais cette dernière plaça rapidement ses mains derrière son dos. Elle avait tout l'air d'un vieux directeur d'usine. Jon-Ante se tourna vers Else-Maj qui pantelait à ses côtés. Elle leva les yeux au ciel et marmonnait dans sa barbe.

— J'ai une petite chose à régler et je vous rejoins, dit la directrice à la femme avant de s'adresser à Iris.

Elle lui donna des instructions à voix basse :
— Allez aider Lisbet à mettre la table et inspectez les dortoirs pour vérifier que tous les lits sont faits.
Les enfants pénétrèrent dans l'école en rang et s'assirent à leur pupitre sans un bruit, bien conscients de la solennité de la situation. Seuls les hommes étaient entrés dans la classe. On entendait les femmes discuter dans le couloir.
— Nous allons laisser l'inspecteur des écoles pour nomades faire son travail. Nous voulions simplement voir comment cela se déroule dans les classes, expliqua l'un des hommes au maître.
— Je comprends, acquiesça l'instituteur en s'essuyant délicatement à la naissance des cheveux.
Jon-Ante se recroquevilla sur sa chaise, son cœur battait à tout rompre. Et s'il donnait une mauvaise réponse ? Que lui arriverait-il ?
L'inspecteur avait décidé que les enfants iraient le voir à tour de rôle. Il s'était installé dans un des coins tout au fond de la classe, à côté des étagères de livres et des dessins qu'ils avaient affichés. Toutes les oreilles étaient à l'affût pour savoir quelles étaient les questions posées et personne ne parvenait à se concentrer sur les calculs dans le livre de mathématiques. Remarquant l'inquiétude de ses élèves, le maître s'approcha de l'inspecteur, échangea avec lui quelques mots à voix basse avant de retourner à son bureau. Il ouvrit un recueil de contes des frères Grimm et commença à lire l'histoire de Hansel et Gretel.
— Jon-Ante, viens ici, l'interrompit l'inspecteur.
Le maître dut recommencer sa phrase.
Jon-Ante marcha la tête basse et inclina légèrement le torse en arrivant.
— Assieds-toi, mon petit.
Il glissa sur la chaise et cala ses mains sous ses cuisses.
— Voyons voir. Je voudrais que tu me fasses ce calcul.
L'inspecteur poussa vers lui un bloc où il avait écrit une addition toute simple. Il n'empêche que Jon-Ante, craignant de se tromper, n'osa pas répondre tout de suite.
— Je dois dire ou écrire la réponse ? chuchota-t-il.

— Écris, petit, écris. Je veux voir comment tu tiens un crayon.

Jon-Ante se saisit du crayon à papier jaune, mais appuya trop fort, de sorte que la mine se brisa.

— Hum, soupira l'inspecteur en sortant un nouveau crayon.

Jon-Ante s'en empara d'une main tremblante et essaya de mettre moins de force. Il hésita, lâcha le crayon et compta sur ses doigts pour ne pas se tromper.

— Qu'est-il arrivé à ton auriculaire ?

Jon-Ante serra aussitôt les doigts. Son poing était petit et maigrichon.

— Je... (Il ne pouvait pas continuer, les larmes brûlaient derrière ses paupières.) Mais je...

— Raconte ce qui s'est passé. Je veux ta version.

Jon-Ante déglutit. *Sa version.* Que voulait-il dire par là ?

— Je suis tombé sur la main et mon doigt s'est tordu.

— Ah bon, vraiment ? Où ça ?

— À l'internat.

— Alors, personne ne t'a blessé ?

L'inspecteur se pencha en avant, posant sur lui un regard interrogateur.

Le maître se mit tout à coup à lire plus fort. Il était arrivé au passage terrible où la sorcière dupe Hansel et Gretel.

— Voyons, raconte-moi tout, insista l'inspecteur. Sache que ton père prétend que c'est la directrice Rita Olsson qui t'a blessé au doigt. Il nous a écrit une lettre.

Jon-Ante sentit le sol se dérober sous ses pieds, comme si les profondeurs souterraines l'attiraient. Il ne pouvait pas imaginer son *isá* écrire une lettre. Ce devait être son *enná*. Les larmes se mirent à couler. Il les essuya de la main gauche.

— Donc ton père dit vrai ?

Comment pouvait-il choisir ? Allait-il devoir traiter son père de menteur ? Mais s'il racontait la vérité, la directrice le tuerait. Ses pleurs se changèrent en gémissement ; il dut expirer par petites bouffées pour tenter de se calmer.

— J'ai besoin de savoir précisément ce qui s'est passé.

L'inspecteur avait baissé la voix et le maître éleva de nouveau la sienne. Il avait vu qu'il y avait anguille sous roche dans le coin.

— Je n'ose pas, chuchota Jon-Ante.

— Je peux revoir ton doigt ?

Il avait les mains lisses, sans callosités ni traces noires, il n'avait jamais vu ça chez un homme. Il tourna la main dans tous les sens, bougea délicatement l'auriculaire dans toutes les directions, guettant une réaction dans le visage de Jon-Ante.

— Ça ne fait pas mal ?

— Plus maintenant.

— Dis-moi ce qui s'est passé.

Jon-Ante secoua lentement la tête. Il voyait déjà son père pleurer sur sa tombe. L'image lui était apparue si limpide qu'il prit une profonde inspiration, bouche ouverte.

— Crois-tu qu'elle t'ait blessé volontairement ?

Jon-Ante se remémora ses doigts serrés autour de son bras, ses dents qui apparaissaient quand elle lui hurlait dessus, la chute au sol, la douleur au doigt. Comment répondre à cette question ?

— Je ne veux pas parler.

En réalité, il ne voulait rien d'autre que ça. Ils étaient là, les messieurs importants qui prenaient toutes les décisions. Il voulait leur dire que les enfants étaient battus, il voulait leur demander d'emmener la directrice avec eux et de ne jamais la laisser revenir. Dire aussi que le maître leur donnait parfois des coups de règle sur les doigts. Mais il n'osait pas. Et il ne parlait pas assez bien suédois.

— Peut-être que tu avais fait des bêtises ?

Jon-Ante ferma les paupières un moment, puis regarda l'homme droit dans les yeux.

— Je suis un gentil garçon. (Il soupira.) Demandez à Anna. (Il se rappela qu'elle était partie.) Ou à Lisbet.

— Anna, oui. C'est elle qui a bandé ton doigt ?

— Oui.

— Elle a vu ce qui s'est passé ?

— Non.

— Quelqu'un d'autre a vu ?

Son regard ne put s'empêcher de glisser vers le dos de Marge. Ses cheveux qui venaient d'être lavés pendaient comme une bande d'or foncé sur le dos de la chaise.

— Non, personne.

L'inspecteur fronça les sourcils.

— Tu es sûr ?

— Oui.

— Je préviendrai ton père. Je lui dirai qu'il s'est trompé.

Jon-Ante inclina la tête en avant jusqu'à en avoir mal à la nuque. Son *isá*, son cher *isá*. Qu'allait-il lui arriver maintenant ?

Jon-Ante

1985

La journée de l'enfance, organisée à Kiruna, au complexe sportif Matojärvi, battait son plein. La musique résonnait dans toute la ville. Au volant de sa décapotable, cheveux au vent, Jon-Ante arpentait les rues et les pentes tortueuses. Il venait de faire demi-tour dans la rue des télécoms, près de la gare routière, et retournait en direction de la fête foraine. La bibliothécaire ne leur avait pas balancé d'eau dessus, même s'ils avaient été nombreux à rester et à faire un boucan de tous les diables. Tant qu'ils s'abstenaient de pisser sur la façade, elle ne sortait pas le seau.

Certains de la bande portaient un bomber satiné rouge et blanc avec un aigle dans le dos, mais Jon-Ante endossait sa veste en cuir noire. Sa voiture avait fait l'unanimité. Son sourire ne quittait pas son visage. Ce week-end, il l'avait attendu tout l'été. Pouvoir enfin parcourir les rues pleines de monde.

Il conduisait lentement, se régalait de l'attention. Sur les trottoirs, les passants se retournaient, il le voyait dans le rétroviseur. Sa bagnole était parfaite. Plus tôt dans la journée, la carrosserie avait reflété les rayons du soleil ; à présent la peinture luisait sous chaque lampadaire. Sur le siège passager, Classe tirait toujours la tronche parce qu'il n'était pas autorisé à fumer. Mais il serrait dans son poing sa canette de bière, le coude appuyé contre la portière. Il poussa le volume de la radio en arrivant près du complexe où le grand skieur Thomas Wassberg avait participé aux jeux de Kiruna, et du vaste terrain de hockey sur glace où

Börje Salming avait donné ses premiers coups de patin, qui allaient le propulser à l'international et en faire l'un des plus grands champions. Jon-Ante avait lui-même couru sur les pistes couleur brique pendant une brève période à la fin de l'adolescence, lorsqu'il avait envisagé de se mettre sérieusement à l'athlétisme.

Matojärvi avait changé de visage pour le week-end. La journée de l'enfance, l'apogée des prémices de l'automne. Quand l'obscurité revenait, juste avant la rentrée scolaire, au moment où il fallait sérieusement se remettre au travail. En journée, c'était le paradis des enfants – avec les manèges, la roue de la fortune, les barbes à papa – mais quand la nuit tombait subrepticement, que la fumée s'élevait de la tente discothèque où la musique était assourdissante, les familles rentraient chez elles, remplacées par les jeunes gens de plus en plus saouls à mesure que s'écoulaient les heures.

Jon-Ante et Classe n'iraient pas sous le chapiteau cette année, pas plus que l'année dernière. Non, ils se contenteraient de longer le complexe à vitesse réduite, autoradio à fond. On leur demanderait de faire le taxi, mais Jon-Ante refuserait. Pas de gens ivres morts dans sa voiture.

— Demain, je prends la mienne, maugréa Classe, le regard ramolli, perdu dans le lointain, à cause de l'alcool. La barbe qu'on ne puisse faire monter personne. (Il tourna rapidement le haut du corps, suivit du regard trois filles qui titubaient le long du trottoir en buvant au goulot.) Regarde ! On aurait eu la place pour ces nanas, sans problème. On aurait pu les ramener chez elles.

— Elles n'ont même pas vingt ans.

— Tant qu'elles sont majeures !

— On est trop vieux pour ça.

— Parle pour toi.

Classe poussa un sifflement.

Il y avait des hommes qui faisaient monter des adolescentes dans leur voiture. Des filles très maquillées, pompettes, serrant une canette de bière entre leurs mains fines parées de bagues en argent et de bracelets fluo. Elles sentaient la laque et portaient des t-shirts moulants. Jon-Ante ne les avait jamais touchées. Parfois, il y a quelques années de cela, il lui était arrivé de s'asseoir à l'arrière, à côté d'une minette qui se pressait contre lui – il se collait alors à la portière, essayant de garder ses distances. Classe riait de lui. « Elles n'attendent que ça ! »

Mais lui ne voulait pas. Ça lui semblait déplacé.

Il songea à Katti. Il l'avait rencontrée un soir, en ville, pendant qu'il faisait des tours en voiture avec ses potes. Elle s'était rebiffée en voyant les gamines dans la voiture. Sa franchise lui avait plu. Elle ne mâchait pas ses mots, elle osait les critiquer. Ils avaient commencé à se fréquenter. Katti avait son âge. Ils étaient restés ensemble quelques mois. Il était bien avec elle, même s'il n'était pas amoureux, peut-être même qu'il n'en pinçait pas vraiment pour elle, mais il était heureux d'avoir quelqu'un pour ne pas s'endormir seul chaque soir.

Il pouvait compter sur les doigts d'une main les petites amies qu'il avait eues, et aucune de ses relations n'avait tenu plus de quelques mois. Ces dernières années, il n'avait pas eu une seule aventure. Il ne comprenait pas pourquoi. Au village, c'était pareil, tout le monde avançait dans la vie, se casait, faisait des enfants, emménageait dans une maison et changeait de voiture. Classe était avec Louise – Lollo – depuis près de huit ans. Il était l'un des rares qui n'avaient pas changé de style de vie malgré leur nana. Ça ne l'empêchait pas de se bourrer la gueule et de reluquer des minettes arborant des jeans délavés qui leur moulaient le cul.

La route vers Matojärvi était embouteillée. Les voitures américaines en file indienne laissaient descendre et monter des fêtards. Devant Jon-Ante, une portière s'ouvrit et un jeune gars dégringola sur l'asphalte. Il se roulait par terre en riant tandis que ses copains essayaient de le relever. Ils enjambèrent une flaque de vomi en s'acheminant vers l'entrée.

— C'est Perre qui conduit ! dit Classe. Il a de la place pour moi maintenant. Je change de voiture !

Avant que Jon-Ante eût le temps de réagir, il était sorti et trottait vers la Chevvy verte aux phares arrière rouge vif.

Perre démarra et s'éloigna à grand renfort de pétarades, et Jon-Ante resta immobile pendant quelques instants. On klaxonna derrière lui. Seul dans sa caisse, ce n'était tout simplement pas possible. Il enfonça l'accélérateur en dépassant l'entrée du complexe sportif, il ne voulait pas attirer les regards. Il continua vers Petsamo et prit à gauche, rue Föraregatan et dépassa Konsum. Il s'arrêta, moteur allumé, devant les bâtiments de la rue Porfyrgatan. Une femme tenant un caniche au bout d'une laisse lui lança un coup d'œil agacé. Il baissa le volume que Classe avait monté, ce qui n'empêcha pas la femme de pester en traversant la rue.

Il regarda sa montre et redémarra. Le bruit du moteur l'apaisa. Il roula dans les ruelles du quartier de Luossavaara. Un couple enlacé riait dans le noir. Il détourna les yeux. Naturellement, il s'était demandé s'il y avait quelque chose qui clochait chez lui puisque aucune femme ne restait. Sans parler du temps que sa mère consacrait à cette réflexion. Elle pouvait marmonner qu'il lui fallait une femme qui s'occuperait de la lessive et du ménage. Il lui arrivait de larguer son linge sale chez ses parents au village. À l'époque, elle le lui proposait, il était jeune et elle voulait lui donner un coup de main. À présent il était presque d'âge mûr – que sa mère lui lave ses chaussettes était risible. Mais c'était aussi une raison pour lui de revenir et elle aimait se sentir utile. Au fond, elle ne s'inquiétait pas du linge, plutôt de sa solitude.

— Il te faut une femme samie, pas une *rivgu*, avait-elle affirmé.

Ce jour-là, personne dans la famille n'avait été heureux de le voir. Il s'était dérobé au marquage des rennes, une bévue difficilement pardonnable. Pour astiquer son bolide et se rendre à la course de dragsters de Piteå. Mikkel et Isak l'avaient raillé. Agacés d'avoir dû marquer les rennes de leur frère, ils lui avaient balancé ses quatre vérités. Ce qu'ils pensaient vraiment de sa passion pour les bagnoles et de sa coiffure ridicule. C'était un scandale de dépenser tout ce fric pour une voiture alors qu'ils en avaient besoin pour l'enclos. Quand allait-il enfin assumer la responsabilité de ses rennes ? Comment pouvait-il s'en mettre plein les poches avec son emploi à la mine, avoir les moyens de pouponner sa caisse tandis qu'ils peinaient à faire tourner leur élevage ? Tant de ressentiment ! On aurait dit de vieilles frustrations inavouées qui flambaient soudain. Jon-Ante les avait contemplés, éprouvant cette sensation familière qui le rongeait déjà, enfant. La jalousie devant les liens qu'ils avaient tissés. Pendant les années où il était seul à l'école pour nomades, ils avaient entrelacé leurs vies comme les brins d'une ficelle. Ça avait continué toute sa jeunesse. Et au cours des transhumances. Ils tiraient toujours les rennes ensemble. En grandissant, ils avaient constitué un binôme soudé. C'était important dans le Sameby, il fallait se serrer les coudes, voter les mêmes décisions lors des assemblées. Les dissensions d'ordres économique et pratique n'étaient pas rares. Les conflits entre les familles. Mikkel et Isak étaient là avec leur *isá*. Ils s'épaulaient. Jon-Ante n'avait pas le courage de s'y intéresser et quand il était mal luné, il pouvait bien reconnaître qu'il se vengeait. N'avaient-ils besoin de lui que comme une voix dans le Sameby pour arriver à leurs fins ? Et le reste du temps ? C'était peut-être puéril, mais il n'y pouvait rien.

Il avait développé la pellicule de la course de dragster, il pensait apporter les photographies pour les montrer à sa famille après le marquage des faons. Sa Lincoln avait été le centre de l'attention et il était fier comme un coq. Mais quand il avait déposé l'enveloppe contenant les clichés sur la table de la cuisine, ses parents ne l'avaient même pas touchée. Il avait dû l'ouvrir lui-même et sortir la plus belle photo que Classe avait prise de lui. La voiture venait d'être nettoyée et il était assis au volant, lunettes de soleil sur le nez et sourire rayonnant. Sa mère avait au moins pris l'image qu'il lui tendait et s'était fendue d'une remarque anodine, il ne se rappelait pas exactement laquelle.

— Tu es obligé de venir au village avec cette voiture ?

Ça, elle l'avait dit aussi, il se souvenait précisément de tous les mots. Évidemment, dans un accès immédiat de mauvaise conscience, elle avait tenté de se justifier d'une voix geignarde. Il ne lui avait pas facilité la tâche, ne lui avait pas demandé pardon d'avoir manqué le marquage des faons. Pourquoi devrait-il s'excuser de vouloir vivre sa vie ?

— Je me vide la tête, j'oublie tout quand je bosse sur ma voiture, avait-il expliqué à Mikkel un jour, à l'époque où il cherchait encore à être compris.

— Oui, tu oublies tout, on a remarqué, avait répondu son frère d'un ton sardonique.

Ses frères trouvaient peut-être le même réconfort dans la forêt, avec les rennes, leur permettant de se vider la tête, comme lui. Qu'en savait-il ? Ces deux-là ne parlaient jamais de ce genre de choses.

Quelques jeunes filles l'appelèrent du trottoir de la rue Renstiernagatan, lui demandant s'il pouvait les déposer. Il fit la sourde oreille. Il bifurqua à gauche, s'engagea rue Brytaregatan et glissa lentement vers le Samegården. Il avait failli s'y rendre une fois ou deux pour une célébration organisée par l'association des Samis, puis avait rebroussé chemin. Il l'avait regretté ensuite, il aurait eu besoin de parler sa langue. Il soupira, pensa à ses cousins qui vivaient aussi en ville, ça faisait longtemps qu'il n'était pas passé prendre un café chez eux. Peut-être était-ce le moment de rentrer ce week-end, de s'installer à la table de la cuisine avec sa mère ou poser des filets de pêche avec son père. Juste pour discuter un peu. Sa poitrine se serra, il n'aimait pas ça. Il rêvait en sami, pensait en sami, mais les conversations, il ne les avait qu'à la maison. Qu'est-ce qui lui prenait ? À quoi bon ce sentimentalisme à la noix ? Ça ne faisait que rouvrir les vieilles blessures.

Il aperçut un reflet devant la porte du Samegården. Il regarda de plus près. Une personne assise, non ? Allongée, plus exactement, un bras en l'air. Il freina, attendit qu'elle se redresse. C'était une habitude de garder l'œil ouvert. Pendant les longs week-ends, il arrivait souvent que les gens boivent un verre de trop et ne se relèvent pas. Un hiver, le soir de la Sainte-Lucie, il avait sauvé un adolescent en train de mourir de froid dans un tas de neige.

Il fallait qu'il aille voir. Il ne ferma pas la portière au cas où il devrait battre rapidement en retraite. On ne sait jamais.

Il entendit un murmure. Une femme. Elle était assise à présent, la tête penchée entre les jambes.

— Bonsoir ! Ça va aller ?

Elle leva les yeux. Il la voyait difficilement dans le noir, esquissa quelques pas de plus pour s'assurer qu'elle allait bien.

— Marge ?

— Jon-Ante ? Quoi ? C'est vraiment toi ?

Il s'accroupit à côté d'elle. Son mascara avait coulé, son regard était fuyant.

— *Ándagassii*, dit-elle repoussant d'une main les cheveux qui tombaient sur son visage. Pardon.

— Pourquoi t'excuses-tu ?

— Regarde-moi ! Je suis ivre ! Et vieille !

— Oui, du troisième âge, au moins, rit-il.

La rencontre lui procurait un plaisir inattendu.

— J'ai honte de moi, quelle ratée je suis. (Elle pressa ses mains contre ses joues.) Ne dis à personne que tu m'as vue comme ça. Mon Dieu ! Que dirait ma mère ?

Depuis quand ne l'avait-il pas vue ? Il ne se le rappelait pas. Il l'avait sans doute saluée quelques fois au village, mais quand avaient-ils véritablement échangé ? N'était-ce pas lors d'un match de foot, dans la queue pour acheter un café ? Oui, sans doute. Cela faisait au moins trois ou quatre ans. Elle avait changé, peut-être parce que ses cheveux étaient bouclés ? Elle avait aussi une ride de contrariété entre les sourcils. Elle tenait ses lunettes à la main et plissait les yeux dans sa direction. Elle bredouillait, mais essaya de focaliser son regard.

— Je suis une *enná* moi aussi, maintenant. On ne se met pas dans cet état quand on est mère.

Il avait entendu qu'elle avait adopté une fillette. C'était l'un des grands sujets de conversation dans le village au printemps dernier. Elle doit être lesbienne, avait suggéré l'un ; c'est terrible d'arracher un enfant à son environnement familier à cet âge, disaient les autres. Mais ils avaient été nombreux à saluer la nouvelle – Marge était si bienveillante, c'était la bonne personne pour s'occuper d'un enfant vulnérable.

— Tu n'as pas froid ? Tu veux que je te raccompagne ?

Le moteur ronronnait, la porte ouverte l'attirait. Et si elle vomissait dans la voiture ? Mais il ne pouvait pas la laisser comme ça.

— Je devais sortir avec ma collègue, mais nous avons beaucoup trop bu. Je ne comprends pas ce qui s'est passé. Ça faisait des années que je n'avais pas touché une goutte d'alcool, je ne dois plus rien supporter. (Elle agita la main vers le haut de la rue.) Elle habite là-bas. Je lui ai dit que j'allais rentrer, mais je ne suis pas arrivée plus loin qu'ici. Au Samegården. Tu te rends compte ?

Elle esquissa un sourire malicieux, son regard se fit mutin. Il essayait de suivre ses changements d'humeur. Il lui tendit une main qu'elle saisit. La sienne était glaciale. Une fois debout, elle chancela. Il la prit doucement par la taille. Elle claquait des dents. Sa veste en jean était ouverte, son pull au-dessous ne semblait pas très épais. Son jean était taché aux genoux comme si elle était tombée dans l'herbe.

— Et s'ils m'enlevaient ma fille, maintenant ? (Elle se figea.) Ça me tuerait. Ça me tuerait.

— Ne t'inquiète pas pour ça. Tout le monde se prend une cuite de temps en temps.

— Mon frère a dit que Stella devrait passer du temps avec ses cousins, il a proposé qu'elle dorme chez eux une nuit pour que je puisse sortir. (Elle renifla.) Comment j'ai pu accepter ? Comment j'ai pu l'abandonner ?

Jon-Ante tenta de l'apaiser. Elle avait beau être dans un état lamentable, il fut pris d'une envie d'éclater de rire. Avait-elle toujours été si théâtrale ou était-ce seulement l'alcool ?

— Allez, allez, calme-toi. Les enfants adorent dormir les uns chez les autres. Et ils sont cousins !

— Elle ne s'appelle pas Stella. Mais Estela, articula Marge. Estela. Avec un E ! *Enná* et *isá* trouvaient qu'il fallait donner une consonance plus suédoise à son prénom, mais était-ce la bonne chose à faire ? Hein ?

Elle s'immobilisa, plongea son regard dans le sien. La peine était palpable, il prit une profonde respiration, déstabilisé par le changement d'humeur.

— Je ne sais pas, répondit-il, se sentant soudain inutile.

— Moi non plus ! Pourtant, c'est moi qui devrais le savoir !

Elle n'aurait jamais parlé ainsi dans la queue pour prendre un café au match de foot au village. Demain, sobre, elle aurait honte, sans doute. Ça lui fendait le cœur. Cela faisait longtemps qu'il n'avait pas eu une conversation aussi authentique, et il serait le seul à se rappeler tous les mots.

Ils contournèrent la voiture et il l'aida à monter. Elle s'affaissa comme une baudruche dégonflée.

— Je vais remonter la capote, dit-il, une fois installé.

— Non ! Laisse. Je ne suis jamais montée dans une décapotable. Démarre.

— Tu as les lèvres toutes bleues.

— Je ne sens rien du tout. Démarre, et monte le son. Dire que tu es un raggare, Jon-Ante.

Elle chaussa ses lunettes en riant. Il trouvait ça charmant. On pouvait voir la petite Marge dans son visage, et il se souvint d'elle dans le sous-sol de l'internat, quand elle lui avait donné ses bonbons. Se rappellerait-elle cet épisode, s'il lui en parlait ?

Ils remontèrent l'avenue Adolf Hedinsvägen.

— Où habites-tu ? demanda-t-il.

— Je ne peux pas rentrer chez moi ! Je suis toute seule. On ne pourrait pas aller chez toi ?

Il la considéra avec étonnement, elle se comportait comme s'ils se connaissaient, comme si les années ne s'étaient pas écoulées et qu'il était évident qu'il pouvait l'amener chez lui.

— D'accord, on fait comme ça.

Il pressa l'accélérateur, craignant qu'elle ait le temps de changer d'avis. Étrange, mais c'était comme ça.

Ils tournèrent au niveau de l'hôtel de ville, dépassèrent la gare et lorsqu'ils aperçurent les vieux bâtiments en bois rouge avec vue sur la mine et le lac Luossa, elle pointa le doigt.

— Je travaille ici parfois. Je suis aide à domicile.

Il ne dit rien, mais il songea que ça lui allait bien de s'occuper des autres.

— Il y a des vieilles peaux rue Baningenjören. (Elle buta sur le mot, lui lança un regard noir.) Mais la pire habite rue Gruvvägen.

— Ah bon ?

— Je n'ai pas le droit de le dire, mais tu sais tenir ta langue, hein, Jon-Ante ? Pas vrai ? C'est Rita.

Elle lui serra le bras, hocha la tête.

— Rita ?

Il était perdu. Était-il censé voir de qui elle parlait ?

— Rita ! répéta-t-elle. Olsson.

— Qui ?

— De l'école. Le diable en personne. La directrice ! La sorcière !

Il la dévisagea.

— Elle est en ville ?

— Visiblement. Chrétienne avec ça. Je suis obligée d'aller chez elle, tu te rends compte ?

Il regarda son auriculaire qui ne pourrait jamais se fermer sur le volant, lequel avait été commandé spécialement chez Norrlands Custom à Örnsköldsvik. Son pouls s'accéléra, ses paumes devinrent moites. Des siècles qu'il n'avait pas pensé à elle.

— J'ai dit que je ne voulais pas aller chez elle, continua Marge en frappant sa cuisse de son poing. Elle n'arrêtait pas, les Lapons par-ci, les Lapons par-là !

Le pied sur le frein. Trop fort. Marge fut projetée en avant, manqua de se cogner la tête sur le tableau de bord.

— Tu es fou ? s'écria-t-elle. On n'a même pas de ceinture. Je ne peux pas mourir ! J'ai un enfant !

Le vent soufflait sur le lac Luossa. Des vaguelettes s'écrasaient sur le rivage, mais on ne les entendait pas jusqu'à la route. Il y avait une plage autrefois, mais elle avait disparu. Peut-être qu'un professeur s'était rendu compte que les habitants de Kiruna se baignaient dans des substances dangereuses qui s'échappaient de la mine.

— Qu'est-ce qui t'arrive ? Pourquoi tu t'arrêtes ?

Il leva une main dissuasive, étonné par sa propre réaction. La voiture repartit.

— Maintenant, j'ai froid, dit-elle.

Il sentait son pouls battre dans l'auriculaire, mais tout était comme d'habitude. Il avait l'impression qu'elle jetait un coup d'œil discret à son doigt tordu et eut peur qu'elle aborde le sujet. Il augmenta le volume de la musique, mais elle le baissa.

— Je n'avais pas le droit d'en parler. Tu dois me promettre de garder ça pour toi. N'est-ce pas ?

— *Juoa*. Oui.

Bien sûr qu'il se tairait. Ne voulait plus jamais y penser.

Anne-Risten

1985

Le gynécologue était un homme d'un certain âge à la barbe grisonnante et au regard doux. Anne-Risten avait placé ses pieds dans les étriers et il avait écarté les bords de son vagin à l'aide d'un instrument glacial. Il avait inspecté le col de l'utérus, déclaré qu'il avait un aspect normal, puis avait inséré un doigt et posé une main sur son ventre. Il appuyait délicatement vers la gauche, puis vers la droite. Anne-Risten, les yeux rivés au plafond, retenait son souffle jusqu'à ce qu'il lui rappelle de respirer. Aucun homme n'avait jamais glissé ses doigts en elle. Ce n'était pas le genre de Roger. Roger était quelqu'un de simple. Avec lui, c'était le missionnaire, jamais une autre position.

Le gynécologue introduisait à présent un deuxième dispositif. Elle ferma les yeux de toutes ses forces, mais fut bien obligée de les ouvrir lorsqu'il lui adressa la parole. Il brandissait une spatule couverte de ses sécrétions. C'était répugnant.

— Je vais observer ça au microscope. Nous voulons exclure une mycose.

Elle avait la nausée, voulait descendre ses jambes, quitter cette position humiliante, mais n'osait pas.

La douleur lancinante au ventre s'était diffusée vers le bas. Elle avait finalement dû montrer ses parties intimes dans un cabinet glacial. Ça n'était pas arrivé depuis longtemps. Pas depuis qu'une gynécologue avait dû s'assurer qu'elle n'allait pas se vider de son sang. Après avoir tué son bébé.

Ça avait commencé chez Gun-Britt, mais ce n'était pas une matinée en semaine avec les enfants autour. Non, c'était un soir, dans un appartement baigné des relents du hareng fermenté qui envahissaient tout, bien que la porte du balcon soit ouverte. Anne-Risten, Gun-Britt, Eva-Lena et Gunilla avaient revêtu leur gilet en laine et leur manteau pour se protéger du froid. À vrai dire, en septembre c'était un peu tard dans l'année pour une soirée hareng fermenté, mais leurs maris étaient partis chasser l'élan. Il fallait en profiter, avait dit Gun-Britt. Roger avait déposé Niklas et Cecilia chez ses parents au village. Comme chaque année, il s'était plaint d'avoir quitté la mine. Il regrettait ses semaines entières de congé qui lui permettaient de s'adonner aux battues plus longtemps.

Anne-Risten tira sur son t-shirt, essayant de cacher son pubis. Elle ne pouvait pas fondre en larmes dans le fauteuil du gynéco. Elle finit par capituler, se laissa envahir par les souvenirs.

— C'était délicieux, les filles !

Gun-Britt avait ôté la cafetière du feu et versé une bonne dose de poudre. Elle ne lésinait jamais sur la quantité. Le café devait être corsé.

Elles avaient bu de la bière à table. Anne-Risten en avait demandé une légère, prétextant une migraine. Résister au tabac était plus difficile – elle avait allumé une cigarette, puis une autre, qu'elle avait fumées jusqu'au filtre.

— Vous avez entendu ce qui est arrivé au gosse de la résidence 2 ? avait lancé Gun-Britt, qui s'appuyait contre la cuisinière, déhanchée, pour que la fumée de sa cigarette soit aspirée par la hotte.

— Il est dans la classe des attardés, répondit Eva-Lena. Un jour, une maîtresse a trouvé dix pots de colle dans son cartable. Il paraît qu'il sniffe.

Gun-Britt avait fait claquer ses lèvres et secoué la tête.

— Pas étonnant, avec des parents comme les siens, avait poursuivi Eva-Lena. Ils font la fête tous les week-ends, il y a un boucan de tous les diables chez eux, à en croire ses voisins. Une fois, un type a joiké pendant une heure d'affilée, c'était la goutte d'eau. Ils ont appelé les flics.

Anne-Risten avait rabattu ses épaules, s'était penchée en avant, formant une petite carapace pour déguster sa cigarette. Une vraie bouée de sauvetage.

— Oui, ça picole, chez les Lapons.

Gun-Britt affichait un air inquiet, mais Anne-Risten voyait bien la lueur de dégoût dans ses yeux clairs.

Cette fois, elle avait eu envie de se lever d'un bond et hurler que c'était faux. Elle en avait ras le bol de les entendre parler des Lapons. Si ce n'était pas le gamin au 2, c'était une infirmière antipathique à l'hôpital, et si ce n'était pas elle, c'était un ivrogne qui avait fait peur à leurs enfants devant la galerie commerciale.

Était-ce vraiment ainsi qu'elle devait occuper ses journées ? À fumer et à boire du café jusqu'à en avoir mal à l'estomac en écoutant leurs médisances sur son identité ? Elle se demandait parfois si les femmes n'étaient pas en train de la tester. Si elles connaissaient ses origines et la provoquaient intentionnellement. Elle était lâche, ça, elles l'avaient deviné, et elles se doutaient peut-être qu'elle n'oserait pas se rebiffer. Elle parlait beaucoup, certes, mais elle fuyait les conflits. Elles jouaient un jeu et Anne-Risten se sentait blessée. Elle avait commencé à débarrasser, ramassant les assiettes et les couverts.

— Anne, voyons, laisse, avait ordonné Gun-Britt. Je m'en occuperai plus tard. Je vais profiter de mon week-end toute seule. Je ferai la vaisselle dimanche avant leur retour.

Anne-Risten, qui avait déjà allumé le robinet, rinçait les restes de hareng et de pommes de terre. Tout le monde sait que les patates collent à la vaisselle, comme si elles avaient pris au fond, si l'on ne la met pas à tremper immédiatement. Il fallait aussi faire partir cette odeur de poisson. Elle avait ajouté quelques gouttes de détergent et frotta. Gun-Britt n'était pas une bonne ménagère. Elle n'aurait ni fait la vaisselle ni rangé, même si sa famille avait été là.

Anne-Risten s'apprêtait à passer sous l'eau la dernière assiette quand une douleur aiguë l'avait prise de court. Comme si une ventouse brûlante lui aspirait l'intérieur du ventre, juste au-dessus du pubis. Rien de plus. Au début, du moins. Brusquement, une chaleur s'était répandue entre ses cuisses. Elle avait inspiré si fort que les autres femmes l'avaient dévisagée. Elle chancelait, avait rapidement éteint le robinet.

Elle avait titubé jusqu'au minuscule cabinet de toilette à peine assez grand pour se retourner, n'avait pas essuyé la lunette bien qu'elle sache que les enfants laissent souvent des traces d'urine qui forment une pellicule sèche sur laquelle on s'assied. Elle était habituellement obsédée par les microbes de la salle de bains, elle nettoyait toujours la lunette avant de faire ses besoins. Chez elle, il y avait du savon noir, mais chez Gun-Britt, elle utilisait généralement de l'eau et du savon pour les mains. Elle récurait aussi les croisillons marron des robinets et n'ouvrait jamais la porte sans se tapisser la paume de papier toilette. Cette fois, elle s'était agrippée au lavabo et s'était assise. Elle avait senti le sang chaud s'écouler entre ses jambes, jeté un coup d'œil entre ses cuisses pâles et vu l'eau se teindre en rouge. Elle s'était essuyée d'une main tremblante, l'odeur du fer lui montait aux narines. L'un des caillots était-il l'être qui ne viendrait jamais au monde ? Si elle scrutait le contenu de la cuvette, distinguerait-elle le petit corps ? Était-ce déjà un corps ? De nouveau cette ventouse ardente et corrosive qui consumait ses entrailles, ce feu qui détruisait son troisième enfant en devenir.

La punition de Dieu.

Elle avait tapissé sa culotte maculée de sang de papier toilette et s'était levée, avait remonté son jean, attaché l'élastique au bouton. La braguette restait béante sur son ventre arrondi. Elle avait tiré sur le gros pull en laine vert de Roger. Ça continuait à couler entre ses jambes, mais elle étouffait dans ce cagibi. Elle avait aperçu son regard dans le miroir, l'angoisse semblait transpercer la glace. Elle était parvenue à tourner le verrou, avait couru enfiler son manteau dans l'entrée.

— Je dois y aller, avait-elle crié en direction de la cuisine, sans y glisser un regard.

Évidemment Gun-Britt l'avait rejointe en courant, l'œil inquiet.

— Qu'est-ce que tu as ? On n'a pas encore mangé le dessert ! J'ai des mûres arctiques et de la crème glacée.

— Je viens d'avoir mes règles.

Sa fermeture Éclair était coincée. Anne-Risten s'acharnait dessus.

— Il y a des protège-slips dans le placard de la salle d'eau.

Gun-Britt, qui avait ouvert la porte des toilettes, avait eu un mouvement de recul, du moins c'est ce qu'Anne-Risten s'était dit. Elle devait sentir l'odeur de fœtus mort. Gun-Britt avait ouvert bruyamment le miroir qui dissimulait le placard et agité un paquet de serviettes hygiéniques de Konsum, à l'emballage bleu et blanc.

— Je ne me sens vraiment pas bien, avait rétorqué Anne-Risten en glissant les pieds dans ses sabots noirs dont la semelle gauche était usée.

Gun-Britt n'avait rien trouvé à répondre. Anne-Risten avait tiré la porte en sortant. Jamais elle n'arriverait chez elle avant que son jean soit entièrement rougi. Une fois dehors, elle avait marché en serrant les cuisses, essayant de retenir ce qui tentait de s'écouler. Elle n'avait pas besoin de se retourner, elle savait parfaitement que Gun-Britt, Gunilla et Eva-Lena s'étaient postées à la fenêtre. Ça apporterait de l'eau à leur moulin, tiens. Elle avait traversé le square, les grains jaunes qui s'étaient échappés du bac à sable crissaient sous ses sabots. S'était tordu la cheville gauche. Anne-Risten avait senti un élancement de douleur, puis les larmes lui monter aux yeux. Elle avait gagné son immeuble, au 6 de la rue, gravi les marches sur des jambes raides, ouvert la serrure, claqué la porte derrière elle. L'écho s'était propagé dans la cage d'escalier. Elle avait titubé jusqu'aux toilettes, aussi exiguës que chez Gun-Britt, et fermé les yeux en baissant son jean et sa culotte. Le sang continuait de couler.

C'était une punition divine. Elle avait voulu faire disparaître son enfant.

— Ce n'est pas une punition, avait-elle marmonné pour elle-même, sans ouvrir les yeux. Mon vœu a été exaucé.

Elle était cinglée, à parler toute seule. Elle finirait à l'asile de Piteå. Après tout, ils n'avaient qu'à l'enfermer ! Elle avait éclaté en sanglots. Pouvait-elle mourir d'une hémorragie ? Pourquoi est-ce que ça ne s'arrêtait pas ? Elle n'osait pas appeler Roger, il répondrait sans doute que c'était entièrement sa faute, qu'elle avait tué le bébé avec ses cigarettes. C'était vrai, elle était responsable. Elle avait assassiné l'enfant par la pensée ! Elle avait désiré la mort de ce fœtus, ça n'était pas sans conséquence. La ventouse aspira de nouveau son utérus, elle se pencha en avant, les larmes coulèrent sur le tapis de bain bleu clair à bordure blanche. Niklas trébuchait toujours dessus lorsqu'il se levait la nuit. Pourtant, elle n'en changeait pas. Elle se disait que si Gun-Britt lui rendait visite, elle lui demanderait où elle l'avait trouvé. Mais Gun-Britt n'était jamais venue. Aucune des femmes, d'ailleurs. Elle les avait pourtant invitées, avait proposé qu'elles se rejoignent chez elle, un matin. Elles n'étaient même pas curieuses de voir ses meubles et ses papiers peints ! Anne-Risten avait étudié l'aménagement intérieur de Gun-Britt dans les moindres détails, elle était allée jusqu'à acheter les mêmes rideaux pour la cuisine. Quand Gun-Britt passerait, songeait-elle, elle dirait qu'elles avaient les mêmes goûts.

La douleur avait lentement relâché son emprise. Les saignées, c'est bon pour la santé, prétendaient les anciens. Elle avait déjà entendu ça. Elle avait serré les dents, tentant de se persuader que le sang coulait pour son bien. Elle s'était de nouveau essuyée ; le papier était blanc. Elle avait tiré la chasse d'eau sans un coup d'œil dans la cuvette et était sortie.

Dieu ne se contenterait pas de prendre l'enfant. Des choses bien pires l'attendaient. Elle avait erré sans but dans l'appartement, fesses nues, mais le long pull de Roger protégeait son intimité des regards des voisins. Elle était retournée dans les toilettes, avait ramassé les vêtements ensanglantés, les avait jetés dans la baignoire de la salle de bains adjacente. Elle avait allumé le robinet à fond, avant de rejoindre la cuisine. Pas une miette par terre, pas de vaisselle sale, tout était nickel. Gun-Britt devrait venir voir comment une vraie femme tient son foyer. Elle devrait voir Anne-Risten repasser ses draps dans la buanderie du 6D. La plupart de ses tissus subissaient le même sort tandis que Gun-Britt repassait à peine et pouvait laisser les tasses du petit déjeuner traîner jusqu'à midi.

Anne-Risten avait sorti une culotte de l'armoire encastrée dans la chambre, y avait collé une serviette hygiénique dénichée dans les toilettes.

C'était sans doute une fille. Elle avait cette sensation. Cecilia avait sauté de joie en apprenant qu'elle allait devenir grande sœur. Ils allaient maintenant devoir lui annoncer que l'enfant était mort. Pourquoi Roger n'avait-il pas tenu sa langue ? Comment expliquer à Cecilia que sa sœur cadette s'était écoulée dans les toilettes ? Haïrait-elle sa mère de ne pas avoir su protéger la petite ? Et si elle comprenait qu'Anne-Risten avait voulu la mort de cet être que Cecilia appelait de ses vœux ?

Anne-Risten avait alors senti un élancement dans la poitrine, puis un vertige. Elle s'était accrochée au rebord intérieur de la fenêtre. Au fil des années, elle avait consulté quantité de médecins. Tous avaient écarté sa théorie de tumeur cérébrale ou de pathologie cardiaque. On lui avait dit que c'était dans la tête. Comme à l'école pour nomades. À l'époque, on ne la croyait pas non plus.

Et maintenant, ses jambes étaient comme en apesanteur, la panique la gagnait, elle respirait trop vite.

— *Enná...*, avait-elle gémi.

Roger pensait avoir une femme normale. Il ne connaissait rien aux démons. La vague l'emportait. Il n'était pas impossible qu'elle suive cet enfant, qu'elle abandonne les deux autres à qui elle avait réussi à donner la vie.

Elle s'était écroulée sur le sol glacial, y posant sa joue. Roger découvrirait à présent sa vraie nature. Ses pensées étaient limpides. Son corps s'était tu.

Au bout d'un moment, elle avait réussi à se lever. Elle sentait de nouveau ses jambes et le sol avait cessé de tanguer. Mais le sang se déversait de nouveau.

Dans la salle de bains, elle avait évité le miroir, retiré sa culotte, était entrée dans la baignoire où le robinet coulait toujours. Elle déborderait bientôt. Dans l'eau froide jusqu'aux genoux, elle s'était rincé l'entrejambe et les cuisses. Elle grelottait. D'une pression du gros orteil, elle avait ouvert la bonde pour laisser s'échapper l'eau rougie. Le jean collait au fond de la baignoire. Elle s'était de nouveau essuyée, avait changé de serviette hygiénique, remis sa culotte. Avant de rester plantée dans la salle de bains, une main sur le ventre, lequel semblait déjà en train de s'aplatir. La ventouse avait fait son œuvre.

Devait-elle se rendre à l'hôpital ? Appeler une ambulance ? Le flux n'était peut-être plus aussi abondant, mais il ne s'était pas arrêté.

Elle avait titubé jusqu'à la cuisine, grimpé sur le tabouret pour atteindre le placard le plus élevé au-dessus de l'évier, soulevé la magnifique nappe brodée dont elle prévoyait de draper la table si Gun-Britt venait à passer, s'était emparée du paquet de cigarettes et du briquet. Un instant de répit. Ensuite, elle téléphonerait aux urgences.

La porte s'ouvrit. Le gynécologue était de retour avec son sourire doux.

— Ce n'est pas une mycose.

Anne-Risten leva une jambe, désireuse de descendre. Il posa une main sur son genou.

— Je voudrais juste palper votre ventre.

Il appuya au bas du ventre. Elle poussa un petit cri.

— À quand remontent vos dernières règles ?

— Trois semaines, plus ou moins.

— Je crois que ça peut être un kyste. (Il la dévisagea avec attention.) Non, vous n'avez rien à craindre. C'est normal à votre âge. Je pense que ça va se résorber tout seul. Si c'est un kyste de chocolat, vous aurez peut-être des saignements abondants, mais ce n'est rien de grave.

— Est-ce que..., fit-elle d'une voix brisée. Ça peut être une tumeur ?

Il passa sa lèvre inférieure sur sa moustache et secoua la tête.

— Ne dites pas ça. Attendez la prochaine menstruation. Si la douleur persiste, vous ferez des examens complémentaires.

Il alla se laver les mains, lui dit qu'il avait terminé. Les jambes tremblantes, elle se précipita derrière le paravent.

La gynécologue qui l'avait examinée quand elle avait perdu l'enfant était une femme. Brusque. Dépourvue d'empathie. Elle avait constaté la fausse couche et l'arrêt des saignements. Anne-Risten avait survécu. La femme avait déclaré qu'il n'y avait aucun danger. Les fausses couches provoquent des saignements abondants sans qu'il soit nécessaire de consulter un médecin. La plupart des femmes s'en sortent très bien toutes seules à la maison. Anne-Risten avait voulu lui demander pourquoi son corps avait rejeté l'enfant, mais elle le savait déjà. Sans compter que la médecin l'aurait sans doute jugée illico, aurait prétendu savoir quel type de femme elle était, aurait senti l'odeur de hareng fermenté et de fumée, malgré l'eau qu'elle avait bue.

La serviette hygiénique frottait contre son entrejambe lorsqu'elle était rentrée de l'hôpital. Que dirait-elle à Roger ? Cette pensée tournait en boucle dans son esprit.

Jon-Ante

1955

Njukčamánnu, le mois des cygnes, avait commencé. Le mois de « mars », appelé autrefois en suédois « mois du printemps », leur avait expliqué le maître. De printemps, il n'était pourtant pas question. Il y avait encore un mètre de neige. Jon-Ante aimait le sifflement des cygnes, et s'émerveillait de leur facilité à voler malgré leur corps pesant et leur long cou.

Aslak, lui aussi, entendait les oiseaux, pendant qu'ils cheminaient vers l'épicerie.

— Un jour, Nilsa a tué un cygne. Il lui a tiré dessus.

Il avait prononcé la phrase d'un ton détaché, mais son visage exprimait autre chose.

— *Manin ?* Pourquoi ?

Ils parlaient sami. Loin de l'internat, ils devenaient téméraires. Jon-Ante voulait vraiment savoir pourquoi. Pourquoi s'attaquer à ce bel oiseau ?

— Aucune idée. Le deuxième cygne est resté seul. Plus tard, j'ai vu qu'il avait été pris dans la glace. Il était mort aussi.

Aslak donna des coups de pied dans la neige, projetée vers le bas-côté. Lisbet les avait envoyés chercher du beurre et du sucre. Elle avait prévu de servir des pancakes après la soupe aux pois, mais elle avait fait une erreur de proportions. Elle avait insisté pour que Jon-Ante et Aslak y aillent ensemble.

— Où a-t-il trouvé un fusil ?

— Il a une carabine à air comprimé. Notre *áddjá* lui a appris à tirer.

Aslak garda le silence un instant.

— Et si on espionnait quelqu'un ? demanda-t-il finalement.

— On n'a pas le temps…

— Après les courses, alors ?

Aslak ne se serait jamais risqué à une telle proposition si Nilsa n'était pas à l'isolement, cloué au lit par une gastro-entérite. Quand Nilsa n'était pas dans les parages, Aslak se transformait. Il cherchait fréquemment la compagnie de Jon-Ante, en classe, lorsqu'ils étaient libérés des grands. C'était étrange, mais d'une certaine manière, Aslak et lui se complétaient.

— Pourquoi pas, répondit Jon-Ante. Qui voudrais-tu épier ?

— Bah ! On repérera bien quelqu'un.

Quand Nilsa s'attaquait à Jon-Ante, Aslak se tenait souvent à ses côtés. Il lui arrivait de fermer les yeux, comme se rêvant ailleurs. Jon-Ante l'avait vu un jour tandis qu'il gisait au sol et regardait les garçons autour de lui. Aslak fermait les yeux. À une autre occasion, lorsque les garçons le cognaient à tour de rôle, Nilsa avait enjoint à Aslak de le frapper aussi. Aslak avait gardé les yeux baissés et son poing s'était ouvert en atteignant le ventre de Jon-Ante. Les autres avaient ri de ses mains faiblardes. Jon-Ante avait pu reprendre son souffle avant le coup suivant, qui avait été moins mesuré.

Les cygnes survolèrent de nouveau le village en trompetant. Aslak les imita.

— On fait la course, cria-t-il. Le premier au lampadaire. 1, 2, 3, partez !

Ils prirent leurs jambes à leur cou et touchèrent le lampadaire au même moment. Ôtèrent leurs gants et décrivirent le V de victoire.

Avant d'entrer dans l'épicerie, ils bondirent à pieds joints pour retirer la neige de leurs chaussures. Comme toujours, ils se plantèrent devant la vitrine et ses friandises affriolantes. Le magasin était tenu par Ragnar qui, à en croire certains enfants de l'école, était riche comme Crésus.

— Alors, les garçons, qu'est-ce qu'il vous faudra aujourd'hui ?

— Du sucre et du beurre.

Jon-Ante s'était amélioré en suédois ; il était étonné de la vitesse avec laquelle il avait appris.

— Vous nous offrez un bonbon ?

Aslak sourit, se pavanant à côté de Jon-Ante.

Ragnar éclata d'un rire bruyant, son ventre tressautait.

— Si j'offrais des bonbons aux gosses de Lapons chaque fois qu'ils viennent, je ferais faillite.

Il ne disait pas « gosses de Lapons » comme les autres, chez lui, il n'y avait rien de méchant. Avec sa femme, en revanche, c'était une autre histoire. Vega était toujours sèche, mal lunée. Lisbet leur avait dit qu'elle avait toujours été maussade, depuis sa plus tendre enfance.

— Un seul, plaida Aslak.

— Vous allez perdre vos dents, rétorqua Ragnar en se retournant pour prendre le sucre sur l'étagère.

— On se les brosse très soigneusement, argumenta Jon-Ante, tout fébrile d'avoir osé tenir tête à un adulte.

— Alors comme ça, tu as retrouvé ta langue, s'exclama Ragnar avec un sourire. Peut-être que ça mérite une douceur.

Il plongea la cuillère dans l'un des pots de confiserie et laissa tomber dans chaque paume un bonbon rouge, qui disparut immédiatement dans leur bouche. Ils s'empressèrent de dire merci dans toutes les langues qu'ils connaissaient. *Tack. Kiitos. Giitu.*

En sortant de la boutique, ils aperçurent Vega qui discutait avec une deuxième dame. C'était une petite femme bedonnante dotée d'un énorme double menton. L'autre faisait la même taille, mais elle était maigre avec des pommettes saillantes. Elles affichaient toutes deux des mines graves, semblaient parler sérieusement.

— Viens ! s'écria Aslak en attirant Jon-Ante au coin de l'épicerie. On va espionner ces deux-là.

Jon-Ante voulait objecter que ce n'étaient que de vieilles dames, mais il aimait la sensation de la main d'Aslak délicatement posée sur son bras. Il hocha la tête avec enthousiasme.

Les femmes, qui se déplaçaient en spark, commencèrent à descendre la rue, un pied sur un patin et l'autre au sol, pour donner les impulsions. On voyait que ça glissait mal. Elles continuèrent à pied, les mains agrippant la barre transversale.

Leurs sacs de provisions dans les bras, Aslak et Jon-Ante se faufilaient d'arbre en arbre. Les femmes parlaient avec entrain. Les visages renfrognés étaient comme envolés. Elles entreprirent de gravir la petite pente qui menait à l'église. Les garçons se coulaient derrière les maisons et les hangars.

Essoufflées, les femmes ralentirent l'allure, puis s'arrêtèrent. Vega fouilla dans sa poche et en sortit un carré de tissu dans lequel elle se moucha bruyamment.

— Tu ne vas pas en croire tes oreilles.

Elle jeta un regard circulaire pour s'assurer qu'elles étaient seules. Jon-Ante et Aslak se plaquèrent contre la façade d'un bâtiment rouge, tout ouïe.

— On aurait aperçu Ture Olsson à Kiruna en compagnie d'une autre femme.

— Ça alors ! Tu en es sûre ?

Jon-Ante risqua un coup d'œil vers les femmes.

— Je te promets. Pas étonnant, d'ailleurs. Si la rumeur est fondée. (Vega indiqua l'école pour nomades d'un mouvement du menton.) Comment a-t-il pu se lier avec cette Rita ?

Jon-Ante se retourna et haussa les sourcils vers Aslak qui l'imita.

— Elle se pavane dans le village en prenant de grands airs. Mais elle s'occupe de gamins, rien de plus.

Les deux dames remontèrent sur leur spark, progressant par saccades. Leurs voix étaient hachées.

— Viens ! Il faut qu'on en sache plus !

Jon-Ante avança sans bruit dans la neige. Deux pauvres bouleaux leur tinrent lieu d'abri.

— … et ils n'ont pas eu d'enfants.

— Elle est redoutable avec les élèves. Elle les roue de coups. C'est Lisbet qui me l'a raconté. (Vega toussota.) Bien fait pour elle si Ture a rencontré une autre femme. Il aurait pu se trouver une meilleure épouse.

— Qui lui aurait donné des enfants ! Je ne comprends pas qu'il soit resté toutes ces années.

Il n'y avait plus devant eux ni arbre ni maison. Les dames étaient presque arrivées à l'église. Ils n'en sauraient pas plus. Aslak souriait lorsqu'ils remontèrent du bas-côté.

— On est les as de l'espionnage ! Tu as entendu ? La directrice est méchante, elles l'ont dit !

— Oui.

Ils marchaient juste côte à côte, leurs bras s'effleuraient. Jon-Ante n'avait pas tout saisi de la conversation. Le dénommé Ture, ils ne l'avaient rencontré qu'une fois, quand il était venu attendre la directrice dans la salle commune du rez-de-chaussée. Il était entré, s'était présenté, avait beaucoup ri et posé des questions. C'est lui qui avait apporté l'article de journal sur l'école pour nomades. Les enfants s'étaient rassemblés autour de lui lorsqu'il en avait fait lecture. Il avait demandé des épingles à Lisbet pour le fixer dans l'entrée. Les filles qui se voyaient en photo à côté de la directrice étaient obnubilées par leur image.

— Votre deuxième maman, avait déclaré Ture avec fierté.

Jon-Ante n'avait pas compris, et quand Johánas lui avait traduit l'expression en sami il n'en avait pas cru ses oreilles.

— C'est vraiment ce qui est écrit ?

— *Juoa.* Oui.

Jon-Ante et Aslak traînèrent des pieds sur le chemin du retour, ils auraient préféré prolonger leur expédition dehors.

— Maintenant on connaît un secret, dit Aslak.

— Oui.

Ils se dévisagèrent et pouffèrent de rire, même si Jon-Ante n'était pas sûr d'avoir compris la teneur du secret. Il se demanda si Aslak en avait saisi davantage, mais il n'osait pas poser la question, au risque de passer pour un idiot.

Ils entrèrent dans la cuisine, les joues cramoisies et le bout du nez froid. Lisbet les accueillit avec son sourire chaleureux.

— Merci, les garçons.

Elle leur tapota le dos. Jon-Ante aurait voulu que la main s'y attarde quelques instants. Il se pressa contre Aslak.

— Qu'est-ce que c'est que cet air polisson ? Vous avez encore eu des friandises ?

— Mieux que ça ! se rengorgea Aslak. Mais on a eu un bonbon aussi.

Lisbet afficha une mine satisfaite et agita la main vers la porte.

— Allez jouer avant le repas !

Jon-Ante l'aimait si fort ! Plus d'une fois, elle l'avait découvert en larmes dans le sous-sol et l'avait serré dans ses bras jusqu'à ce qu'il s'apaise. L'article aurait dû évoquer Lisbet, c'était elle, leur deuxième maman. Comme Anna avant elle.

Marge

1985

Elle roulait lentement sur le pont à hauteur de Vazáš. La glace tentait de se former et la couche de neige n'atteignait encore que quelques petits centimètres. Dans le rétroviseur, elle jeta un coup d'œil à Estela qui contemplait le fleuve Torne en contrebas tout en fredonnant une comptine qu'on lui avait enseignée à l'école. C'est grâce aux chansons qu'elle avait appris à maîtriser le suédois. Elle le parlait désormais presque sans faute. Comme c'était allé vite ! À peine six mois. Marge essayait de se rappeler combien de temps il lui avait fallu pour apprendre le suédois à l'école pour nomades. Plus que ça. Elle sentit un pincement au cœur. Son passé refaisait surface de plus en plus souvent, et c'était lié à Estela. Elle avait eu du mal à l'admettre, mais sa fille éveillait des souvenirs douloureux. Comment avait-elle pu arracher un enfant à son environnement familier pour l'obliger à devenir suédoise ? Comment avait-elle pu faire subir à Estela ce qu'elle avait subi ? La voiture fit une embardée. Elle redressa le volant en haletant. Estela ne sembla pas remarquer qu'elles auraient pu sortir de la route.

— Tu sais comment on dit « octobre » en sami ? demanda Marge, du ton enjoué qu'elle avait adopté depuis six mois.

Sa fille croisa son regard dans le rétroviseur et secoua la tête. Ses deux fines tresses claquèrent autour de son visage doux. Elle s'était remplumée, avait appris à aimer la cuisine. L'infirmière de l'hôpital avait affiché une mine satisfaite lors de la visite de contrôle où elle s'était pesée et mesurée. Marge avait ressenti un soulagement tel qu'elle en avait eu les larmes aux yeux.

— *Golggotmánnu*. (Elle sourit.) Ça veut dire « le mois où le renne mâle est épuisé à cause du rut ».

Estela fronça le nez. De toute évidence, elle n'avait pas tout saisi.

— Eh bien, c'est le moment pour les rennes de s'accoupler. (Marge sentit ses paumes devenir moites contre le volant.) Tu sais, quand les rennes ont des faons. D'abord, ils doivent s'accoupler. C'est comme ça qu'on dit.

Estela paraissait de plus en plus perplexe. Marge se frotta la nuque. Comment pouvait-elle expliquer aussi mal ?

— Quand la femelle du renne... (Elle se tut. Mon Dieu.) Tu sais ce que sont une femelle et un mâle, non ?

— Oui ! Johanna a un chat, c'est une femelle, elle va bientôt avoir des petits. (Le visage d'Estela s'éclaira.) Je pourrai en avoir un ?

— Quoi ? Un chat ? Hum, je ne sais pas...

— Je veux.

Marge céda.

— D'accord, on verra. Je peux en discuter avec la maman de Johanna.

Estela pépia joyeusement et embrassa sa Barbie aux boucles dorées. Elle continua à fredonner sa chanson, s'interrompant de temps à autre pour murmurer quelque chose à son oreille. Lorsqu'elle avait vu la neige pour la première fois la semaine dernière, elle avait sa poupée avec elle. Elle avait dit que c'était la première fois pour elle aussi. Estela avait éclaté de rire en découvrant les flocons.

— Tire la langue, avait crié Marge, exaltée par l'enthousiasme de sa fille.

Elles sortaient leur langue toutes les deux, laissant fondre les flocons dans leur bouche en gloussant.

— J'adore, maman !

La neige avait tenu – peut-être était-elle là pour rester. Marge jeta un nouveau coup d'œil dans le rétroviseur.

— Tu peux essayer de dire *golggotmánnu*.

— *Golggotmánnu*, répéta Estela, avec une prononciation impeccable.

— Tu sais que *áhkku* et *áddjá* préfèrent parler sami ?

— Je sais. Tu me le rappelles chaque fois qu'on va les voir.

— Tu aurais envie d'apprendre ?

— Oui !

Estela leva les bras, et la Barbie se cogna la tête au plafond.

— On va juste attendre que tu parles parfaitement suédois. On doit t'enseigner une langue à la fois.

— Je veux maintenant

— Bientôt, ma puce, bientôt.

— Je ne suis pas une puce !

Marge eut un rire, mais Estela semblait vexée. Elles s'étaient rapprochées, mais pas encore suffisamment. Parfois, la fillette la dévisageait avec des yeux si noirs qu'elle parvenait à peine à croiser son regard.

— Tu n'es pas ma mère, pouvait-elle lancer d'un ton furieux.

Marge n'avait jamais entendu une voix aussi tranchante.

— Je suis ta mère.

Mais Estela se retirait dans sa coquille, devenait une petite boule de résistance, pouvait même décocher des coups de pied vers Marge si elle tentait de venir vers elle.

— Je veux rentrer chez moi.

Au début, elle pouvait déblatérer en espagnol, mais elle connaissait à présent les mots en suédois et Marge pouvait déplorer qu'elle ait appris la langue si rapidement.

— Tu te souviens de ton ancienne maison ? avait-elle demandé un jour.

La fillette avait couru s'enfermer dans les toilettes. Pleine de regrets, Marge s'était haïe. Depuis, elle promettait tout et n'importe quoi pour gagner un sourire et échapper aux conflits. Ce qu'elle n'avait évidemment pas dit à l'infirmière.

— Regarde ! Des rennes !

Elle freina et Estela se hissa entre les deux sièges avant pour mieux voir. Les animaux se tenaient immobiles au milieu de la route. Leurs yeux noirs et chaleureux les observaient fixement.

— Je veux les caresser.
— Ce n'est pas possible. Ça leur fait peur.
Elle roulait au pas, mais les rennes ne bougeaient pas. Elle dut s'arrêter. Ils posèrent sur elle un regard accusateur : ils savaient qu'elle avait abandonné ses terres. Marge secoua les épaules, parfois elle s'effrayait elle-même avec ses stupides pensées.
— Pourquoi ils ne partent pas ?
— Je ne sais pas.
Une voiture arriva en face en klaxonnant ; les cervidés tressaillirent et bondirent vers le bas-côté
— Méchante voiture ! Elle leur a fait peur.
La paume appuyée contre la fenêtre, Estela suivit du regard les animaux qui disparaissaient entre les arbres. L'autre véhicule passa en trombe en jouant de nouveau de l'avertisseur sonore.
— Elle aurait pu les écraser !
Marge soupira. Il y a certaines choses qu'elle voudrait que sa fille ne découvre jamais.
— Il n'était pas gentil, c'est vrai. Mais les rennes sont mieux dans la forêt que sur la route.
Elle pensa à sa dernière conversation avec son père, au sujet des bêtes qu'il avait retrouvées au bord de la route. Percutées par un véhicule. Trois rennes. Les oreilles coupées. Le chauffard avait pris le temps de descendre de la voiture et d'emporter leurs oreilles. Pas question que les Lapons touchent de l'argent en compensation ! Elle connaissait ces discours.
Son père le lui avait annoncé d'un ton où l'affliction éclipsait la colère. L'un des rennes vivait encore quand il l'avait trouvé, grièvement blessé, mais en vie. Il avait dû s'occuper de cela aussi.
— Je mets un peu de musique ?
Marge monta le son de l'autoradio. Elle reconnut immédiatement le morceau – elle et sa collègue s'étaient déhanchées sur cet air le fameux soir d'août où elles devaient sortir.
Jon-Ante.

Elle sentit ses joues brûler. Elle s'était ridiculisée devant lui. Ivre morte. Grotesque. Et quel embarras lorsqu'elle s'était réveillée dans le lit de Jon-Ante le lendemain matin ! Tout habillée et paniquée à l'idée de devoir aller chez son frère récupérer Estela.

Marge regarda de nouveau sa fille dans le rétroviseur, esquissa une grimace qui la fit éclater de rire et essayer d'en faire une plus laide encore.

Une demi-heure plus tard, elles s'arrêtèrent devant sa maison d'enfance, d'un rouge vif dans l'herbe saupoudrée de neige. Son père avait repeint les façades cet été. Le jardin était bien entretenu, tout était à sa place, la remise du même rouge que la maison. Seul le fumoir était gris, en piteux état. Il ne voulait pas le repeindre, il devait leur rappeler le passé. Sa mère était mécontente – ça gâchait la vue d'ensemble. L'été, elle s'efforçait de cultiver des fleurs au sud de la maison et un rosier s'épanouissait courageusement quelques semaines, mais les plantes qui se plaisaient le mieux étaient ses coquelicots, qui prospéraient. Elle s'était aussi mis en tête de planter des fraises. Le petit potager avait pu bénéficier de chaleur infrarouge. Son père avait installé des câbles, sorti le radiateur qu'il avait braqué vers les fragiles feuilles vertes et les bourgeons en devenir. Une année, un lièvre y avait fait une incursion, réduisant la récolte à néant. Depuis, Marge plaçait un voile d'hivernage sur le carré la nuit. Cet été, Estela avait dégusté quatre fraises sur les huit qui avaient poussé. Huit fraises sur tout l'été. Sa mère se montrait pourtant satisfaite.

Trois peaux de renne mâle séchaient, suspendues au mur de la remise. Estela avait tout supporté : elle avait suivi la procédure de traitement des cuirs après l'abattage des bêtes, était restée à côté de son *áhkku* qui mélangeait le sang dans une bassine et avait observé les boyaux qu'il utiliserait pour confectionner du boudin. La fillette n'avait même pas levé un sourcil en voyant sa grand-mère conserver les yeux et la langue des animaux.

Sur le seuil de leur maison, ses parents les saluaient à présent avec de grands gestes. Estela sauta rapidement hors de la voiture et se laissa embrasser par son *áhkku.*

Elle gardait davantage ses distances vis-à-vis de son *áddjá*. Ce qui le blessait, Marge le voyait bien. Elle voulait dire que ce n'était pas sa faute à lui, que cela venait peut-être d'événements du passé d'Estela. Or elle ne parvenait pas à prononcer les mots sans avoir l'impression d'être en tort.

Ses parents aimaient Estela, bien entendu. Peut-être pas autant que leurs autres petits-enfants, songeait parfois Marge. Il y avait là quelque chose qui n'était pas tout à fait évident. Mais, se rappela-t-elle, c'était encore tout récent. Tout ne pouvait pas être immédiatement évident, il fallait qu'ils apprennent à se connaître.

Il y avait aussi la langue, bien entendu, le fait qu'ils ne se fassent pas comprendre. La première fois dans la maison, Estela avait gardé les yeux rivés sur la table de la cuisine, grignotant les biscuits de son *áhkku*. Marge avait alors décidé de but en blanc qu'elles rentreraient chez elles et ne dormiraient pas là. Elle avait les larmes aux yeux en roulant vers Giron – elle avait encore commis une erreur, introduit Estela dans un nouvel environnement, elle n'était pas prête, voyons. Ensuite, il lui avait fallu deux mois pour y retourner, au moment où ses parents préparaient leur paquetage pour le marquage des faons. Marge souffrait intérieurement, elle voulait en être, mais cela aurait impliqué une nouvelle situation et bien trop de nouvelles têtes. Elle avait une grande famille ; tout le monde s'approcherait de trop près et Marge avait peur qu'Estela les déçoive tant elle était différente. Elle resterait à les regarder en boudant. Peut-être les faons la décrisperaient-ils ? Non, c'était trop risqué ; elle avait pris congé de ses parents et était rentrée en ville. Jamais elle n'avait gravi l'escalier en pierre rue Kyrkogatan à pas si lourds. Elles étaient restées dans l'appartement, au beau milieu de l'été, à fixer l'immeuble d'à côté. Sa mélancolie s'était transmise à sa fille, en proie à une agitation, et plus revêche encore que d'habitude.

Pouvait-on regretter une adoption ? Cette pensée lui avait traversé l'esprit quand il pleuvait pour la troisième journée d'affilée et qu'elles ne pouvaient même pas sortir en quête de nouveaux toboggans ou balançoires.

— *Man fiinna bárggežat dus leat*, s'exclama sa mère en soulevant l'une des tresses d'Estela.

— Elle dit que tu as de magnifiques tresses, traduisit Marge.

— Je sais. *Bárggežat*, je connais. Elle dit ça souvent, répondit Estela.

Ils connaissaient le suédois, naturellement, mais ils s'obstinaient parfois. Insistaient auprès de Marge pour enseigner le sami à Stella.

— Estela, les reprenait Marge d'un air las. Vous savez bien comment elle s'appelle.

Il était plus facile pour elle de livrer la bataille du prénom. Cela ne la plongeait pas dans de tels abîmes de douleur.

— Stella, *boađe sisa*, dit sa mère. Entre. Viens goûter.

— Estela, *enná*. Tu sais bien qu'elle s'appelle Estela.

Sa fille, qui se déchaussait déjà dans l'entrée, se tourna vers elle.

— Tout le monde dit Stella, à l'école aussi. Je suis Stella.

Marge sentit comme un coup en pleine poitrine. Elle ôta son écharpe, suspendit sa parka. Sa fille voulait-elle réellement être une Stella ou se sentait-elle obligée ? Son visage ne dévoilait pas le moindre sentiment.

Marge effleura le bras de son *enná*, lui chuchota qu'ils pouvaient au moins essayer de parler suédois avec Estela s'ils souhaitaient apprendre à mieux la connaître.

— *Son ipmirda*. Tu comprends. N'est-ce pas, Stella ? fit sa grand-mère avec un clin d'œil.

La petite hocha la tête avec enthousiasme. Ce n'était pas vrai. Sans doute voulait-elle simplement leur faire plaisir, être aimée. Il était impossible de ne pas comparer – elle se rappelait comme elle avait été envahie, enfant, par une langue étrangère. La résistance du corps et, surtout, la peur. Il ne fallait absolument pas qu'Estela éprouve la même chose, ait l'impression de devoir devenir une autre pour exister. Il lui incombait d'insuffler à sa fille un sentiment de sécurité, mais comment y parvenir lorsque tout le monde tiraillait l'enfant dans des directions opposées ? On changeait son prénom, on lui inculquait une troisième langue.

Marge se massa l'épaule droite, tentant de relâcher les tensions musculaires. Comme tant de fois auparavant, elle s'interrogeait : Estela avait-elle eu une *áhkku* et un *áddjá* à Bogotá ? Avait-elle des grands-parents maternels qui pleuraient son départ ? Qui l'avaient peut-être cherchée à l'orphelinat ? Ignorant que leur petite-fille se trouvait à des milliers de kilomètres de là, chez de nouveaux grands-parents maternels qu'elle appelait *áhkku* et *áddjá*.

Sa fille avait commencé à leur demander si tel ou tel mot était suédois ou sami. Marge en avait des sueurs froides – elle n'arrivait pas à tenir la promesse formulée au bureau d'adoption, selon laquelle elle devait lui apprendre une langue à la fois.

La cafetière trônait sur la cuisinière. Marge suivait des yeux les mouvements familiers de son *enná* qui versait le café en poudre sans même y penser – l'exacte quantité était inscrite dans la mémoire de ses muscles.

Marge sortit les sachets de thé du garde-manger près du frigo et fit bouillir de l'eau dans une casserole.

— J'ai bu trop de café ces derniers temps. Mon ventre ne le supporte pas.

Elle regarda par la fenêtre, vers le village, les maisons les plus proches.

— Jon-Ante rentre-t-il souvent ?

— Non, c'est rare. Tu as vu sa voiture ? Une bagnole de raggare ! Misère de sort, ajouta-t-elle en suédois.

Marge ne put réprimer un sourire – de tout ce qu'elle choisissait de dire en suédois ! Misère de sort !

— Il n'est pas comme tu penses. Et sa voiture est sublime !

— C'est un vrai raggare, crois-moi. Tu as vu ses cheveux ? Ah ! Je me souviens de lui comme un adorable petit *baikabahta* et maintenant je le vois comme ça !

Sa mère disait *baikabahta* avec tendresse. Elle avait toujours eu Jon-Ante à la bonne et quand ses parents l'avaient enfin retiré de l'école pour nomades, elle avait poussé un soupir de soulagement. C'est une histoire qu'elle aimait à répéter.

« Eh oui, ses parents ont fini par en avoir assez. Il se prenait constamment des raclées. Ils ont décidé que ses petits frères n'iraient pas non plus. Et tous les garçons ont fréquenté l'école du village. »

Marge se le rappelait bien. Comme elle avait été jalouse de Jon-Ante qui ne montait plus dans l'autocar avec les autres ! Elle voyait parfois une lueur d'angoisse dans les yeux de sa mère qui insistait pourtant pour narrer les événements.

« Vous les filles, vous vous en sortiez mieux à l'école pour nomades. Vraiment », disait-elle comme pour s'en convaincre et ne pas laisser à Marge la possibilité de contester.

— Ça veut dire quoi *baikabahta* ?

Estela les regarda et Marge éclata de rire.

— Un merdeux. Tu entends le vocabulaire qu'*áhkku* utilise ?

Sa fille pouffa et répéta le mot, la prononciation impeccable.

Marge contempla de nouveau la maison des parents de Jon-Ante. Il avait été si gentil avec elle ce malheureux soir. Le lendemain, elle avait espéré qu'il lui téléphone. Elle avait cherché son numéro dans le bottin, le connaissait par cœur depuis ce jour-là. Son nom n'était pas suivi de sa profession. Certains se vantaient d'avoir un titre accolé au nom, comme professeur ou ingénieur. Jon-Ante était mineur. Il ne s'en targuait pas.

Il n'avait pas appelé. Sans doute l'idée ne lui avait-elle même pas traversé l'esprit.

Estela était assise en face de son père, devant un verre rempli à ras bord de sirop qu'elle levait doucement vers la bouche.

— Si elle avait la peau un peu plus claire, elle pourrait te ressembler, on pourrait croire qu'elle est ta fille biologique.

Il s'était exprimé en sami. Marge fit brusquement volte-face.

— Qu'est-ce qui te prend, bon sang ? Qu'est-ce que tu racontes ?

Il la dévisagea avec surprise.

— Quoi ? Où est le problème ? C'est bien que vous ayez un air de famille quand même, non ?

— Arrête !

— Mais ses yeux... Elle fait penser à une Indienne, peut-être.

— Maintenant, ça suffit ! Comment peux-tu te permettre de juger mon enfant ? C'est du racisme pur et simple ! Tu es bien placé pour le comprendre.

Ça ne tomba pas dans l'oreille d'un sourd. Une lueur farouche s'alluma dans les yeux de son père. Les mains tremblantes, Marge déchira le sachet Lipton. Il fallait qu'elle s'éloigne. Elle se dirigea vers le salon, chercha du regard des objets rassurants. Le silence dans la cuisine devait peut-être faire peur à Estela, il fallait qu'elle y retourne. Ce qu'elle avait dit était une allusion cruelle, une comparaison injuste. Il avait une cicatrice à la tête, merde ! L'instrument de mesure lui avait griffé le cuir chevelu lorsqu'il s'était débattu. Le sang avait coulé, teignant de rouge ses cheveux.

Elle avait découvert la cicatrice enfant, par hasard, pendant qu'ils chahutaient par terre. Il l'avait autorisée à la toucher, s'était immobilisé quand ses petits doigts avaient glissé sur son cuir chevelu, alors même cela devait être difficile. Il avait menti, prétendu que c'était un hameçon qui s'était accroché. Bien plus tard, elle avait appris la vérité. C'était l'instrument qui avait servi à mesurer son crâne.

Elle serrait les dents, voulait retirer ce qu'elle avait dit, mais comment pouvait-il balancer des conneries pareilles ? Estela était sa fille !

Cette dernière les dévisageait l'un après l'autre. Ce fut évidemment sa mère qui brisa le silence. En suédois.

— J'avais oublié ! On a aussi de la crème glacée !

Estela sourit. Sauta de sa chaise pour aller fouiller dans le congélateur.

Marge était incapable de regarder son père. Il alluma la radio. C'était toujours le Top 20, qu'il n'aimait pas. Il tourna le bouton jusqu'à trouver la station P4.

— *Du belážagat bohtet hede*, dit sa mère à Estela.

— Les cousins ne vont pas tarder, traduisit Marge.

— Je saaaaaais, répondit Estela.

— Ils sont même déjà là.

Son père avait entrouvert le rideau. Ils arrivaient en courant sur la route du village.

C'étaient les enfants de la sœur de Marge. Ol-Ánte, huit ans, qui insistait pour qu'on l'appelle Olle, et Áili, sept ans. Marge les vit entrer avec une confiance qu'Estela ferait peut-être sienne un jour. Ils se pressaient sur la banquette, s'emparaient de gâteaux sans demander la permission, parlaient fort. Áili palpa les tresses d'Estela, les compara aux siennes. Postillonnant des miettes, Olle raconta qu'il avait sorti la motoneige avec son *isá*, qu'ils avaient hâte qu'il y ait un peu plus de neige. Son grand-père le contemplait et Estela les regardait avec curiosité quand ils discutaient entre eux. Áili chuchota quelque chose à son oreille, elles gloussèrent toutes les deux. Estela posa sa main sur celle d'Áili. Marge attendit que sa jalousie puérile s'apaise.

Les enfants laissèrent sur la table des miettes et des gouttes de sirop. Ils avaient bientôt revêtu leurs habits d'extérieur et étaient prêts pour partir à l'aventure. Dans le village. Celui de Marge, de ses parents et ses grands-parents, qu'ils connaissaient par cœur. C'était à présent aux enfants d'en conquérir les moindres recoins. Elle les vit sortir du jardin en courant et traverser la grand-route. La rivière de l'autre côté de la colline où se trouvait l'école les attirait bien trop souvent. Olle et Áili savaient qu'ils n'avaient pas le droit de s'en approcher, et Marge ne pouvait qu'espérer pouvoir faire confiance à Estela. Sa fille devait respecter ses avertissements.

Marge nettoya la table et son père éteignit la radio, se leva, logea le journal *NSD* sous son bras et disparut dans le salon. Sa mère, incapable de rester à ne rien faire, tira vers elle la chaise à barreaux. Un ruban pour chaussures quasiment achevé y était suspendu. Ses mains agiles s'affairaient ; le ruban rouge et jaune s'allongeait millimètre après millimètre.

— C'est pour Stella, annonça-t-elle. Je vais aussi lui coudre un *gákti*.

— Vraiment ?

— Bien sûr. J'en ai cousu un pour chacun de mes petits-enfants.

Marge se rinça les mains et arracha un morceau de papier essuie-tout. Elle était sur ses gardes. Que dirait la famille en voyant Estela débarquer en vêtements traditionnels ? Jugeraient-ils qu'elle y avait droit ? Elle éprouva au même moment une bouffée de bonheur : pour sa mère, il était évident qu'Estela devait posséder un kolt. Marge s'arma de courage.

— Tu crois qu'Estela va bien ?

Sa mère la dévisagea, ses lunettes de lecture au bout du nez.

— C'est-à-dire ?

Un froissement de journal venant du salon. Marge savait qu'il entendait tout. Il devait être gêné, soulagé de ne plus être visible. *Enná* continuait à tisser le ruban avec des mouvements vifs.

— Je ne sais pas. Parfois j'ai peur d'avoir commis une erreur en…

Le silence dans la cuisine était assourdissant depuis qu'ils avaient éteint la radio. Elle chercha les enfants du regard, mais ne voyait que les empreintes qu'ils avaient laissées dans le jardin.

— Comment c'était pour vous, quand je suis partie à l'école des nomades ?

Elle prononça cette phrase le nez collé à la vitre, si proche qu'une bouffée de buée se forma.

Sa mère eut un petit geste de la nuque et se remit à son ouvrage. La pulpe de ses doigts secs frottait contre la laine. Ses bras moelleux tremblaient sous les manches courtes de ton t-shirt vert bruyère lorsqu'elle travaillait avec poigne.

Marge s'écroula sur la chaise coffre près de la porte de la cuisine. Elle regrettait. Qu'est-ce qui lui avait pris de lancer une conversation qui n'aurait jamais lieu ? Le siège craqua. Il était justement là pour les personnes qui avaient besoin d'un instant de consolation. Marge était traitée exactement comme eux ; on pouvait proposer sa présence, combler la solitude, mais les mots ne venaient pas. Et après tout, que pouvait-on dire ?

Elle tira les manches de son gilet sur ses mains. Un courant d'air frais s'insinuait depuis l'entrée, les enfants n'avaient pas dû fermer correctement.

Les piétinements dans l'escalier lui firent tourner la tête, et quand la porte s'ouvrit le froid s'engouffra. Il était arrivé quelque chose. Marge le comprit avant même qu'Olle ait repris son souffle.

— Stella est morte !

Else-Maj

1985

Le petit Ol-Ánte arrivait en courant sur la route, le visage écarlate. Il avait l'air de peiner à respirer. À la fenêtre de la cuisine, Else-Maj le vit bondir avec agilité par-dessus le fossé et se diriger droit vers chez eux. Son pouls accéléra. Ça n'augurait rien de bon.

— Gustu, je crois qu'il faut que tu viennes, lança-t-elle d'une voix basse et tendue à son mari qui se trouvait dans la salle de bains.

Le garçon ouvrit brusquement la porte et se précipita dans la cuisine.

— Stella est en train de mourir ! *Áhkku* m'a dit d'appeler Gustu !

— Qui est Stella ?

— La fille de Marge.

Il renifla, visiblement épouvanté.

Déjà dans l'entrée, Gustu enfonçait ses pieds dans ses bottes de motoneige tout en attrapant son manteau.

— Où est-elle ?

Else-Maj garda un ton calme. Elle aurait voulu toucher le garçon, mais resta les bras ballants.

— À côté de chez *áhkku* et *áddjá*. Elle est tombée de l'arbre sur une pierre. On ne l'avait pas vue. Ça n'arrête pas de saigner.

Gustu jeta un coup d'œil rapide à Else-Maj en posant une main sur l'épaule de l'enfant, la main qu'elle aurait dû lui offrir.

— Allons-y, Ol-Ánte. Je te félicite d'être venu si vite.

Else-Maj resta plantée sur le seuil et les regarda s'éloigner à toute allure, côte à côte. Gustu avait oublié son bonnet et ses gants. Elle décida de les suivre. C'était son truc à lui, ce genre de situations, c'était lui le *gunsttar* du village. Le guérisseur. Mais ça devait être la panique, là-bas. Marge n'était pas assez forte. Son *enná*, Mariana, non plus. Else-Maj devrait les accompagner pour reprendre en main la situation. Gustu aurait assez à faire avec la fillette, il devait stopper le sang, panser ses blessures.

Elle enfila son manteau et sortit, intima au chien de cesser d'aboyer. Ce roquet était doté d'un sixième sens, il flairait immédiatement quand quelque chose allait de travers.

Quelqu'un a pensé à appeler une ambulance, au moins ? Elle accéléra le pas à mesure qu'elle approchait de la maison.

Ils étaient réunis près de l'arbre. Ils avaient laissé la fillette dehors ?

Elle piqua un sprint. Qu'avaient-ils dans la tête, ces gens ?

Marge faisait les cent pas, comme une âme en peine, sanglotant bruyamment tandis que Mariana se tenait immobile, les yeux rivés sur le dos de Gustu.

La fillette avait les yeux clos. Pas de bonnet. La plaie à l'arcade sourcilière avait saigné. Des filets rouges lui avaient coulé sur l'œil et la joue avant de se glisser dans le col de son manteau. Le froid les avait figés. Ils se détacheraient ensuite telles des squames écarlates.

Gustu s'était acquitté de ses fonctions : il avait arrêté le sang. Mariana avait les mains jointes en prière.

— Pourquoi ne se réveille-t-elle pas ? gémit Marge.

— Vous avez appelé une ambulance ?

Else-Maj contracta le ventre pour projeter sa voix. Elle était autoritaire, sévère.

— Aucune n'était libre, rétorqua Gustu entre ses dents serrées. Peut-être plus tard.

— Peut-être ?! se récria-t-elle. Téléphonez de nouveau ! Où est Biera ?

Elle chercha du regard le père de Marge.

— Il… (Mariana sembla désorientée.) Peut-être qu'il essaie de rappeler. Il doit être à la maison.

Else-Maj frémit de colère. C'était bien les hommes, ça ! Toujours à se défiler. C'était loin d'être la première fois qu'elle voyait ça. Au milieu des rennes, ils jouaient les caïds, mais dès qu'il était question d'autre chose, il n'y avait plus personne. Son Gustu était une perle rare, et elle savait qu'il aurait été solide même sans son don.

— On va la conduire, en espérant qu'ils envoient une ambulance. Elle nous retrouvera en chemin, dit-elle. Ça ne saigne plus, n'est-ce pas ?

Gustu opina du chef.

— Elle ne peut pas rester par terre. C'est gelé. Déplacez-la.

Else-Maj tomba à genoux, glissa les mains sous les omoplates de la fillette.

— Ils nous ont dit de faire attention à la nuque, fit Marge.

Else-Maj la foudroya du regard. Pourquoi courait-elle dans tous les sens comme une idiote au lieu de soulever la gamine ?

— Sa nuque va très bien.

Elle l'affirmait avec conviction. Elle croisa les yeux de Gustu qui ne semblait pas partager sa certitude. Elle poursuivit malgré tout :

— On la porte dans la voiture.

Else-Maj bougea le bout des doigts sous le petit corps. Les cils de l'œil qui n'était pas taché de sang frémirent. On entendit un gémissement. Gustu remuait les lèvres, les paumes toujours posées sur la fillette.

— Maman, couina une voix fluette.

Marge se jeta au sol entre Else-Maj et Gustu. Ses mains lévitaient à quelques centimètres du corps de sa fille, comme si elle craignait de la toucher.

— Estela. Maman est là, tout va s'arranger.

Un gargouillement s'échappa de la gorge de la fillette.

— Elle va vomir, déclara Else-Maj, en la faisant rouler aussi délicatement que rapidement sur le côté.

Effectivement, le liquide jaillit par sa bouche et de son nez. Elle en eut le souffle coupé.

— Traumatisme crânien, décréta Else-Maj.

Elle souleva la petite, légère comme une plume, comme son Ella au même âge. Gustu prit le relai et la porta jusqu'à la voiture. Marge titubait à côté, cherchait une main à serrer, pleurait si fort qu'Else-Maj voulait lui cracher de la fermer. Elle fichait une frousse pas possible à la pauvre gamine.

Else-Maj s'adressa à Mariana :

— On prend la voiture de Marge, direction l'hôpital. Mais il faut qu'ils envoient une ambulance, il n'y a pas le choix. Ils nous retrouveront en route. Appelle-les et décris-leur la voiture.

Mariana hocha la tête en se dirigeant vers la maison.

Else-Maj devinait Biera derrière la fenêtre du salon. Else-Maj aurait pu aller lui passer un savon. Un homme mûr. Se cacher comme ça ! Elle contempla son Gustu. Remercia Dieu de lui avoir donné un aussi bon mari.

— Allez chercher des sacs plasique, si jamais elle vomit de nouveau, lança-t-elle à Ol-Ánte et Áili que tout le monde avait oubliés.

Les enfants étaient livides, les yeux injectés de sang.

— Elle va s'en sortir, s'efforça-t-elle d'ajouter d'une voix douce. Apportez-nous des sacs.

Les enfants coururent dans la maison et revinrent avec deux sacs. Gustu avait allongé Stella sur la banquette arrière, la tête posée sur les genoux de Marge. Il s'assit au volant et régla le siège tandis qu'Else-Maj montait à côté.

Elle examina le front de la fillette. La plaie s'était refermée comme si elle avait été suturée. Ça tiendrait jusqu'à ce que le personnel soignant prenne le relai.

— Tu as la force de conduire ?

— Ne t'en fais pas pour moi. (Gustu avait déjà démarré la voiture.) On croisera l'ambulance avant Vazáš.

— Tu es sûr ? demanda Marge.

Else-Maj la dévisagea en hochant la tête. Si Gustu le disait, alors c'était vrai.

La fillette fixait le plafond, le visage inexpressif.

— *Got dat manná, Stella ?* demanda Else-Maj, sans être sûre du prénom. En dehors de Marge, tout le monde avait appelé l'enfant Stella.

— Elle ne parle pas sami. Comment tu te sens, ma puce ? traduisit sa mère.

Marge caressa la joue qui n'était pas tachée de sang.

— J'ai mal à la tête.

— On sera bientôt dans l'ambulance.

— Il ne faut pas que tu t'endormes, ajouta Else-Maj.

Gustu passa la première, accéléra et s'engagea sur la route. Il traversa le village à trop grande vitesse, ce qui fit naître en elle une légère inquiétude. Mais il posa une main sur son genou et exerça une légère pression. Il était toujours très tactile tandis qu'elle restait assise sans bouger, les bras ballants.

Ils dépassèrent bientôt Vuolle Sohppar et Silkemuotki. Else-Maj s'attendait à voir apparaître les gyrophares.

— Tu dois penser que je suis une mauvaise mère, dit Marge en sami. (Elle renifla bruyamment.) Qui ne savait pas quoi faire.

— Allons bon ! Qu'est-ce que tu racontes ?

— C'est vrai. Je suis une bonne à rien.

— Sèche tes larmes. Tu fais peur à ta fille. Tu n'as pas l'habitude, rien de plus. Moi j'ai à peu près tout vu. Nils-Johan a fait plus de trajets en ambulance que n'importe quel autre gosse du village. Ça va aller, tu verras.

— Je vois bien comment vous me regardez, tous autant que vous êtes ! Vous me trouvez bizarre d'avoir adopté une fille aussi grande.

Else-Maj se retourna, la dévisagea avec sévérité.

— Je te promets que ça ne m'a jamais traversé l'esprit. Et de personne d'autre d'ailleurs, Marge. Tu te fais des idées.

À côté d'elle, Gustu soupira. Décidément, elle ne savait pas y faire. Elle se retourna et chercha l'ambulance du regard.

— Est-ce qu'il t'arrive de penser à l'école ? À la manière dont on nous traitait ? J'ai commencé à y réfléchir depuis qu'Estela est là.

Else-Maj se figea. Elle aurait voulu que Gustu s'arrête pour qu'elle puisse descendre. Elle se tordit les mains, pressa ses poings contre son ventre.

Marge avait cessé de sangloter, sa voix était plus nette.

— Je n'ai jamais vraiment guéri… Je ne sais pas comment dire. Peut-être que c'est pour ça que je n'ai jamais réussi à me mettre en couple avec un homme. Mais je voulais tellement avoir des enfants. Je n'avais pas d'autres choix que d'en adopter.

Else-Maj griffait l'intérieur de ses poches de manteau. De petits graviers se logeaient sous ses ongles.

— Chut, tais-toi, tu es sous le choc, c'est tout.

— Mais de quel droit ai-je arraché Estela à son pays natal ? (Elle eut un nouveau hoquet.) Tu te rappelles quand la directrice nous a dit que joiker était un péché ? Qu'on entrait en contact avec le diable ? C'est peut-être pour ça que ma vie est devenue ce qu'elle est.

Else-Maj jeta un regard en biais aux mains de Gustu arrimées au volant. Qu'il freine. Qu'il la dépose. Elle ne pouvait pas en entendre davantage.

— Je joikais parfois comme *isá*, là-bas, à l'école. En secret, bien sûr. Elle m'a terrorisée quand elle m'a dit que c'était un péché.

— Comment va Stella ? l'interrompit Gustu.

— Elle s'endort.

— Réveille-la.

— Elle n'aime pas que je la serre dans mes bras. Je ne sais pas quoi faire. Je ne suis pas aussi forte que toi, Else-Maj.

— Ça suffit, maintenant ! (Else-Maj avait haussé la voix.) Toutes ces paroles, ça ne sert à rien. La seule chose à faire c'est garder ta fille éveillée, et tout va s'arranger.

— Rita Olsson est en ville. Je l'ai rencontrée.

Else-Maj fut pétrifiée au beau milieu d'une respiration. Elle sentait son pouls battre sous la peau fine de son cou. Elle avait essayé de ne pas penser à cette femme depuis qu'elle l'avait aperçue à l'office læstadien, elle avait tout simplement décidé qu'elle ne voulait pas savoir où elle était et où elle habitait.

— Voilà l'ambulance.

Gustu lui fit un appel de phares et ralentit. Ils ne pouvaient s'arrêter tout de suite, mais ils connaissaient bien la route, savaient qu'il y avait un parking un peu plus loin.

Gustu fit un signe de la main au conducteur lorsque les véhicules se croisèrent et il freina quelques centaines de mètres plus loin.

Else-Maj descendit de la voiture et laissa Gustu s'occuper de tout. L'ambulance se gara derrière eux. Elle salua les ambulanciers qu'elle n'avait jamais vus. Elle se tint à distance tandis qu'elles parlaient avec Gustu et examinaient Stella. Elle entendit son mari leur dire qu'il avait stoppé le saignement et ce qui se passerait à leur arrivée à l'hôpital de Giron. La plaie était profonde, elle se rouvrirait, mais sur place les médecins pourraient la recoudre. Les ambulanciers ne levèrent pas les sourcils, ils avaient l'habitude, ils écoutaient, reconnaissants. On transféra la fillette dans le véhicule médical. Marge monta à sa suite, sans les regarder. Else-Maj songea qu'elle devrait informer les soignants que la mère était traumatisée, mais elle s'abstint. Ils s'en rendraient bien compte. Sauf qu'ils ne savaient pas que Marge était généralement taiseuse, que son bavardage ininterrompu devait être un signe de choc. En même temps, Else-Maj ne la connaissait plus très bien, elle était peut-être devenue plus volubile avec le temps.

L'ambulance s'éloigna, gyrophare bleu allumé, mais aussi silencieuse qu'à l'aller. Gustu et Else-Maj remontèrent dans la voiture. Aucun d'entre eux ne ferait allusion aux propos de Marge, Else-Maj en avait décidé ainsi. Cependant, elle n'aimait pas que Marge se soit insinuée entre eux, qu'elle leur ait rappelé qu'ils n'évoquaient jamais l'école pour nomades. C'était perturbant, embarrassant, d'être là, à côté de lui et feindre que rien n'eût été dit. Elle voulait rester ancrée dans le présent, se sentir en sécurité avec son Gustu. Elle n'avait jamais tenu à savoir s'il avait souffert de ses années à l'internat, et elle n'avait aucune envie de parler de ses propres sentiments. Jamais de Sara. Il lui avait posé des questions, au début, et elle avait répondu de manière évasive, que ça faisait longtemps, qu'elle était elle-même une enfant et que ses souvenirs étaient flous.

Certains chrétiens prétendaient que le don de Gustu lui venait des forces occultes. Ils ne se gênaient pas pour le dire quand elle était dans les parages, mais elle les ignorait.

Elle ne lui avait jamais demandé d'où il le tirait. À quoi bon ? C'était de toute évidence avec l'aide de Dieu qu'il soignait son prochain.

La radio diffusa un morceau tornédalien. Gustu fredonna en lui souriant. Il savait ce qu'elle pensait de sa voix. Mais savait-il à quel point elle tenait à lui ? Ils ne se disaient jamais à quel point ils s'aimaient. L'avaient-ils déjà fait ? C'était sous-entendu, non ? Gustu éclaterait de rire et dirait qu'on n'a pas besoin de mots quand on sait que l'on est fait l'un pour l'autre. Ils se complétaient, avaient chacun leurs occupations. Elle restait seule pendant de longues périodes quand il partait avec les rennes, mais elle avait appris à s'en sortir seule depuis sa plus tendre enfance.

Else-Maj aurait voulu le féliciter pour la manière dont il s'était occupé de la fillette. Or, si même un compliment aussi simple que celui-là était difficile à formuler, comment pouvait-elle lui exprimer tout son amour ?

Else-Maj

1954

Elle sentait au fond des poumons la morsure du froid. Le duvet dans ses narines était gelé, comme de petits piques hérissés. Le givre scintillait dans les cheveux que son haleine avait caressés. Else-Maj et Anne-Risten avaient beau être bien emmitouflées, les moins trente degrés s'insinuaient à travers leurs nombreuses couches de vêtements. Elles ne parlaient pas, elles cachaient leur visage derrière leur écharpe, ne laissant dépasser que les yeux. Le froid endolorissait même les sourcils. Elles marchaient sans bruit, chaussées de leurs *nuvttahat*. Celles d'Else-Maj avaient été cousues par son *enná*, juste avant son départ pour l'école. Elle avait versé des larmes salées sur la peau de renne. Else-Maj avait l'impression de porter des chaussures de chagrin. La pointe recourbée accrochait la neige à chaque enjambée.

— On va se faire massacrer à notre retour, marmonna Anne-Risten derrière son châle. Et on va tomber malades.

Le silence régnait dans le village, la plupart des habitants restaient au chaud chez eux. Pourtant, Else-Maj avait été catégorique : Anne-Risten devait la mener chez la *siessá* d'Anna. Il était défendu de sortir, bien entendu, mais Else-Maj avait senti l'odeur du bain de bouche Vademecum dans le couloir : la sorcière devait être au lit avec une migraine. Else-Maj s'était faufilée dehors, Anne-Risten sur ses talons. Else-Maj l'avait avertie. Elle ne devait pas pleurer au risque que ses larmes se changent en glace et lui fassent perdre la vue. C'était un mensonge, mais on pouvait effrayer Anne-Risten ainsi.

Elles passèrent devant l'épicerie et les maisons. Les cheminées crachaient des nuages de fumée presque jour et nuit.

— Là, dans le virage, indiqua Anne-Risten.

Arrivées à destination, elles aperçurent Inger, la siessá d'Anna, à la fenêtre, comme si elle les attendait. Elle leur fit signe d'entrer. La porte grinça, protestant contre le froid. Elles la refermèrent aussitôt. Else-Maj sentit son visage se réchauffer, mais il demeurait engourdi.

— *Bohtet sisa, nieiddat*. Entrez, les filles.

La voix provenait de la cuisine. Anne-Risten s'y dirigea, le regard fier, heureuse de montrer qu'elle connaissait la maison.

— *Na, juoa*, Anne-Risten. Eh bien, oui.

La femme avait un certain âge. Elle leur sourit, puis posa sur Else-Maj des yeux troubles mais empreints de curiosité.

— *Gean nieida don leat ?* Qui sont tes parents ?

Else-Maj énuméra tous les noms de sa famille, terminant par le sien. Inger hocha la tête, sourire plus large encore, satisfaite de savoir qui étaient ses parents. Une ombre passa sur son visage.

— *Du oabbá*, ta sœur, Sara. (Elle secoua la tête, poussa un profond soupir.) *Čohkket*, fit-elle en indiquant la banquette. Asseyez-vous.

Elles s'y laissèrent tomber.

Else-Maj avait les doigts rougis sous ses gants. Bientôt, elle éprouverait une sensation de brûlure et de picotement.

— Que me vaut la visite de si jolies jeunes filles ?

Inger s'assit à la table de la cuisine et les dévisagea avec intérêt.

— Nous voulons savoir ce qu'est devenue Anna, commença Anne-Risten.

— Elle est retournée à Ađevuopmi.

Else-Maj fouilla du regard les traits de la vieille femme, espérant une réaction.

— Pourquoi ?

— Ça s'est fait comme ça, c'est tout. (Inger se leva et enfourna une bûche dans la cuisinière à bois.) C'est vrai que c'est vide ici, sans elle.

Elle s'immobilisa, posa les mains sur ses reins et grimaça.

— Vous ne buvez pas de café, si ?

Elles secouèrent la tête.

— Est-ce qu'elle était triste de partir ? Ou est-ce qu'elle voulait quitter son travail ? demanda encore Anne-Risten.

Inger se rassit et balaya la table de la paume de sa main.

— Eh bien, de toute façon on ne peut pas y faire grand-chose à présent.

— Est-ce qu'elle parlait de... (Else-Maj hésitait. Elle était tentée de dire « moi », mais ne voulait pas se montrer malpolie.)... nous ?

— Oh que oui ! Elle parlait de vous tous. Elle adorait les enfants, elle avait tellement envie de vous aider.

— C'est la directrice qui a congédié Anna ?

— Peut-être, je ne sais pas. Ce que je sais, c'est qu'Anna ne voulait faire que le bien, surtout pour ton *oabbá*.

Else-Maj baissa rapidement les yeux sur ses mains, sentant sa gorge se nouer. La pierre de chagrin palpitait dans sa poitrine. Les larmes la prirent par surprise. Inger se leva péniblement, s'installa à côté d'elle.

— Allons, allons, ma petite.

La main de la vieille dame était chaude et sèche lorsqu'elle enveloppa celle d'Else-Maj. Inger la serra contre elle et la balança doucement, alternativement, comme pour faire sortir la pierre de chagrin, comme si elle avait perçu sa présence, là, dans son cœur. Or la pierre était soudée à ses côtes.

— Dieu emporte toujours les meilleurs en premier.

Else-Maj avait déjà entendu cela à l'enterrement. Les femmes qui hululaient de douleur en essayant de puiser une consolation dans le fait que Sara ait été rappelée aussi jeune. Else-Maj était encore là, elle. Que cela signifiait-il ? Elle aurait voulu les frapper à la bouche, les forcer à se dédire. Son *enná* ne trouvait pas plus de réconfort qu'elle dans ces paroles ridicules. Elle détournait souvent le regard en entendant cela. Mais elle ne disait rien à Else-Maj, n'expliquait rien, restait coite.

— Dieu ne doit pas emporter les enfants, dit Else-Maj bien que sa gorge soit si serrée que les mots sortaient à peine.

Elle osa lever les yeux – Inger n'était pas en colère, elle le voyait. Else-Maj ne voulait pas accuser Dieu, car c'était au moment où elle joignait les mains en prière qu'elle s'apaisait enfin. La nuit, dans le dortoir, les paumes moites sous la couverture posées sur sa poitrine où la pierre de chagrin ne se laissait pas déloger, pas même par les oraisons. Mais quelques bouffées de quiétude pouvaient apparaître, qu'elle essayait de saisir.

— Dieu ne prend pas les enfants par méchanceté, dit Inger lentement. Et Dieu n'a pas rendu ta sœur fragile.

Anne-Risten les écoutait, bouche bée, de l'inquiétude dans le regard. Elle avait glissé sa main dans la manche de son manteau. Else-Maj savait qu'elle griffait sa peau jusqu'à la rendre cramoisie.

— Je veux qu'Anna revienne, bougonna Else-Maj d'un ton puéril dont elle n'avait même pas honte.

— Moi aussi, mais c'est impossible. Elle a un nouveau travail, dans une famille nombreuse. Elle s'occupe des enfants.

— Elle est triste ?

Anne-Risten triturait le bonnet qu'elle venait de retirer.

— Pour sûr qu'elle est triste. Elle pense à vous tout le temps.

— Tu ne peux pas lui demander de revenir ?

— Non, ma chérie. Je suis désolée.

— Tu peux lui passer le bonjour ?

— Bien entendu. La prochaine fois qu'elle téléphonera.

Else-Maj vit Anne-Risten sourire, consolée pour un instant. Else-Maj, elle, avait l'impression que son corps pesait des tonnes, elle se sentait si seule. Elle s'essuya les yeux.

Anne-Risten se tortillait, glissa à voix basse qu'elle avait envie de faire pipi, et Inger lui dit qu'elle connaissait le chemin. Exaspérée par son visage fiérot, Else-Maj détourna le regard. Inger avait lâché sa main, mais elle s'inclina vers elle, comme pour sentir son parfum.

— Elle parlait surtout de toi. Vous aviez un lien spécial, si j'ai bien compris, souffla-t-elle. Et Sara, elle est toujours avec toi, tu le sais, non ?

D'autres grandes personnes lui avaient déjà dit ça, mais c'étaient des mensonges. Elle tendait parfois la main devant elle, balayait l'air, cherchant la résistance qui devait être Sara. Rien.

— Tu es encore petite, tu le sentiras plus clairement quand tu seras adulte.

Mais adulte signifiait une autre réalité, impossible à saisir.

Else-Maj ne plissa pas les yeux, ne la gratifia pas d'un sourire complaisant.

— Ah, Else-Maj, tu crois que tu ne seras plus jamais heureuse. Mais tu as tant de belles choses devant toi.

Ça aussi, elle l'avait déjà entendu. Elle se leva, pas qu'elle voulût se montrer désobligeante, mais ce n'étaient que des mots. Inger ne la retint pas.

Anne-Risten revenait. Elle se plaça à côté d'Else-Maj.

— Je suis contente que vous soyez venues, les filles. Je saluerai Anna de votre part. Ça lui fera très plaisir.

Inger se redressa, planta les mains sur sa taille.

Else-Maj esquissa un petit signe de tête, se retourna et se dirigea vers l'entrée. Anne-Risten la suivit, cria « *Báze dearvan* » vers la cuisine et entendit « *Manni dearvan* » en réponse. Au revoir.

Elles remontèrent leur châle sur leur visage. Une fumée glaciale s'engouffra par la porte lorsqu'elles l'ouvrirent. Anne-Risten toussota quand le froid lui emplit les poumons, malgré tout.

— On va prendre la mort ! D'ailleurs, de quoi avez-vous parlé ? demanda Anne-Risten. *Enná* dit qu'Inger a un don, qu'elle peut voir des choses.

Else-Maj posa sur elle un long regard. Il y avait en elle une résistance. Ce dont parlait Anne-Risten n'avait rien d'étrange, cela existait. Dans sa famille, dans le village. Mais elle avait eu du mal à oublier le prédicateur de l'office læstadien auquel elle avait assisté l'été dernier, avec son *enná*. Il avait affirmé que les habitudes et les dons dangereux venaient du diable. C'est ce qu'il avait dit, non ? Else-Maj ne savait plus quoi penser. Inger était tout sauf dangereuse.

— De rien de spécial, répondit-elle. Allez, on va finir de coudre nos pochons à café.

Celle d'Else-Maj était en cuir fin et lisse, agrémentée de fils d'étain tissés sur un tissu rouge. Elle avait les mêmes mains agiles que son *enná*, le compas dans l'œil et un bon sens des couleurs. La directrice restait souvent dans la salle commune avec les filles, une broderie à la main. Les jours de migraines, elles échappaient à sa présence. Si seulement elles avaient cette chance aujourd'hui.

Elles passèrent devant l'épicerie. Le village était toujours calme, comme si personne n'existait à part elles. Else-Maj sentit de nouveau cette immense solitude qui déferlait sur elle. Comme si les étoiles menaçaient de lui tomber sur la tête, emportant dans leur chute le firmament tout entier. Else-Maj prit ses jambes à son cou. Elle serait essoufflée, aurait mal tout au fond des poumons. Mais elle ne mourrait pas, car seuls les bons enfants étaient emportés.

Anne-Risten

1986

Elle enjamba les chaussures éparpillées dans l'entrée, les rangea sur l'étagère, se rappela qu'elle avait oublié de glisser une boîte de paracétamol dans son sac et retourna dans la salle de bains. Comme toujours, son regard se dirigea vers le plafond, vers le coin où les petites tavelures noires gagnaient chaque jour du terrain. L'entreprise en charge des logements des mineurs avait envoyé des peintres qui avaient, d'un geste résolu, tartiné une épaisse couche de peinture blanche sur ce qui menaçait de couvrir tout le plafond. C'était de la moisissure. La peinture ne servait à rien, et c'est ce qu'Anne-Risten avait dit, mais personne ne l'écoutait. Si Roger avait été là pour serrer la vis, ils auraient écouté. Mais Roger avait déserté leur vieil appartement, rue Bromsgatan, qui tombait en ruine. Ne restaient qu'elle et les enfants. Il avait résisté longtemps, après tout. Avait écouté ses jérémiades au sujet de la moisissure, qui donnaient de l'eczéma à Niklas, examiné ses plaques rouges à elle. Il lui avait apporté des serviettes humides quand elle était au lit, dans sa chambre plongée dans l'obscurité, avec un mal de tête qu'elle attribuait aussi à la moisissure. Il avait fini par craquer, bien sûr. Il était rentré un soir, après être sorti à Malmia avec ses collègues, portant sur lui le parfum d'autres femmes. D'une en particulier. Elle l'avait compris plus tard.

Il avait quitté Anne-Risten et les enfants pour emménager avec elle. Elle était si jeune que c'en était presque embarrassant. Mais nul ne pouvait douter de son bonheur.

Sa relation aux enfants avait également changé. Il n'était plus aussi sévère. Il avait appris à conduire à Niklas – ces deux-là étaient plus proches qu'ils ne l'avaient jamais été. Cecilia, qui venait de fêter ses quinze ans, avait sombré dans le mutisme quand la famille avait éclaté, mais il ne s'en rendait pas compte. Elle essayait sans doute de sauver les apparences devant lui. Il se vantait de sa maison dans le quartier de Lombolo : il pouvait enfourcher sa motoneige dans le jardin et entrer directement dans les bois. Par ailleurs, sa nouvelle compagne était vite tombée enceinte et lui avait donné un fils.

Quand Anne-Risten avait perdu leur enfant douze ans plus tôt, il ne lui avait pas reproché tout haut ses cigarettes, mais elle avait lu le blâme dans ses yeux. Plus tard, au fil du temps, ça avait brûlé à petit feu, comme une flamme de chalumeau, creusant entre eux un fossé, quand, au cours d'une dispute, il pouvait lui lancer qu'elle abusait des cigarettes. Il savait, évidemment, qu'elle fumait plus que ce qu'elle lui disait. Mais, au fond, le problème n'était ni le tabac ni la fausse couche. Il s'était progressivement mis à haïr son angoisse obsessionnelle et sa recherche incessante de symptômes et de maladies. Elle avait acheté une encyclopédie médicale à la librairie Landström qu'elle avait cachée dans l'armoire entre ses plus belles nappes. Quand il était tombé dessus, étonnamment, le jour de Noël, il l'avait balancée dans le vide-ordures.

Ses copines de la rue Bromsgatan avaient déménagé. De nombreuses familles avaient sauté sur l'occasion quand on leur avait proposé un prêt immobilier abordable pour acquérir une maison. Anne-Risten avait demandé à Roger de leur emboîter le pas, mais il voulait vivre libre de dettes jusqu'à la fin de ses jours. Il avait payé sa voiture comptant et n'achetait jamais rien à crédit. Il refusait l'idée de devoir rembourser pendant des décennies.

Puis il avait rencontré cette femme et, sans la moindre hésitation, avait acheté un pavillon à Lombolo, prêt à payer le crédit et les intérêts.

Anne-Risten se réjouissait que ses amies aient déménagé avant que Roger la quitte. Elle n'aurait pas à supporter leur pitié, ou à redouter leurs commentaires dès qu'elle avait le dos tourné. Elles auraient sans doute pris le parti de son ex-mari.

Elles n'avaient jamais su qu'Anne-Risten était enceinte, elle avait au moins échappé à cette compassion-là. À présent, elle faisait un détour quand elle croisait Gun-Britt ou Eva-Lena en ville. Elles ne pouvaient ignorer qu'elle était divorcée – tout se sait dans une si petite ville.

Ses parents avaient eu honte, s'étaient même emportés contre elle. Divorcer comme ça, ça ne se fait pas. Anne-Risten avait tenté de les rasséréner, envisagé de venir plus souvent au village avec les enfants après le divorce, mais c'était évidemment trop tard. Ils étaient adolescents, avaient honte d'être samis. Pas plus tard que la veille, Cecilia avait plongé ses yeux dans les siens et lui avait enjoint de ne pas sortir en ville dans une tenue qui pourrait dévoiler ses origines. On aurait dit que sa fille ne la connaissait pas. Jamais Anne-Risten n'avait porté de vêtements traditionnels en ville, jamais le kolt, jamais de bijoux en argent, rien qui pût révéler son identité. Elle était Anne Nilsson. L'épouse de Roger Nilsson. L'ex-épouse, plus exactement.

Elle avait porté le kolt pour les funérailles de son oncle maternel. Cette fois-là, Cecilia l'avait regardée avec des yeux pétillants et lui avait dit qu'elle ressemblait à une princesse avec ses *risku* brillants sur la poitrine. Les broches étaient désormais emballées dans des cartons au fond d'une armoire. L'argent avait noirci. Elle n'avait pas remis son kolt jusqu'au mariage d'un cousin, au village. Cecilia avait alors affiché un certain scepticisme. Elle venait de fêter ses dix ans et avait bien conscience de ce qu'on disait à l'école sur les Samis. Pourtant, au village, c'était encore acceptable, personne ne verrait sa mère. Mais, désormais, interdiction absolue. Après le départ de Roger, Anne-Risten avait voulu accrocher une tapisserie samie au mur, mais Cecilia avait opposé son veto.

— Tu imagines si mes copines le voient ? Tu ne comprends pas, personne ne sait que je suis, non, que *tu* es samie.

Elle avait insisté sur le *tu*, l'avait craché entre ses deux rangées de dents blanches parfaitement alignées.

— Je la mets dans ma chambre, alors.

— Jamais de la vie.

Ce fut ainsi. Anne-Risten enroula la tapisserie et continua à cacher les tasses en bois, les couteaux, les étuis à aiguilles et les pochons à café dans une autre armoire. Toute sa vie resterait dans ces placards.

La colère de Niklas était plus mesurée. Les garçons, c'était plus facile, à tout point de vue. Il avait même accompagné son *áddjá* auprès des rennes un an plus tôt. Roger ne pouvait plus l'en empêcher. Ça lui avait plu. Plus tard, il y était retourné pour un tri, et les autres garçons dans l'enclos l'avaient regardé de travers. Anne-Risten ne l'avait compris que bien plus tard. Ce n'est pas Niklas qui le lui avait raconté, il s'était contenté de dire qu'il n'en avait pas envie quand son *áddjá* avait appelé pour lui demander de l'aide. C'est Cecilia qui avait vendu la mèche.

— Ils disent qu'il n'a rien à faire au milieu des rennes. Qu'il n'est pas un vrai Sami.

— Qui a dit ça ?

— Aucune idée.

— Comment le sais-tu, alors ?

— Je le sais, c'est tout.

Les conversations avec elle l'éreintaient parfois ! Anne-Risten avait insisté auprès de Niklas, n'en démordait pas, mais naturellement il ne dirait rien. Elle soupçonnait les enfants de Nilsa. Elle avait entendu parler de leur comportement. Des sales gosses, vraiment. Ils ne valaient pas mieux que leur père. Elle se consolait parfois en se disant que Nilsa avait souffert, lui aussi. L'alcoolisme d'Aslak, et le reste. Mais il n'était pas juste de penser ainsi.

Elle fouilla dans le placard de la salle de bains, dénicha le paracétamol, envisagea d'emporter aussi un Treo, un médicament contenant à la fois de l'aspirine et de la caféine. Ne sentait-elle pas venir un mal de tête ? Il y avait bien quelque chose au niveau des tempes. Peut-être devrait-elle en avaler un tout de suite. Mieux valait prévenir que guérir.

Dans la cuisine, elle se servit un verre d'eau et y plongea un comprimé effervescent. Il était plus sage d'en prendre un à la maison. Au travail, ça ne passait pas. Le paracétamol, en revanche, on pouvait en avaler n'importe quand. Comme l'aspirine. Le bruissement l'apaisa.

Cecilia entra dans la pièce, enveloppée d'un effluve étouffant. Pour son anniversaire, Anne-Risten lui avait offert le parfum qu'elle avait demandé.

— Alors, comme ça, tu es en encore malade ?

La voix de Cecilia débordait de mépris. Ou Anne-Risten se faisait-elle des idées ?

— J'ai juste mal à la tête.

— Tu es accro aux médicaments. Tu es droguée.

Anne-Risten sursauta comme si on l'avait frappée.

— Tu plaisantes ? Ma collègue Birgitta prend des trucs autrement plus forts. Ça, c'est vraiment de la drogue ! Moi, je me contente de Treo.

Cecilia portait de l'ombre à paupières et du mascara bleus. Sa fille lui ressemblait tellement, et tellement à *áhkku*. Son appartenance familiale ne faisait aucun doute. Elle savait que Cecilia avait ça en horreur, qu'elle jalousait Niklas qui ressemblait à son père. Personne n'aurait pu penser que les gènes samis d'Anne-Risten flottaient en lui. Mais chez Cecilia c'était d'une évidence. Elle se maquillait les yeux d'une manière particulière afin de les arrondir et elle n'utilisait jamais de fard à joues qui aurait pu marquer ses pommettes.

Anne-Risten la contemplait parfois en secret, sa beauté pouvait lui faire perdre la raison. Parfois, elle lui faisait un compliment et recevait en retour des flèches empoisonnées.

Depuis quand n'avait-elle pas touché sa fille, caressé ses cheveux, serré son corps contre le sien ? Quand cela s'était-il arrêté ? Depuis combien de temps n'avait-elle pas été touchée par une autre personne ? Elle ne se le rappelait pas. Quand Roger dormait encore près d'elle, il y avait sa chaleur, la chaleur de quelqu'un d'autre, mais l'intimité, elle ne l'avait pas toujours voulue. Non, le sexe ne lui manquait nullement. Mais sa manière de passer à côté d'elle, de lui caresser la taille ou le derrière en lui disant j'adore tes fesses. Être vue, être touchée. Ses compliments avaient évidemment cessé bien avant qu'il la quitte. Elle s'était demandé si elle était encore assez bien.

Les corps doux de ses enfants dans ses bras lui manquaient aussi, mais la proximité avait si souvent été entachée d'inquiétude ! Elle n'avait pas su vivre dans l'instant présent, elle n'avait pas imaginé que le contact physique cesserait.

Elle voulait attirer la gamine contre elle. Elle laissa glisser sa main sur la paillasse, s'approcha de Cecilia. Ce qui aurait dû être facile était impossible.

— Je dors chez Linda ce soir, annonça-t-elle en se versant un verre de jus d'orange.

Elle venait de rentrer de l'école, s'était débarrassée de ses chaussures d'un coup de pied, avait jeté son sac par terre et son manteau sur la banquette téléphone de l'entrée. Anne-Risten qui l'avait toujours eue dans les pattes quand elle faisait le ménage ! Elle lui avait appris à utiliser une brosse à dents pour accéder aux interstices derrière les radiateurs. Lui avait dit que les tapis devraient être placés dans la neige, mais lui avait appris à les battre avec force sur le portique dans la cour. Elle l'avait habituée à l'odeur de l'eau de Javel et lui avait donné un torchon pour nettoyer les tables.

Et maintenant… il ne restait rien. Elle laissait tout traîner, ne rangeait même pas sa chambre. Elle ridiculisait l'obsession d'Anne-Risten pour la propreté.

— Pour qui tu astiques l'appartement ? On n'a jamais d'invités.

Anne-Risten gardait la tête haute, ne se laissait pas provoquer. Le ménage la gardait en vie. C'est ce qui lui restait. Elle maintenait un intérieur qui ne souffrirait aucune critique. Si Gun-Britt sonnait à la porte à l'improviste, Anne-Risten n'aurait pas à avoir honte. Au contraire.

Elle avala d'un trait son médicament, tourna le dos aux regards réprobateurs. Jeta un coup d'œil par-dessus son épaule et vit Cecilia penchée en avant, la tête au ras du sol. Elle passa les mains dans sa frange brillante de laque, puis dans ses cheveux au niveau des tempes avant de rejeter la tête en arrière d'un geste brusque. Ses longs cheveux bruns fouettèrent l'air avant de retomber sur ses épaules.

— Les parents de Linda seront là ?

— Bah oui, bien sûr.

Anne-Risten était convaincue du contraire. Linda habitait dans un pavillon non loin de l'école Högalid, son père était ingénieur et sa mère cadre dans une banque. Anne-Risten les avait salués brièvement lors de la dernière réunion de parents d'élèves, la dernière à laquelle ils avaient participé avant de déménager et de faire changer Linda d'école. Ils n'avaient pas spécialement envie de lui parler, ils préféraient discuter avec d'autres parents. Qui avaient l'air un peu plus équilibrés et qui ne vivaient pas dans la moisissure rue Bromsgatan. Anne-Risten avait approché le nez de son manteau, peut-être qu'ils avaient senti l'odeur rance qui imprégnait leurs vêtements, et même leur peau et leurs cheveux.

Cecilia avait rencontré Linda à l'école Bolag, mais en neuvième année, la famille de Linda avait déménagé et l'avait inscrite dans une école plus prestigieuse, Högalidskolan. Cecilia s'était renfrognée : pourquoi devrait-elle croupir dans l'établissement le plus pourri de la ville alors que Linda avait droit au meilleur. Elle exigea d'intégrer « Högga », mais ça n'était pas possible. Anne-Risten ignorait comment arranger ce genre de choses.

Elle était contente que les filles aient réussi à rester amies ; elles fréquentaient désormais le même lycée, en filière économique et sociale.

— On n'a rien appris à Bolag ! Tous les élèves qui viennent de cette école sont nuls. Mes notes sont catastrophiques, je ne comprends rien, c'est trop dur ! Linda a la note maximale dans toutes les matières. C'est ta faute ! Moi aussi j'aurais dû changer d'école.

Anne-Risten n'avait pas élevé la voix. Non, elle avait fixé la pâte en train de lever. Le pain au congélateur était presque terminé et Niklas avait bon appétit – il lui fallait des forces pour jouer au hockey. Il était doué, lui. Il avait eu plusieurs fois sa photo dans le journal local quand son équipe avait gagné. Elle avait entendu d'autres pères dire à Roger que Niklas avait un vrai talent. Il avait bombé le torse, fier comme un coq. Ensuite, Roger avait déménagé. Comme c'était lui qui conduisait Niklas aux entraînements, le garçon dormait de plus en plus souvent chez lui, pour qu'il puisse le déposer.

— Pourquoi tu n'as pas le permis comme les mamans normales ?

Non, cette phrase n'était pas de Niklas. C'était bien sûr Cecilia, agacée de devoir se rendre à pied à la soirée dansante organisée au Centralgården.

— Mets des collants en laine pour le chemin, tu vas attraper froid, disait souvent Anne-Risten.

— On a l'air obèse avec ces collants ! Si j'ai la crève, ce sera ta faute.

Et elle sortait, tête nue aussi, alors qu'il faisait moins vingt degrés.

— Tu ne bois pas, hein, Cecilia, demanda Anne-Risten avec un coup d'œil à l'horloge – il ne fallait pas qu'elle arrive en retard au boulot.

Cecilia se contenta de lever les yeux au ciel. Évidemment qu'elle buvait. Anne-Risten le savait. Mais comment lui faire comprendre qu'elle n'en avait pas le droit. Elle essayait parfois de passer par sa conscience, mais hélas sa fille n'en semblait pas dotée.

Elle ne pouvait s'empêcher de rire quand de telles pensées lui traversaient l'esprit. Elle avait de l'humour, après tout. Elle savait manier l'ironie. Au travail, c'était apprécié. Cela faisait longtemps qu'elle n'avait pas été drôle, elle avait oublié qu'elle avait ça en elle. Quand Roger était encore à la maison, l'humour lui était réservé. Il pouvait lâcher des gaz tonitruants et faire rire les enfants. Quand elle s'essayait au sarcasme, il se sentait immédiatement vexé.

Anne-Risten travaillait comme aide à domicile depuis bientôt six mois. Dans la queue de la caisse, au supermarché Ica-Toppen, elle avait croisé Marge qui l'avait informée qu'on recrutait des aides à domicile.

— Tu devrais postuler ! Ça t'irait bien de travailler chez nous.

Marge avait l'air si heureuse, accompagnée de sa fillette. Plus tard, Anne-Risten s'était sentie peinée, s'était rappelé que Marge et elle étaient bonnes amies, à l'époque, au village, mais quand elle avait commencé à fréquenter Roger, elle n'avait plus vu que lui.

Elle avait postulé dès le lendemain. Elle avait appelé le chef du service d'aide à domicile pour l'informer qu'elle était disponible – elle avait été impressionnée par son propre courage. Jeune, elle avait parfois donné un coup de main dans une maison de retraite, poussé des vieux dans leur fauteuil roulant pour les sortir dans le jardin, et elle avait travaillé un été comme aide ménagère. Elle n'avait pas précisé au téléphone que c'était il y a de nombreuses années. Évidemment, le chef était heureux qu'une femme mûre offre ses services. On lui avait proposé de commencer immédiatement, elle était restée et avait obtenu un CDI.

Au début, elle était prudente, presque timide, ce n'était pas facile d'entrer chez des inconnus. Les clients, surtout les femmes, s'étaient vite rendu compte qu'elle faisait le ménage avec la même méticulosité qu'elles, lorsqu'elles en avaient encore la force. Elles l'observaient avec la plus grande attention, et Anne-Risten voyait comme elles jouissaient de la manière dont elle utilisait le balai-serpillière, l'aspirateur et le torchon ou l'éponge appropriée pour chaque tâche. Les hommes pouvaient lui dire qu'elle était trop jolie pour laver leurs vêtements, qu'ils regrettaient de ne pas être plus jeunes, et elle les gratifiait de son rire en cascade. Une fois les compliments revenus aux oreilles de son chef, Anne-Risten entra dans chaque foyer avec une démarche plus assurée, le dos droit.

Ça n'avait pas toujours été aussi facile. Elle avait à peine eu le temps de digérer le choc d'avoir été quittée qu'elle avait reçu la quittance de loyer. La vie de femme au foyer s'était terminée brutalement. On attendait d'elle qu'elle devienne une autre, qu'elle entre sur le marché du travail. Et comme elle avait bossé ! D'abord à la caisse de Konsum de la rue Trädgårdsgatan. Mais travailler dans un supermarché, avec tous les yeux braqués sur elle, avait été un cauchemar. Avant que les gens soient au courant, ils lui disaient gaiement de passer le bonjour à Roger. Puis, une fois qu'ils avaient appris, ils étaient gênés, et leur conversation guindée l'angoissait. Elle laissa tomber et prit un emploi d'agent d'entretien, physiquement très exigeant, notamment à l'hôtel de ville. Elle avait ri dans sa barbe – elle était enfin à l'hôtel de ville, elle aussi. Le supermarché Tempo avait disparu, mais évidemment elle n'allait pas non plus à Domus faire du shopping pendant sa pause méridienne. Non, elle bandait ses paumes criblées d'ampoules et avalait la bolognaise qui lui restait de la veille. Elle était appréciée. Ça n'avait jamais été aussi propre dans les bureaux et on la félicitait. Mais Cecilia avait la honte de sa vie, elle l'en haïssait presque, surtout quand la mère d'une de ses camarades de classe avait raconté avoir aperçu Anne-Risten avec le chariot de ménage. Cecilia avait répondu que ce n'était que temporaire et exigé de sa mère qu'elle trouve un autre boulot.

— J'ai vu que l'école Bolag recherchait une femme de ménage, avait alors lancé Anne-Risten en riant intérieurement quand Cecilia avait retroussé la lèvre supérieure et montré les dents tel un lemming furieux.

Son emploi d'aide à domicile s'avéra être une bonne solution pour toute la famille. Anne-Risten aimait les personnes âgées, et elle était ravie de pouvoir parler sami avec certains d'entre eux. Elle restait parfois trop longtemps chez eux, mais ça ne la dérangeait pas que la journée de travail soit longue.

Si seulement elle pouvait remonter le temps, songeait-elle souvent après les visites chez les clients avec qui elle pouvait parler la langue du cœur, alors elle ne laisserait pas la fracture entre ses enfants et ses parents devenir si profonde. Sans la langue, il n'y avait pas de réelle proximité. Ils avaient beau avoir joué avec son *áddjá* sur le sol de la cuisine au fil des ans, la relation restait superficielle. Son grand-père cherchait ses mots, ils grandissaient, et un fossé s'était creusé entre eux. Sa mauvaise conscience lui brisait le cœur. Comment avait-elle pu trahir ainsi ses parents ? Alors, elle sortait l'album photo et arrachait encore un cliché de Roger, comme s'il était le seul responsable.

Anne-Risten était heureuse de travailler avec Marge, c'était redevenu presque comme avant. Elle voulait le croire, en tout cas, mais de même qu'Anne-Risten avait choisi Roger à l'époque, Marge choisissait à présent sa fille. Elle insistait sur l'attachement, n'avait pas le temps de faire autre chose, naturellement. Anne-Risten la comprenait bien. Mais c'était tout de même agréable d'avoir une personne de confiance au travail. Plus que tout le reste, elles partageaient l'angoisse de devoir se rendre chez Rita Olsson.

Pour leur premier jour ensemble au travail, Marge avait jeté un coup d'œil au planning et l'avait prise à part.

— J'espérais que tu pourrais l'éviter. Mais, au moins, je peux te prévenir. Voilà, tu n'as pas le choix. (Elle indiqua le nom sur la liste.) Tu dois te rendre chez Rita Olsson.

Il avait fallu quelques secondes à Anne-Risten pour comprendre qui portait ce nom.

— Tu plaisantes ?

— Malheureusement, non. Ça fait un certain temps que je dois lui rendre visite et c'est… c'est épouvantable.

— C'est impossible. Je ne peux pas.

Sa main avait glissé par réflexe sous sa manche de pull, ses ongles avaient labouré sa peau, les griffures s'étendraient du coude jusqu'au poignet.

Marge avait regardé l'heure.

— Si on se dépêche, je peux t'accompagner. J'aurai le temps de passer chez Jakobsson. Mais on doit partir tout de suite.

Il faut dire qu'elle n'avait pas eu le temps de réfléchir, qu'elle avait été lâchée dans la nature et avait fait ce qu'on attendait d'elle. N'était-ce pas typique de sa vie, après tout ? Qu'on lui balance des choses à la figure ? Elle ne pouvait pas refuser, pas quand il y avait des enfants à nourrir et un loyer à payer. Le visage de Roger lui était apparu quand elle avait pénétré dans l'appartement. Elle avait juré intérieurement. *Roger, sale con ! Tout ça, c'est ta faute !*

C'est peut-être ce qui l'avait empêchée de craquer quand elle avait vu Rita Olsson. Il était toujours plus facile d'être en colère. Sans compter que Marge était à ses côtés, autrement ça n'aurait pas marché. Elle avait même risqué une plaisanterie avant d'entrer.

— Dis-moi, Marge, tu n'as pas oublié d'apporter les verges ?

Aujourd'hui, elle devait s'y rendre de nouveau. Chez ce monstre. Cecilia ne lui aurait pas cherché des noises si elle avait su. Sa fille aurait compris qu'elle avait besoin d'un Treo. Et si elle avait eu le courage de lui raconter ce qu'elle avait subi pendant son enfance. Elle aurait voulu voir ses yeux. Cecilia aurait-elle pleuré ? Aurait-elle cessé de la regarder avec haine ?

Mais elle ne pouvait pas l'attirer dans ses propres ténèbres. Rien de bon n'en sortirait. Sans compter que le comprimé aidait. Vraiment.

Nilsa

1986

La neige fondue gouttait des toits, perçait la couche au sol, formant une flaque. À la fin de l'hiver et au début du printemps, il avait fait exceptionnellement froid et la neige restait épaisse, mais au cours des derniers jours les températures avaient grimpé bien au-dessus de zéro et, l'après-midi, la neige avait commencé à fondre. La maison et les dépendances se libéreraient bientôt de la glace.

Au printemps, tout changeait trop vite et Nilsa n'accueillait pas la lumière avec le même enthousiasme que ses semblables. L'angoisse de devoir remiser la motoneige au garage était douloureuse. Il luttait déjà contre la nostalgie alors que la neige était encore là pour au moins un mois.

Les garçons en profitaient, arpentaient le village en motoneige. Sire leur criait d'éviter le lac gelé. Nilsa était lui-même passé à travers la glace avec son bolide, au printemps dernier. On lui avait demandé comment il avait géré le choc de l'eau glaciale. Il avait répondu qu'il était sorti du trou et avait replongé aussitôt pour aller chercher sa scie toute neuve. Pas question de la perdre. Il était rentré à pied, se transformant progressivement en bonhomme de neige. Ils avaient remorqué la motoneige un mois plus tard, une fois la glace fondue. Ce n'était pas profond à cet endroit-là, ce n'est pas comme s'il était descendu à plusieurs mètres. Deux, grand maximum. Le fait qu'il soit retourné dans l'eau avait fait jaser ; peut-être voulait-il suivre l'exemple d'Aslak ? Cela l'avait mis hors de lui, mais, dans le village, les commérages étaient difficiles à faire taire. Au moins, ses fils y avaient vu autre chose. Leur père était un guerrier sans peur. Sire, elle, l'avait dévisagé, épouvantée, lorsqu'il était arrivé avec de la glace dans sa barbe clairsemée, dans ses cils et ses cheveux. Son bonnet avait sombré au fond de l'eau. Heureusement, Nilsa n'était pas tombé dans la rivière. Il aurait pu être emporté par le courant sous la couche de glace et ne pas retrouver la sortie. Chaque année, on parlait d'Arne qui était tombé dans le cours d'eau. La glace s'était brisée sous ses pieds. Était-ce déjà il y a dix ans ? Ses camarades l'avaient entendu frapper par au-dessous quand les flots l'avaient emporté. Sire répétait souvent cette histoire aux garçons. Le jour où Nilsa était passé à travers et s'était ensuite vanté d'avoir replongé, elle s'était levée, l'avait contemplé longuement.

— Je t'assure que vivre avec toi, c'est pas facile tous les jours.

Elle avait tourné les talons et était partie, sans un regard pour ses fils qui avaient ravalé leurs rires, soudain alourdis par une profonde inquiétude.

Aujourd'hui, elle était assise sur le spark, son visage offert au soleil. Il était rare qu'elle s'autorise une petite pause.

Ils aperçurent au même moment la voiture immatriculée en Norvège et se jetèrent un regard. Cela faisait longtemps. Hilde, la nana d'Aslak, freina devant la maison.

— Merde ! Quelle poisse d'habiter si près de la route. Tout le monde s'arrête chez nous, bougonna Nilsa.

— Pas comme si ça te demandait des efforts, répondit Sire. Tu bouges à peine le petit doigt. C'est toujours moi qui m'occupe des visiteurs. (Elle se leva en souriant.) Au moins, elle, je l'apprécie.

— Tu es bien la seule.

Il dut se forcer à rester, leva une main en guise de bonjour. Les femmes roucoulaient comme des pigeons, heureuses des retrouvailles.

— Comment ça va, Nilsa ? demanda-t-elle en norvégien. Ça me fait plaisir de te voir.

C'était une femme robuste, aux épaules larges et aux cuisses musclées sous son pantalon de travail. Ses cheveux roux clair étaient ramassés dans une tresse épaisse, ses lunettes de soleil remontées sur la tête dégageaient son grand front. Elle portait un pull en laine blanc et de bonnes chaussures. Parée à toute éventualité. Elle donnait l'impression d'être une femme indépendante.

— On fait aller.

— Je ne veux pas vous déranger, dit-elle avec un sourire qui creusa ses pattes-d'oie.

— Tu ne nous déranges jamais. On va préparer un café, dit Sire.

— On peut peut-être se mettre dehors. Je t'ai vue assise sur le spark, ça avait l'air tellement agréable.

— Va chercher la chaise longue, Nilsa. Et occupe-toi du café.

Il était heureux qu'elle lui assigne des tâches lui permettant de s'éclipser. Habituellement, il aurait rechigné, vexé qu'elle l'envoie préparer le café, mais cette fois il s'achemina à grands pas vers la remise, apporta le transat au tissu à fleurs à Hilde et repartit vers la cuisine. Il observa les femmes par la fenêtre. Hilde riait. Elle touchait toujours la personne à laquelle elle s'adressait. Sire paraissait à son aise, bien qu'elle ne fût pas du genre tactile. Elles passèrent ensuite aux confidences, évidemment, têtes inclinées l'une vers l'autre. Il ne voulait pas savoir ce qui se disait, mais Sire ne le laisserait sans doute pas y échapper.

Les rares fois où Hilde passait les voir, elle semblait toujours persuadée qu'il aurait envie d'entendre les vieilles histoires impliquant Aslak. Comme si elle avait pour mission de faire vivre la mémoire de son frère. Elle affirmait qu'il y avait des choses chez Aslak qu'ils n'avaient peut-être jamais vues. Qu'elle pouvait leur donner les pièces manquantes du puzzle. Nilsa s'en moquait.

— *Henneha !* jura-t-il dans sa barbe. Mince alors !

Il se détourna de la fenêtre et s'approcha du congélateur. Qu'elle arrête de venir, tout simplement !

Il dénicha des roulés à la cannelle. Ils allaient devoir les tremper dans le café pour les ramollir. Il versa le liquide brûlant dans le thermos, sortit deux tasses, hésita, devait-il en prendre trois ? C'est ce qu'il fit. Il ajouta le sucre et le lait sur le plateau et sortit. Le soleil se réverbérait sur la neige. Il plissa les yeux. Une plaque de neige glissa du toit de la remise. Les femmes éclatèrent de rire, le bruit les avait fait sursauter. Il soupira. Le moment de déblayer était arrivé.

Assis sur les marches devant la maison, il se réchauffa les mains avec sa tasse de café. Hilde complimenta les brioches, elle ne se contenta pas de picorer poliment, elle avala son premier roulé en deux bouchées, après l'avoir trempé dans le liquide brûlant, avant d'en prendre un deuxième.

— Je disais justement à Sire que j'avais envie de parler d'Aslak.

Il manqua de casser l'anse de sa tasse en porcelaine. Qu'est-ce qui lui avait pris de s'asseoir ? Il aurait pu utiliser le prétexte de devoir retirer la neige du toit du sauna, que ça pouvait être dangereux si la neige commençait à en tomber. Il chaussa ses lunettes de soleil.

— J'étais en route vers Jokkmokk, je n'avais pas prévu de m'arrêter, mais quand j'ai vu Sire sur le spark je me suis dit que c'était sans doute écrit.

Nilsa se décida : à partir de maintenant, Sire devrait s'asseoir à l'arrière de la maison. Il garerait aussi leurs deux voitures derrière pour que les gens les croient absents. Il envisageait même d'appuyer le balai contre la porte.

Hilde ne se laissa pas abattre par son silence. Sire était assise, le dos droit, témoignant qu'elle avait déjà entendu l'histoire et que ça ne serait pas facile.

— Je voulais vous raconter quelque chose qu'Aslak n'avait peut-être pas pensé vous dire. Mais je sens en moi que vous devriez savoir.

Nilsa grinça des dents.

— Tu ne devrais peut-être pas nous le dire, si tu as donné ta parole à Aslak.

— Nilsa, maintenant tu l'écoutes, dit Sire.

— Non, ce n'est pas ça. Il ne m'a pas demandé de garder le secret. Il avait honte de ce qui s'est passé. S'il avait réussi, je sais qu'il en aurait parlé, et je suis sûre que tu as envie de savoir ce qu'il était prêt à faire pour toi, Nilsa. À quel point tu comptais pour lui.

Sa manière de s'exprimer le rendait dingue. On aurait dit qu'elle jouissait de faire monter le suspense. Lui feignait l'indifférence. Il s'empara du thermos, désireux de s'affairer. Tendit l'oreille. Le mésangeai imitateur se risquait parfois dans le jardin, venait se percher sur une branche de bouleau quand il y avait de la nourriture dans les parages, mais encore plus souvent quand ils se promenaient en forêt, faisaient un feu de camp sur la berge de la rivière, près du trou percé dans la glace pour pêcher. L'autre jour, il avait même aperçu une hermine. Magnifique, majestueusement dressée sur ses pattes arrière.

Hilde avala une gorgée de café, comme pour prendre son élan.

— J'aurais dû raconter ça plus tôt. C'est peut-être un peu étrange que ça vienne maintenant, mais j'ai beaucoup pensé à lui ces derniers temps, et il me rend visite en rêve. La dernière fois, il m'a demandé de te parler. (Elle posa la tasse et joignit les mains.) Tu sais, Aslak évoquait souvent l'école pour nomades. À vrai dire, toujours quand il avait bu. Il m'a confié des choses terribles. Terribles ! Comment peut-on traiter des enfants ainsi ? C'est incompréhensible. Vous étiez abandonnés à votre sort, brutalisés par la directrice. Sans compter les brimades des autres enfants !

Nilsa sentit le regard de Sire, mais elle ne dit rien.

— Ce qu'Aslak racontait des autres garçons, ce qu'ils lui faisaient subir, c'était difficilement supportable.

Nilsa posa sa tasse, se pinça les genoux. Inspirer. Expirer.

— Un jour, il a découvert l'adresse de la directrice et il y est allé.

— Quoi ?

— Oui. Il avait entendu dire qu'elle habitait à Skaulo. Rita Olsson, c'est comme ça qu'elle s'appelait, non ? Aslak voulait te rendre fier. Il a dit qu'il devait agir, montrer à son frère de quoi il était capable. Il était peut-être ivre, je ne sais pas, mais on aurait pu le croire à sa voix. Il m'a appelée, m'a dit qu'il s'en allait punir quelqu'un. J'ai trouvé la formule étrange, c'est pour ça que la conversation m'a tant marquée.

Nilsa avala la boule qui montait et descendait dans sa gorge. Les images du passé lui apparurent. La première fois que son petit frère lui avait demandé de tuer cette vieille peau. Il revoyait les yeux d'Aslak, submergés par la peur. Se remémora la rage qui s'était emparée de lui, l'empêchant de tenir en place. Il avait décoché des coups de pied et de poing dans le mur du couloir. Sa main était rouge. La sorcière était arrivée et lui avait flanqué une telle correction qu'il n'avait pas pu s'allonger sur le dos pendant une semaine. Aslak avait pleuré, dit que c'était sa faute.

— Quand il a annoncé qu'il comptait se rendre chez Rita Olsson, j'ai essayé de l'en dissuader. (Hilde secoua lentement la tête. Il s'efforça de la contempler à travers ses verres fumés.) Mais il insistait. Il voulait vous venger.

Elle attendit en silence une réaction. Il n'avait pas l'intention d'ouvrir la bouche.

— Il y est allé juste avant l'accident, reprit Sire.

Il la fusilla du regard. Elle ne pouvait pas se taire, elle aussi ?

— Oui, quelques jours seulement avant qu'il nous quitte.

Nilsa ne supportait plus de la voir. Elle affabulait, cherchait du sens dans des confidences de pochetron, mais, surtout, elle était en train de l'accuser, lui, n'est-ce pas ? Il se leva. Son genou gauche craqua. Il sentit un point dans les lombaires.

— Aslak est allé chez elle et ça ne s'est pas bien passé.

Nilsa aurait voulu s'enfuir, mais ses jambes s'y refusaient. Il s'accrocha à la balustrade de la terrasse, qu'il avait peinte lui-même. Il avait agrandi la maison, tout ce qu'il y avait sur leur terrain était son œuvre. Comment se permettait-elle de venir chez lui pour lui faire des reproches ?

— Maintenant, ça suffit ! lâcha-t-il sèchement.

Son visage devint cramoisi.

— Je n'ai pas de mauvaises intentions. Je me suis mal exprimée. Pardon. Désolée.

Il descendit, s'empara de la pelle et continua vers la remise. Il entendait Hilde parler à Sire.

— Aslak vénérait Nilsa, mais il avait du mal à comprendre ce que son frère attendait de lui, et cette fois-ci il voulait se montrer à la hauteur.

La pelle fendit la couche blanche, il recula, pivota vers la gauche pour laisser tomber la neige au pied du cabanon où elle fondrait avec la chaleur, s'écoulerait loin des bâtiments. Il répéta le geste à maintes reprises, gratta les dernières traces. Il haletait. La neige gorgée d'eau pesait des tonnes.

Sa tâche accomplie, il fit le tour de la maison, ramassa les bidons d'essence qui traînaient après que les garçons eurent rempli les réservoirs des motoneiges. Il alla jusqu'au fumoir, y coula un regard. Ce serait bientôt le moment de mettre la viande à fumer, peut-être la semaine prochaine. Il fallait aussi jeter un coup d'œil au filet sur le toit de la remise, où les morceaux de viande devaient être mis à sécher, hors de portée des hermines.

Quand il se retourna, Hilde était plantée là.

— Je veux que tu m'écoutes, Nilsa.

Il fit un pas de côté, se dirigea vers l'avant du jardin. Elle lui emboîta le pas. Elle ne faisait pas de petits pas légers de femme, mais de grandes enjambées assurées.

Il se demanda si elle résisterait à une droite dans l'estomac. Il serra le poing. Assise sur le spark, Sire observait le spectacle – c'est à ça que ça devait ressembler. On venait l'importuner sur son propre terrain. Il s'arrêta net, bras croisés.

— Je dois te dire que cette Rita Olsson était aussi épouvantable que quand vous étiez gamins. Aslak m'a dit qu'elle lui avait ri au nez. Je ne sais pas ce qu'il comptait faire, lever la main sur elle ou exiger des excuses, mais ça a tourné au vinaigre. Elle a ri et il est rentré chez lui. Il n'a pas donné de nouvelles pendant deux jours. Il a dû se prendre une cuite.

Il n'a pas osé, songea Nilsa. Le poing d'Aslak devenait une paume molle chaque fois qu'il devait se battre.

— Je l'ai consolé, je lui ai dit qu'il avait été courageux. Cette femme est folle. On ne peut pas gagner contre des psychopathes. C'est ce que je lui ai dit.

Nilsa grognait comme un chien. Il y avait tant de mots qui voulaient sortir, mais ne faisaient que vibrer dans sa poitrine. Il sentait les regards de Sire sur lui, il savait ce qu'elle pensait. Ce qu'elle essayait d'approcher, parfois. Elle allait maintenant prétendre qu'il y avait eu une raison.

— Qu'est-ce que tu racontes ? Tu crois qu'il s'est donné la mort, c'est ça ?

Il bomba le torse, mais il pouvait à peine la regarder de haut.

Hilde secoua la tête d'un air décidé.

— Ce n'est pas ce que j'ai voulu dire, Nilsa. Je ne pense pas du tout qu'Aslak ait voulu mourir. Mais je crois qu'il allait souvent mal, très mal. Il voulait sans doute venir chez moi après cet épisode. Peut-être, je ne sais pas. Crois-moi, j'aurais aimé savoir qu'il était en route vers Kauto, je lui aurais dit de ne pas prendre le volant.

Nilsa ôta ses lunettes de soleil. Il fallait qu'elle voie sa colère.

— Tu as terminé ?

Hilde regarda vers Sire, l'air hésitant, comme si sa femme savait ce qu'elle allait dire.

— Une dernière chose. Aslak disait souvent qu'il tenait beaucoup à ses neveux, et… il était un peu inquiet pour Juvva. Il disait parfois qu'il se voyait en lui, qu'il…

— Là, tu dépasses les bornes !

Nilsa tourna les talons, monta les marches en un seul pas, ouvrit la porte d'entrée et la claqua derrière lui. Il frappa l'air de ses poings, continua dans le salon, abattit la main sur le chambranle d'une porte et continua jusqu'à la salle de bains où il se retrouva les bras ballants. Pour qui se prenait-elle, putain ? Quel culot ! Comment se permettait-elle de venir maintenant ? De venir tout court ? Qui débarque deux ans plus tard en prétendant savoir ce genre de choses ? Il fonça jusqu'à la fenêtre de la cuisine. Une distance physique s'était créée entra Sire et Hilde. Elles semblaient graves, jetaient des coups d'œil vers la fenêtre, et il ne recula même pas pour se dissimuler.

Hilde se dirigea vers sa voiture et quand elle se fut éloignée, il se laissa tomber sur une chaise. Sire entra dans la cuisine. Il aurait voulu l'empoigner et la balancer contre le sol. Il se contenta de serrer le siège de toutes ses forces.

— C'était la dernière fois. Je le répète, la dernière fois. Je ne veux plus jamais la voir ici.

Sire rangea le lait dans le frigo, le sucre dans le garde-manger, rinça les tasses et resta plantée là, appuyée contre la paillasse.

— Juvva…, risqua-t-elle.

— Elle ne sait rien, bordel ! On n'est même pas sûrs qu'Aslak lui ait dit quoi que ce soit. Est-ce que ce qu'elle raconte est vraiment arrivé ? Elle doit avoir un problème ! Nous rebattre les oreilles de ces conneries. Sans cesse. (Les postillons jaillissaient de sa bouche.) Pas un mot de plus ! Sinon je ne sais pas de quoi je serais capable.

Les yeux de Sire se plissèrent, elle écarta les lèvres pour dire quelque chose, mais comprit qu'il valait mieux se taire.

On entendit les motoneiges approcher. Elle regarda par la fenêtre. Il s'étira et les vit aussi, de l'autre côté de la grand-route. Nils-Ola était loin devant son frère. Il accéléra et prit la bosse qu'ils avaient élevée dans le pré la semaine dernière. Intrépide, il s'envola avec sa motoneige et atterrit lestement. Juvva le suivait plus lentement, et contourna la bosse. Cela ne voulait rien dire. Nilsa voulait le hurler à Sire, il voyait bien à sa mine qu'elle avait ses idées au sujet de Juvva. Il n'y avait aucune différence entre les frères ! Il le savait, il était leur *isá*, il le savait mieux qu'elle. Il abattit son poing sur la table et Sire sursauta.

Jon-Ante

1986

Il avait pensé à elle tout l'automne et l'hiver, surtout quand il était sous terre à boire son café noir en tournant le dos aux types avec qui il bossait. Alors Marge lui revenait à l'esprit. Il aurait dû l'appeler après la journée de l'enfance, prendre de ses nouvelles. Mais n'était-ce pas plutôt à elle de téléphoner pour le remercier ? Dans le bottin, il avait vu qu'elle habitait rue Kyrkogatan. Il y était passé quelques fois, avait monté et descendu la rue en scrutant les fenêtres sans savoir laquelle était la sienne. Il espérait la voir entrer ou sortir de son immeuble, mais cela n'arriva pas. Il s'était dit qu'elle avait peut-être aperçu sa voiture, qu'elle ne voulait certainement pas avoir affaire à lui, raison pour laquelle elle s'abstenait de le contacter. Il avait cessé de passer dans sa rue – en tout cas pas aussi souvent.

À l'automne il décida de remplacer quelques pièces de sa voiture. Classe l'avait convaincu de s'installer dans leur garage. Les pièces détachées étaient arrivées par la poste en octobre. Il faisait trop froid pour passer des heures dans son garage à lui, il avait dû accepter et remercier Classe. Juste pour une courte période, s'était-il persuadé, mais la courte période durait maintenant depuis des mois. Quand il ne travaillait pas, il passait le plus clair de son temps dans le garage et l'hiver se changea en printemps. Soudain, les toits gouttaient, il y avait des pêcheurs sur glace sur le lac Luossa et on avait célébré l'ouverture de la pêche sur le lac Rautas. Il était monté en motoneige avec Classe dont l'abri de pêche se trouvait sur la glace. Il y avait passé un de ses meilleurs week-ends. Il était rentré avec de l'omble chevalier et avait de nouveau pensé à Marge. Il l'aurait bien invitée à dîner.

Il avait fini par lui donner un coup de fil, lui avait dit qu'il allait partir au village et lui avait demandé si elle avait besoin qu'il la dépose en voiture le week-end de Pâques. C'était assez ridicule de téléphoner après tant de mois pour lui poser une telle question. Il était devenu cramoisi, le téléphone lourd entre ses doigts.

— J'ai une voiture, lui avait-elle répondu.

— Je sais, mais le jour où on s'est vus, tu m'as dit qu'elle tombait souvent en panne, qu'elle était souvent au garage. J'ai pensé… eh bien… que j'allais te proposer. Si jamais…

— J'ai dit ça, moi ? Bon, j'ai dû raconter pas mal de bêtises ce soir-là. Je n'en suis pas fière, fit-elle d'un ton enjoué. C'est gentil de penser à moi.

— Ça n'aurait pas été dans l'Américaine. (Il risqua un petit rire.) Elle attendra l'été. J'en ai une deuxième.

Bon sang, elle devait le prendre pour un idiot.

— Je crois que ça plairait à Stella de voir la décapotable, un de ces jours.

Il fit un bond sur place, étirant le fil entortillé du téléphone.

— Avec plaisir ! C'est comme si c'était fait. D'ailleurs, on pourrait peut-être se voir à Sohppar ? Pour Pâques, je veux dire. Il y a deux rennes domestiques sur notre terrain. Peut-être que Stella voudrait les rencontrer ?

— Un peu qu'elle le voudrait ! Elle va sauter de joie. Elle se destine à l'élevage de rennes, dit-elle. Avec son *áddjá*.

Ils avaient discuté pendant des heures. Pour la première fois de sa vie, il était arrivé en retard au travail.

À présent, il était là, au village, il avait attendu ce moment toute la matinée. Il les vit arriver de loin. La fillette tenait Marge fermement par la main et leurs bras se balançaient alors qu'elles marchaient. Elles ne se lâchèrent pas en arrivant.

— Bonjour ! Moi, c'est Jon-Ante, sourit-il.

— Et voici…

Marge n'eut pas le temps d'en dire plus.

— Stella ! Maman se trompe tout le temps.

Il vit un changement soudain dans le visage de Marge, qui se ressaisit rapidement et sourit.

— Oui, ma fille.

— Où sont les rennes ? demanda Stella.

— Écoute bien, dit Jon-Ante en plaçant sa main en corolle derrière son pavillon.

Ils tendirent l'oreille sans un bruit. Il vit la petite se concentrer et soulever doucement son bonnet rose.

— Je n'entends rien, murmura-t-elle.

— Attends un peu, tu vas voir.

Une pie s'envola, se posa sur le fil entre deux poteaux téléphoniques. Une motoneige vrombissait au loin. Puis on distingua un faible tintement de cloche. Stella sauta sur place et se tourna vers les arbres derrière la maison.

— Là-bas ? demanda-t-elle en pointant le doigt.

Jon-Ante hocha la tête. L'enfant tira Marge par le bras. Derrière la remise, à l'orée de la forêt de bouleaux, on apercevait deux rennes, un blanc et un gris-brun, attachés à des cordes suffisamment longues pour qu'ils puissent se déplacer dans un rayon de quelques mètres. Ils contemplaient la fillette qui, soudain frappée de timidité, se cacha derrière son *enná*. Il sourit à Marge. Elle rayonnait. Il était aux anges.

— Un renne blanc ! Je peux le caresser ?

— Bien sûr. Tu peux leur donner un peu de lichen, vous deviendrez tout de suite amis.

Il décrocha le sachet de lichen du maigre bouleau auquel celui-ci était suspendu et laissa Stella en remplir son poing. Il l'imita.

— Comment ils s'appellent ?

— Oh, mais on a oublié de les baptiser.

— Ils sont à toi ?

— Non, à mon frère.

— Et toi, tu n'en as pas ?

Jon-Ante jeta un coup d'œil à Marge, mais elle n'avait d'yeux que pour sa fille.

— Si, j'en ai, mais ce sont surtout mes frères qui s'en occupent. En revanche, cet été, je vais les accompagner en Norvège pour le marquage des faons.

— Comment on marque les faons ?

— *Áddjá* te l'a expliqué, non ? dit Marge en prenant sa fille par les épaules. On leur fait une marque aux oreilles.

— Oui, on les coupe au couteau, ajouta Stella, l'air inquiet.

— Ça ne leur fait pas mal, l'assura Jon-Ante.

Marge le regarda enfin, mima un *giitu* du bout des lèvres. Merci.

— Moi aussi, je veux voir les faons, maman.

— Vous irez aussi, non ? Tout le monde y va. Soit à pied, soit en hélicoptère.

Stella resta bouche bée.

— En hélicoptère !

— Moi, je n'ose pas, fit remarquer Marge. J'y suis toujours allée à pied.

— Je serai avec toi, je te tiendrai la main.

La fillette avait dit ce qu'il aurait dû dire.

Ayant aperçu le lichen, les rennes approchèrent lentement. Stella resta courageusement sur place, tendit le bras aussi loin que possible et ouvrit la main. Le renne gris-brun happa délicatement le fourrage, effleurant à peine son gant rouge.

— À mon tour de le nourrir. Tu peux le caresser.

Stella sembla d'abord hypnotisée par les yeux du renne, mais elle se reprit et lui caressa l'encolure. Son visage s'illumina. Le renne blanc les avait rejoints, il donnait de petits coups de tête au bras de Stella.

— Il nous faut plus de lichen.

Marge plongea la main dans le sac et en sortit une poignée de lichen qui crissait entre ses doigts. Elle eut à peine le temps de la tendre à Stella que le renne blanc l'avait déjà engloutie.

— Je trouve qu'on devrait leur donner un nom, s'exclama la fillette exaltée, en caressant les deux rennes à la fois.

— On ne peut pas nommer les rennes des autres, dit Marge.

— Je suis sûr que mon frère serait d'accord.

Jon-Ante lui décocha un clin d'œil.

— Il faut que je réfléchisse pour choisir des noms qui leur vont bien.

Stella affichait une mine espiègle.

Les cloches autour du cou des rennes tintèrent près d'elle et elle se pencha vers le renne blanc.

— Ils n'ont pas peur. Moi non plus.

— Non, les rennes domestiques ont l'habitude des humains. Contrairement aux rennes sauvages qui sont farouches.

— J'étais là au tri des rennes. Ils couraient comme des fous, toujours en rond. On ne pouvait pas les toucher.

— Alors vous êtes venues en novembre ? demanda Jon-Ante, et Marge hocha la tête.

— Elle a eu du mal avec l'abattage, chuchota-t-elle en sami.

Stella leva la tête.

— Ce n'est pas juste ! Je ne comprends pas !

— Je disais que ça t'avait plu, mais que ça avait été un peu dur pour toi aussi.

— Je n'ai pas peur quand je suis à côté d'*áddjá*. Aucun renne ne lui marche dessus, et il ne rate jamais ses lancers de lasso.

Les réserves de lichen étant épuisées, les rennes commençaient à se détourner d'eux. Le blanc s'était déjà éloigné vers les arbres. Stella caressa le deuxième une dernière fois avant de le voir disparaître dans la neige.

— J'adore les rennes, décréta-t-elle d'un ton solennel. Mais maintenant j'ai terminé. Je veux retourner chez *áhkku*.

Jon-Ante vit Marge hésiter.

— Tu peux rentrer toute seule ?

Stella les dévisagea avec méfiance.

— Qu'est-ce que vous allez faire ?

— Rien de spécial, ma puce. Je vais juste discuter un peu avec Jon-Ante.

— Je ne suis pas une puce, je te l'ai déjà dit ! Vous allez parler de quoi ? Je veux participer.

— Mais *áhkku* et toi deviez accrocher des plumes aux branches de bouleau et peindre les œufs.

— Je veux que tu sois avec nous.

Elle s'était placée comme une petite muraille devant son *enná*, peut-être inquiète que leur relation d'exclusivité puisse être menacée.

— Il va falloir que j'y aille, fit remarquer Marge.

Il vit qu'elle n'était pas déçue. Au contraire, elle tenait à partir. Quel idiot il était, elle voulait seulement montrer les rennes à Stella.

— Je comprends.

— Je reviendrai caresser les rennes, dit Stella en tirant Marge par le bras. Et je les baptiserai.

Elles se tenaient par la main et Marge donnait de l'élan aux bras qui se balançaient lorsqu'elles avançaient sur la route du village.

— Merci beaucoup ! cria Marge qui s'était retournée et agitait sa main libre.

Il répondit par un petit hochement de tête.

— Comment on va appeler les rennes, maman ? entendit-il Stella demander avant que leurs voix ne s'évanouissent.

Else-Maj

1986

Else-Maj vit Marge et Stella passer devant la maison. On voyait qu'elles s'étaient rapprochées depuis cet automne. Elles se tenaient par la main, riaient, s'appuyaient l'une contre l'autre. Else-Maj s'éloigna de la fenêtre de la cuisine. On entendait de la musique depuis la chambre d'Ella. Elle écoutait Style en boucle, ce groupe de pop dont Else-Maj lui avait acheté l'album la semaine dernière à Domus.

— Un de leurs morceaux est en tête du top 50 !

Après le passage en caisse, Ella avait refusé de glisser le disque dans le sac, elle voulait le garder sous le bras tant elle était heureuse. Elle s'était confondue en remerciements et, pour une fois, Else-Maj avait espéré un câlin. Mais c'était peine perdue. Elle ne pouvait s'en prendre qu'à elle-même. Quand avait-elle cessé de serrer ses enfants dans ses bras ? Dès qu'ils avaient montré des signes d'indépendance, elle avait éprouvé du soulagement. Gustu n'était pas plus doué qu'elle quand il s'agissait d'embrasser les enfants, mais une *enná* incapable de contact physique, c'était évidemment pire.

Toujours dans la cuisine, elle s'approcha de l'autre fenêtre et vit Marge entourer sa fille de ses bras. Elle les vit jouer à la bagarre et finir les quatre fers en l'air dans la neige. Les parents qui avaient le temps de jouer ainsi avec leurs enfants manquaient tout simplement d'occupations.

Qu'importe, cette vision la fit errer sans but dans la maison et elle se retrouva devant les photos de classe, un mur entier, année après année. Ella hilare, Nils-Johan sérieux et Per-Duommá avec son éternelle coupe courte.

Le rire d'Ella peut dissiper les peines, disait souvent sa propre *enná*. Et Else-Maj s'accrochait à cette affirmation, elle avait tout de même dû faire quelque chose de bien. Elle chassa ses pensées avec un soupir de mépris. D'où lui venaient-elles ? C'était peut-être elle qui avait trop de temps aujourd'hui. Se faire des nœuds au cerveau ainsi ! Elle se le rappela : les enfants étaient forts, indépendants, c'était ça le plus important. Ella savait déjà tout ce qu'elle devait savoir et les garçons connaissaient tout des rennes. Gustu était fier d'eux. Il leur donnait de grandes tapes sur l'épaule. Une *enná* ne pouvait pas faire de même. Une *enná* devait offrir la douceur et ouvrir les bras. Mais elle était petite et osseuse, rien d'accueillant. Son *enná* à elle était ronde au moins – la chaleur de son corps pouvait parfois être interprétée comme de la proximité, même si elle avait rarement serré ses enfants ou ses petits-enfants dans ses bras. Ella recherchait le contact de son *áhkku* ; elle voulait s'enfoncer dans sa douceur. Else-Maj les regardait parfois du coin de l'œil, cherchait des signes qui témoigneraient du malaise de sa mère.

Parler de Sara était interdit. Ella avait posé la question, une fois, elle ne devait pas avoir plus de six ans, et son *áhkku* avait bondi sur ses pieds si brusquement que la fillette avait été projetée la tête la première contre le dossier rouge ajouré de la banquette de la cuisine. Elle avait éclaté en sanglots, mais son *áhkku* n'était évidemment pas revenue la consoler. Elle avait soudain quelque chose à faire, avait soulevé le tapis de la cuisine, puis la trappe menant à la cave et y avait disparu. Elle y était restée si longtemps que l'odeur humide de terre avait envahi la pièce. Else-Maj avait pris sa fille sur ses genoux. Celle-ci s'était pendue à son cou, avait laissé de la morve dans ses cheveux. Le chagrin était vite passé et la fillette avait voulu rejoindre son *áhkku* au sous-sol. Else-Maj avait dû la retenir fermement.

— Pas d'enfants au sol quand la trappe est ouverte.

Elle avait appelé sèchement sa mère qui avait fini par remonter, l'air de rien. Elle n'allait certainement pas demander pardon à Ella ou chercher une bosse dans ses cheveux.

Elle était le genre d'*enná* qui faisait toujours passer sa propre douleur avant celle des autres. On aurait pu croire qu'une *enná* aurait serré ses enfants dans ses bras, les auraient consolés à la mort de leur *oabbá*, mais tel ne fut pas le cas tant elle était paralysée par la peine. Ils durent apprendre à s'en sortir seuls.

Marge et Stella étaient passées à Noël avec une boîte de chocolats pour remercier Gustu de son aide. Il l'avait reçue avec un certain mécontentement – il n'aimait pas les signes de gratitude. Else-Maj lui avait donné un petit coup dans le dos, ne comprenait-il pas que la pauvre fillette faisait de son mieux ? Il avait pris les confiseries et avait dit que personne d'autre n'aurait le droit d'y goûter. Il était doué pour plaisanter avec les enfants, ça oui. Marge aurait pourtant dû savoir qu'il ne fallait pas lui apporter de cadeau.

Else-Maj se remémora son verbiage dans la voiture après le traumatisme crânien de sa fille – elle était choquée, déboussolée. Elle avait vu que Marge avait des difficultés à se rapprocher de sa fille. Était-ce pour ça qu'Else-Maj était jalouse à présent ? De voir Marge et Stella rouler dans la neige en se tenant par la main. Elle poussa un nouveau soupir de dédain. Non, elle ne pouvait pas être jalouse.

Le téléphone sonna dans l'entrée, elle se hâta de décrocher.

— Allô, vous êtes au 310 45.

— Else-Maj ?

La voix lui était familière. Elle sentit qu'elle devait s'asseoir, ce qu'elle fit. Ils achetaient rarement des meubles, mais la banquette téléphone, dotée d'un siège confortable, d'une table et de deux tiroirs pour les gants, bonnets, bracelets réfléchissants et tout le reste avait été une vraie trouvaille. Elle se contempla dans le miroir sur le mur de l'autre côté, se vit s'immobiliser en plein mouvement lorsque la voix continua.

— C'est Anna. (Elle se racla la gorge.) D'Ađevuopmi.

Else-Maj regarda au sol.

— Allô ? Tu es encore là ? C'est Anna.

Depuis combien de temps n'avait-elle pas vu Anna ? Des années. Et encore, elle n'avait fait que la saluer au passage. Else-Maj était très pressée, toujours en route quelque part, et elle n'allait pas s'arrêter pour Anna. Elles avaient à peine échangé quelques mots depuis l'école pour nomades. Elle savait qu'Anna vivait en Norvège, sa mère le lui avait raconté, comme si Else-Maj était intéressée. Et si Anna était rentrée à Ađevuopmi à quelques occasions, il n'était pas étrange qu'elles ne se soient pas croisées – quelques dizaines de kilomètres séparaient tout de même les villages.

Et à présent, cette voix au creux de son oreille. Une voix qui n'avait pas changé malgré les trente années écoulées.

— Ah bon ?

C'est tout ce qu'elle parvint à prononcer. Ses sentiments se tenaient à distance et elle en était reconnaissante.

— Je suis un peu occupée, j'allais justement sortir un pain du four, mentit-elle.

— Je comprends. Je peux peut-être passer chez toi ?

— Surtout pas ! (Elle baissa la voix.) Ella est grippée, et je sens que je couve aussi quelque chose.

— Ella, c'est ta fille ? Je n'ai pas peur des microbes. J'ai travaillé comme infirmière pendant de nombreuses années, j'ai déjà eu toutes les maladies.

Else-Maj n'aimait pas raconter des histoires, elle aurait préféré avoir la force de dire non. Pourquoi avait-elle besoin d'un prétexte ?

— J'ai pensé à toi pendant tant d'années, Else-Maj. Je me suis souvent demandé comment tu t'en étais sortie, mais j'étais si jeune à l'époque. J'ai déménagé plusieurs fois. Brusquement, tu étais adulte, et je ne t'avais pas contactée.

Elle parlait vite, comme si elle était anxieuse et avait préparé son discours.

— Tout va bien pour moi, merci. Il faut vraiment que j'y aille, mon pain va être trop cuit.

— Alors, je passe te voir.

— Je crois que je n'en ai pas envie.

Else-Maj fixa son reflet dans le miroir, se leva et chercha sa volonté.

— Anna…

Prononcer son nom lui provoquait comme une brûlure à la langue. Son corps s'était raidi, mais rien de plus.

— Je suis malade, l'interrompit Anna. J'ai un cancer. Du pancréas. On en meurt avant même d'avoir eu le temps d'organiser ses funérailles, de choisir ses psaumes et son cercueil. En revanche, on a le temps de penser aux personnes qui ont compté dans notre vie.

Else-Maj se rassit. On ne plaisantait pas avec le cancer.

— Je suis désolée…

— Le cancer est une bonne excuse, n'est-ce pas ? Personne n'ose refuser.

L'humour noir, très peu pour Else-Maj. Elle ne rit pas avec Anna.

— Qu'est-ce que tu en penses ? Je peux venir ?

— Tu sais, je crois que je préfère te rendre visite.

C'était faux, mais Anna ne pouvait en aucun cas passer les voir. Les enfants ne devaient pas apprendre son identité, et comment être sûre que celle-ci ne dirait rien.

Else-Maj et Gustu étaient tombés d'accord – elle l'avait convaincu : ils ne devaient pas accabler les enfants de leurs souvenirs de l'école pour nomades. Aucune souffrance ne devrait leur être imposée. Else-Maj posa une main sur sa poitrine. La pierre de chagrin. Gustu en ignorait l'existence.

— Tu peux venir chez moi. Sais-tu où habitaient mes parents ? J'ai repris la maison il y a peu.

— La verte ? La dernière avant de sortir d'Ađevuopmi ? Oui, je vois.

— Viens vite, je peux mourir demain, on ne sait jamais.

Elles raccrochèrent, mais le rire d'Anna demeura en elle. Il n'avait pas changé. Ce rire qui l'avait si souvent consolée. Anna l'avait beaucoup fait glousser. L'avait chatouillée un peu, comme pour dégeler la gaieté tapie dans ses entrailles.

La première fois qu'Else-Maj l'avait revue après l'époque de l'école pour nomades, elle avait seize ans et se dirigeait vers le mont Guorpmit pour fêter la Saint-Jean. Les adolescents du village s'amusaient à gravir celui-ci. Déjà à l'époque, Gustu ne la laissait pas indifférente, et elle savait qu'il monterait. Else-Maj avait soudain aperçu Anna qui marchait le long de la route du hameau, une couronne de fleurs dans les cheveux. Elle s'était arrêtée en voyant les adolescents approcher à vélo. Elle avait tressailli, écarquillé les yeux, sa mâchoire s'était décrochée, trahissant cette joie que l'on éprouve quand on retrouve un vieil ami très cher. Elle avait même levé la main en guise de bonjour, sans doute s'attendait-elle à ce qu'Else-Maj freine à sa hauteur, mais c'était hors de question. Elle était passée en trombe, feignant de ne pas la reconnaître et elle ne s'était pas retournée une seule fois. Bien fait pour elle !

Le soir venu, Gustu l'avait prise par la taille au sommet du Guorpmit, lui avait dit qu'elle était belle. Ils étaient redescendus en courant sous une averse de grêle. De petites billes de glace qui crépitaient contre son manteau et sa capuche. C'était presque douloureux. Else-Maj qui voulait simplement se réjouir que Gustu la tienne par la main ne pouvait s'empêcher de penser à Anna.

Les années s'étaient écoulées et elle l'avait rarement revue, à quelques occasions seulement. Else-Maj évitait les endroits où elle aurait pu la croiser. Après chaque rencontre, Anna venait hanter ses pensées, ce qui lui déplaisait au plus haut point. Elle devenait maussade, sèche, Gustu levait les sourcils d'un air interrogatif lorsqu'elle posait violemment les casseroles ou grondait les garçons pour des broutilles.

Non, elle n'avait jamais aimé revoir Anna. Et le fait qu'elle l'appelle lui plaisait encore moins.

Marge

1986

Jon-Ante vint les chercher en motoneige, il avait transformé le traîneau en un siège confortable, à l'aide de trois grandes peaux de renne et d'un dossier. C'est elle qui lui avait téléphoné. Quand elle lui avait demandé s'il voulait les accompagner au concours de pêche à la dandine à Láttevárri, il lui avait proposé de les emmener en motoneige. C'était loin, elle avait hésité, il avait répondu que la piste était plus large que la rue principale du village et les températures positives.

Stella avait sauté de joie en apprenant qu'elle allait parcourir une si longue distance en motoneige. Sa mère l'avait enveloppée dans des fourrures, coiffée d'un bonnet en renard cousu par son *áhkku* qui le lui avait noué sous le menton. Sans oublier les lunettes noires et la protection solaire sur le nez et les joues. Marge y avait déposé un baiser et ses lèvres s'étaient couvertes de crème. En repoussant une mèche brune qui sortait du bonnet au niveau du front, elle effleura la marque qui pour toujours leur rappellerait le jour où Stella avait chuté de l'arbre, s'était ouvert la tête et avait subi un traumatisme crânien. Sa fille présentait désormais deux cicatrices au front, mais de la première, stigmate d'une blessure reçue dans son pays natal, elles ne pourraient sans doute jamais raconter l'histoire. Elle avait demandé à Stella si elle en avait des souvenirs, mais n'avait obtenu comme seule réponse qu'un haussement d'épaules. Marge laissait parfois glisser un doigt sur la nouvelle cicatrice, songeant que cet accident éprouvant les avait transformées toutes les deux. Stella avait surtout appris à lui faire confiance.

Sa fille était restée toute la nuit à l'hôpital, en observation. Marge était arrivée aux urgences en titubant, convaincue qu'il s'agissait du test ultime, destiné à prouver qu'elle ne méritait pas le qualificatif de maman, mais elle était tombée sur une aide-soignante particulièrement perspicace. En quelques minutes, Marie-Louise avait fait avouer à Marge qu'elle se croyait mauvaise mère et lui avait dit : « Arrêtez de dire des bêtises. Ça va très bien se passer. » Étonnamment, Marge s'était ressaisie.

— Ce n'est pas votre fille qui doit venir vers vous ou vous rejeter, c'est vous qui devez lui montrer qu'elle peut vous faire confiance. Allongez-vous à côté d'elle dans le lit.

La lumière du corridor pénétrait dans la chambre chaque fois que Marie-Louise entrait pour contrôler l'état de Stella, vérifier qu'on pouvait la réveiller. Chaque fois, Marge clignait des yeux, alerte, serrant sa fille dans ses bras.

— Vous êtes comme n'importe quelle lionne : vous ne fermez pas l'œil de la nuit. Vous n'aviez pas besoin de moi pour vous occuper d'elle. Vous auriez réussi toute seule, avait chuchoté la soignante dans l'obscurité.

Stella s'était réveillée d'elle-même vers sept heures du matin et Marge avait retenu sa respiration, les bras autour de son lionceau, prête à sentir la petite s'arc-bouter pour se libérer de son étreinte. Il y eut comme un moment de flottement.

— Je suis là. Maman est là, avait murmuré Marge, les lèvres contre ses cheveux, tout en la serrant un peu plus fort.

Et la fillette s'était détendue, s'était laissé enlacer. Marie-Louise était entrée. Elle avait terminé son service. Elle avait souri et Marge s'était dit que tous les mots du monde ne suffiraient pas à la remercier.

Elle avait fait publier un message dans le journal local, exprimant toute sa gratitude aux personnes qui les avaient aidées, tout particulièrement Marie-Louise. Elle avait signé de son nom et de celui de sa fille, elle avait hésité entre Stella et Estela. Opté pour Stella. Ce qu'elle avait regretté en voyant le texte imprimé, dans un journal que tout le monde lisait. Les parents de l'école penseraient peut-être qu'elle avait arraché à sa fille son véritable prénom. Visiblement, Marge ne valait pas mieux que tous les prêtres qui, à l'époque, transformaient les prénoms samis en prénoms suédois. Tant de Biera et d'Ante qui, dans les registres paroissiaux, étaient devenus Per et Anders. Elle-même était devenue Margit. On les avait dépouillés de leurs vrais noms, on les avait suédisés. Stella était pourtant fière d'être citée dans le journal, elle avait lentement déchiffré chaque phrase. Elles avaient découpé l'article qu'elles avaient accroché sur la porte du frigo.

— On a oublié Gustu ! C'est lui qui a arrêté le sang !

Stella avait semblé épouvantée quand elle s'en était rendu compte.

— On le remerciera de vive voix. Il n'aurait pas aimé figurer dans le journal.

Certes, la relation n'avait pas changé du jour au lendemain, mais, depuis l'accident, Stella disait « maman » avec une évidence toute nouvelle, sans s'apercevoir que sa mère manquait chaque fois de tomber à la renverse.

— Tu peux m'appeler *enná* si tu veux, lui avait-elle dit. Ou continuer à dire maman. Comme tu préfères.

— *Áhkku* est ton *enná*, toi, tu es ma maman.

C'était douloureux, et en même temps si extraordinaire d'entendre sa fille dire maman sans l'ombre d'une hésitation. Son raisonnement était celui d'une enfant : *áhkku* et maman ne pouvaient pas toutes les deux être *enná*.

— Tu viens, maman ?

Stella la hélait depuis le traîneau.

Jon-Ante l'avait laissée grimper dedans, lui avait indiqué où se tenir s'il accélérait. Il avait aussi disposé une couverture qu'elle pouvait rabattre sur ses jambes ; il la lui montra avec le même enthousiasme. Il souleva une peau de renne et désigna la perceuse à neige, lui expliqua qu'il ne fallait surtout pas la toucher, elle risquait de se couper.

Marge s'installa au fond du traîneau, écartant les jambes pour que Stella puisse s'asseoir devant elle, le dos plaqué contre sa poitrine. Elle entoura sa fille de ses bras et la serra si fort que la petite tressaillit et se tortilla. Pourtant, elle n'essaya pas de se libérer, au contraire. Elle se pelotonna, cherchant la chaleur.

Jon-Ante affichait une joie contagieuse. Il se matérialisa derrière elles une dernière fois, tira les peaux de renne pour vérifier leur position. Marge sentit sa main effleurer son épaule.

Il démarra enfin et il dut prendre de la vitesse pour parvenir à slalomer entre les arbres sans s'enfoncer dans la neige. Ils étaient partis de bonne heure, le soleil ne chauffait pas encore, mais cet après-midi la température grimperait et le retour risquait d'être difficile si la neige commençait à fondre. Ils dépassèrent en trombe des lacs où l'eau formait une mince pellicule à la surface de la glace. Marge cherchait du regard d'éventuelles fissures, étreignant plus fort Stella qui chantait.

La piste dont Jon-Ante avait parlé s'ouvrait sur la tourbière. Il se retourna en levant les pouces. Il conduisait prudemment, Marge gardait les yeux rivés sur son dos large. Il portait une combinaison noire et une ceinture ornée d'œillets multicolores à laquelle pendait son couteau, bien en place. À la nuque, ses cheveux plus longs sortaient de son bonnet.

Au bout de quelques kilomètres se trouvait une route qu'il leur fallait franchir. Ils marquèrent une pause sur le talus neigeux, Jon-Ante regarda de tous les côtés, et vers elles, avant de mettre les gaz pour traverser. L'asphalte crissa sous les patins du traîneau.

Ils s'engagèrent sur la rivière Lávnjiteatnu, empruntant la piste qui menait à Láttevárri.

— On a pêché ici cet été, tu te rappelles ?

Stella observa le paysage alentour, mais, sous la neige, tout semblait différent. Elle secoua la tête.

De loin, ils aperçurent des silhouettes debout sur la glace, près du village. Un écho planait au-dessus de la rivière : dans un micro, une voix détaillait les règles du concours de pêche du jour.

Jon-Ante ralentit et se glissa dans la foule de personnes et de motoneiges. Il s'était levé, avait posé un genou sur le siège et tenait le guidon de ses bras tendus. On les dévisagea avec curiosité – ils étaient arrivés ensemble, cela ferait jaser. Il esquissa un demi-cercle, comme pour se présenter, avant de s'arrêter. Il sauta de la motoneige et se posta tout de suite à côté d'elles.

— C'est là-bas que ça mord le mieux, chuchota-t-il à l'oreille de Stella avec un geste discret vers la glace. Allez, vite, descendez les peaux de renne, qu'on soit les premiers sur place.

Stella était rapide, elle empoigna la première peau dans le traîneau.

— Prête !

— Parfait, ils vont bientôt siffler le départ.

Jon-Ante s'empara de la perceuse à glace ainsi que d'une sacoche noire en tissu dépliable. Des cannes à pêche sur glace de toutes les couleurs et une dizaine de leurres s'y trouvaient, dans une caissette transparente à compartiments. Il tira de sa poche de combinaison la boîte contenant les vers qui se tortillaient dans de la terre.

Marge observa le rivage où les participants s'étaient rassemblés en attendant le coup d'envoi. Elle en reconnaissait beaucoup. Elle aurait le temps de leur parler plus tard.

Il leva les yeux vers le village – heureusement, on ne voyait pas l'école. Elle contempla Jon-Ante, se remémorant le jour où ils avaient dû partir à sa recherche, morts d'inquiétude. Ils avaient l'âge de Stella. Ça dépassait l'entendement. Imaginer sa petite fille dans cette situation la rendait malade.

— Et voilà, chers amis ! Départ dans quelques secondes. Tenez-vous prêts, annonça le présentateur.

Stella essayait de traîner l'encombrante peau de renne, mais Jon-Ante prit le relais, l'enroula et la cala sous son bras. Il portait la tarière à glace dans l'autre main, et Marge, une peau sous chaque bras.

— À vos marques, prêts, partez !

Ils partirent au quart de tour, Jon-Ante en premier, suivi de Stella, puis de Marge. Ils couraient dans la neige fondue que bien des personnes avaient piétinée avant eux. L'eau giclait autour de leurs pieds.

Stella s'assit sur une peau de renne, les yeux écarquillés, souriante, exaltée.

Jon-Ante ôta la protection de la perceuse et, du bout de sa chaussure, dégagea la neige qui couvrait la glace. Puis il alluma l'engin. Stella sursauta. Partout s'élevait le vrombissement des perceuses électriques tandis que quelques pêcheurs se démenaient à côté d'eux avec des tarières manuelles.

— Vous allez effrayer les poissons ! s'inquiéta-t-elle.

— Ils vont revenir, la rassura Jon-Ante.

Il sortit la mèche. L'eau froide éclaboussa la glace. Il repoussa la neige collante d'un coup de pied. Il fora un deuxième trou un peu plus loin, puis un troisième.

— Je te laisse le meilleur trou, Stella. Tu sais, il y a une petite crique où passent les poissons.

Il sourit en s'agenouillant auprès d'elle pour lui permettre de sélectionner sa canne. Elle en prit une à poignée en liège et moulinet bleu. Un leurre ovale orange et argenté y était déjà suspendu.

— Excellent choix. Le leurre Rauto est inégalable.

À l'aide de l'écumoire à glace, Marge retirait la neige du trou jusqu'à ce que l'eau soit claire.

Stella fixait les mains de Jon-Ante.

— Qu'est-ce qu'il a, ton petit doigt ?

Marge attendait calmement sa réponse. Elle aurait pu lui reprocher cette question indiscrète, mais elle s'abstint. Jon-Ante sourit. Pourtant, dans ses yeux, elle devinait autre chose.

— Je me suis fait mal à l'école.

— Comment ?

Il avait des neveux, il devait bien savoir que les questions ne s'arrêteraient pas à comment et pourquoi. Elle était prête à intervenir.

— Je suis tombé et mon petit doigt s'est coincé sous mon corps.

— Aïe.

Marge était déçue. En colère, même.

— Allez, on commence à pêcher, oui ou non ? lança-t-elle. Tu as mis le ver ?

— Tu peux le faire ? demanda Stella en balançant son leurre devant elle.

— Je m'en charge, fit Jon-Ante en attrapant le fil.

— Laisse, le coupa Marge sèchement.

L'appât terreux se contorsionnait déjà entre son pouce et son index. Elle l'accrocha à l'hameçon. Stella grimaçait.

— Maintenant, tu abaisses ta ligne en la déroulant jusqu'à ce qu'elle s'arrête, lui expliqua Marge. Ça veut dire qu'elle touche le fond. De là, tu fais trois tours de moulinet et ce sera parfait.

— Ah bon, tu en fais trois, toi ? s'étonna Jon-Ante. Personnellement, j'en ai toujours fait deux et demi.

— Grosse erreur, rétorqua Marge en écartant les bras. Pas étonnant que tu rentres toujours bredouille !

— Quoi ? (Il eut un sourire espiègle.) On verra bien.

Stella immergea son leurre qui effectua une pirouette dans l'eau avant de disparaître dans le noir. Elle fit trois tours de moulinet.

— Ensuite, tu dois lever et baisser la canne. Comme ça, expliqua Jon-Ante en lui montrant le mouvement.

Son auriculaire restait dressé. Marge détourna les yeux.

— Vous aussi, vous devez pêcher, dit Stella.

Une fois les vers accrochés, ils laissèrent tomber leur ligne.

— Allonge-toi sur le ventre, Stella. Tu verras peut-être un poisson mordre à l'hameçon.

Elle s'exécuta.

— Je ne vois rien.

— Tire sur la ligne.

Jon-Ante donna un petit coup d'épaule à Marge en souriant.

— Elle est douée.

Stella redressa brusquement la tête.

— Vous n'avez pas le droit de parler sami.

— Il va falloir que tu apprennes.

— Maman ne veut pas.

— Comment ça ?

Jon-Ante se tourna vers Marge qui pointait le menton d'un air de défi.

— Il faut d'abord qu'elle maîtrise bien le suédois.

— Ah bon ? Qui a décidé ça ?

Elle lui tourna le dos, offrit son visage au soleil.

— Contrôleur !

L'exclamation venait de l'autre côté de la crique. Un homme au bonnet de travers agitait les bras. Deux personnes en gilet jaune se dirigeaient vers lui pour contrôler la taille du poisson.

— Merde ! On ne va pas gagner ! s'écria Stella en s'asseyant brusquement.

— Pas de gros mots.

Marge avait pris un ton sévère, mais affichait un rictus amusé.

— Tu peux jurer en sami, c'est un peu plus joli. *Henneha*.

Marge leva les yeux au ciel.

— Quoi ? lança Jon-Ante. *Henneha*, ce n'est pas méchant ! Ou bien il faut d'abord qu'elle apprenne les gros mots en suédois ?

Marge ramassa une poignée de neige, visa la joue de Jon-Ante. Stella rit aux éclats. Il jouait l'indigné tandis que la neige fondue dégoulinait sur son menton.

— Contrôleur !

La voix provenait cette fois du milieu du lac. Jon-Ante se gratta la tête à travers le bonnet.

— Là-bas, ça ne mord jamais d'habitude !

— Tu as fait les trous au mauvais endroit, déclara Stella.

— Tu as peut-être raison, je vais en faire d'autres.

Il s'éloigna d'une dizaine de mètres vers la droite, observa minutieusement les arbres sur la rive, changea d'avis et s'écarta davantage du bord. Campé sur ses jambes, il perça la glace et l'eau jaillit.

— Venez !

Stella remonta sa ligne.

— Prends l'écumoire à glace, dit Marge en lui tendant l'outil. Et la peau !

La peau glissa aisément sur la neige lorsque Stella la traînait. Marge les vit s'accroupir tous les deux, retirer la neige de l'eau et rire doucement. Ils bavardaient, Jon-Ante faisait de grands gestes, semblant indiquer la taille d'un poisson.

Stella pêchait debout à présent. Elle lâcha la ligne, actionna la manivelle. Donna un petit coup sec – et là ! Elle écarquilla les yeux, poussa un cri.

— Ça mord !

— Tire, tire, tire ! l'encouragea Jon-Ante.

Marge se leva d'un bond, courut le long de la piste de motoneige. Stella s'arc-bouta en arrière, la ligne était tendue. Ses gants glissaient, mais elle rattrapa la canne.

— Aide-la, bon sang ! cria Marge.

— Elle va s'en sortir.

Stella reculait, serrant la canne dans son poing. Elle avait lâché la bobine et empoigné le fil.

— C'est lourd, pantela-t-elle. Aidez-moi !

Et soudain, l'eau jaillit du trou avec le poisson. Un ombre commun magnifique, argenté, battant de la nageoire caudale.

— Éloigne-toi du trou, lui ordonna Marge. Stella s'exécuta et le poisson atterrit sur la neige, frétillant, se courbant sur lui-même.

— N'oublie pas d'appeler, dit Jon-Ante qui se penchait pour s'emparer de la prise.

— Contrôleur ! s'égosilla Stella. Contrôleur !

Elle fit volte-face pour chercher du regard les hommes en gilets fluorescents. Ils arrivaient déjà en courant.

— Tiens-le, fit Jon-Ante en tendant l'ombre commun à Stella.

Elle l'empoigna vigoureusement. Le contrôleur les avait rejoints.

— Alors, c'est une petite pêcheuse qui a attrapé ce gros poisson ! s'exclama l'un des garçons d'un ton facétieux.

Marge trouva son visage familier et y regarda à deux fois. C'était Juvva, le cadet de Nilsa. Il avait la même voix que son père jeune et le même regard. C'en était troublant.

Jon-Ante décrocha l'hameçon de la bouche de l'ombre et abattit d'un coup sec, sur l'arrière de sa tête, le manche de son couteau. Juvva et son compagnon posèrent le poisson dans la neige et placèrent le mètre à côté. En effet ! Il dépassait largement les vingt-cinq centimètres.

— Pour l'instant, c'est toi qui gagnes, décréta Juvva en griffonnant sur un papier – nom, carte de pêche, taille du poisson.

Stella rayonnait. Elle laissa glisser sa main gantée sur sa prise. Le poisson avait l'œil injecté de sang, mais cela ne l'effrayait pas.

— Tu es Juvva, le fils de Nilsa, n'est-ce pas ? demanda Marge au garçon.

Il s'était redressé, prêt à en entendre davantage. Être le fils de Nilsa n'était pas une sinécure. Elle ne trouva rien à ajouter, ce qui devait vouloir tout dire pour le garçon. Il s'éloigna avec son copain, leurs gilets jaunes reflétant le soleil.

— Regarde ! Voilà *áhkku* et *áddjá*. (Stella agita la main.) Je cours leur annoncer la nouvelle !

Elle piqua un sprint. Marge n'eut même pas le temps de lui dire de faire attention à la glace mouillée.

— Tu ne trouves pas que Juvva ressemble à Nilsa ? dit-elle à Jon-Ante.

Il approuva d'un hochement de tête.

— Son frère est doué au foot.

— Oui, comme Aslak à l'époque. Le pauvre garçon ! Tout le monde sait que Nilsa s'égosille sur le banc de touche pendant les matchs.

Jon-Ante la dévisagea, ouvrit la bouche pour dire quelque chose, mais s'abstint.

— C'était un salaud à l'école, hein ? Ça me fait encore mal quand je l'aperçois au village.

Il laissa tomber ses mains sur ses genoux et détourna le regard. Elle sentit le sang lui monter aux joues. Comment pouvait-elle être aussi bête ? Dire qu'elle ne supportait pas de le voir, alors que c'est Jon-Ante qui avait été son souffre-douleur.

— Désolée, je ne sais pas ce qui m'a pris. Je n'aurais jamais dû en parler.

Elle se laissa doucement tomber à côté de lui. Ses yeux étaient embués.

— Non, ce n'est pas à Nilsa que je pense, dit-il. Lui, je m'en fous complètement. Mais à Aslak…

Elle ôta un gant, fit éclater entre ses doigts des cristaux de neige posés sur la peau de renne. Il y eut un instant de flottement.

— Ce n'était pas facile pour lui d'avoir un tel frère.

— Tu m'étonnes. Mais vous étiez bons amis, Aslak et toi, n'est-ce pas ?

— Oui. D'ailleurs, ça contrariait Nilsa.

Marge eut une soudaine envie de repousser la frange qui tombait sur les yeux de Jon-Ante, un prétexte pour pouvoir le toucher.

— Heureusement que tu as pu quitter l'école pour nomades.

Comme il ne répondait pas, elle poursuivit, nerveusement, força cette voix joviale qu'elle avait convoquée pour amadouer Stella.

— J'ai été tellement surprise quand je ne t'ai pas vu monter dans l'autocar cet automne-là. J'étais si jalouse que tu aies pu changer d'école.

Qu'une famille réussisse à retirer ses enfants de l'école pour nomades était exceptionnel. Dans le village, on en avait beaucoup parlé. Mais Marge se rappelait autre chose. Les villageois avaient dit que c'était trop tard, que Jon-Ante était devenu bizarre après ses années à l'internat. Qu'il avait fallu du temps pour qu'il redevienne lui-même.

Il souriait, mais seulement à moitié.

— Oui, c'est bien. Pour moi et mes frères. Mais… (Il secoua la tête.) Aslak en a bavé.

— C'est vrai.

C'était étrange que ces deux-là se soient trouvés. Au départ de Nilsa après sa dernière année, ils s'étaient encore rapprochés, Marge s'en souvenait ainsi. C'est à ce moment qu'Aslak était devenu le bouc émissaire. Personne ne s'en était pris à Nilsa, mais plusieurs des garçons avaient attendu patiemment leur heure. Jon-Ante était libéré de Nilsa. C'était au tour d'Aslak. Jon-Ante aurait pu rendre la pareille à ce moment-là, se venger, mais il ne l'avait pas fait. Au contraire, il avait essayé de protéger son ami.

Marge aurait voulu lui dire qu'il avait eu du courage, même si, au fond, c'était tout aussi suicidaire, puisque, à cause de leur amitié, il avait continué à se faire tabasser. Jusqu'à ce qu'il quitte enfin l'école.

— Aslak et toi, vous étiez proches ; c'était une belle amitié, finit-elle par constater.

— Il était tellement différent de son frère.

— Vous avez continué à vous voir, après ?

— Parfois, quand je rentrais au village. Mais je ne sais pas... ce n'était plus comme avant. Je suis parti en ville, j'ai commencé à bosser. Il a dû voir ça comme une trahison.

— Oui, nous sommes des traîtres tous les deux, n'est-ce pas ? risqua-t-elle d'un ton badin. Moi aussi, je suis partie en ville.

Elle voulait le rasséréner, mais aussi lui rappeler qu'ils partageaient cette expérience.

Elle tourna les yeux vers le rivage et vit Stella qui dévorait un hot-dog, à côté de ses grands-parents.

— Elle croit qu'elle a déjà gagné ! Qu'elle n'a plus besoin de pêcher.

— Il suffira que quelqu'un d'autre appelle le contrôleur pour qu'on la voie débouler, j'en suis sûre.

Le ton de la confidence était en train de disparaître.

Jon-Ante avait posé ses mains sur ses genoux. Elle aurait voulu les serrer dans les siennes. Elles reposaient là, immobiles, gercées aux articulations, comme s'il les avait lavées trop souvent à l'eau froide et laissées sécher à l'air libre. Il ne cachait pas son auriculaire, le laissait rebiquer.

Pensait-il souvent au fait qu'elle avait vu Rita Olsson lui marcher sur le petit doigt ? Elle avait repassé cet événement dans sa tête mille et une fois. Avec les années, le souvenir avait sans doute évolué. La directrice avait-elle perdu l'équilibre ou lui avait-elle écrasé volontairement le doigt ? La culpabilité l'avait rongée pendant des années après les faits, se renforçant à l'adolescence, sans qu'elle comprenne pourquoi. Elle l'avait évoqué dans son journal intime – elle était lâche, voire complice, peut-être ? Elle était tombée dans le pathos, songeant que des témoins qui ne réagissent pas portent une part de responsabilité.

Il avait dû remarquer son regard, car il enfilait à présent ses gants.

— Tu sais…

Elle n'avait pas parlé assez fort, ou peut-être que ce n'était que dans sa tête. Tant mieux. Que pouvait-elle dire, après toutes ces années ?

Ses épaules tombèrent vers sa poitrine, lui tordant le dos. Les muscles des épaules reconnurent le mouvement et se contractèrent. C'était une douleur chronique qui irradierait jusqu'au milieu du dos. Une kinésithérapeute lui avait dit qu'un cœur qui souffre peut causer des douleurs musculaires dans cette région. S'est-il passé quelque chose de particulier ? avait-elle demandé. Non, avait répondu Marge, elle soulevait du poids au travail, ce n'était sans doute pas plus compliqué que ça. À quand remontent vos douleurs ? avait insisté la jeune femme, avec sa posture caractéristique des kinés, si droite que c'en était agaçant. Elle y avait réfléchi le soir venu. C'était avant l'arrivée de Stella. Ses nuits étaient souvent interrompues par des pensées lancinantes. À vrai dire, elle était à peine majeure quand ça avait commencé. De petites boules qui se baladaient autour des omoplates, décochant des flèches de tous les côtés. Ça n'avait fait qu'empirer avec le temps, les massages n'y faisaient rien, et la douleur était aisément réveillée par une idée noire. Quand Stella était arrivée, Marge avait senti dans son corps une sorte d'ivresse, comme quand on tombe amoureux, et ses muscles s'étaient apaisés. Mais la trêve n'avait été que de courte durée.

Vous devez écouter votre corps, avait dit la kiné, il cherche à vous dire quelque chose. Non, c'en était trop. Marge avait annulé toutes les autres séances. Elle avait acheté un baume à l'odeur entêtante qu'elle ne parvenait évidemment pas à appliquer sur les zones les plus douloureuses.

Anne-Risten

1986

Un Treo frémissait dans le verre sur la table basse. De petites bulles s'élevaient vers la surface. Anne-Risten était allongée sur le canapé, un coussin sous la tête, un autre sous les genoux. Ses jambes semblaient plus légères, c'était agréable. Elle risquait d'avoir des varices comme sa mère si elle ne prenait pas garde – elle les réhaussait tous les soirs. Elle allait pouvoir siroter son Treo tranquille. Ni Cecilia ni Niklas n'étaient à la maison. Ils étaient tous les deux sortis fêter la Walpurgis, chacun de son côté, mais ni l'un ni l'autre n'avaient voulu lui dire à quel endroit.

— Vous irez à Ön voir les archers allumer le feu ? avait-elle demandé sans obtenir de réponse.

Anne-Risten aurait aimé assister au spectacle, mais de quoi aurait-elle l'air ? Se pointer toute seule, rester plantée là, comme une idiote et rentrer chez elle tout aussi seule avec des vêtements empestant la fumée. Le feu de joie était si proche de la rue Bromsgatan qu'ils s'y rendaient habituellement en famille, mais du jour au lendemain, c'était terminé. Tant de choses lui avaient été arrachées. Elle ne sortait même plus en ville le dimanche où étaient dévoilées les vitrines de Noël, même s'il était plus facile de se faire toute petite dans l'obscurité de l'hiver. Sans parler du couronnement de la Sainte-Lucie ; c'est peut-être ce qui lui manquait le plus. Elle avait proposé à Cecilia de l'inscrire à l'élection de la Sainte-Lucie, mais sa fille avait affiché un air outré.

— Tu sais bien que c'est la fille qui a la plus grande famille qui gagne. Sauf l'an dernier. La mère de la lauréate avait récupéré tous les bulletins de vote rassemblés à la caisse du magasin Obs Interiör ! C'est la honte d'être élue.

— Tu as sans doute la plus grande famille de toutes les candidates. Tu l'emporterais haut la main, avait-elle répondu.

La plaisanterie avait été mal reçue.

Non, elle ne fêterait pas la nuit de Walpurgis cette année non plus. Cecilia était partie la première, criant un au revoir à la cantonade. La dernière syllabe résonnait encore une fois la porte fermée.

Niklas était resté un peu plus longtemps. Il n'était pas du genre à moucharder, mais, de son ton habituel, tranquille, il avait prétendu qu'on avait aperçu Cecilia dans une voiture de raggare le week-end précédent. Anne-Risten avait évité de justesse la crise cardiaque. Elle l'avait bombardé de questions, mais il s'était fermé comme une huître. Une décapotable, avant la nuit de Walpurgis ? Était-ce vraiment possible ? Ils ne pouvaient tout de même pas déjà ouvrir le toit ? Les rues étaient encore tapissées de neige. Niklas l'avait observée, déconcerté.

— Ce n'était pas une décapotable, maman, c'était une autre voiture.

Il lui expliquait les choses comme si elle avait une case en moins, mais sans méchanceté, à la différence de Cecilia. Il semblait surtout la prendre en pitié. Anne-Risten ne savait pas ce qu'il valait mieux.

Elle s'installa plus confortablement sur le canapé. Ces derniers temps, son moral était plutôt bon. Surtout grâce à Vivianne, l'une des personnes âgées chez qui elle travaillait et de qui elle s'était beaucoup rapprochée. Le visage de l'ancienne infirmière s'éclairait dès qu'Anne-Risten passait la porte. Vivianne posait sur elle des yeux attentionnés, lui demandant comment elle se portait. Elles se connaissaient depuis quelques mois et leur relation ressemblait désormais à de l'amitié. Anne-Risten faisait le ménage, lui administrait ses médicaments et remplissait le garde-manger. Vivianne l'écoutait parler et lui caressait la joue quand c'était trop difficile.

Anne-Risten put enfin se délester de ce qui la rongeait sans que ses paroles soient reçues avec méfiance et agacement. Vivianne l'apaisait, examinait les plaques sur sa peau, palpait un muscle, toujours avec la même patience. L'octogénaire avait travaillé durant plus de trente ans dans le domaine de la santé – il n'y avait pas un symptôme qu'elle ne connût et ne sût interpréter. Anne-Risten fermait parfois les yeux quand Vivianne posait ses mains chaudes sur son corps, surtout sur sa mâchoire crispée. Le seul toucher semblait les détendre. Jamais elle ne qualifiait d'imaginaires les symptômes d'Anne-Risten.

— Viens t'asseoir avec moi dans le canapé, disait-elle plutôt.

Elles s'installaient côte à côte, Vivianne lui prenait la main, comme à une enfant, et lui disait :

— Tout va s'arranger. Ce n'est pas grave. Fais-moi confiance.

Anne-Risten quittait Vivianne le cœur léger, son angoisse comme évaporée. Elles agitaient la main en guise d'au revoir par la fenêtre de la cuisine. Se laisser chouchouter ainsi par Vivianne témoignait peut-être d'un manque de professionnalisme, mais cet échange les rendait heureuses toutes les deux et ne faisait de mal à personne.

— Quel bonheur de se sentir de nouveau utile, se réjouissait parfois Vivianne.

Ses enfants avaient quitté Kiruna bien des années plus tôt, elle ne voyait ses petits-enfants que pendant les vacances. Désormais, ils venaient avec les arrière-petits-enfants qui parlaient le dialecte incompréhensible du Småland.

— Ils sont tous si pressés, aucun n'a le temps de s'asseoir comme toi, Anne-Risten.

Elle lui avait confié son vrai nom, le fait qu'elle ne s'appelait pas vraiment Anne, et avait parlé de son village. Vivianne s'y était déjà rendue. Elle avait travaillé un temps dans les hameaux à l'est de Kiruna.

— Une fois, je suis allée à l'école pour nomades de Lannavaara, dit-elle, plongeant les yeux dans ceux d'Anne-Risten.

À cette occasion, Anne-Risten s'était repliée sur elle-même. Peut-être en parlerait-elle à Vivianne une autre fois.

— Se faire de la bile n'est pas forcément un mal. Cela signifie que tu es sensible. J'ai travaillé avec des médecins qui pleuraient en annonçant un cancer à leur patient. C'étaient les meilleurs.

Elle avait épousé l'un de ces médecins sensibles et avait été très heureuse pendant près de cinquante ans.

— Manfred ne m'appelait jamais Vivi, comme les autres. Il insistait pour dire Vivianne.

Un matin, Manfred s'était allongé sur le canapé pour lire le journal et ne s'était plus jamais relevé. Vivianne ne s'était toujours pas habituée à boire son café seule le matin.

Vivianne était à la fois pansement et Treo. Anne-Risten avait fini par lui demander si elle voulait bien qu'elles se voient en dehors de ses horaires de travail. Un matin autour d'un café. Elles pourraient alors finir les conversations qui s'arrêtaient souvent parce que Anne-Risten devait continuer sa tournée.

Vivianne avait souri et ses yeux s'étaient plissés de plaisir.

— Volontiers, ma chère, volontiers.

Le générique du journal télévisé résonna dans le salon. Anne-Risten devrait avoir la force de se lever pour changer de chaîne, elle ne voulait pas en entendre davantage au sujet de la catastrophe de Tchernobyl. Les vents soufflaient vers la Suède et la pluie n'avait fait qu'aggraver la situation. La présentatrice parlait d'une augmentation prévue du nombre de cancers à Kiev et, en Suède, le césium qui s'était déposé continuerait à irradier longtemps. Comme une couverture diabolique, avait-elle songé. Sa gorge était de nouveau nouée.

— Les recommandations s'appuient sur le principe de précaution. Il faudrait des niveaux cent fois plus élevés pour faire craindre un danger majeur. Nous pensons toutefois qu'il est temps d'émettre la recommandation suivante : ne buvez pas d'eau stagnante.

L'homme de l'institut de radioprotection affichait un air grave. Anne-Risten se dressa brusquement sur son séant. Juste ciel ! Et si Cecilia était allée au lac Luossa et s'était mis en tête de boire l'eau ? Des gorgées de césium cancérigène empliraient son corps, causant une mort prématurée. Sa main se glissa sous sa manche. Elle se griffa la peau, du poignet jusqu'au coude, de haut en bas et de bas en haut. Elle essaya de mettre de l'ordre dans ses pensées. Pourquoi boiraient-ils l'eau du lac ce soir ? Mais s'il était vrai que Cecilia montait dans la voiture d'un raggare, il n'était pas impossible qu'ils aillent faire un tour vers le plan d'eau.

Elle se leva, fit les cent pas dans le salon, entra dans la cuisine et sortit sur le balcon. L'odeur du feu de joie avait atteint la rue Bromsgatan. Cecilia était-elle à Ön ? Peut-être Anne-Risten aurait-elle le temps de la prévenir ?

Elle se précipita dans l'entrée, enfila son manteau d'hiver blanc et glissa les pieds dans ses après-skis. Cecilia les avait en horreur, affirmait que personne ne mettait plus ce genre de chaussures, mais Anne-Risten, qui prenait soin de ses affaires, les portait depuis longtemps, et ils étaient toujours en bon état. Elle voulait parfois crier qu'elle se serait volontiers acheté des bottes en cuir si Cecilia n'avait pas constamment besoin d'un nouveau Levi's.

Elle déverrouilla la porte, hésita, et si elle passait un coup de fil aux parents de Linda ? Ils avaient une voiture et pouvaient faire le tour de la ville pour chercher les filles ? Valait-il mieux appeler Roger ? Il n'avait sans doute pas le temps. Et puis il devait être blotti contre sa nouvelle femme devant un feu de joie dans son quartier. Elle se déchaussa d'un coup de pied, se dirigea vers le téléphone, composa le numéro des parents de Linda et n'osa pas changer d'avis, car sa mère répondit à la première sonnerie.

— Bonjour, c'est Anne Nilsson à l'appareil.

Roger lui avait retiré beaucoup de choses, mais pas son nom de famille.

— Ah tiens, Anne !

— Je me demandais si les filles étaient déjà parties.

— Depuis longtemps. Il y avait quelque chose de spécial ?

— J'aurais voulu dire quelques mots à Cecilia.

Elle se mordit la lèvre. Cecilia ne lui pardonnerait jamais de parler de Tchernobyl avec la mère de Linda. Elle s'installerait immédiatement chez Roger, il ne lui manquait qu'une preuve de la folie de sa mère pour le faire. Cecilia suggérait souvent que sa mère avait un problème.

— Tu crois en permanence que tu es malade, maman, mais c'est dans ta tête que tu es malade, avait-elle balancé au cours d'une dispute particulièrement violente.

Anne-Risten avait reculé comme un animal blessé et Cecilia avait versé des larmes de rage.

— Tu as la trouille de tout ! Merde ! avait-elle vociféré avant de claquer la porte de sa chambre.

Le téléphone était resté suroccupé toute la soirée. Parce qu'elle avait désormais son propre téléphone. Anne-Risten pensait parfois à Hulda, qu'on entendait respirer dans le combiné quand elle connectait les appels, qui épiait les conversations privées des familles. Elle aurait aimé avoir une oreille qui traîne, comme Hulda.

— Il s'est passé quelque chose ?

Le ton de la mère de Linda avait changé.

Et si Cecilia s'était plainte de sa génitrice névrosée à la mère de Linda, et que la rumeur avait gonflé ? Névrosée, c'était un mot que Cecilia lui avait appris. Elle lui avait expliqué en long et en large que cela lui correspondait parfaitement.

Elle devrait se faire interner et donner raison à sa fille. Peut-être que ça lui rabattrait le caquet pour un moment.

— Non, rien de spécial. Je lui en parlerai plus tard.

— C'est très gentil à vous d'inviter Linda à dormir ce soir.

— Quoi ? Euh, je vous en prie.

Il n'était pas prévu que Linda dorme à la maison. N'était-il pas justement question qu'elles aillent chez Linda après la fête ? Elle devrait dire quelque chose, mais c'était trop tard et elle laissa les mensonges des filles devenir vérité.

— Vous avez vu les informations ? À propos de Tchernobyl ? balbutia-t-elle plutôt.

— Oui, c'est terrible. Le nombre de cancers va exploser.

— Et cette recommandation… de ne pas boire de l'eau stagnante. (Anne-Risten serrait le combiné du téléphone dans son poing et enroulait le fil autour de son poignet jusqu'à se couper la circulation sanguine.) Il va falloir aborder le sujet avec les enfants.

— Oui, je me demande bien si on pourra boire l'eau du puits de notre maison de campagne, cet été. Si j'ai bien compris, ça concerne plutôt le sud de la Suède. (Elle dit quelques mots d'une voix étouffée, comme si elle avait posé une main sur le combiné et s'adressait à quelqu'un d'autre.) Je dois vous laisser, reprit-elle, les voisins nous attendent. Nous allons trinquer avec eux. Merci encore de vous occuper de Linda.

— Avec plaisir.

Elles raccrochèrent et elle resta plantée dans l'entrée, le cœur battant. Où les filles avaient-elles prévu de passer la nuit si elles ne rentraient pas ? Elle enfila ses chaussures et claqua la porte derrière elle.

Elle passa par les cours, bien qu'elle ait horreur d'être vue, le regard au sol, ignorant toutes les fenêtres d'où les habitants l'observaient sans doute. Après la résidence 2, située au bout de la rue, elle franchit le fossé, traversa la chaussée, s'engagea sous le chemin de fer et prit la route en terre qui menait à Ön. Les dernières neiges maculées de taches noires n'avaient pas encore fondu dans les zones boisées et ombragées. Sur la route, les flaques d'eau étaient recouvertes d'une fine croûte de glace qui craquait sous ses chaussures. Elle croisa un jeune couple, main dans la main. À quand remontait la dernière fois qu'elle avait senti la main d'un homme dans la sienne ? Roger n'avait jamais aimé cette pratique, même quand ils étaient jeunes et fous amoureux. Il préférait passer un bras autour de ses épaules, signe qu'elle lui appartenait, et caresser un sein du bout de ses doigts. Est-ce qu'il lui manquait ? Ce qui lui manquait, c'était de partager son quotidien avec un autre adulte. Dans une situation comme celle-ci, Roger aurait pris les commandes, il aurait pu chercher leur fille en voiture. Elle ne lui aurait pas dit, évidemment, qu'elle s'inquiétait de l'eau radioactive, mais des mauvaises fréquentations de Cecilia. Zut, elle aurait pu y penser ! Elle aurait dû appeler Roger pour lui parler des voitures de raggare. Il aurait laissé tomber sa jeunette et serait parti à la recherche de sa fille. N'est-ce pas ?

Anne-Risten apercevait maintenant le brasier. Les flammes s'élevaient vers le ciel en longues langues de feu. Il y avait foule, et beaucoup de gens qu'elle reconnaissait. Il faisait un froid de canard, ses doigts étaient gelés malgré les moufles en laine que sa mère lui avait offertes. Elle se frottait les mains en contournant le feu, essayant d'avoir l'air d'une personne ordinaire, pas d'une mère qui scrute la foule, le regard empli de peur. Le vent tourna, les flammes lui brûlèrent la joue et elle recula d'un pas.

Elle ferma les yeux. Elle se trouvait à présent avec son *áhkku* dans la *goahti*, le feu en son centre réchauffait les visages restés trop longtemps dans le froid. Mais, plus que tout, c'était son *áhkku* qui la réchauffait, en la laissant s'appuyer contre elle. Les battements rassurants de son cœur, les mains qui s'affairaient, ouvraient le sachet de café, sortaient un étui à aiguilles, enroulaient des rubans à chaussures, toujours en mouvement. Toute une petite vie se jouait entre les mains de son *áhkku* et Anne-Risten se sentait pleinement en sécurité. C'était avant l'école, avant qu'elle devienne une autre. Avant la peur. Avant que la faiblesse de son corps se transforme en menace. Quand elle était rentrée pour la première fois après plusieurs mois, sa grand-mère ne l'avait sans doute pas reconnue. Le petit corps qui se pressait contre elle dans la hutte avec tant de confiance n'était plus ; son *áhkku* avait dû percevoir la tension qui ne permettait plus au dos de se recourber, de se laisser entièrement aller à sa chaleur. Avait-elle regretté la petite Anne-Risten d'avant ? Avait-elle tenté de la faire revenir ? Après tout, on l'avait renommée Ann-Kristin. Elle n'en avait fait part ni à sa grand-mère ni à ses parents, bien sûr. Ils étaient vraisemblablement au courant, mais personne n'avait présenté ça comme une injustice. C'est là que les démangeaisons aux bras étaient apparues. Suivies d'autres symptômes, inexplicables. Une fois, au village, alors qu'Anne-Risten était au plus mal, son *áhkku* avait cassé le verre d'un thermomètre – elle pansait les plaies et soignait les maux à sa manière. Une goutte vivante de mercure s'en était échappée, qu'elle avait attrapée dans une cuillère. Elle avait intimé à Anne-Risten de l'avaler. Celle-ci avait obéi.

Son état ne s'était pas amélioré. Elle avait grandi, les bras de son *áhkku* s'étaient remplis de ses petits frères et ses petits cousins. Les enfants plus jeunes – certains avaient été dispensés de l'école pour nomades – n'étaient pas devenus comme elle. Personne ne semblait vouloir admettre que c'était à cause de l'internat. Or s'il n'y avait pas d'explication, cela signifiait que c'était inscrit en elle. À vrai dire, personne n'était devenu comme Anne-Risten. Tout le monde détournait le regard quand elle se griffait les bras.

Des années plus tard, elle avait appris que le mercure représentait un danger mortel – si on en absorbe, il s'accumule dans l'organisme comme une bombe à retardement empoisonnée. Et elle en avait bu. Ce jour-là, elle avait failli se jeter dans la rivière, les poches lestées de pierres. Puis elle avait rencontré Roger et avait de nouveau appris à faire confiance.

Anne-Risten ouvrit les yeux. Elle avait parfois songé que c'était le mercure qui avait tué le fœtus, que cette petite bille avait patiemment attendu dans son utérus. Cette substance était peut-être aussi la cause de ses innombrables kystes, lesquels finissaient par éclater, provoquant des douleurs terribles et l'obligeant à écarter les jambes chez le gynécologue.

Elle examina la foule du regard en soupirant. Elle était trop petite pour bien voir. Pas de Cecilia. En poursuivant son tour du feu, elle aperçut Niklas, hilare, avec ses amis. Elle s'arrêta. Elle avait l'impression de l'espionner. Lui aussi serait capable de descendre au lac Luossa et d'y boire de l'eau, non ? Elle s'approcha prudemment du groupe de garçons. Ils se ressemblaient tous, plusieurs portaient la coupe mulet.

Son sourire s'éteignit quand il la vit. C'est normal, se persuada-t-elle, ils veulent prendre leur indépendance, ne souhaitent plus être associés à leurs parents.

Elle le salua et, d'un geste de la main, lui demanda de venir. Il dit quelque chose en riant à son voisin, Tony, sans doute, ça faisait longtemps qu'elle ne l'avait pas vu. Il avait dû prétexter une envie d'uriner – bien sûr qu'il ne pouvait pas dire que sa maman cinglée se tenait près du feu en après-skis, avec son éternelle inquiétude dans les yeux.

Il se dirigea vers elle avec un geste du menton et le regard froid, comme pour lui faire comprendre qu'il fallait s'éloigner ; une fois qu'il l'eut dépassée, elle lui emboîta le pas.

— Tu as vu Cecilia dans une voiture de raggare, ce soir ?

— C'est pour ça que tu es venue ici ?

— Oui, je me fais du souci depuis que tu m'as dit que…

Il lui coupa la parole.

— Arrête de t'inquiéter pour tout.

Soudain, il lui parut encore plus difficile de lui parler du césium et des retombées radioactives. Anne-Risten sentait les flammes s'insinuer sous les manches de son manteau, de son pull. Elle serra les poings dans ses moufles.

— Ça te plaît, toi, qu'elle monte dans une voiture de raggare ?

— Laisse tomber, maman.

— Elle a seize ans.

— Tu sais, je n'ai pas le temps d'en discuter avec toi maintenant. On va continuer la soirée ailleurs.

Anne-Risten dut pencher la tête en arrière pour voir son visage. Il était aussi grand que Roger. Elle détestait quand il adoptait la même expression agacée que son père. La bouche pincée, formant une ligne droite.

— Il y avait autre chose. Ne te fâche pas s'il te plaît. (Elle passa la langue sur ses lèvres gercées.) J'ai regardé les actualités. Tu sais, Tchernobyl.

Il écarquilla les yeux et regarda autour de lui. Craignait-il que les autres l'entendent ? Elle se hâta de poursuivre, consciente qu'il pouvait se faire la belle à tout moment.

— En tout cas, ils disent qu'il ne faut pas boire de l'eau stagnante dans la campagne. Elle peut être radioactive. J'ai pensé que si vous alliez au bord du lac Luossa… (Elle indiqua de la tête la mine et il la dévisagea avec une sorte d'indignation.) Ne bois pas l'eau. À part celle du robinet. C'est tout ce que je voulais te dire.

Il recula de quelques pas. Elle vit ses yeux, reconnut son regard – le même que lorsqu'il était petit et apeuré. Elle l'avait embarrassé, avait gâché sa soirée. La culpabilité la rongerait jusqu'à demain matin.

— Maman, rentre à la maison, dit-il d'un air triste, les dents serrées, comme incapable d'ouvrir la bouche. Je ne boirai pas l'eau. Promis.

Ses épaules tombaient. Lui qui se tenait toujours si droit. Elle avait honte, elle n'osait plus le contempler. En elle se diffusait pourtant un calme, de courte durée bien sûr. Il ne mourrait pas du césium en tout cas. Mais elle l'avait assombri. Toujours une nouvelle croix à porter.

— J'y vais. (Elle détourna la tête, jeta un coup d'œil par-dessus son épaule.) Tu es un bon garçon, Niklas.

Il n'aurait pas à voir ses larmes. Lorsqu'elle se retourna après quelques pas, il n'était plus là. Elle leva la tête vers la mine qui surplombait la ville, grise et menaçante, leur rappelant sans cesse qui décide ici. Il y a une éternité de cela, Roger y travaillait et Niklas était nouveau-né. Comme elle était heureuse, à l'époque. N'est-ce pas ?

Elle passa sous le viaduc et suivit du regard la route qui longeait le chemin de fer, vers le centre-ville. Elle trancha : Cecilia y était sûrement. Anne-Risten marcha d'un bon pas, leva les yeux vers le Hjalmar Lundbohmsgården, la grande villa en bois brun où avait vécu le premier directeur de la mine, lequel lui avait donné son nom. La maison était hantée. Elle avait dit à ses enfants de ne jamais y aller la nuit. Elle dépassa l'hôtel Bolag, l'imposant bâtiment en bois aux façades jaunes, et vit les élégantes voitures garées devant. La ville devait recevoir des invités de renom.

Le souffle court, elle remonta la rue qui passait entre l'hôtel de ville, devant lequel avait brûlé un autre feu de joie, et le Järnvägsparken. Elle aperçut des groupes d'adolescents devant la gare routière, et une file de grosses voitures américaines qui descendaient l'avenue Hjalmar Lundbohmsvägen. Elle aurait été impressionnée si ce n'était la musique tonitruante et les passagers qui sortaient leur tête par les fenêtres en agitant des canettes de bière ou qui étaient assis sur le coffre, à l'arrière. Pas moins de vingt autos aux couleurs étincelantes, vertes, rouges, noires, et bleu clair. Elle essaya de jeter un coup d'œil dans celles dotées de toits, mais c'était impossible si les vitres étaient fermées. Elles passèrent devant l'hôtel de ville à vitesse réduite et bifurquèrent à gauche devant la Rangée jaune, les vieilles bâtisses jaunes en bois dans lesquelles elle avait toujours voulu habiter.

En contrebas du Centralgården, qui abritait autrefois un hôpital et qu'on disait aussi hanté, elle distingua une voiture aux lignes familières. Celle de Jon-Ante. Elle l'avait vue au village l'été dernier, Jon-Ante se pavanait au volant. Elle se hâta de traverser la rue, se mit à courir par peur qu'il ait le temps de s'en aller. Peut-être savait-il où se trouvait sa fille ?

Il était à moitié penché derrière sa voiture. S'approchant, Anne-Risten reconnut le manteau noir de Cecilia. Agenouillée par terre, elle vomissait dans l'herbe. Linda lui tenait les cheveux et Jon-Ante… qu'est-ce qu'il fabriquait exactement ? Elle hurla. En sami. C'était sorti tout seul.

— Qu'est-ce qui se passe ici ?

Il fit volte-face et, étonnamment, il eut l'air soulagé, comme apercevant un ange gardien venu à point nommé. Mais tel n'était pas le cas. Arrivée auprès de lui, elle se mit à le vilipender.

— Alors, c'est toi ? C'est toi qui promènes ma fille dans une voiture de raggare ? Elle a seize ans ! Bon Dieu, Jon-Ante, tu es un vieillard à côté ! Qu'est-ce que tu fous avec des filles de seize ans ?

— Mais non, Anne-Risten. Calme-toi, s'il te plaît…

— Me calmer ? Tu plaisantes ! Roger te fera la peau quand il l'apprendra !

— Ce n'est pas ce que tu penses. J'ai…

— Maman ! Maman, ferme-la !

Cecilia, qui avait cessé de rendre tripes et boyaux, la dévisageait de ses yeux injectés de sang et paniqués. Linda les fixait tous les trois. Elle gloussait de façon puérile. Éméchée ou faussement éméchée. Il y avait dans ses yeux une lueur qu'Anne-Risten eut le temps d'apercevoir.

— Ben dis donc, Cissi ! Vous êtes samis ? Ta mère, elle parle lapon, c'est ça ?

Cecilia avait fondu en larmes. Linda la serra dans ses bras.

— Ne pleure pas, ma chérie, ne pleure pas.

Jon-Ante passa la main à travers ses cheveux noirs qu'il avait coiffés en banane. Il ressemblait à Elvis, songea Anne-Risten avant que la colère flambe de nouveau. Elle passa au suédois.

— Je devrais appeler la police. Qu'est-ce que tu leur as fait ? Tu les as fait picoler ?

Elle vit un éclair dans son regard.

— Maintenant tu te tais et tu m'écoutes. Ta fille et sa copine étaient montées dans une bagnole. Je trouvais qu'elles n'avaient rien à y faire. Je leur ai demandé de descendre. Je pensais les conduire chez elles, mais elles étaient trop ivres pour venir dans la voiture, alors on est restés ici. Tu crois vraiment que je fréquenterais des fillettes ?

— Qu'est-ce que j'en sais ? Je vois ce que je vois.

— Fais-moi confiance ! Jamais je ne…

Il s'interrompit et battit l'air de ses mains.

— Je dois les ramener à la maison.

— Pas dans ma voiture.

— Non, évidemment. Tu crois que j'ai envie qu'on me voie dans une bagnole comme ça ?

Cecilia avait cessé de pleurer et regardait droit devant elle. Sa frange si bien coiffée tout à l'heure était aplatie contre son front et les boucles qu'Anne-Risten lui avait faites avec un produit frisant étaient retombées. Linda était incapable de se retenir :

— Vous êtes vraiment samis, hein ?

Anne-Risten n'aimait pas son regard. Sans compter la nuance de dégoût dans sa voix. Elle avait entendu ça bien trop souvent. Mais le pire, c'était de voir sa fille se décomposer, comme si elle était nue, démasquée.

— Oui, on est samis ! Ça te pose un problème ? Tu as déjà entendu des gens parler sami, non ? Ce n'est tout de même pas la fin du monde !

Anne-Risten eut l'impression que sa voix résonnait sur le grand parking de la gare routière, mais elle s'en moquait éperdument. Elle aurait même pu plaquer cette petite idiote de Linda contre la voiture. Ah, elle ne faisait plus la maligne ! Elle avait arrêté de glousser. Elle gardait néanmoins cet air de supériorité qui devait lui venir de sa famille. Elle se tut, mais leva un sourcil sous sa frange.

— Comment vous êtes-vous retrouvées dans la voiture de Jon-Ante ?

Anne-Risten ne comptait pas lâcher le morceau. Jon-Ante avait les bras croisés et elle vit son petit doigt relevé. Elle l'avait presque oublié. L'espace d'un instant, elle fut transportée ailleurs. Elle le regarda dans les yeux et c'était bien lui, son cousin, celui qui, entre tous, avait le plus souffert.

— Jon-Ante ? Vous avez dit Jonne, tout à l'heure.

Linda avait repris du poil de la bête. Anne-Risten planta les mains sur ses flancs.

— Arrête ça, et réponds-moi.

— Il nous a tirées hors de la voiture de Perre, nous a dit qu'on n'avait pas le droit d'y être.

— Mais il voulait vous emmener faire un tour dans la sienne, c'est ça ?

Jon-Ante la considéra, le dépit avait pris le pas sur la colère. Cecilia s'était laissée tomber par terre, en tailleur. Elle allait attraper une infection urinaire, mais voir son regard vide était encore plus douloureux.

— Il voulait nous ramener à la maison, n'est-ce pas Cissi ?

Linda était trop ivre ou peut-être trop jeune pour comprendre exactement ce qui s'était passé. La brèche que Cecilia s'était efforcée de fermer pendant tant d'années s'était ouverte. Anne-Risten voulait chuchoter à l'oreille de sa fille que ce n'était pas grave, que tout allait s'arranger.

Linda resterait. Si elle était une vraie amie, elles colmateraient cette brèche.

— Je dois les ramener. Un peu de marche leur fera du bien, dit-elle à Jon-Ante.

Il hocha la tête, mais ne bougea pas, comme s'il attendait qu'elle ajoute quelque chose.

— Allez, viens, fit Linda en tirant Cecilia par le bras, lequel retomba mollement.

— Je peux appeler un taxi, suggéra Jon-Ante avec un signe de tête vers la gare routière.

— Non, ce n'est pas loin. Ça va aller.

Elle ne pouvait pas monter dans un taxi, elle risquait de tomber sur le copain de Roger. Alors ça se répandrait comme une traînée de poudre en ville – tout le monde, pas seulement son ex-mari, saurait qu'Anne Nilsson était rentrée avec des adolescentes ivres mortes.

Elle attrapa le bras de Cecilia. Linda, prise d'un nouveau fou rire, tenait l'autre. Elles tentèrent de la hisser, mais ses bras étaient mous comme des spaghettis. Jon-Ante s'approcha, saisit Cecilia par la taille, la souleva délicatement sur ses jambes. Anne-Risten avait envie de pleurer. Il semblait plus à l'aise avec sa fille qu'Anne-Risten elle-même.

Sa fille ne titubait pas, mais elle et Linda la prirent chacune par une main. Sa main nue paraissait glaciale à travers sa moufle. Anne-Risten aurait voulu lui enfiler ses propres gants, mais n'osait pas, au lieu de cela, elle frotta les doigts fins dont les bagues en métal griffaient la laine.

Elles firent quelques pas, lentement. Tout allait s'arranger. Anne-Risten tourna la tête, regarda vers l'arrière, vers Jon-Ante.

— *Ándagassii*, dit-elle du bout des lèvres. Pardon. (Il se contenta de hocher la tête.) *Giitu*, poursuivit-elle. Merci.

Il sembla pousser un soupir. Pourtant, elle était incapable de dire autre chose. Pour le moment.

Jon-Ante

1986

Il les regarda s'éloigner, les filles chancelaient. Anne-Risten serrait fermement la main de son enfant. Elles traversèrent le parking, puis la rue qui menait à la Rangée jaune, avant de disparaître.

Il ne devait pas rester seul à la gare routière. On disait qu'il allait y avoir une bagarre ce soir, leur bande contre celle des hard-rockeurs, entre les jeunes coqs des deux camps. Il n'aimait pas les rixes, il avait plus d'une fois tenté de calmer les ardeurs des membres de sa bande, avec une sensibilité presque paternelle. Quand il était jeune, il n'y avait pas autant de violence. Il n'aimait pas ça, il ne comprenait pas. Pourquoi fallait-il qu'ils en viennent aux mains avec les hard-rockeurs ? Ou avec les punks, du reste, même si ça faisait longtemps que les crêtes ne les avaient pas provoqués.

Classe et Jon-Ante avaient roulé dans le cortège toute la soirée, descendant lentement la rue Föreningsgatan, passant devant Domus, puis tout aussi lentement l'avenue Hjalmar Lundbohmsvägen. D'un côté se dressait la montagne, à l'horizon, et de l'autre les immeubles Snusdosan et Spottkoppen – littéralement, la boîte à snus et le crachoir. Classe rêvait d'un appartement au dernier étage de Snusdosan avec vue sur les sommets. Il avait un pote qui y habitait. Un été, Jon-Ante était sorti sur le minuscule balcon, il fallait se relayer, on y tenait à peine à deux. Les balcons étaient censés rappeler les ascenseurs de la mine, avait dit le copain, féru d'architecture. Jon-Ante, pris de vertige, avait dû rentrer.

Une fois Cecilia et son amie sorties par Jon-Ante de la voiture de Perre, Classe était descendu pour monter dans une autre. Jon-Ante avait immédiatement reconnu la fille d'Anne-Risten quand Perre avait freiné à son niveau devant Empes, le fast-food où il prenait des hamburgers à emporter. Les gamines étaient seules à l'arrière, c'était déjà ça. Il avait ouvert la portière et leur avait intimé l'ordre de sortir. Cecilia avait hoqueté et la lueur d'inquiétude dans le regard était passée à travers les brumes d'alcool. Sa copine avait tenté de lui tenir tête, mais il l'avait ignorée. Perre avait proféré un juron en assistant à la scène depuis la queue d'Empes. Jon-Ante avait poussé les filles sur sa banquette arrière et avait trouvé un sac plastique dans le vide-poche.

— Vous n'avez pas intérêt à dégueuler.

Ils n'étaient pas allés loin, elles refusaient de rentrer chez elles, gémissaient qu'elles voulaient descendre, alors il s'était arrêté à la gare routière malgré les rumeurs de baston à cet endroit.

Maintenant, Jon-Ante enrageait, furieux contre Anne-Risten qui l'avait pris pour un pervers qui baladait des gamines dans sa bagnole. Il ne lui faisait pas confiance, des rumeurs allaient courir. Pire que tout, elle travaillait avec Marge.

Il caressa sa fine moustache, remua ses orteils glacés dans ses derbys pointues de rockeur. Ses chaussures vernies brillaient comme la carrosserie de sa voiture.

Il fallait qu'il parle à Marge, qu'il lui explique avant que les ragots ne lui reviennent aux oreilles. Devrait-il aller directement chez elle ou lui passer un coup de fil ? La semaine suivant Pâques, il lui avait rendu visite à l'improviste. Il avait pris confiance après le concours de pêche, s'était dit qu'il avait peut-être ses chances. Quand elle avait ouvert la porte, son visage ne s'était pas éclairé comme il l'avait espéré. Elle avait déclaré que ce n'était pas le bon moment et avait fini par lâcher que Stella était malade. Il s'était senti idiot, avait dévalé l'escalier de l'immeuble sans prendre le temps d'allumer et avait raté la dernière marche.

La gare routière était un lieu de rassemblement pour les ados de la ville et ce soir ne faisait pas exception, au contraire. Il verrouilla sa voiture, jeta un coup d'œil préoccupé à la bande qui se massait un peu plus loin. Espérant qu'ils restent à distance de sa Lincoln. Il se hâta vers la cabine téléphonique. Elle était parfois utilisée par des jeunes pour appeler Heta linjen : les conversations pouvaient s'avérer interminables. Pendant la nuit de Walpurgis, la cabine ne présentait pas le même attrait. Il voyait aussi parfois des fillettes parler au téléphone en plein hiver, dans la cabine installée près du bâtiment Odd Fellow qui accueillait l'Association de lutte contre l'alcoolisme. Elles ne devaient pas avoir le droit de téléphoner à la maison. Il avait essayé de composer le numéro une fois pour comprendre cet engouement – on rejoignait une conférence téléphonique qui permettait aux jeunes de la ville de discuter entre eux – et avait entendu les lourdes respirations d'un homme mûr. Il avait voulu lui dire de laisser la ligne aux adolescents, mais il avait fini par raccrocher lui-même sans un mot.

Il se glissa dans la cabine, dénicha deux pièces d'une couronne dans sa poche et décrocha le combiné. Il était froid contre son oreille. Elle répondit au deuxième signal.

— Salut, Jon-Ante à l'appareil.

— Ah, salut !

Elle avait l'air agréablement surprise. Il sourit, poussa un soupir de soulagement.

— Tu es chez toi ? Tu n'es pas sortie voir un feu de joie ?

— Si, on a eu froid, et tu sais, Stella se couche tôt, on est déjà rentrées.

Il laissa courir ses doigts sur le cadran circulaire du téléphone vert.

— Je peux venir te faire un coucou ?

Elle n'hésita pas un instant.

— Avec plaisir !

Ce n'était pas plus difficile que ça. Ils raccrochèrent. Il passa la main dans ses cheveux. L'eau sucrée qu'il avait utilisée pour les coiffer les avait rendus poisseux, il s'essuya la main sur son jean noir. Encore heureux qu'il n'ait pas utilisé de la bière comme Classe.

Lorsqu'il ouvrit la porte, les hard-rockeurs étaient là. Ils étaient surpris, ne s'attendaient pas à voir surgir un raggare de la cabine téléphonique. Son cœur palpitait, il essaya de se faire tout petit derrière tous les jeunes. Il aperçut les voitures de ses potes, approchant en file indienne. Ils passaient devant l'hôtel de ville, dans quelques instants, ils entreraient sur le parking de la gare routière.

Il croisa le regard d'un type qu'il reconnut. Ils avaient fréquenté le KPU ensemble, il y avait une éternité de cela. Ils se dévisagèrent, deux bougres sur le retour au milieu de tous ces jeunes. Ni l'un ni l'autre ne jouerait des poings ce soir.

Détournant les yeux, Jon-Ante pressa le pas. Il distingua un bruit familier, un son prolongé qui signifiait que quelqu'un avait flairé l'ennemi. Il prit ses jambes à son cou sans demander son reste ni se retourner, entendit d'autres bruits qu'il avait appris à interpréter dans une autre vie, une autre époque. Avant, il n'essayait même pas de détaler, il se laissait tomber à terre aussi vite que possible pour abréger le combat. Aujourd'hui, même la face contre l'asphalte et les yeux clos, il ne pourrait pas être sûr que ça soit terminé.

Il était trop vieux pour ces conneries ! Il allait sur ses quarante ans, il voulait profiter de sa Lincoln et qu'on lui foute la paix. Il réalisa qu'il ne pouvait pas courir vers sa voiture – il y avait de grands risques qu'ils la réduisent en miettes s'il réussissait à s'y engouffrer. Les Américaines rutilantes arrêtées au feu rouge s'adonnèrent à un concert de klaxons, Classe et les autres avaient dû remarquer qu'ils étaient à ses trousses.

Le coup de pied qu'il reçut dans le dos, comme par un mouvement de karaté effectué à pleine vitesse, le propulsa au sol. Il se réceptionna avec les mains. Les graviers qui couvraient encore le sol depuis l'hiver lui lacérèrent la peau. Ses paumes s'embrasaient. Les genoux subirent le reste de l'impact. Le second coup de pied visa son flanc. Les reins, toujours les reins.

Les pneus crissèrent, ils avaient dû griller le feu rouge, les moteurs étaient tout près. Un bain de sang s'annonçait. Il était vraiment trop vieux pour ça. Il ferma les yeux en recevant la savate suivante, dans l'estomac. Il resta au sol et se changea en spectateur. Des deux côtés, de jeunes hommes grognaient, les yeux injectés de sang. Il tentait de reprendre son souffle tant bien que mal. Son ancien camarade de lycée demeurait en retrait à le regarder. Jon-Ante avait déjà vécu cette scène, croisé un regard. Celui d'Aslak.

Il fallait qu'il se redresse, et surtout qu'il aille chez Marge. Il parvint à se lever sur des jambes chancelantes, et personne ne se rua sur lui. Son ex-camarade de classe, Tage, si sa mémoire était bonne, lui tourna le dos et s'éloigna, dévoilant les croix sataniques et les noms de groupes de hard-rock qui ornaient le dos de sa veste en cuir. Elle n'était pas seyante, Tage s'était empâté. Jon-Ante se dirigea vers sa voiture en claudiquant et, assis au volant, il sentit des pulsations dans son auriculaire. Il avait dû le fouler en tombant.

Il filait à l'anglaise, comme la poule mouillée qu'il était, alors que ses amis lui avaient sauvé la peau. Tage était déjà arrivé au niveau du parc, il ne se retournait toujours pas. Ce soir-là, il remiserait peut-être sa veste à jamais.

Jon-Ante mit le contact. Le vrombissement qui lui était si cher lui serra la poitrine. L'heure était-elle venue de quitter le navire ? De ranger sa voiture au garage pour de bon ? Il se frotta les yeux, contrarié. Il ne pleurait pas, non, c'était impossible.

Devant chez Marge, les places libres ne manquaient pas. Il se gara et attendit que son cœur se calme. Son doigt avait commencé à gonfler, ses paumes étaient égratignées comme lorsqu'il tombait de vélo, enfant, ses cheveux étaient aplatis et de longues mèches pointues lui tombaient dans les yeux. Qu'avait-il à lui offrir, au fond ? Tout ce temps à bricoler sa bagnole, tant d'années passées à la mine juste pour réunir la somme nécessaire à la voiture de ses rêves. Et maintenant ? Allait-il sonner chez elle, abattu et couvert d'hématomes ? Ne valait-elle pas mieux que ça ?

Il redémarra tout en levant la tête vers le deuxième étage, et il la vit qui attendait, la tête inclinée, interrogative. Peut-être l'avait-elle vu arriver en se demandant pourquoi il ne sortait pas, pour ensuite rallumer le moteur. Elle disparut de la fenêtre, réapparut sur le balcon, souriante, agitant la main vers lui. Il imita son geste, retira la clé du contact et sortit.

Il examina son jean, il avait oublié de vérifier qu'il n'était pas troué. Il avait l'impression que le sang avait coagulé sur la partie intérieure du tissu. D'un air faussement détaché, il lui demanda où étaient les toilettes.

La peau de ses paumes était à vif et son auriculaire rebiquait, comme toujours, mais il avait à présent doublé de volume. Une douleur cuisante se diffusa quand il passa ses mains sous l'eau chaude et les frotta avec du savon. Il baissa son jean, humecta du papier toilette et essuya le sang sur ses genoux. Son pantalon était déchiré – elle l'avait remarqué. Il s'observa dans le miroir. Jamais il n'aurait cru croiser de nouveau ce regard de détresse. Quand, à l'âge de sept ans, il se tenait ainsi devant le lavabo de l'internat, il parvenait à peine à apercevoir son nez. Chaque fois qu'il se lavait les mains et le visage après avoir été tabassé dans la cour, il était soulagé de ne pas voir grand-chose, mais il était arrivé qu'il se dresse sur la pointe des pieds pour tenter de distinguer une lèvre gonflée.

Aslak le rejoignait parfois, et s'ils n'avaient pas été des garçons, ils auraient sans doute pleuré. Il se sentait partagé – d'un côté il voulait haïr Aslak qui ne demandait pas à son frère d'arrêter, mais de l'autre, il lui était reconnaissant de venir à ses côtés.

À l'époque où Aslak se faisait martyriser aussi, ils avaient poussé, voyaient une plus grande partie de leur visage dans le miroir. Cette fois, c'était souvent Jon-Ante qui se glissait dans la salle d'eau pour soutenir son ami, lui tendre du papier pour éponger le sang.

Une fois parti de l'école des nomades, Jon-Ante ne voyait Aslak qu'une fois tous les six mois quand ce dernier en revenait. Si Aslak s'était senti abandonné, il ne lui en avait jamais fait part. Ils pouvaient jouer ensemble, avec Oskar, dévaler la piste de luge la plus haute du village. Mais Aslak n'osait pas venir si Nilsa était dans les parages. Jon-Ante ne demandait jamais comment ça se passait à l'internat et il ne lui racontait jamais que changer d'établissement l'avait sauvé. Ils avaient leur parenthèse tous les deux quelques fois par an. Ils avaient ensuite pris des directions différentes, Aslak s'était réfugié dans l'alcool et Jon-Ante avait convaincu ses parents de l'inscrire au KPU, à Giron. Aslak était connu dans la région pour son grand troupeau de rennes. Personne n'avait des bêtes aussi bien portantes et nombreuses que lui. Jon-Ante était heureux pour lui, vraiment. Nilsa, lui, luttait avec son cheptel, ce qui réjouissait Jon-Ante tout autant, si ce n'est plus.

— Ça va, là-dedans ?

La voix de Marge, empreinte d'inquiétude, résonnait derrière la porte de la salle de bains. Jon-Ante chancela. Depuis combien de temps était-il planté devant ce miroir ? Il se rinça rapidement le visage, se passa les mains dans les cheveux. Sa coiffure ne ressemblait à rien.

— Tout va bien, répondit-il en ouvrant la porte.

Elle eut l'air de réfléchir, son regard se posa sur son jean déchiré, mais elle resta muette.

— J'ai mis la table dans le salon : du café et de quoi grignoter. J'ai une fringale tout à coup.

Il lui emboîta le pas et prit place à côté d'elle dans le canapé. L'odeur de café l'apaisa. Elle avait découpé de fines tranches de viande de renne séchée qu'elle avait disposées sur une assiette blanche, et préparé du *gáhkku*. Il avala une petite gorgée de café, reposa la tasse et prit un pain plat.

— Où êtes-vous allées voir le feu ?

— Jusqu'à Ön, figure-toi. Stella a été fascinée par les archers. Maintenant, elle a envie de se mettre au tir à l'arc.

— J'ai un arc qui traîne au village. Elle pourra s'entraîner avec, si elle veut.

— Formidable, je suis sûre qu'elle sera ravie.

Il prit de nouveau conscience de ses égratignures au moment de beurrer le pain, puis de lâcher le couteau.

— Qu'est-ce qui t'est arrivé ? Je vois bien tes paumes et ton pantalon.

— Hum, rien de spécial.

Il eut un sourire hésitant qu'elle considéra avec mécontentement. Elle s'enfonça dans le canapé, tasse à la main.

Comment pourrait-il reconnaître qu'il s'était fait casser la gueule par une bande de hard-rockeurs ? Il sentit ses joues s'embraser rien que d'y penser.

— Tu te rappelles une année, au village, le feu de joie qui avait failli tout brûler ?

Elle ne se laissa pas si facilement amadouer, même si elle étira légèrement les lèvres en hochant la tête. Il allait falloir qu'il se secoue ! Il mordit dans son pain, enduisant sa moustache de beurre. C'était délicieux. Il la complimenta et se servit trois tranches de viande séchée, se délecta du goût salé sur sa langue. Il voyait bien qu'elle était déçue, mais ne trouvait pas les mots.

Un silence pesant s'installa. Son salon était joli, décoré de plantes vertes sur les rebords des fenêtres, une multitude de livres dans la bibliothèque et des photos de Stella partout.

Il ne voulait rien de plus que tendre le bras, entourer ses épaules, la serrer contre lui. Au lieu de cela, il pressait l'une contre l'autre ses paumes endolories. Il regarda son pantalon en piteux état et ses rotules qui apparaissaient plus encore lorsqu'il était assis.

Une porte grinça. Marge était déjà debout, laissant flotter derrière elle une bouffée de parfum. Il se surprit à renifler l'air – il ne valait pas mieux que le clébard de son père.

On entendit des voix étouffées dans l'entrée, la porte des toilettes qui s'ouvrait, le bruit de la chasse d'eau, puis la première porte qui se referma en crissant de nouveau.

Elle était de retour, chuchota que c'était Stella et se laissa de nouveau tomber dans le canapé, plus près de lui cette fois, de sorte que leurs jambes se frôlaient. Elle portait un collant noir et une robe en laine verte qui lui arrivait aux genoux. Une large ceinture marquait sa taille. Il aurait voulu passer les doigts sur l'arrondi de ses hanches, mais il n'en fit rien.

— Pourquoi es-tu venu ?

Son regard avait changé. Il devrait poser une main sur sa nuque et l'attirer vers lui, mais sa paume serait rugueuse contre sa peau douce.

— J'avais envie de te voir, marmonna-t-il, en effleurant sa cuisse.

Elle tressaillit, il laissa sa main reposer sur sa jambe, exerça une légère pression. Quelle sensation vertigineuse que de la toucher.

C'est elle qui se pencha en avant, elle qui l'embrassa, elle qui le prit par la nuque. Ils respiraient l'un contre l'autre. Il savait qu'il finirait par lui dire qu'il l'aimait. Sans doute trop vite. Peut-être même maintenant.

Else-Maj
1986

Miessemánnu. Le mois du faon. Le mois de mai. Lorsque tout recommence. Le nouveau départ des éleveurs de rennes, avec un nouvel espoir que l'année soit bonne. La neige s'obstinait au sol, bien que par taches et surtout sur le côté nord des maisons et des fossés. Mais cette année était particulière. Else-Maj refusait de penser aux discussions qui touchaient Tchernobyl et à l'inquiétude suscitée. Elle ne voulait pas connaître les mots comme becquerel et toutes leurs potentielles implications pour la renniculture. Jusqu'à quelle latitude dans le pays les vents avaient-ils transporté la radioactivité ? Ils n'en sauraient rien avant que les rennes soient abattus.

Elle avait sorti son vélo et avait roulé des kilomètres avec indolence entre les villages. C'était la première journée chaude et elle avait retroussé les manches de son manteau pour laisser le soleil lui réchauffer les bras. Elle était comme les enfants qui sortaient leur vélo dès que le gel libérait les sentiers de campagne. Elle demandait aux garçons d'éviter les grand-routes, mais ils étaient bien obligés de les emprunter pour aller chez leurs copains – on ne pouvait pas encore traverser les prés et les fossés. Quant à Ella, rien ne servait de l'avertir, elle n'en ferait qu'à sa tête et prendrait le chemin le plus dangereux. Elle riait en dépassant les garçons. Else-Maj regrettait déjà le jour où les rires ne résonneraient plus dans la maison.

Le dos à peine humide de sueur, elle s'engagea sur la dernière ligne droite avant le cimetière. Ce n'était pas beau à cette époque-là de l'année, les arbres gris et l'herbe de l'an passé. Il y avait toujours le risque de voir revenir la neige, mais pas ce soir. Les graviers du parking crissaient sous ses roues. Elle freina devant le mur, descendit de son vélo – nul besoin de l'attacher – et sortit du panier des œillets d'Inde en pot. Les mettre en terre aussi tôt était voué à l'échec, pourtant, chaque année, à peine la neige fondue, elle se rendait au cimetière avec des fleurs, et de temps en temps le givre leur laissait la vie sauve.

La tombe de Sara se trouvait à droite de la large allée gravillonnée qui séparait en deux le cimetière, quelques rangées plus loin. C'était un tombeau familial où figuraient déjà les noms de ses parents et où les plaques de pierre vides attendaient les dates. Elle avait été furieuse contre ses géniteurs. Comme si son *enná* était impatiente, déjà à l'époque, de s'étendre aux côtés de Sara dans le repos éternel. Elle avait constaté qu'il n'y avait pas de place pour son nom à elle sur la plaque. Ce n'est que plus tard qu'elle avait compris que son *enná* espérait qu'Else-Maj aurait sa propre famille avec laquelle elle serait enterrée. Sara patientait maintenant depuis trente ans et ses parents ne l'avaient pas encore rejointe.

Else-Maj murmurait, s'adressait à son *unna oabbá* comme à une enfant. Sara n'avait pas vieilli, bien sûr, et c'était ici, dans les bruissements des bouleaux, qu'elle tendait l'oreille, attendant sa *stuora oabbá*. Else-Maj devait s'exprimer de sorte qu'elle comprenne.

Elle s'agenouilla sur un carré de polystyrène qui l'isolait du sol, arracha les herbes jaunies et disposa les pots de fleurs à côté de la pierre tombale. Une voiture se gara devant le cimetière, elle jeta un coup d'œil par-dessus le mur sans la reconnaître. Elle se fit toute petite, espérant passer inaperçue. Elle était soulagée que ce soit une personne qu'elle ne connaissait pas, au moins, elle ne viendrait pas lui adresser la parole. Pas que ça arrivât souvent – parler d'enfants morts, quand bien même depuis longtemps, peu de gens y réussissaient. La plupart des visiteurs la saluaient de loin et s'occupaient de leurs affaires.

Else-Maj voulait son moment en tête à tête avec Sara. Elle rabattit son capuchon pour dissimuler son visage. La grille en fer forgé grinça, des pas lents, traînants, foulèrent l'allée. Ils approchaient et Else-Maj se pencha en avant pour retourner des pots, affecter une occupation.

— Je ne suis pas venue pour voir ma propre tombe, ce n'est pas ici que je serai enterrée. Mais ma *siessá*, oui. Tu te rappelles Inger ?

Anna était arrivée à sa hauteur, elle avait placé la main en visière pour se protéger du soleil. Else-Maj se tourna vers elle. Elle n'avait pas le choix.

— Elle est enterrée là-bas, expliqua Anna, indiquant l'autre côté de l'allée centrale.

Else-Maj ne se leva pas – n'était-il pas symbolique qu'elle reste à genoux avec sa honte ?

— Tu n'es jamais venue, déclara paisiblement Anna.

Il n'y avait rien à dire. Else-Maj se contenta de secouer légèrement la tête.

— J'ai parlé à Gustu qui m'a dit que tu serais là. Mais ce n'est peut-être pas non plus le bon moment ?

Semblant sentir le vent froid, Anna serra son manteau rouge contre sa poitrine. Les bras d'Else-Maj se couvrirent de chair de poule. Elle baissa ses manches, mais surtout pour se donner une contenance.

— Petite Sara, dit Anna. *Unna Sara.*

Les mollets engourdis, Else-Maj dut se lever. Elle faisait une tête de moins qu'Anna, mais cette dernière, qui avait toujours été enveloppée et dotée d'un derrière proéminent, était à présent maigre comme un clou. Elle ne devait pas peser beaucoup plus qu'Else-Maj. Ses quelques mèches fines et courtes dissimulaient à peine son crâne glabre. Anna suivit le regard d'Else-Maj.

— Oui, j'ai commencé la chimiothérapie. J'aurais dû refuser, évidemment, mais on espère toujours.

— Je vais chercher l'arrosoir.

Elle avait imbibé les mottes la veille, ce n'était donc pas nécessaire, mais elle ne pouvait pas rester plantée là. Sans compter que Sara les écoutait, perchée dans les bouleaux. Allait-elle être obligée d'entendre ça ? Si Else-Maj ne pouvait prévoir ce que lui dirait Anna, elle supposait que l'ancienne assistante espérait son pardon. La sensation d'avoir été abandonnée, enfant, la submergea. Elle empoigna l'arrosoir et le transporta jusqu'à la tombe avec les maigres forces d'un enfant de onze ans.

À l'époque, il y a si longtemps, elle avait demandé à son *enná* de l'accompagner à Ađevuopmi pour aller voir Anna, mais ça ne s'était jamais fait. Du reste, la rumeur courait qu'elle avait déjà déménagé. Else-Maj lui avait aussi téléphoné quand elle rentrait chez elle de l'école pour nomades, avait entendu les respirations de Hulda en attendant que ça décroche. Peine perdue. Anna s'était volatilisée.

Anna allait-elle lui expliquer pourquoi elle l'avait délaissée ? Était-ce ce dont il s'agissait ? Elle se présentait devant elle avec un corps assiégé qui rendait difficile, pour ne pas dire impossible, de s'emporter à son encontre. À onze ans, Else-Maj n'aurait pas contenu sa colère. Elle aurait commencé par pleurer, avant de lui faire sentir que son départ avait été impardonnable.

Else-Maj passa devant Anna en l'ignorant, s'apprêta à dire quelques mots à l'intention de Sara, avant de changer d'avis. Inclinant l'arrosoir, elle laissa une pluie douce ruisseler sur la tombe.

— Est-ce qu'on peut s'asseoir ? demanda Anna, le souffle court.

La fillette de onze ans hurlait, tapait du pied et boxait les pierres empilées du muret qui encerclait les morts depuis tant d'années. L'adulte qu'elle était devenue chercha du regard un banc où Sara ne pourrait les entendre. C'était idiot – son *oabbá* la suivrait, comme elle le faisait toujours. Sara l'accompagnait chaque jour, pourtant c'est ici qu'elle venait pour lui parler. Étonnamment, les mots ne sortaient qu'ici. Bien sûr qu'elle pouvait soupirer, prononcer quelques monosyllabes quand elle étendait le linge, quand Sara et les moustiques virevoltaient autour d'elle. Ou lorsqu'elle voulait que sa sœur voie Ella courir aussi vite qu'elle le faisait dans la cour de récréation. Elle laissait parfois échapper un « *Geahča oabbá !* ». Regarde, ma sœur ! Elle a ça en elle.

— Que penses-tu du banc près de la croix ? suggéra Anna.

On avait érigé un crucifix en bois à une extrémité du cimetière, près du monticule où, par le passé, les défunts étaient préservés au froid en attendant d'être mis en terre. Else-Maj n'aimait pas cette colline, mais elle avait souvent posé les yeux sur la croix après avoir parlé à Sara.

Anna se déplaçait péniblement le long de l'allée. Else-Maj aurait dû lui donner le bras, mais elle ne pouvait s'y résoudre.

Elles prirent place, Else-Maj à une extrémité, bien au bord.

— Écoute. Ça va être difficile, commença Anna, mais je veux t'expliquer ce qui s'est passé.

Else-Maj sentit le soleil chauffer son visage. Sara était désormais assise sur le banc, elle aussi, entre Else-Maj et Anna. Sans doute balançait-elle les jambes, piquée par la curiosité. Else-Maj ne touchait pas non plus le sol de ses pieds.

— Je vais te dire la vérité, sans fard. Une semaine environ après votre départ pour les vacances de Noël, j'ai été convoquée par la directrice. Elle a commencé par déclarer, d'une voix plutôt aimable, que j'avais fait de mon mieux pour ta sœur. Je n'ai pas pu me retenir de lui répondre qu'elle aurait dû rentrer chez elle tout de suite, qu'alors elle aurait peut-être survécu.

Else-Maj retint son souffle, ses poumons se comprimèrent lorsque la pierre de chagrin se mit à palpiter.

— À ce moment-là, son ton a changé. Elle m'a dit de ne pas la menacer. Ce n'était pas mon intention. Je voulais qu'elle ait mauvaise conscience, c'est vrai, qu'elle reconnaisse pour une fois qu'elle avait eu tort. Tu sais, je ne pouvais pas continuer à courber l'échine. Le pire était déjà arrivé.

Anna reprit sa respiration pendant quelques instants et se passa une main sur le front.

— C'était peut-être idiot de ma part, mais je n'avais pas le choix. Je n'ai pas non plus pu garder le silence concernant Jon-Ante. J'ai dit qu'il aurait dû voir un médecin, que son doigt était détruit pour le restant de ses jours. Elle est devenue agressive, m'a accusée d'en être responsable, d'avoir mal réalisé le bandage. J'ai haussé le ton, je l'ai contredite. C'est là qu'elle m'a frappée.

Else-Maj n'eut pas d'autre choix que de regarder Anna. Sara faisait sans doute de même. Peut-être posait-elle une main consolatrice sur sa jambe. Else-Maj était assise trop loin, et eût-elle été plus proche, cela n'aurait rien changé.

— Une gifle. Mes oreilles en sifflaient. J'étais choquée, j'ai perdu pied. Et c'était loin d'être fini. (Anna se racla la gorge.) La suite n'est pas facile à raconter, crois-moi.

Alors, silence ! La petite Else-Maj de onze ans était de retour ; elle voulait bondir sur ses pieds et prendre la poudre d'escampette. Attraper Sara par la main et fuir.

— Elle m'a dit que j'étais dégoûtante, que je n'étais pas une vraie femme. Ne pas être mariée à vingt-deux ans était selon elle la preuve que j'étais perverse, que j'aimais les femmes, et que je m'attaquais sans doute aussi aux petites filles.

Else-Maj s'agrippa au banc et se laissa glisser au sol. Elle avait besoin de le sentir sous ses pieds.

— Elle a ajouté que j'avais amené Anne-Risten chez ma *siessá* pour faire des choses sales avec elle. Puis elle a dit… (Anna tremblait à présent.)… qu'elle m'avait surprise avec une fillette nue.

Else-Maj pantela.

— Ce n'est pas possible !

Anna se tordait les mains.

— Tu te rappelles le jour où tu as fait pipi dans ta culotte et que je t'ai aidée à prendre une douche, que je suis allée te chercher des vêtements ? La directrice nous a vues.

Else-Maj dut se lever, croisa les bras sur sa poitrine et tourna les yeux vers la forêt. Sara restait assise.

— J'ai évidemment protesté, affirmé que maître Bertil pourrait rétablir la vérité. Expliqué que tu avais eu un petit accident. Elle m'a dit qu'elle lui avait déjà parlé et qu'il avait confirmé ce qui s'était passé, mais qu'il t'avait fallu un temps anormalement long pour revenir. Qui savait ce que j'avais fait avec toi, à l'abri des regards ?

— Il n'a pas pu dire ça !

— Je ne le crois pas non plus. Elle mentait, naturellement.

— J'aurais pu raconter ce qui s'était passé, dire qu'elle fabulait.

Anna remonta la fermeture Éclair de son manteau et cacha ses mains dans ses manches.

— Cela remontait à quelques années déjà, et j'imagine que personne n'aurait cru une fillette, surtout une des petites Lapones. Ils auraient répondu que je t'avais effrayée, forcée à mentir. J'ai compris à ce moment-là que je devais partir. Elle avait le pouvoir d'anéantir ma vie. Imagine si les rumeurs avaient couru dans le village.

— Alors elle n'a rien dit à personne ? Elle ne t'a pas dénoncée ?

— Non, c'était une bravade, mais ça a suffi à me terroriser, à me faire quitter l'internat. Tu l'aurais vue quand elle m'a fusillée du regard en disant : Anna, vous comprenez bien que vous devez partir immédiatement. Dans le cas inverse, je n'aurai d'autre choix que de raconter ce que je sais. (Anna frotta ses paumes l'une contre l'autre.) Tu imagines ? Quelle cruauté d'inventer un mensonge et de me donner l'impression de me faire une faveur en me laissant partir !

— Je ne sais pas quoi dire. (Else-Maj se balançait de droite à gauche comme elle l'avait fait pendant tant d'années avec ses gamins sur les hanches.) Est-ce que tu avais quelqu'un à qui confier tout cela ?

— Oui, Inger-*siessá*. (Elles tournèrent la tête vers la tombe auprès des pins.) Mais que pouvait-elle faire ? Elle a pleuré avec moi. Nous nous sommes mises d'accord pour garder mes parents en dehors de ça. Inger m'a trouvé une place dans une famille à Ađevuopmi. Il n'y avait rien de curieux à cela, il n'y a pas eu de ragots. Mais pendant longtemps j'allais mal, j'avais peur que Rita Olsson diffuse des rumeurs. J'ai choisi de déménager, de m'éloigner. Je n'ai pas non plus osé te contacter. Et si elle en avait parlé aux commères du village, ça aurait apporté de l'eau à leur moulin si on m'avait vue avec toi.

— C'est ahurissant.

— J'étais si jeune. Terrifiée. Entièrement à la merci de cette femme. Elle avait soudain pris le contrôle sur ma vie.

Anna ne parvenait plus à réprimer ses larmes qui coulaient silencieusement. Else-Maj, qui gardait les bras ballants, adopta un ton factuel, sans nul doute sous le regard accusateur de Sara.

— Tu avais peur, comme nous tous, surveillés et impuissants. Sans défense.

— Je ne voulais vraiment pas te quitter. Surtout après la mort de Sara.

C'est pourtant ce que tu as fait ! La fillette de onze ans criait. Sara se bouchait les oreilles.

— Elle est devenue encore plus méchante après ton départ.

Elle remuait le couteau dans la plaie. Pourquoi Anna devrait-elle être la seule à soulager son cœur ? Mais elle s'arrêta là. C'était déjà trop, ses oreilles se bouchèrent et elle dut se rasseoir.

Le silence s'installa. Anna essuya ses larmes en contemplant les pierres tombales. Else-Maj voulait se serrer contre Sara.

— *Ándagassii*, murmura Anna. Pardon.

Enfin. Des excuses. Comment Else-Maj pouvait-elle les accepter ? Comment pouvait-elle soulager la conscience d'Anna alors que la fillette de onze ans en elle hurlait à en perdre la voix ? Elle savait que c'était puéril, Anna n'avait pas eu le choix. Elle devait lui pardonner.

— Tu n'es pas obligée de répondre. Il me suffit que tu saches. Un jour, peut-être, tu pourras me pardonner.

Une voiture se gara sur le parking, une Saab bleue. Deux femmes d'un certain âge leur jetèrent de rapides coups d'œil en entrant dans le cimetière.

Anna s'étira, son regard s'aiguisa.

— Je t'ai aperçue à l'église de Láttevárri l'an passé. Je t'ai vue en sortir bien que l'office ait à peine débuté. Je ne participais pas moi-même à la rencontre, je ne faisais que déposer ma cousine. Lorsque je suis allée la chercher le soir, j'ai entrevu Rita Olsson. Figure-toi que j'étais à deux doigts de vomir, je n'ai jamais ressenti rien de tel. Plus tard, j'ai songé que c'était peut-être la raison de ton départ. C'était ça ?

Else-Maj se remémora sa propre réaction physique. Après coup, elle s'était mise à douter de ses yeux, mais les rumeurs avaient commencé à circuler, confirmant que l'ancienne directrice était bien présente à la cérémonie læstadienne. Else-Maj s'était tenue à l'écart des ragots et n'avait fait nulle supposition quant à la vie de cette femme. Mais elle avait amèrement songé qu'à peine le ragot arrivé aux oreilles d'Astrid à l'épicerie, cette dernière avait sans doute inventé des fables au sujet de l'air bouleversé d'Else-Maj, dit qu'elle avait quitté l'église en courant. Devait-elle dire la vérité à Anna ?

— Oui, je l'ai vue et je suis partie.

— À vrai dire, j'ai déjà songé à me venger. Maintenant que je vais mourir, ce serait sans risque. Qui me mettrait en prison ?

— Ne plaisante pas avec ça.

— Je suis sérieuse. Tu n'aurais pas envie de la punir, toi ?

Ne sachant comment interpréter son demi-sourire, Else-Maj choisit de garder le silence.

— Je ne comprends pas que tu sois devenue chrétienne. Comment peux-tu croire en Dieu après tout ce qui s'est passé ?

La question d'Anna la surprit ; il y avait de l'agressivité dans sa voix.

— Ce n'est pas la faute de Dieu.

— Je ne comprends pas les gens qui disent qu'il y a une raison à ce qui arrive.

Elle était soudain redevenue l'Anna de son enfance. Else-Maj se laissa bercer par ses paroles. C'est ainsi qu'elle voulait se la rappeler, elle qui par quelques mots lui donnait la force de supporter encore une journée. Elle disait maintenant ce qu'Else-Maj avait toujours pensé – la mort de Sara ne pouvait pas répondre à un dessein, une volonté divine.

— Je suis d'accord avec toi, dit-elle. La mort d'un enfant ne peut pas avoir un sens.

Il y avait enfin un point d'entente. Pour autant, il n'y aurait pas de main tendue.

— Quand tu as disparu, Dieu était ma seule consolation.

— Ça doit être une bénédiction d'avoir cette confiance. J'ai moi aussi tenté de trouver ce que tu possèdes, mais ce n'est pas possible. Et quand j'ai vu Rita Olsson à l'église, j'ai songé que si Dieu peut accorder son pardon à des gens comme elle, il ne peut pas être mon Dieu.

Else-Maj posa une main sur sa poitrine, frotta ses côtes, sentit les pincements de la pierre de chagrin. Non, cette question était trop difficile et elle n'avait pas la force de douter.

— Si elle doit rejoindre le Royaume de Dieu, je veux qu'elle souffre en chemin.

— Ce n'est pas ta responsabilité.

Elle soupira d'indignation.

— Peut-être que j'en ai envie, tout simplement. Pourquoi s'en est-elle tirée pendant toutes ces années ? On aurait dû porter plainte contre elle. J'aurais pu témoigner. Elle aurait dû finir derrière les barreaux.

Anna s'interrompit, secoua la tête.

— J'aurais dû en faire plus.

Else-Maj n'avait pas besoin de l'accabler davantage. Elle posa une main sur la bouche de la fillette de onze ans. Cela changeait-il quelque chose ? Non, c'était bien ça le problème. À quoi bon pardonner quand on ne peut pas revenir en arrière ? Elle regarda Anna qui s'était levée et marchait à pas hésitant sur les graviers, dans un sens, puis dans l'autre.

— J'ai des fourmis dans les jambes si je reste assise trop longtemps.

Else-Maj fléchit de nouveau. Elle pensa à ce qu'elle serait devenue si Anna était restée. Mais elle ne pouvait pas la laisser se rapprocher. Il n'y aurait pas d'accolade, ses bras lâches les rendraient malheureuses toutes les deux.

— Tu viendras à mon enterrement ?

Les yeux fatigués, Anna s'était arrêtée et se frottait les cuisses.

— Oui.

— Par contre, tu es trop petite pour porter le cercueil. Tu serais assez forte, alors oui, mais il pencherait trop d'un côté.

Else-Maj n'aimait pas qu'Anna change de ton ainsi, elle avait du mal à suivre et elle n'était certainement pas d'humeur à rire.

— Je me suis mariée en Norvège. Avec mon grand amour. Mais il est mort et nous n'avons pas eu d'enfant. Ça valait peut-être mieux.

— Non, tu aurais dû en avoir. Je suis désolée d'entendre que ce n'est pas le cas. (Else-Maj sentit Sara lui donner des coups d'épaule et elle continua.) Tu aurais été une bonne *enná*. Tu t'occupais si bien de nous. Tu étais notre consolation.

C'est ce qui se rapprochait le plus d'un pardon, et ça ne lui faisait pas mal de le dire. La fillette de onze ans n'ayant plus besoin d'être bâillonnée, Sara s'envola dans les bouleaux.

— Tu étais comme ma fille, Else-Maj. J'ai eu un enfant. C'était toi.

Anna tendit un bras qu'on devinait maigre sous son manteau.

— Tu m'aides jusqu'à la voiture ?

Le cœur battant violemment, Else-Maj glissa un bras sous celui d'Anna. S'approcha tant qu'elle pouvait percevoir son odeur. Elle avait légèrement changé. Sa chaleur traversait le tissu et elle sentait le bras osseux d'Anna. Elles marchèrent lentement, côte à côte, et lorsqu'elles s'arrêtèrent devant la tombe d'Inger, Anna murmura qu'elles se reverraient bientôt.

Nilsa

1986

La voiture était arrêtée, moteur allumé. La radio à plein volume, si bien qu'on l'entendait même de l'extérieur. Il avait fumé quasiment la moitié de sa cigarette. La rue devant Konsum était déserte et les passereaux piaillaient dans les bouleaux du pavillon d'en face. Le soleil était reparti pour un cycle dans le ciel, il ne se laisserait pas attirer sous la ligne d'horizon. Appuyé contre la portière, Nilsa bâilla et s'étira. Il était descendu en ville de bonne heure ce matin pour un rendez-vous chez le dentiste et en avait profité pour rendre visite à son paternel à la maison de retraite. Ce qui le mettait rarement de bonne humeur. Cette fois, son père l'avait plusieurs fois confondu avec son *áddjá*, lui avait demandé, l'air apeuré, ce qu'il faisait là.

— Tu ne touches pas à un cheveu de mon garçon, avait-il lancé.

En réalité, son *isá* n'avait jamais osé tenir tête à son propre père et avait laissé Nilsa sans défense devant lui.

Une femme d'un certain âge ouvrit d'un coup d'épaule la porte du magasin. Elle posa son sac de courses sur un banc pour boutonner son pardessus de ses doigts maladroits. Elle regardait en même temps autour d'elle et leurs yeux se croisèrent un bref instant. La femme repoussa ses lunettes sur son nez et sa main glissa sur ses cheveux, derrière son oreille et jusqu'à son chignon autour duquel elle se plaça en coupe. Un geste que Nilsa connaissait bien. Il l'observa attentivement. Était-ce vraiment possible ?

La femme se mit en route, le pas lourd, boitillant de la jambe droite. Elle portait une jupe lui arrivant presque aux chevilles, des chaussures plates à épaisse semelle, un pardessus noir et un fin châle bleu clair autour du cou. Son sac de courses serré dans le poing droit, elle pinçait les lèvres comme si chaque enjambée exigeait un effort. Elle lui décocha un regard agacé et agita sa main libre pour dissiper la fumée quand elle passa devant lui sur le trottoir en direction de la rue Gruvvägen. Cela ne faisait aucun doute. C'était bien Rita Olsson.

Il envoya valser son mégot d'une chiquenaude, coupa le moteur et verrouilla la portière. Nilsa n'était pas du genre à se laisser ébranler par un fantôme du passé, mais il sentait dans son oreille des pulsations de plus en plus rapides.

C'était donc vrai. Elle vivait sa vie, comme s'il ne s'était rien passé.

La rumeur courait qu'elle était devenue pratiquante, qu'elle avait demandé pardon pour ses péchés.

Dieu et l'Église trouvaient cela normal d'absoudre une femme qui avait martyrisé des enfants pendant des décennies.

Aslak.

Assez ! L'instinct de chasse avait pris le dessus, son pouls devint plus régulier. Il en était capable. Il suffisait de la suivre. Invisible. Silencieux. Il pourrait facilement la faire tomber en lui assenant un seul coup.

Cependant. Le moment n'était pas encore venu.

Il fallait de la patience, comme pour la chasse à l'élan. Ne pas, dans son empressement, tirer trop tôt. Attendre l'animal, le tuer au bon moment. C'était son domaine. Il réussissait à tous les coups.

La sorcière s'arrêtait parfois dans la rue légèrement en pente qui menait aux immeubles, reprenant son souffle et changeant de main le sac qui ne semblait pourtant pas lourd. Il marquait une pause au même moment, quelques mètres seulement derrière elle. Elle atteignit enfin la porte d'entrée qu'elle poussa avec difficulté – un groom semblait l'alourdir. Nilsa l'aida, mais elle ne leva même pas les yeux pour le remercier. Il lui ouvrit la porte de l'ascenseur et elle entra, visiblement soulagée de pouvoir souffler, enfonça le bouton 6 et s'appuya contre le mur. Ses cheveux paraissaient humides à la racine, ce qui le dégoûta, tout comme les veinosités sur ses joues et ses paupières tombantes. Ses mains étaient plus abjectes encore, gercées, sillonnées de veines bleutées. Elles avaient l'air si fragiles, si différentes des pognes puissantes de l'époque qui pinçaient la chair jusqu'à l'os. Toutes les gifles cinglantes, toutes les fois où elle avait sorti les verges pour les frapper, lui ou Aslak. Même un jour où son petit frère était nu dans la salle d'eau. C'était une image qu'il avait réprimée tant de fois, il ne s'était pas autorisé à se souvenir. À l'époque, elle le remarquait toujours. À présent, elle le traitait comme s'il n'existait pas. Il voulait empoigner ses mains répugnantes, lui briser les doigts, l'un après l'autre, lui casser le poignet et lui tordre le coude. Il voulait étrangler cette femme à mains nues, la forcer à le regarder. Soulever son corps gesticulant au-dessus du sol, jusqu'à ce qu'elle manque d'air.

Cependant. Pas encore.

L'ascenseur s'arrêta, il la laissa sortir la première. Il n'avait pas besoin de se cacher, elle se fichait bien de lui, elle glissa la clé dans la serrure, ouvrit, entra, laissant la porte entrebâillée le temps de poser son sac de courses et d'accrocher son pardessus. Peut-être remarqua-t-elle une ombre inhabituelle dans le couloir. Il ferma la porte en silence, la verrouilla d'une main ferme.

Elle avait oublié d'allumer, plissait les yeux, marmonna quelque chose, déstabilisée dans son propre appartement.

Lever la main sur quelqu'un n'était pas difficile, cela ne l'avait jamais été pour Nilsa. Sa respiration s'accéléra néanmoins. La rage le prenait parfois par surprise.

La vieille recula en titubant, sans rien dire. L'avait-elle reconnu ? Il l'espérait.

Le moment était venu.

Rétrospectivement, Nilsa était incapable de se rappeler tout cela, des coups à proprement parler. Elle était assise par terre et il fut étonné de voir qu'elle saignait d'une narine. Pourtant, il ne frappait jamais au visage. Il se pencha, lui pinça le nez pour la forcer à respirer par la bouche. Il avait déjà senti cette haleine saturée de peur.

— Tu sais qui je suis ? Tu te souviens de moi ?

Rien dans son regard empreint d'effroi ne laissait croire que c'était le cas.

— Tu n'as tout de même pas oublié tous les enfants que tu as persécutés à l'école pour nomades ?

Un gémissement. Elle parvint à joindre les mains. Il lâcha prise, le saignement s'était arrêté.

— C'est ton tour d'avoir peur. (Il s'accroupit devant elle.) Je pourrais te tuer.

— L'aide à domicile, marmonna-t-elle. Elle va arriver.

Il se leva, arracha un morceau de papier essuie-tout qu'il mouilla d'eau glacée au robinet, se baissa de nouveau et frotta le sang qui avait coulé sur ses lèvres. Elle ne pourrait pas prouver qu'elle avait été rossée.

— Nilsa, dit-il. Tu te souviens sans doute de moi.

— Tu…

Il vit dans ses yeux qu'elle l'avait reconnu. Ça suffisait bien. Une satisfaction se diffusa dans son corps. Il n'avait pas peur de dire son nom, au contraire, il voulait qu'elle sache. Elle ne s'en était pas tirée, et c'est lui qui l'humiliait. Il n'était pas comme son frère, jamais il n'exigerait d'excuses de sa part. Ce serait reconnaître son statut de victime. Aslak avait exposé sa vulnérabilité, tel un chien qui se couche sur le dos. Pourquoi as-tu fait ça, Aslak, pourquoi ?

Cela lui fit lui balancer un nouveau coup, juste sous les côtes ; elle en eut le souffle coupé. Il dut retenir son poing droit pour ne pas la frapper aveuglément jusqu'à ce qu'elle cesse de respirer.

— Si tu appelles la police, je reviendrai te voir.

Elle pantelait encore lorsqu'il se leva et partit.

Marge

1986

Elles se répartissaient toujours les personnes âgées, en dehors de Rita Olsson, chez qui elles avaient pris l'habitude de se rendre ensemble. Il était rassurant de trouver un soutien dans le regard de l'autre, d'endurer le moment à deux, et de pouvoir se confier ensuite. Marge le supportait mieux qu'Anne-Risten qui était souvent prise de maux de tête qu'elle calmait à grands coups d'antalgique. Elles attendaient l'ascenseur en silence. Quelqu'un d'autre l'appela quelques instants après elles. L'ascenseur approcha, s'arrêta avec une secousse, et elles y entrèrent. En passant le troisième étage, Marge distingua la silhouette d'un homme qui descendait l'escalier.

La porte de Rita Olsson n'était pas fermée à clé, elle avait encore oublié. Il lui arrivait parfois d'aller faire quelques courses à Konsum le matin. Marge et Anne-Risten se demandaient parfois en plaisantant pour quelle potion la sorcière avait besoin d'ingrédients.

Elles la trouvèrent assise par terre, adossée à un pied de table.

— Vous avez fait une chute ? s'enquit Anne-Risten.

Marge répugnait à la toucher, tout contact physique avec elle lui inspirait un profond dégoût. Elle enfila des gants de latex et Anne-Risten l'imita. Le contact avec la peau des autres personnes âgées ne les dérangeait pas. Elles tapotaient volontiers les mains criblées de taches brunes ou peignaient les cheveux blancs, mais avec Rita Olsson elles se protégeaient toujours avec des gants.

Elles saisirent un bras chacune et soulevèrent d'un coup, l'installant sur une chaise. Marge sentit une soudaine odeur d'urine qui la fit grimacer.

— Il va falloir aller à la douche.

Elle essaya de lever la vieille qui s'agrippait à la table. La bague en argent à sa main gauche était comme incrustée dans sa chair et ses articulations étaient blanches.

— Un homme est venu, fit-elle d'une voix éraillée. Il m'a frappée.

— Tu vas lui chercher des vêtements propres ? demanda Marge à Anne-Risten avec un signe de tête. Allez, à la douche, on est pressées, vous le savez, ajouta-t-elle à l'adresse de Rita Olsson.

Elles lui octroyaient toujours un temps très limité, peut-être moins que ce à quoi elle avait droit, et elles ne lui parlaient qu'en cas de nécessité. Jamais elles ne posaient une main chaleureuse sur son épaule ni ne prenaient le temps de boire un café.

— Je l'ai reconnu, murmura-t-elle en fixant Marge.

Ses yeux étaient injectés de sang.

— Qui était-ce, alors ?

Elle se mordit la lèvre inférieure. Elle hésitait.

— Un Lapon, lâcha-t-elle enfin.

L'homme dans l'escalier. Marge essaya de se rappeler à quoi il ressemblait. L'ascenseur était passé trop vite.

— Que s'est-il passé ?

Rita Olsson souleva son pull, dévoilant son abdomen pâle et flasque au-dessus de la ceinture de sa jupe.

— On voit quelque chose ?

— Non, rien.

De retour, Anne-Risten les contemplait avec étonnement.

— Qu'est-ce que vous faites ?

— Elle dit qu'elle s'est fait frapper au ventre.

— Vous nous racontez des histoires. Il n'y a rien du tout.

Anne-Risten posa le tas de vêtements sur la table de la cuisine.

— J'ai mal là aussi. (Elle se toucha le côté du dos.) Aux reins.

— Vous êtes tombée et vous avez eu une petite fuite.

— C'est peut-être une infection urinaire. (Marge plissa le front.) Mais vous verrez ça avec notre collègue quand elle passera. Elle pourra vous prendre un rendez-vous demain à la maison de santé.

Elles la tirèrent par les bras pour la mettre debout. Dans la salle de bains, elles lui ôtèrent sa jupe, ses collants et sa culotte, la laissèrent avec le bas du corps nu. Il n'y avait pas d'accord explicite entre elles sur la manière dont elles devaient s'occuper de Rita Olsson, ou plutôt ne pas s'en occuper. A priori, elles n'enfreignaient aucune règle. Jusqu'à maintenant, la vieille ne s'était pas plainte. Elles ne devaient pas être les seules à tenir leurs distances. Rita Olsson avait mauvaise réputation chez les aides à domicile.

Anne-Risten alluma la douche. Sachant pertinemment que l'eau était froide au début, elle lui éclaboussa les jambes sillonnées de varices. La vieille tressaillit. Quand l'eau fut chaude, Anne-Risten la rinça. À côté d'elle, Marge cherchait des traces sur le bas du corps, mais n'en vit aucune. La toilette terminée, Marge lui tendit une serviette, espérant qu'elle serait capable de s'essuyer seule.

— Tu peux aller faire le ménage s'il y en a, je m'occupe d'elle.

Marge souriait à Anne-Risten qui chuchota un merci. *Giitu.*

Une fois Rita Olsson habillée, Marge l'aida à marcher jusqu'à la cuisine.

— Pourquoi ne me croyez-vous pas ? demanda Rita Olsson d'une voix tremblante. J'ai même saigné du nez.

— Vous vous êtes lavé le visage ? Je ne vois pas de sang.

— Non, c'est lui qui l'a nettoyé.

— Ben voyons !

— C'était un Lapon. (Soudain, son regard était limpide.) Oui, un Lapon, comme vous. Vous croyez que je ne vous entends pas toutes les deux, parler votre langue ?

Se pouvait-il qu'elle les ait reconnues ? Marge se tourna pour récurer la paillasse à l'aide d'une éponge jaune qui sentait le rance et devrait être changée.

Elle commençait à essuyer la table de la cuisine quand la vieille lui attrapa le bras.

— J'ai peur, vous ne comprenez pas ?

— Lâchez-moi !

Marge tira son bras, son cœur palpitait comme lorsqu'elle était enfant.

— Si vous avez encore mal aux reins demain, quelqu'un appellera un médecin, parvint-elle à articuler.

Il lui fallut quelques profondes inspirations pour que son souffle s'apaise. Disait-elle vrai ? Y avait-il une justice, après tout ? Marge rinça l'éponge. Elle ne pouvait nier qu'elle éprouvait une certaine joie à la vue de cette silhouette recroquevillée et de ces yeux terrifiés. Il était indigne de ne ressentir aucune compassion, mais c'était ainsi. Elle raconterait ça à Jon-Ante, il le fallait. Elle décrirait précisément l'effroi de la directrice, afin qu'il puisse se l'imaginer. Et son auriculaire. Elle avait désormais une raison d'en parler.

Marge ne le laissait plus faire des façons et ne lui donner que la main gauche. Elle insistait, s'asseyait à côté de lui dans le canapé et lui prenait la main droite, ignorant le doigt abîmé. Sauf qu'elle ne devait pas l'ignorer, au contraire, elle devait en faire grand cas, lui présenter ses excuses. Le moment était venu, peut-être.

Marge étudia la femme un instant avant de quitter la cuisine, vers la salle de séjour. Elles découvraient souvent de vieux bouts de pain oubliés çà et là, parfois par terre sous le canapé brun clair élimé, ou dans la bibliothèque marron foncé à côté de sa photo de mariage. Ne s'y trouvaient qu'une seule photo et la Bible. Aucun bibelot. Elle avait des rideaux et des plantes en pot, ça oui. Aux murs pendaient des tapisseries portant des messages chrétiens. Le Jésus sur sa croix dorée devenait presque obscène dans cette pièce sinistre. Elle n'avait pas non plus de télévision. Tout son intérieur devait être une preuve de son læstadianisme. Avait-elle participé aux offices, avait-elle crié, sangloté, demandé pardon pour ses péchés ? Avait-elle peut-être même pleuré chez une personne qu'elle avait torturée ? Non, Marge ne le croyait pas.

Anne-Risten entra dans le séjour et s'arrêta devant la fenêtre qui donnait sur le lycée Högalidskolan.

— Tu sais, Cecilia tenait à s'inscrire à Högga avec Linda, mais j'ai refusé. Il n'y a que des petits péteux là-dedans. Avec des parents prétentieux, qui prennent des airs supérieurs. Et maintenant elle a envie de faire des études, de descendre dans le Sud, tout ça pour imiter Linda. (Elle soupira.) C'est hors de question. Cecilia aurait dû choisir la filière sanitaire et sociale. Je lui ai dit qu'elle trouverait du travail tout de suite.

Marge voulait se laisser emporter par la conversation, faire comme si elles ne se trouvaient pas dans ce séjour, mais qu'elles buvaient un café en ville. Elle voulait parler de Stella qui chantait si bien, qui se languissait de voir ses grands-parents, et qui aurait préféré vivre au village.

— Ça ne se passe pas bien pour elle en filière économique, je l'avais avertie, elle aurait été mieux en sanitaire et social. Mais elle n'a pas envie de finir comme moi, à torcher les fesses des vieux. Je lui fais honte.

Anne-Risten ne lui avait pas dit un mot de ce qui était arrivé à sa fille le soir de la nuit de Walpurgis. Jon-Ante lui avait tout raconté. Il était nerveux, craignait que Marge ait une mauvaise impression de lui. Ils étaient serrés l'un contre l'autre dans le lit de Marge, il s'était rhabillé, mais ne voulait pas partir. Elle avait insisté, pour le bien de Stella, il lui avait alors relaté ce qui s'était passé avec Cecilia et Anne-Risten. Il avait été soulagé qu'elle le croie. Il n'avait pas expliqué les mains et les genoux égratignés, pas même lorsqu'ils s'étaient trouvés front contre front. Une autre fois, avait-il murmuré. Les plaies aux genoux s'étaient ouvertes, laissant de petites taches de sang sur ses draps. Elle n'avait pourtant pas voulu les changer tout de suite, elle voulait se rouler dans les couvertures et inspirer son odeur tant qu'elle y flottait encore.

— Peut-être que quelqu'un est venu, après tout ? (Anne-Risten avait changé de sujet, ce qui lui arrivait souvent.) La porte n'était pas fermée à clé.

— Je ne sais pas.

Tournant la tête vers la cuisine, Marge vit Rita Olsson, attablée, les yeux dans le vague, le regard vitreux. Ses doigts trituraient les franges de la nappe.

— Toujours est-il que Niklas est beaucoup plus facile que Cecilia. Les garçons, c'est moins compliqué. Tu verras quand Stella sera ado, surtout quand elle commencera à être obsédée par son apparence ! Cecilia m'a tannée pendant des semaines pour se faire faire une permanente comme Linda chez Berit och Lasse. C'est le salon de coiffure le plus cher de la ville ! Tu crois que j'en ai les moyens ? Je lui ai bouclé les cheveux à la maison, et elle était satisfaite.

Anne-Risten cessa son bavardage et se dirigea vers la cuisine.

— On a fini pour aujourd'hui.

Marge la suivit en retirant ses gants. Anne-Risten s'en alla sans dire au revoir et Marge resta plantée devant l'évier. L'atmosphère avait changé, une sensation qui lui rappelait le passé, qui lui faisait se dresser les poils sur les bras.

— Vous, les Lapons, vous êtes tous les mêmes.

Son tympan droit se mit à siffler.

— Vous préférez qu'on appelle une ambulance ou la police ?

Il fallait tout de même faire preuve d'un certain professionnalisme et proposer de l'aide. Elle ne fabulait pas, Marge en était à présent convaincue. Rita Olsson ne perdait pas la boule, ne montrait aucun signe de sénilité. Même si les bouts de pain oubliés pouvaient en être une manifestation précoce.

La vieille baissa les yeux et secoua lentement la tête. Elle n'avait pas de famille à appeler non plus. Son mari Ture était décédé et ils n'avaient jamais eu d'enfants.

Anne-Risten était de retour dans la cuisine.

— Tu viens, Marge ?

— Allez, du vent. Si je meurs pendant la nuit, ce sera votre faute.

— La prochaine fois, on vous apportera des couches, dit Anne-Risten.

— Saleté de Lapones !

— Eh bien, sur ce, on va vous laisser. Au revoir.

Anne-Risten attrapa Marge par le bras et elles sortirent de l'appartement. Marge appela l'ascenseur.

— Tu as vu l'homme qui descendait l'escalier quand on montait ?

— Non. (Anne-Risten ouvrit la porte de l'ascenseur.) Allons bon, tu la crois ?

— Peut-être, je ne sais pas.

— Elle ment. Elle a prétendu que c'était un Sami, non ?

— C'est ça.

— Évidemment ! Tu comprends bien ce qu'elle est en train de faire. Nom d'un chien, j'ai à nouveau la migraine. Elle me donne toujours la migraine.

Elle plongea la main dans la poche et en sortit deux paracétamols.

— Si quelqu'un l'a vraiment frappée, ce n'est pas trop tôt. J'aurais aimé participer.

Nilsa

1986

Il dut faire une halte au niveau du skitabäcken[1]. Quand l'odeur d'excréments pénétra dans la voiture par l'intermédiaire de la ventilation, il s'arrêta sur le bord de la route, ouvrit la portière, foula l'herbe jusqu'au cours d'eau. Il avait vu son sang sous l'ongle de son pouce lorsqu'il sortait de la ville. Il en distinguait aussi sous l'ongle de l'index. Pourtant, ils étaient courts, il les rongeait. Nilsa ne comprenait toujours pas comment elle avait pu saigner du nez alors qu'il ne lui avait pas touché le visage. Peut-être était-ce le choc, ou la tension qui, en augmentant, avait fait éclater un vaisseau sanguin à l'intérieur de la narine.

L'eau nauséabonde était froide contre ses mains. Le bruissement l'apaisait. Il frotta ses paumes l'une contre l'autre, sans doute y avait-il des éclaboussures de sang qu'il n'avait pas vues. Il gratta sous ses ongles pour extraire ce qui venait d'elle. Il avait soif, mais c'est à peine si l'on osait se laver les mains dans ce liquide puant rejeté par l'usine de traitement des eaux usées. Il essuya ses doigts rouges sur son pantalon.

Que dirait-il à Sire si la vieille bique appelait la police ? Ce serait la goutte d'eau qui ferait déborder le vase ! Déciderait-elle que ça suffisait ? Qu'elle allait s'installer ailleurs avec les garçons ? Il frappa ses cuisses du plat de la main. Elle ne le quitterait pas, non. Où irait-elle ? Et

1. Littéralement « Ruisseau de merde », surnom du ruisseau Luossajoki situé dans la commune Kiruna.

puis elle devait bien comprendre pourquoi il faisait ça... D'ailleurs, c'était sa faute, à elle ! C'est elle qui avait laissé entrer Hilde dont les paroles s'étaient insinuées sous sa peau, en avaient traversé toutes les strates et ne pouvaient plus être oubliées. Et, brusquement, voilà que Rita Olsson apparaissait devant Konsum. Toutes ces conneries au sujet du destin ! Dans ce cas, c'était un coup du destin qu'il l'ait vue et que ça se passe comme ça s'était passé.

Il avait fait des cauchemars ces derniers temps, s'était réveillé avec des douleurs à la poitrine, avait eu des insomnies, incapable de se protéger contre ce qui s'imposait à lui. Le coup de téléphone d'Aslak. Il avait essayé de changer le cours de ses pensées, s'était dit que sa mémoire lui jouait des tours, que le discours de Hilde lui avait fait s'imaginer des choses.

Aslak l'avait appelé, balbutiant, et Nilsa avait senti une telle lassitude l'envahir. Il l'avait laissé parler jusqu'à ce qu'il ne puisse plus l'écouter sans s'étrangler de rage. Il allait tout juste raccrocher quand la conversation s'était engagée dans une autre direction.

— Ce soir, j'ai aussi téléphoné à Jon-Ante, avait dit Aslak.

— Qu'est-ce qui t'a pris ?

Merde ! Était-il vraiment obligé de faire savoir à tout le village qu'il était un raté, un alcoolique ? Et Jon-Ante pardessus le marché ! Il avait dû afficher un sourire narquois, se moquer d'Aslak et par conséquent de toute leur famille.

— Jon-Ante est quelqu'un de bien. Il a des souvenirs. On a parlé de l'école, et d'elle.

Nilsa avait tressailli, mais attendait comme le brochet tapi dans les roseaux.

— Je vais aller lui dire qu'on n'a pas oublié ce qu'elle nous a fait. Tu ne croyais pas ça de moi, hein ? Mais je vais le faire.

— Qu'est-ce que tu racontes ? Ressaisis-toi, arrête de boire et de divaguer.

— Jon-Ante m'a sauvé. Plusieurs fois. Personne d'autre n'a fait ça.

C'était insupportable de l'entendre chanter les louanges de Jon-Ante ; il était tout simplement incompréhensible que son frère veuille frayer avec quelqu'un de cette lignée de voleurs de rennes que la réputation précédait. Qu'il ait manqué de jugement gamin, qu'il ait voulu se lier d'amitié avec Jon-Ante à l'époque, c'était une chose, mais garder contact à l'âge adulte, c'était un putain de pied de nez à sa propre famille.

La voix d'Aslak était devenue geignarde, puérile presque, l'écouter était désagréable. Limité par le fil, Nilsa avait fait les cent pas dans l'entrée, songeant à raccrocher comme il l'avait déjà fait tant de fois.

Il regrettait désormais de ne pas l'avoir fait immédiatement en entendant qu'Aslak était bourré. Il ne se serait jamais retrouvé avec ce doute qui le rongeait, de jour comme de nuit.

Il réussissait parfois à se convaincre qu'Aslak n'avait pas été clair, que Nilsa n'aurait pu imaginer qu'il allait retrouver la harpie. Les souvenirs n'étaient pas fiables. Son frère ne lui avait pas dit qu'il allait chez elle. Il avait simplement répété qu'il devait se venger. Cela ressemblait à son charabia habituel, Nilsa ne pouvait pas comprendre où ça menait.

Il marcha à grands pas sur l'herbe sèche ; la sueur perlait sous ses aisselles. Et si elle mourait ? Il se gratta la nuque en poussant des jurons. Comment pouvait-il être aussi téméraire, merde ! Il serra les poings en pensant aux garçons. Allait-il disparaître de leur vie, finir en prison à cause d'elle ? Non, plutôt crever. Il n'exposerait pas ses fils à cette honte. Pourtant, se donner la mort ne serait pas mieux pour les enfants. Il dut s'arrêter, respirer profondément. Cette sensation de manquer d'air lui était devenue fréquente. Expirer était presque le plus difficile. Ses paumes étaient moites et des gouttelettes de sueur refroidissaient sa nuque à la racine des cheveux. Il posa la main sur sa poitrine, mais il ne ressentait aucune douleur. Le mieux pour ses fils serait qu'il succombe à une crise cardiaque, il n'y aurait pas à avoir honte.

Levant les yeux vers la chaussée, il vit une voiture de police passer en trombe, gyrophares allumés. Avait-elle déjà appelé ? Étaient-ils en route vers le village pour le cueillir ? Il devait arriver avant eux. Il refusait qu'une putain de bagnole de flics s'arrête devant chez lui. Il traversa le bosquet en courant, contourna la voiture et démarra avant d'avoir attaché sa ceinture. Que faire ? Les prendre en filature, repérer leur trajectoire et leur faire des appels de phares avant l'entrée du hameau pour qu'ils le ramassent à l'abri des regards ?

Le compteur kilométrique grimpa, il était à cent quarante, agrippé au volant. Il dépassa deux voitures d'un coup, ne ralentit pas à l'approche d'Altajärvi. À quel niveau pouvaient-ils être ?

Il aurait dû l'achever. Qu'est-ce qui l'en avait empêché ? Il n'aurait pas eu mauvaise conscience, les garçons ne l'auraient jamais su, ils n'auraient jamais eu à avoir honte. Il ne se serait pas fait prendre – qui l'aurait soupçonné ?

Et pourtant… Y avait-il des témoins ? L'avait-on aperçu ? Ces grands immeubles possèdent quantité de fenêtres. Quelqu'un aurait pu le voir quand il la suivait dans l'avenue Gruvvägen. Qu'importe si on l'avait avisé au moment où il quittait le bâtiment, mais avant, quand il la talonnait, les voisins l'avaient peut-être remarqué.

Il baissa les yeux sur sa chemise en flanelle. Difficile de distinguer d'éventuelles taches sur le motif à carreaux. Il devra la jeter, mais Sire se poserait des questions, forcément, elle était pour ainsi dire neuve. Pourquoi diable fallait-il qu'il pince le nez de la vieille ? Il frappa le volant du plat de la main et pressa l'accélérateur pour doubler une autre voiture. Elle s'était mise à saigner du nez alors qu'il ne l'avait cognée qu'aux endroits du corps qui ne marquent pas. L'aide à domicile lancerait peut-être l'alerte si elle la trouvait en sang. Comment l'avait-il frappée ? À quel moment était-elle tombée au sol ? Il poussa un rugissement en la revoyant plaquée contre le mur. Avait-il été assez stupide pour la saisir par les bras au risque de laisser des hématomes ? Oui, quand elle avait essayé de sortir de la cuisine. Il l'avait secouée comme elle le faisait à l'époque avec les enfants, d'avant en arrière, brutalement. C'était une femme solidement bâtie, elle n'était pas petite et menue comme Sire. Il avait dû mettre de la force. L'arrière de la tête avait heurté un mur. Les voisins avaient peut-être entendu. Elle n'avait pas hurlé, non, elle avait poussé des gémissements, des petits cris de douleur. Il l'avait ballottée comme elle avait ballotté Aslak le jour où ils avaient laissé entrer l'un des chiens errants du village dans l'internat. Elle les avait surpris tous les deux, mais elle s'en était prise exclusivement à Aslak, à dessein, comprenant que Nilsa souffrait davantage de voir son frère se faire rosser que de subir lui-même le châtiment. Ne l'avait-elle pas regardé droit dans les yeux tout en balançant Aslak d'avant en arrière jusqu'à ce que sa tête manque de se détacher de son cou ? Il s'en souvenait ainsi. Une vocifération monta de sa gorge. Nilsa n'avait rien pu faire d'autre que regarder et attendre que ça se termine avant de pouvoir conduire Aslak au dortoir. Il ne voulait pas se rappeler les yeux emplis de terreur de son *viellja*. Il se tortilla sur son siège et la voiture fit une embardée. Toujours pas de voiture de police… À quelle vitesse avaient-ils conduit ?

— *Biru !* beugla-t-il. Merde !

À Veaikevárri, la poussière de la mine recouvrait le village d'une poudre grise, même l'herbe qui venait de verdir ne pouvait s'en prémunir. Il approchait de la fourche où la route se divisait en deux, vers Vazáš ou Jiellevárri. Il pourrait foncer vers le sud, disparaître. Peut-être que ça vaudrait mieux pour les garçons. Et sa mère, que deviendrait-elle s'il finissait derrière les barreaux ? Encore heureux que son père ne reconnaisse plus ni les personnes ni les jours, il ne serait nullement affecté.

Nilsa se redressa, songea qu'il devait être précis si jamais la police l'interrogeait, il allait raconter qu'il avait rendu visite à son vieux après le rendez-vous chez le dentiste. Ils lui demanderaient s'il se rendait souvent à Kiruna, ils ne croiraient jamais au hasard. Au contraire, ils partiraient du principe que c'était prémédité, qu'il était allé à la maison de retraite non loin de l'immeuble de Rita Olsson et qu'il avait ensuite continué jusqu'à chez elle.

N'était-ce pas curieux qu'il ait choisi de rendre visite à son *isá* aujourd'hui alors qu'habituellement il ne s'embarrassait pas de ce détour quand il était en ville ? Quel intérêt d'aller le voir, disait-il à Sire, il ne se souvient plus de moi. Il ne se souvient de personne, répondait-elle, mais tu dois y aller parce que c'est ton père. Elle ne comprenait pas. Lui et son père avaient été tout l'un pour l'autre, mais celui-ci l'avait abandonné, il avait trouvé une échappatoire lorsque Aslak était parti. Il avait disparu à l'intérieur de son propre cerveau, se dérobant à ce que Nilsa traversait chaque jour. Il le haïssait pour ça.

Peut-être Sire penserait-elle aussi que l'agression de Rita Olsson était préméditée. Si la police le précédait et avait le temps de lui poser des questions. Dirait-elle qu'effectivement son mari était en ville ? Afficherait-elle un air étonné quand on lui demanderait s'il connaissait quelqu'un avenue Gruvvägen ? Quelque chose dans son visage le trahirait. Peut-être verrait-elle là une manière de se débarrasser de lui. Mais elle penserait aux garçons, n'est-ce pas ?

Il clignota à gauche, prit la direction de Vazáš. Ça ne devait pas se passer comme ça. Lorsqu'il avait redescendu l'avenue Gruvvägen vers la voiture, le corps débordant d'adrénaline, il s'était senti grisé de bonheur. Il avait prévu de rentrer chez lui, de brandir le poing vers le ciel en racontant à Aslak ce qu'il avait fait pour lui.

Cette sensation s'était dissipée, lui laissant un goût amer dans l'œsophage. Le hiatus avait de nouveau lâché, la bile était remontée. Il se racla la gorge, la nausée y était tapie. Hélas, la brûlure au sternum n'annonçait pas la crise cardiaque qu'il appelait de ses vœux, il s'agissait d'un simple reflux gastro-œsophagien. Il se frotta la poitrine et plissa le front.

Au niveau de la route qui menait à Parakka, il aperçut trois élans, paisibles et majestueux. Il leva le bras droit, fit de l'index un fusil. Si seulement ils avaient traversé la voie, il les aurait percutés, et des centaines de kilos de cervidés auraient fracturé et aplati le pare-brise. Bien sûr que les garçons auraient eu du chagrin, mais ils n'auraient pas vécu avec la honte.

Il traversa Vazáš à une allure raisonnable tout en bidouillant l'autoradio jusqu'à tomber sur les informations locales. Se rongeant l'ongle du pouce, il attendait la brève indiquant qu'une femme avait été agressée à Giron. Il se rappela soudain que le sang de la vieille s'était incrusté sous ses ongles, cracha par terre et s'essuya violemment la bouche du revers de la main.

En franchissant le pont, son regard se porta sur le cimetière de l'île. Son grand-père y était enterré. Personne n'avait la force de ramer jusque-là en été, c'était bien fait pour ce salaud ! Même en hiver, quand le fleuve était glacé et que les voitures pouvaient passer, Nilsa n'avait aucune intention d'y aller. Hormis peut-être pour pisser sur sa tombe. Il s'en était donné à cœur joie, un hiver, accompagné d'Aslak. Nilsa venait d'obtenir son permis et les deux frères avaient roulé de village en village. À l'entrée du pont, Nilsa s'était tourné vers son frère et lui avait dit qu'ils allaient au cimetière pour saccager la pierre tombale de ce vieux con. Aslak s'était rabougri sur son siège, et Nilsa lui avait frappé l'épaule pour l'encourager.

— Pense à *áhkku*, avait-il fini par lâcher.

Nilsa avait enchaîné les dérapages jusqu'au cimetière, jouant du frein à main, et la voiture avait même fait un magnifique trois cent soixante degrés. Aslak avait hurlé de rire en le regardant avec admiration. C'était un instant que Nilsa n'oublierait jamais.

La pierre tombale étant impossible à déloger, ni en la poussant de tout son poids ni en la rouant de coups de pied, Nilsa avait descendu sa braguette et uriné dessus. Le filet chaud avait changé l'air en fumée. Il s'était esclaffé en profanant le nom de son *áddjá*.

— À toi, avait-il lancé à Aslak une fois sa braguette remontée.

— Tu as déjà trempé la tombe.

— Allez, du nerf !

Aslak avait ouvert son pantalon et lui avait tourné le dos. Pas une goutte n'était sortie.

— Je ne peux pas quand il y a quelqu'un à côté.

— N'importe quoi ! Bon, je vais chercher une pelle ou une masse, on pourra peut-être péter la tombe avec. Maintenant, pisse !

Enfants, ils ne savaient pas bien ce que leur grand-père faisait à leur grand-mère, mais ils avaient remarqué qu'elle se taisait toujours lorsqu'il approchait. Elle se touchait parfois le cou, mais portait toujours des châles, cachait ce qui ne devait pas être montré. Elle aimait les petits, surtout Aslak, bien sûr, et les serrait volontiers dans ses bras, mais dès que leur grand-père se montrait, elle lâchait prise, escomptant une admonestation.

Quand celui-ci buvait, sa voix devenait perçante. Dans ces moments, il leur était formellement interdit de lui rendre visite, leur *isá* était inflexible. C'est parce qu'*áddjá* a perdu ses rennes, disait-il parfois. Ce n'était pas totalement faux, ses bêtes étaient vraiment mortes de faim. Après cet épisode, il avait eu l'alcool encore plus mauvais.

On en a été témoins, *viellja* ! On a vu les conséquences de l'alcool, et malgré ça, tu as suivi le même chemin.

— Imbécile !

Nilsa se frottait le menton avec agacement.

Lorsqu'il avait bu, Aslak n'était en rien comme leur *áddjá*. Il devenait, si tant est que ce soit possible, encore plus fragile, versait des larmes pour un oui ou pour un non et recherchait le contact physique. Évidemment, il n'avait pas réussi à tenir tête à Rita une fois qu'il s'était retrouvé nez à nez avec elle.

Aslak n'avait pas uriné sur la tombe, Nilsa l'avait observé tout du long, l'avait vu, tête baissée, tenter de se forcer, mais rien ne venait.

— Pense à *áhkku* !

Son cri avait résonné entre les morts.

Il n'avait trouvé ni pelle ni masse. À son retour, Aslak lui avait raconté qu'il avait pissé et Nilsa l'avait laissé dire.

Une voiture se matérialisa soudain derrière lui. Il regarda dans le rétroviseur pour lire le numéro d'immatriculation, croisa dans son reflet les yeux de son *áddjá*, enfoncés et si sombres qu'on distinguait à peine les pupilles. Il était arrivé à plusieurs occasions que quelqu'un sursaute en apercevant Nilsa au loin, croyant que son grand-père était revenu à la vie. La ressemblance était frappante – ils avaient le même corps trapu, la même démarche, avec la tête penchée en avant. Cela devenait encore plus évident de près – le cou épais, les oreilles légèrement décollées et ces yeux, semblables à des puits obscurs. Il avait bien remarqué que sa grand-mère avait eu de plus en plus de mal à le contempler, à mesure qu'il approchait de l'adolescence. Ça avait empiré avec le temps, en quelque sorte. On entrevoyait même de temps en temps, dans les yeux de sa mère, une lueur de chagrin. D'ailleurs, son père ne ressemblait pas à son propre père, plutôt à sa mère, avec son nez aquilin et son petit menton pointu. Aucun des oncles et tantes paternels de Nilsa n'avait hérité du physique de leur géniteur. Furieux de cet état de fait, il rudoyait sa femme, la traitait de traînée, prétendait que leurs enfants avaient tous un père différent. Puis Nilsa était né – sa grand-mère et sa mère supportaient à peine de le regarder. Son grand-père, lui, l'observait parfois avec étonnement tout en lui faisant comprendre qu'il n'était qu'une pâle copie. Une fois, il avait saisi Nilsa par la taille, il devait avoir autour de sept ans, et lui avait brandi un couteau sous la gorge.

— Qui montre sa peur meurt le premier.

Il se rappelait encore la lame froide contre sa peau et la panique sur le visage de sa mère. Nilsa n'avait pas tremblé, il n'avait pas fait dans sa culotte, mais il avait été pris de vertige – il n'avait plus d'air dans les poumons. Lorsque son grand-père avait fini par lâcher, Nilsa avait titubé. Il n'avait pas fait ses preuves. Son grand-père avait soupiré avec mépris, l'avait traité de poltron. Il lui avait donné un petit coup de pied dans l'arrière de son genou, qui s'était plié, le faisant tomber.

Pourtant, il était loin d'être un poltron. Il l'avait confirmé avec éclat plusieurs années plus tard.

Un jour qu'il était saoul, son grand-père l'avait contraint à l'accompagner dans la forêt pour couper du bois. Il avait alors fait tournoyer la hache et avait manqué le bouleau. La lame s'était plantée dans ses fibres musculaires, jusqu'au fémur. À quelques millimètres de l'artère iliaque. Il n'empêche que ça pissait le sang.

— Va chercher l'*áddjá* de Gustu, lui avait-il ordonné, presque avec gaieté, comme se moquant éperdument de l'hémorragie et de l'odeur de fer difficilement supportable.

Gustu avait quelques années de plus que Nilsa et c'était peut-être la seule personne qu'il admirait. Le grand-père de Gustu, Per-Ante, était bien connu pour ses dons. Il savait arrêter le sang.

Tant que son *áddjá* pouvait le voir entre les arbres, Nilsa avait couru, puis, dès qu'il avait disparu de son champ de vision, il lui avait semblé que ses jambes ne lui appartenaient plus. Son *áhkku*, debout devant la maison, l'avait aperçu de loin, et leurs regards s'étaient croisés. Dans son souvenir, elle avait hoché la tête, lui donnant l'autorisation de modérer son allure. Elle avait marché aussi lentement que lui et ils s'étaient retrouvés à mi-chemin.

— C'est urgent.

— *Juoa*. Oui.

— Allons bon…

— Il faut appeler l'*áddjá* de Gustu.

— Bien, allons le chercher.

Ils avaient cheminé côte à côte. Quand son *áhkku* avait pris sa main, il avait manqué de fondre en larmes. Pour faire bonne figure, ils avaient piqué un sprint à la fin, en approchant de chez Per-Ante, et elle lui avait lâché la main.

Per-Ante était arrivé trop tard, il n'y avait plus d'hémorragie à juguler, le liquide écarlate s'était écoulé dans les buissons d'airelles et avait été absorbé par la terre. Per-Ante avait secoué tristement la tête en contemplant sa grand-mère, laquelle avait baissé les yeux.

Nilsa et son *áhkku* n'en avaient jamais reparlé. Elle n'avait plus jamais tenu sa main. Elle avait d'ailleurs eu encore plus de mal à le regarder. Mais le jour de son dix-huitième anniversaire, elle lui avait tendu une enveloppe – pour son permis de conduire. Elle était pleine de billets de cent couronnes. Il l'avait acceptée, les mâchoires serrées.

Après coup, il avait regretté de ne pas être resté, de ne pas avoir regardé son *áddjá* dans les yeux quand il se vidait de son sang. Il s'en était ouvert à Aslak qui avait bougé la tête avec gravité.

— Sérieusement ?

— Oui, mais je ne l'ai pas fait. J'ai couru chercher de l'aide.

Il ne voulait pas faire peser sur les épaules d'Aslak le poids de la vérité. Cela demeura un secret qu'il partageait avec son *áhkku*.

Leur mère aimait tant Aslak, comme tout le monde, au demeurant. Il était gentil et facile, déjà bébé. Il passait de bras en bras et avait vite appris à tendre les mains vers les adultes incapables de résister. Nilsa se souvenait de lui, serré contre le sein de leur mère ou de leur grand-mère. C'était leur faute s'il était devenu faible. Elles n'en avaient pas compris le danger.

Il réajusta le rétroviseur, essayant de se vider la tête. Il fixait l'asphalte devant lui, sans oser rouler à tombeau ouvert, comme tout à l'heure. Les fissures dues au gel rendaient la route tout bonnement impraticable. Sans compter son étroitesse : les poids lourds devaient rogner sur la ligne centrale. Il franchit le pont à Vuolle Sohppar. L'eau noire reflétait les nuages sombres dans le ciel. Il avait parfois envie de renoncer.

Il croisa Gustu en voiture, la remorque pleine de sacs-poubelle. Sans doute allait-il à la décharge. Ils se saluèrent d'un hochement de tête. Nilsa traversa lentement le village, en fit tout le tour, jeta un coup d'œil à la supérette, à l'école, à l'église et au terrain de football, freina lorsqu'un chien se précipita sur la chaussée en aboyant à tue-tête, vit ses cousins, leva parfois une main, mais se contenta le plus souvent d'un signe du menton. Était-ce ça, renoncer ? La rivière avait baissé. La pêche lui manquait. Ça faisait longtemps qu'il ne s'y était pas adonné. Certains villageois avaient déjà pris de superbes saumons.

Il finit par s'engager sur la route qui menait chez lui, passa devant la maison de ses voisins comme tant de fois auparavant. Ils ne seraient pas surpris que la police l'appréhende, ils diraient que ce n'était pas trop tôt. Qu'ils aillent au diable !

Ses fils arrivaient à vélo. Ils levèrent leur roue avant et esquissèrent un geste en le croisant. Ils lui ressemblaient. Ils ressemblaient à son grand-père. Même si les traits familiaux s'étaient un peu dilués, cela se voyait clairement. Sa grand-mère avait essayé de contempler ses fils sans ce regard, mais Nilsa n'était pas dupe.

— Quand Aslak aura des enfants, ce sera différent, avait décrété un jour la sœur de celle-ci, et Nilsa l'avait entendue.

Mais Aslak n'avait pas eu d'enfants. Et désormais, leur *áhkku* n'était plus de ce monde. Elle avait demandé à être enterrée juste à côté d'Aslak. Ses parents avaient accepté. Elle avait atteint plus de quatre-vingt-dix ans.

Nilsa serra les dents, marmonna dans sa barbe.

— Elle a eu de nombreuses bonnes années grâce à moi.

Il ne renoncerait pas, ne laisserait pas les flics l'arrêter. Il mentirait, nierait en bloc. S'il n'y avait pas de traces de lui dans l'appartement, ils ne pourraient pas lui mettre le grappin dessus. Ne pourraient pas lui faire peur. Ce n'était pas un poltron.

Devant la maison, il n'y avait pas de véhicule de police. Nilsa fut stupéfait. Il freina à côté de la petite voiture, resta sans bouger. Sire passa devant lui, les bras chargés de sacs de pain. Elle s'était levée à cinq heures du matin pour en confectionner. Elle allait sans doute stocker les miches dans le grand congélateur de la remise.

Elle passa sans le gratifier d'un regard, comme s'il n'était pas là. Les parents de Sire n'avaient pas apprécié qu'elle fasse sa vie avec lui. Ils l'avaient prévenue – il est comme son *áddjá* – mais elle n'avait rien voulu savoir. Elle leur avait répondu qu'il était différent, même s'il lui ressemblait physiquement.

Elle avait tort.

Anne-Risten

1986

Anne-Risten passa lentement la main dans les cheveux de Rita Olsson. Ils venaient d'être lavés, ils étaient lâchés et presque secs. Ils étaient fins, mais longs, jusqu'aux omoplates, devaient être noués en chignon, comme toujours. La femme rabattit les épaules vers la poitrine dans un mouvement infime, comme si elle cherchait à se protéger. Anne-Risten patientait tranquillement, la pulpe des doigts placée sur l'os du crâne de Rita Olsson, au sommet de la nuque.

— Qu'est-ce que vous attendez ? Coiffez-moi, lança-t-elle d'un ton qui se voulait tranchant.

Anne-Risten enroula quelques cheveux autour de son index et tira d'un coup sec, percevant une légère résistance avant que les racines ne s'arrachent.

Rita Olsson glapit, leva une main pour se libérer, mais Anne-Risten lui saisit calmement le poignet et l'appuya contre la table.

— Je ne fais que mon travail, constata-t-elle.

— Balivernes ! Ce n'est pas la première fois que vous faites ça. Bientôt je n'aurai plus de cheveux à la nuque.

Elle essaya de se tortiller, d'échapper aux mains d'Anne-Risten qui lâcha prise, s'installa en face d'elle et la regarda droit dans les yeux. Elle souleva une mèche de ses cheveux à elle, juste au-dessus de l'oreille droite. Un petit duvet de nourrisson couvrait une bande de quelques centimètres à partir de la tempe. Ça n'avait jamais repoussé.

— Vous voyez ça ? Voilà ce que ça donne quand on arrache les cheveux des jeunes enfants, fit Anne-Risten.

Comment osait-elle ? Avait-elle toute sa tête ? Elle s'empressa de balayer ce dernier questionnement.

— Ça n'a jamais repoussé depuis que vous les avez arrachés. Vous arrachiez des mèches entières, vous vous en souvenez ?

Rita Olsson eut un mouvement de recul, les yeux écarquillés. Elle posa les paumes sur la table pour s'aider à se lever, mais elle n'en eut pas la force. Elle demeura assise.

— Partez d'ici, grinça-t-elle.

— On n'a pas encore terminé, répliqua Anne-Risten à voix basse.

Quand elle abattit les mains sur la table, la vieille sursauta et la dévisagea.

— Mon nom est Anne-Risten. Pas Ann-Kristin, comme vous m'appeliez toujours.

— Alors ça continue ? Vous ne pouvez pas me laisser tranquille ?

Anne-Risten restait muette. Sa vue était soudain troublée, les placards de la cuisine ondulaient devant ses pupilles. Elle sentait poindre la migraine.

— Je vais vous dénoncer. Vous et Nilsa.

Anne-Risten entendait, mais tant que sa vue lui jouait des tours, elle était incapable de répondre. Elle inspira profondément et ferma les yeux.

— Je suis chrétienne, vous m'écoutez. Chrétienne !

Anne-Risten entrouvrit lentement les paupières. Sa vue était redevenue nette.

— Ce que vous avez fait est impardonnable, déclara-t-elle, et elle déglutit, ravalant ce qui voulait remonter.

Rita Olsson tenta à nouveau de se lever, mais ses avant-bras tremblaient violemment. Elle se laissa tomber, le menton contre la poitrine.

Anne-Risten venait de saisir le nom que la sorcière avait prononcé. Nilsa ? Était-ce lui qui l'avait agressée chez elle l'autre jour ? C'était donc vrai ? Nilsa et maintenant elle. Tous les deux. Cela lui donna de nouvelles forces.

— Appelez la police si ça vous chante ! Qu'est-ce que vous allez leur dire ? Que je vous ai brossé les cheveux trop fort ?

Elle vit comme un flash lumineux ; elle avait l'impression d'être dans l'œil du cyclone, juste avant que tout empire. Il fallait pourtant qu'elle achève ce qu'elle avait commencé, il le fallait. Pour elle. Pour les enfants.

— Appelez la police, répéta-t-elle. Je suis impatiente de raconter comment vous nous avez martyrisés. Les journaux en feront leurs choux gras, j'en suis sûre.

La mégère la dévisagea de ses yeux luisants, ouvrit la bouche, la referma.

— Ça fera la une du *NSD*. On sera nombreux à vouloir témoigner. Tous les lecteurs comprendront qu'il s'agit de vous.

Fouillant dans sa poche, Anne-Risten trouva une page de journal froissée qu'elle avait déchirée dans le *NSD* à la bibliothèque. Elle la posa sur la table et la lissa.

— Vous avez peut-être lu l'avis de décès d'Anna. Je vous l'ai apporté. (Elle indiqua du doigt les dernières lignes.) Vous voyez, l'ancienne assistante a demandé à tous ceux qui fréquentaient l'école des nomades à son époque de se réunir, et vous savez bien de qui nous allons parler.

Elle se leva, se pencha vers la vieille femme qui se recula.

— Je donnerai votre adresse à tout le monde.

— Ne revenez plus jamais ici ! Vous m'entendez ?

— Vous croyez que Dieu vous a pardonnée, mais vous brûlerez en enfer. Personne ne vous regrettera.

Elle était essoufflée, elle tremblait de tous ses membres. Au moins, c'était dit. Elle se dirigea vers l'entrée, ouvrit la porte, la laissa entrebâillée. Elle ignora l'ascenseur, descendit lentement les marches. Chaque pas semblait un coup de marteau contre sa tempe gauche. Elle passerait vingt-quatre heures au lit après ça, serait obligée de se faire porter pâle.

Une fois dehors, elle inspira l'air frais au plus profond de ses poumons et se mit à longer la rue. Ses cheveux flottaient dans le vent du nord. Cette année, elle prendrait des vacances pour le marquage des faons, elle s'y rendrait avec Niklas. Il ne devait pas abandonner, pas s'il s'intéressait vraiment aux rennes. Elle resterait à ses côtés tel un bouclier. Ils n'allaient plus se laisser emmerder. Nulle part.

La sensation qu'elle avait de pouvoir agir, de pouvoir les venger, eux tous, était venue progressivement, depuis la lecture de l'avis de décès d'Anna, quelques semaines plus tôt. À vrai dire, la disparition brutale de l'ancienne assistante l'avait effrayée. Une tumeur cancéreuse, guère plus grosse qu'un petit pois, suffisait. Et tout prenait fin, en quelques mois seulement. Elle pouvait être la prochaine sur la liste. Elle n'avait néanmoins pas l'intention de mourir sans avoir vu la terreur dans les yeux de la directrice. Elle avait la possibilité d'agir. Elle oserait le faire. La première fois qu'elle lui avait arraché des cheveux, elle avait éprouvé une sorte d'ivresse. Marge, qui était présente aussi, n'avait rien remarqué, occupée qu'elle était à récurer la salle de bains. Plus tard, elle avait dit à sa collègue qu'elle pouvait se rendre seule chez Rita Olsson. « Tu en es certaine ? » lui avait demandé Marge, visiblement libérée d'un poids.

Anne-Risten passa devant Konsum, traversa la rue sans regarder, une voiture freina et klaxonna. Elle agita la main et continua sa route. Peut-être s'effondrerait-elle, terrassée par la migraine ? Rester étendue dans l'herbe, laisser la douleur tout engourdir représenterait presque une forme de répit.

Elle allait proposer à Cecilia de venir avec eux au marquage des faons en Norvège. Elle était sûre que sa fille ne lui répondrait même pas, elle prévoyait sans doute déjà d'aller à la mer, à Piteå, avec Linda et ses parents. Au grand soulagement de toute la famille, leur amitié avait résisté à la malheureuse nuit de Walpurgis, mais Anne-Risten ne faisait toujours pas confiance à cette gamine prétentieuse.

Elle se disait parfois qu'elle devrait avoir plus de patience avec Cecilia. Sa fille finirait par revenir vers elle, par lui pardonner. Mais lui pardonner quoi ? La colère l'envahit de nouveau. D'être samie ? D'avoir contribué à perpétuer des gènes honteux ?

Cecilia ne lui adressait plus la parole. Elle s'attablait dans la cuisine pour manger les plats qu'Anne-Risten lui préparait, s'affalait sur son canapé pour regarder la télé et dormait dans le nouveau lit qu'Anne-Risten lui avait acheté. Mais elle n'ouvrait pas la bouche. Quelle humiliation d'être rejetée par sa propre fille ! Et Anne-Risten n'avait personne avec qui en parler.

La nausée se rappela à elle lorsqu'elle passa devant le temple des læstadiens. Il y avait tant de choses que Cecilia ignorait. Anne-Risten ne pouvait évidemment s'en prendre qu'à elle-même, elle ne lui avait rien raconté. Elle avait laissé les enfants grandir avec Anne Nilsson comme mère.

Elle traversa la chaussée, aperçut l'église baignée des rayons du soleil, s'engagea dans l'allée qui descendait vers le lycée Hjalmar Lundbohm, longea les pavillons des nantis, de beaux bâtiments en bois chargés d'histoire, qui ne pouvaient héberger que des patrons et d'autres personnages haut placés. Elle ne s'inquiétait pas des yeux derrière les fenêtres parfaitement astiquées, ils ne la gratifieraient pas d'un seul regard. Anne-Risten s'arrêta devant l'entrée du lycée, chercha Cecilia des yeux, sans grand espoir de l'apercevoir. Mais c'était bel et bien dans ce lycée qu'elle poursuivait sa scolarité. Cecilia Nilsson. Sa fille aux racines honteuses. Elle n'était pas elle-même. En cela, elle ressemblait à sa mère.

Anne-Risten contourna l'école, rejoignit l'avenue Hjalmar Lundbohmsvägen, dépassa le centre de loisirs qui se trouvait en face et que Niklas et Cecilia avaient fréquenté. Déjà à l'époque, il n'y avait eu aucune trace de leurs origines. Ce n'était pas la faute de Roger, elle savait qu'elle ne pouvait pas rejeter toute la responsabilité sur lui. Elle l'avait voulu, elle se montrait fière d'être devenue Anne Nilsson. C'était même un soulagement.

Elle traversa la large chaussée à pas lents ; les voitures pouvaient bien l'écraser. Un séjour à l'hôpital ne lui ferait pas de mal. Entourée de soins, bourrée de médicaments. Pourquoi pas quelques jours de convalescence chez Vivianne par la suite ? La vieille dame affectionnerait sans doute l'inversion des rôles, serait heureuse de jouer à l'aide-soignante.

Un tiraillement dans la poitrine. Vivianne n'apprécierait pas ce qu'Anne-Risten avait fait – elle ne lui en dirait rien. Elle devrait porter ça toute seule. Ce n'était pas si difficile, en réalité. Il lui suffisait d'examiner ses bras ou la tache presque glabre au niveau de sa tempe pour justifier ses actions. Pourtant, dans une certaine mesure, c'était Vivianne qui lui avait insufflé le courage – par sa manière d'écouter et de croire au récit d'Anne-Risten. Pas seulement au sujet des douleurs. La vieille dame lui donnait de l'assurance, elle la soutenait, comme personne ne l'avait jamais fait.

— Tu es plus forte que tu ne le penses, Anne-Risten. Ton mari t'a quittée, mais regarde-toi aujourd'hui. Tu as trouvé un emploi pérenne, tu as pu garder ton appartement malgré le loyer élevé et tu t'occupes bien de tes enfants.

D'un pas plus léger, elle courut vers la piste de ski et de luge Bamsebacken. À l'âge de cinq ans, Niklas y avait perdu une incisive dans un accident de luge. Une dent de lait. Elle l'avait porté jusqu'à la maison. Le sang coulait et elle craignait que la dent définitive au-dessous soit touchée. Elle n'avait eu personne avec qui partager son inquiétude. Puis la dent avait repoussé, parfaitement droite.

— Tout s'arrange, disait Vivianne dans sa tête.

On apercevait l'immeuble en brique de la rue Bromsgatan. La migraine n'allait pas prendre racine, pas cette fois. Cela suffisait à lui faire ressentir une certaine joie et elle eut un rire.

Plus jamais elle ne travaillerait chez Rita Olsson. Elle prendrait rendez-vous avec le chef, fixerait des exigences, dirait que cette femme était folle et qu'elle refusait de retourner la voir. Que la vieille affabulait, qu'Anne-Risten ne tolérait pas des mensonges qui pouvaient lui coûter son emploi. Anne Nilsson osait dire ce dont Anne-Risten était incapable. Qui plus est, dans un suédois élégant, presque comme à la télévision.

Marge

1986

Les voix résonnaient dans les pièces vides de l'appartement. Les sols avaient été débarrassés de leurs tapis et les murs de leurs tableaux ainsi que de la vaste tapisserie où étaient suspendus de nombreux objets d'artisanat sami. Stella adorait les petites tasses en bois, demandait souvent à les détacher pour jouer avec. Elle savait qu'il était inutile de réclamer les couteaux, Marge les avait accrochés tout en haut. Stella avait voulu essayer un *beccegahpir*, le bonnet bordé de dentelle, qui avait appartenu à Marge enfant, mais il était trop étroit. La fillette avait été profondément déçue.

— *Áhkku* peut t'en coudre un.

— Oui ! Et un pour ma Barbie.

Marge n'avait pas emballé toutes les tasses. Stella était assise sur le sol nu du salon, une tasse à la main. Elle jouait à la dînette avec ses poupées, lesquelles étaient placées en cercle autour d'elle. Elle avait été autorisée à remplir la tasse d'eau qu'elle sirotait bruyamment. Quand le téléphone sonna, elle bondit sur ses pieds et courut dans l'entrée, prononça leur nom de famille sans une once d'accent.

— *Bures áhkku !* la salua-t-elle d'une voix guillerette.

Marge se leva et s'approcha discrètement de sa fille pour écouter.

— *Mon boadán Sohpparii* bientôt. Je viens à Soppero bientôt.

Stella mélangeait allègrement les langues, et ses grands-parents lui répondaient toujours en sami. Marge avait abandonné l'idée de lui apprendre un idiome à la fois et jusqu'à présent elle n'avait pas remarqué d'impact sur le suédois de sa fille. Depuis que ses parents insistaient pour s'exprimer uniquement en sami, elle-même n'utilisait que le suédois. Elle ne savait pas combien de temps ça durerait, et elle avait toujours peur de mal faire. Quand juge-t-on qu'un enfant possède assez de vocabulaire ? Quand pourrait-elle parler avec Stella la langue de son cœur ? Elle se laissait parfois aller, mais Stella ne faisait pas la différence, elle répondait tantôt en suédois, tantôt en sami. C'était peut-être ça, l'alinguisme tant redouté.

Le soir, quand Stella se blottissait dans ses bras et lui demandait de lui chanter la berceuse samie que sa mère à elle fredonnait quand elle était petite, toutes les appréhensions disparaissaient.

Cet automne, les choses se compliqueraient davantage : Stella ferait sa rentrée à l'école samie. Marge avait d'abord pensé l'inscrire à l'école du village, située à quelques centaines de mètres seulement de leur maison, mais ses parents l'avait regardée d'un air déçu, lui avaient rappelé que les cousins fréquentaient l'école samie de Láttevárri, et qu'il était important que Stella apprenne parfaitement le sami. La décision n'avait pas été facile à prendre, Marge avait longtemps été angoissée. Comment supporterait-elle que sa fille pénètre dans les locaux de l'ancienne école pour nomades ? Elle qui s'était juré de ne plus jamais y mettre les pieds ! Pourtant, sous peu, elle devrait y retourner en tenant son enfant par la main. Elle laisserait alors Stella dans une salle de classe qui aurait peut-être été la sienne. Sa fille s'assiérait à un pupitre, avec la même vue sur la cour que Marge à l'époque. C'était un cercle terrible qui se refermait.

— Je ne lui dirai pas que j'ai fréquenté cette école. Pas maintenant, elle est trop jeune, c'est trop dur, avait dit Marge à Jon-Ante.

Il avait sombré dans le mutisme, ne l'avait pas aidée, ne lui avait pas dit si elle avait raison ou tort.

Marge caressa les cheveux de sa fille en la frôlant dans l'entrée. La petite se dégagea, affichant une mine sérieuse et pointant du doigt le téléphone, un geste qui venait de Marge elle-même. Elle eut envie de glousser.

Les cartons s'alignaient dans le salon, leur contenu soigneusement marqué au feutre noir. Dans la chambre, elle rangea des draps et des housses de couette bien repassés dans une boîte à moitié vide, et termina par quelques romans posés sur la table de chevet. Jon-Ante lui avait confié qu'il ne lisait pas du tout, ce qui ne l'avait pas étonnée, elle ne connaissait presque aucun homme de leur âge qui aimait les livres.

Il lui avait proposé de transporter leurs affaires dans sa remorque jusqu'au village, en dépit de sa déception face à leur départ. Elle avait eu beau lui dire que le déménagement était prévu depuis longtemps, depuis bien avant qu'ils forment un couple, il était resté maussade. Elle avait loué une maison en attendant que la sienne soit construite. Jon-Ante avait d'abord écouté en silence, puis il avait rétorqué, d'un ton presque accusateur :

— Tu peux encore changer d'avis. Pourquoi est-ce que tu veux rentrer au village ?

— Et toi, pourquoi tu ne veux pas ? avait-elle répliqué.

Il s'était refermé sur lui-même, refusant de la laisser entrer. Elle s'était mise à bouder. Ce schéma n'augurait rien de bon.

— Je voudrais que tu nous accompagnes, que tu t'installes avec nous.

Comme il ne répondait pas, elle n'avait guère tenu à lui parler de la maison, lui dire qu'elle était assez spacieuse pour une famille de trois personnes. Elle ne lui avait pas annoncé non plus qu'elle voulait faire construire un garage plus grand que prévu. Elle avait appelé les ouvriers, sans savoir s'il emménagerait ou non avec elles, mais elle se doutait bien qu'il ne déménagerait pas sans sa voiture. Ça ne revenait pas beaucoup plus cher. Ses parents l'avaient aidée à obtenir le crédit, ils s'étaient portés garants.

Lui avait eu d'autres projets – il les imaginait comme une petite famille, établie dans le quartier Lokstallarna de Kiruna, non loin de la route de la Norvège. Quand il avait compris qu'elle comptait sérieusement s'installer au village, il avait maugréé, fait remarquer qu'il n'avait rien là-bas. Ses frères possédaient des maisons à quelques encablures de chez leurs parents, mais lui n'avait qu'un bungalow sur le terrain de sa maison d'enfance. Il n'avait pas besoin de plus, disait-il.

Marge n'avait bien sûr aucun droit de s'attendre à ce qu'il quitte un emploi bien rémunéré à la mine pour s'occuper des rennes, mais les sacrifices consentis seraient-ils aussi lourds s'ils impliquaient qu'ils pouvaient être ensemble ?

— Tu n'as pas envie de te consacrer aux rennes à plein temps, c'est ça ?

Il avait paru blessé, comme si elle ne comprenait pas – mais comment pouvait-elle comprendre s'il ne lui expliquait rien ?

— En tout cas, nous, on doit partir, pour le bien de Stella. Elle ira à l'école samie, elle pourra voir ses grands-parents.

Stella se sentirait en sécurité dans le village, elle trouverait sa place dans la famille, elle en était persuadée. Sa fille entrerait sans frapper chez ses grands-parents, ferait comme chez elle, deviendrait une gamine de la campagne, sûre d'elle.

Il ne fallait pourtant rien considérer comme acquis – sa fille prendrait la direction qu'elle voudrait. Quant à Marge, elle s'était vu offrir deux emplois : un poste de contractuelle au jardin d'enfants et un autre dans le service d'aide à domicile. Elle avait choisi l'école pour ne pas avoir à faire de la route entre les villages. Stella était fière que sa mère devienne maîtresse. Marge devrait cesser de parler suédois avec Stella : elle ne pouvait pas s'exprimer en sami toute la journée, avec ses petits élèves, et devenir quelqu'un d'autre le soir, en retrouvant sa fille.

On entendit de petits pas entrer dans la chambre à coucher. Stella monta sur le lit et se mit à sauter sur le matelas – ses cheveux flottaient autour de ses épaules. Lorsqu'elle s'arrêta, pantelante, Marge vit qu'une nouvelle idée avait germé dans son esprit.

— Je veux écrire une lettre à *áhkku*. Viens !

Elle bondit au sol, attrapa la main de Marge pour la tirer.

— Je dois faire les cartons, ma puce.

— Non, on doit écrire à *áhkku*. Où sont mes stylos et mes feuilles ?

Elle se dirigea vers sa chambre en sautillant. Marge pensait que Stella serait perturbée de voir ses affaires disparaître dans des cartons, mais elle avait rangé ses jouets avec le plus grand sérieux et avait dit qu'*áddjá* lui donnerait bientôt un faon.

— Je dois donc déménager. Je dois être là où sont les rennes.

Elle était de retour avec un stylo et un bloc-notes, s'allongea sur le ventre, la mine contre le papier.

— « *Bures* », ça, je sais l'écrire.

Marge la vit tracer « *bores* » à la place de « *bures* », mais qui était-elle pour la corriger ?

— Je veux lui dire qu'on arrive vendredi.

— Tu peux le faire toute seule. Écris, je vérifierai ensuite.

— Non, en sami, bien sûr !

Marge se laissa tomber sur le lit. Elle n'avait jamais parlé de ça avec Stella, pas encore. Elle lui raconterait tout, sans rien occulter, quand elle serait assez grande. Mais déjà maintenant ? Non, elle en avait mal à l'estomac.

— Tu sais, confia-t-elle lentement en se penchant en avant pour caresser les cheveux noirs de sa fille, je ne sais pas écrire en sami.

— Comment ça ? (Stella fronça le nez, puis esquissa un sourire malicieux.) Tu plaisantes !

— Non, c'est vrai. Je n'ai jamais appris.

— Tu es pourtant allée à l'école.

Marge glissa sur le sol et resta assise en tailleur. Stella se redressa et posa les jambes sur les siennes.

— Tu sais, quand j'étais petite, j'ai fréquenté une école très spéciale. (Marge tendit les mains, Stella les prit et se mit à les balancer à droite et à gauche.) En fait, ça ressemblait un peu à un orphelinat.

Elle laissa Stella digérer cette annonce. La fillette avait cessé de bouger les bras et son visage affichait une expression d'inquiétude. Sa fille n'aimait pas qu'elle évoque l'orphelinat en Colombie et Marge n'essayait même plus.

— Il y avait un internat, j'habitais là-bas et je ne voyais pas mes parents pendant des mois. J'avais sept ans, comme toi.

Stella serra ses mains plus fort, et Marge les étreignit doucement.

— Dans cette école, il était interdit de parler sami. J'ai été obligée d'apprendre le suédois. (Marge observait attentivement des variations dans le regard de sa fille.) Je n'ai jamais appris à écrire dans ma propre langue. C'est pour ça que je ne sais pas comment orthographier *áhkku*.

Sa voix se brisa en prononçant le mot « *áhkku* ». Elle dut se racler la gorge pour le cacher.

Stella lui lâcha les mains et laissa retomber ses jambes avec un bruit sourd. Marge chercha une petite cuisse moelleuse à pincer. Stella était chatouilleuse des cuisses, mais cette fois impossible de trouver les points qui permettraient au rire de monter du ventre.

Elle était trop petite. Comment pouvait-elle l'exposer à cela maintenant ? Elle aurait dû attendre, comme elle avait prévu. Marge tendit la main vers le visage de sa fille, caressa sa joue chaude. Comment pourrait-elle jamais lui dire que c'était dans cette école que Stella allait faire sa rentrée ? Bien que ça ne soit plus un internat, qu'il n'y ait plus d'obligation, plus de peur. C'était le même bâtiment. Stella comprendrait-elle la différence si elle lui disait que le lieu était désormais bénéfique pour les enfants samis et leur langue ?

— Tu étais triste, à l'école ?

— Oui, mon cœur, très triste. Mais je m'en suis sortie quand même.

Elle ne pouvait pas, pas maintenant. C'était trop tôt.

Stella s'allongea par terre, rampa en rond, dissimulant son visage. Marmonna, jeta un coup d'œil de derrière un bras et se cacha de nouveau.

— *Áhkku* et *áddjá* ne voulaient pas non plus de toi ?

Non plus.

Marge était sur le point de se briser. C'était trop.

Mais c'est Stella qui craqua la première. Elle fondit en larmes, sanglota contre le sol. Marge glissa ses mains sous sa taille, la souleva et Stella se recroquevilla comme un petit singe contre son sein. Marge la porta jusqu'au lit et tira la couverture sur elles deux. Stella pressa son nez contre son cou en reniflant.

— *Áhkku* et *áddjá* avaient tant de chagrin quand j'étais à l'école, mais ils étaient obligés de me laisser partir. Tous les enfants d'éleveurs de rennes du village devaient quitter leur maison. Aucun ne le voulait et tout le monde était terriblement malheureux.

Les pleurs étaient inconsolables, chez Marge aussi. Elle essayait de se retenir, de rester silencieuse, mais ses larmes la trahissaient, les gouttes salées ruisselaient dans les cheveux de la fillette.

— Personne ne voulait de moi, sanglota Stella dans son cou.

— Si, moi ! Moi, je voulais de toi. Plus que tout au monde !

Marge la serra aussi fort qu'elle osait et attira délicatement vers elle le petit visage jusqu'à ce qu'elles se regardent. Leurs yeux étaient rouges et leurs nez coulaient.

— Quand tu es arrivée, tout le monde était au comble du bonheur. *Áhkku*, *áddjá*, ton oncle, ta tante, tes cousins et toute la famille éloignée. Nous sommes tellement heureux que tu sois là. Tu es notre Stella.

Marge l'embrassa sur les joues, le nez, le front et le menton avant de recommencer. Jusqu'à ce que Stella, renâclant, lui pince le nez.

— Ça suffit !

Marge sourit et pressa sa fille contre son corps, huma l'odeur de cheveux propres et d'haleine sucrée. Elle avait encore dû chiper des bonbons dans les placards.

— Tu es la meilleure des petites filles du monde et tu es ma fille.

— Je t'aime, maman.

Marge ferma les yeux et répondit :

— Je t'aime aussi. *Mon ráhkistan du.*

Stella répéta la phrase dans un sami parfait. Elle appuya son nez contre le sien, fit vibrer ses lèvres jusqu'à ce qu'elles hurlent de rire toutes les deux.

Elle était comme un feu d'artifice, ses émotions pouvaient s'enflammer, crépiter, et, soudain, un calme. Peut-être est-ce comme ça qu'elle avait survécu. Comment Marge, elle, avait-elle survécu ? Il y aurait un temps pour les conversations. Un jour, elles pourraient partager leurs expériences.

Jon-Ante

1986

Le soleil avait terminé son cycle et entamé le suivant. Jon-Ante savait que son père, installé à la table de la cuisine, contemplait le village dans la nuit de la Saint-Jean en maugréant que ça y est, le solstice était passé, on repartait vers l'obscurité. Ils avaient beau lui dire qu'on ne remarquerait aucun changement avant plusieurs semaines, tant que le soleil continuait ses révolutions sans disparaître à l'horizon, la lumière leur appartenait. Mais rien n'y faisait.

Jon-Ante bâilla et s'enfonça dans son siège. Derrière les pins, on entendait la musique monter depuis l'île Tärendöholmen, lieu incontournable du comté de Norrbotten pour fêter la Saint-Jean. La confluence des deux rivières était bien connue. Les petits hameaux alentour en étaient fiers. Chattanooga jouait ce soir, Jerka, le 22 juin. Cela faisait longtemps qu'il attendait de le voir en concert.

C'était sa dernière Saint-Jean sur l'île et il avait roulé triomphalement jusque-là. Il avait traversé lentement les villages, vu les habitants suivre des yeux avec curiosité sa Lincoln nouvellement astiquée. Il avait choisi ses passagers avec soin. Pas de raffut, ils devaient être respectables, pour autant que ce soit possible avec une basse qui vous vibrait dans la poitrine.

Il avait également fait une virée en Norvège avec les autres le 17 mai. C'est sans doute suite à ce voyage que la décision avait mûri : après la Saint-Jean, il arrêterait les grosses fêtes. Ils étaient partis à vingt voitures de Giron, en direction de Narvik, et avaient attiré l'attention tout le long de l'itinéraire, longeant le lac Torneträsk, passant par les localités d'Abisko, Björkliden et Riksgränsen. À Narvik, où la campagne verdoyait déjà grâce au Gulf Stream, les Norvégiens avaient dévisagé les Suédois comme s'ils venaient leur voler leur fête nationale. Ils avaient continué jusqu'à Harstad. À ce stade, dans certains véhicules, on commençait à avoir un sacré coup dans le pif. C'en était trop pour les flics qui leur avaient proposé aussi aimablement que fermement de les escorter jusqu'à la frontière. Jon-Ante s'était senti piteux lorsqu'ils étaient revenus à Narvik, tel un feu d'artifice multicolore avec leurs voitures et leurs bombers en satin. C'était fâcheux, il aurait pu en être autrement, la plupart d'entre eux étaient au volant de bagnoles magnifiques, qui devraient faire leur fierté. Pendant la pause technique à Björkliden, ils s'étaient bidonnés de la réaction outrée des Norvégiens.

Jon-Ante soupira, le souvenir lui arracha un sourire. Putain ce qu'ils s'étaient marrés, presque du début à la fin.

Il ne se sentait pas abattu, un poil mélancolique, peut-être – c'était la fin d'une ère. À vrai dire, il était déjà trop vieux pour tout ça. Ces dernières années, il avait surtout concentré son attention sur sa bagnole. Et Classe avait gardé une place centrale dans sa vie, il lui avait offert un sentiment d'appartenance. Il n'avait pas dit grand-chose quand Jon-Ante lui avait annoncé qu'après la Saint-Jean, c'en serait terminé des défilés d'automobiles. Peut-être était-il lui aussi prêt à se ranger ? Bien qu'il ait souligné qu'on n'est jamais trop âgé pour aimer les belles voitures. C'est une passion à vie. Il avait raison, bien sûr, mais s'installer derrière le volant et rouler en file indienne jusqu'à Tärendöholmen, on ne pouvait pas continuer éternellement.

Il savait aussi qu'il ne descendrait pas sous terre éternellement. Il prévoyait de prendre sa retraite de la mine vers soixante ans, sans se retourner. Il n'allait pas finir comme les autres qui mouraient d'une crise cardiaque six mois après être partis. Il aurait une bonne vie. Marge avait esquissé un petit sourire – à quarante ans à peine, il visait déjà la montre en or des vingt-cinq ans d'ancienneté et la retraite.

Ils n'étaient pas toujours sur la même longueur d'onde. Il avait essayé de la convaincre de bâtir une existence commune en ville. Il avait été inflexible sur ce point.

Pourtant, le week-end précédant la Saint-Jean, lorsqu'il l'avait conduite au village, avec sa fille qui chantait et une remorque pleine à ras bord, il s'était soudain senti tout faible. Il tremblait de tous ses membres. Il avait alors compris ce qu'il risquait de perdre. Tout s'était éclairé. Il ferait tout pour elles. Il les aimait de tout son cœur. Il avait failli fondre en larmes, avait pressé la main de Marge contre sa joue. Elle avait éclaté d'un rire surpris.

— Qu'est-ce qui t'arrive ?

Après avoir déchargé la remorque, il avait attiré Marge contre lui et lui avait confié qu'il les rejoindrait peut-être. Sa décision était déjà prise, mais il voulait tâter le terrain : son « peut-être » la rendrait-elle heureuse ? C'était le cas. Il n'ajouta rien. Ne fit aucune promesse. Son corps restait secoué de soubresauts.

De retour en ville, la veille de la Saint-Jean, il s'était coiffé de son casque et était descendu dans la mine pour parler au porion. Il avait prévu de demander un congé sans solde, assurer ses arrières au cas où ça se passerait mal au village. Les mots qu'il prononça furent tout à fait différents :

— Je démissionne. À effet immédiat. J'ai des congés et de la récup' à prendre, et après c'est fini.

Il s'était abstenu de mentionner les rennes, évidemment. Il avait indiqué qu'il allait peut-être ouvrir un garage pour réparer des autos et des motoneiges. Ses collègues lui avaient tapé sur l'épaule. Il avait nettoyé son visage taché de noir et était remonté, de l'obscurité vers la lumière, pour la dernière fois. Il était resté longtemps dans sa voiture, ébloui par le soleil qui se reflétait dans les fenêtres du bâtiment de bureaux haut de treize étages. Un jour, il était monté au dernier étage pour déposer quelques documents, s'était senti crasseux dans son bleu de travail, son « uniforme », comme il disait. Il avait eu l'impression que les gens se tenaient à distance par peur de se salir.

L'« uniforme ». C'était un terme qui amusait Classe et Jon-Ante depuis leurs débuts. En revêtant l'uniforme, on devient soi-même. Il faut dire qu'il éprouvait aussi de la fierté. En voyant le train chargé de minerais serpenter, s'acheminant vers d'autres contrées du monde, pour construire les tours Eiffel de l'époque contemporaine et les voitures que, certes, il n'avait nullement l'intention d'acheter.

Son oncle maternel lui rappelait bien trop souvent que la mine avait disloqué les terres des communautés de samis de la région.

— Et tu en fais partie.

— C'est faux.

Il ne voulait pas entrer dans le débat. Aucun membre de sa famille n'estimait qu'un salaire confortable et un emploi fixe étaient quelque chose d'enviable. En tout cas, pas à la mine.

Quand il avait téléphoné à sa mère pour lui annoncer qu'il songeait à revenir au village, elle lui avait d'abord opposé un long silence, puis elle avait glissé que ce serait une bonne chose, avant de changer de sujet. Comme si cela ne lui faisait ni chaud ni froid. Il savait que c'était faux – mais il ne fallait pas le dire tout haut. Il n'y avait aucune raison de céder au sentimentalisme. Il avait ravalé les paroles qu'il avait prévu de lui confier, les émotions qui l'emplissaient alors qu'il se préparait à rentrer sur les terres de sa famille, mais, plus encore, les facteurs qui expliquaient son départ.

Il y avait néanmoins une personne qui devait tout entendre.

Marge ignorait encore qu'il avait démissionné et il ne tenait pas à le lui apprendre par téléphone – il voulait lui faire la surprise après le week-end de la Saint-Jean. Elle avait été déçue qu'il compte faire la fête avec ses copains, mais il se justifia : il ne pouvait pas laisser tomber les quatre gars à qui il avait promis une place dans sa voiture. C'était aussi son dernier 21 juin avec la bande, ce qu'elle ignorait également.

Mais à présent, à Tärendöholmen, au milieu des ivrognes, cette décision lui semblait stupide. Il se redressa de sa posture avachie. Qu'est-ce qu'il foutait ici ? Il avait quelqu'un dans sa vie maintenant.

Il sortit de la voiture, regarda entre les arbres sans avoir le courage de marcher jusqu'à l'endroit où la fête battait son plein, aperçut Perre qui se dirigeait vers le parking et le héla.

— Dis à Classe et aux autres que je suis rentré. Tu auras bien de la place pour une ou deux personnes de plus dans ta caisse ?

— Tu es sérieux ?

— Plus que jamais.

La rivière lisse comme un miroir lui souhaita la bienvenue, les nuages moutonneux, les piaillements des oiseaux devant la maison qu'elle avait louée et les moustiques qui dansaient autour de son visage. Il était rentré au village où il connaissait tout le monde, où beaucoup des habitants étaient des membres de sa famille. Il était *goađun*. Chez lui.

Marge se réveillait habituellement de bonne heure, mais un 22 juin avant six heures du matin, sûr qu'elle devait encore roupiller.

Il se laissa tomber sur l'escalier devant la porte d'entrée et contempla la rivière. Il apprendrait à Stella à pêcher le saumon et l'ombre commun. Longeant la route du regard, il aperçut la maison de son cousin, lequel devait déjà être debout. Ses parents aussi, de l'autre côté du hameau. Ils étaient sans doute attablés dans la cuisine à boire leur premier café, rassurés par la proximité de leurs plus jeunes fils. Peut-être discutaient-ils du marquage des faons qui aurait bientôt lieu. Son *áddjá* ne vivait plus au village, il avait été placé dans une maison de retraite à Vazáš. Jon-Ante irait lui rendre visite, flanqué de Marge et Stella, pour lui annoncer son retour. C'était déjà trop tard en un sens, trop tard pour partager avec lui les moments au milieu des rennes – il n'avait plus la force de les accompagner dans les pâturages d'été. Cela lui crevait le cœur, mais rien n'était vain – tout ce que son *áddjá* lui avait appris allait être transmis. Les récits, et peut-être même le *joik*, bien que le *joik* ne soit pas son fort. Il avait cessé d'essayer quand il s'était installé en ville.

Quoi qu'il en soit, Jon-Ante apprendrait à Stella à lancer le lasso. Il serait là quand son grand-père lui offrirait son premier faon à marquer. Il lui parlerait du jour où il avait marqué son premier faon, lui dirait qu'il neigeait, que ses doigts étaient tout engourdis.

— Quoi ? Neigé ? s'écrierait Stella. En plein été ?

Il sourit dans sa barbe. Cette fillette était unique en son genre.

— Je suis trop vieille pour avoir des enfants biologiques, avait dit Marge. Tu devrais rencontrer quelqu'un de plus jeune si tu veux devenir père.

— Mais toi tu as un enfant, ça me suffit.

Ça me suffit. Il aurait dû dire qu'il voulait devenir le vrai papa de Stella, qu'il souhaitait l'adopter. Ça aussi, il le lui annoncerait aujourd'hui.

Il discerna un aboiement et la chienne de son cousin fila jusqu'à lui comme une flèche. Quelqu'un le siffla. L'animal, qui s'était déjà glissé entre les jambes de Jon-Ante, ne sut pas quoi faire ni où aller. Un cri, un ordre de chien de berger, la chienne dressa les oreilles et disparut aussi sec.

C'était dur à entendre. Ce bruit lui avait manqué. Il se gratta le crâne en fixant ses derbys. Ses cousins allaient le voir, assis sur les marches en chaussures de danse – c'est ainsi qu'ils qualifieraient ses pompes, en riant aux éclats. Il sourit, se déchaussa d'un coup de pied et resta là, en chaussettes, à regarder les moustiques s'efforcer de piquer au travers.

Il pensa à ses frangins. La rumeur était-elle parvenue jusqu'à eux ? Sa mère leur avait-elle dit qu'il envisageait de revenir ? Rien ne serait plus comme quand ils étaient petits, Jon-Ante ne nourrissait aucun espoir. Il n'avait plus sept ans et des petits frères qui le portaient au pinacle. Ils formaient désormais une équipe, tous les deux. Au moins, Jon-Ante ne rentrait pas tout seul, il rentrait avec Marge et Stella.

Marge ne comprenait pas que l'on ne puisse pas parler de tout. Elle avait beau user de toutes les stratégies pour l'amadouer, il restait coi. Il ne pouvait évoquer sa relation avec ses frères. Il ne pouvait admettre sa peine immense d'avoir vu les deux autres devenir un tandem inséparable lorsque lui avait dû partir à l'internat. Il ne pouvait reconnaître les sentiments qu'il avait éprouvés en les voyant échapper à l'école pour nomades tandis que lui en était revenu marqué à vie.

Sans Oskar, il n'aurait sans doute pas survécu à l'école du village non plus. C'était moins difficile à bien des égards, mais il y avait quelque chose dans son être… et on aurait dit que les enfants possédaient un radar à faiblesses. Sans compter que les enfants de l'école pour nomades rentraient parfois au village. Alors il restait enfermé chez lui, ou se réfugiait chez Oskar.

En grandissant, ses frères étaient devenus très différents de lui. Pas du tout des pétochards craignant les raclées. Ils avaient confiance en eux. Et Jon-Ante les jalousait, tout en étant heureux qu'ils ne se soient pas retrouvés dans la même situation que lui.

La porte s'ouvrit derrière lui et elle était là, les yeux à peine ouverts, sans ses lunettes – elle ne devait pas voir grand-chose. Sa voix était rocailleuse comme une route de campagne.

— Qu'est-ce que tu fais ici ? Tu es fou !

Elle se pencha vers lui, l'entoura de ses bras par l'arrière. Elle était douce, comme enveloppée de la chaleur du lit. Il frissonna.

Il se lança immédiatement.

— Un jour, tu m'as demandé si ça me plairait de me consacrer aux rennes. Je ne sais plus ce que j'avais répondu. En réalité, c'est ce que je souhaite par-dessus tout. Le problème, ici, c'est que je croiserai les personnes qui m'ont martyrisé à l'école, et je devrai feindre que ça n'a aucune importance.

Elle se laissa glisser dans ses bras et posa la tête contre son torse.

— Je ne sais pas comment je vais le supporter, ajouta-t-il.

— Et moi, je ne sais pas quoi dire.

Il la serra contre lui, huma ses cheveux.

— À part que je suis vraiment, vraiment, désolée pour toi.

— Justement. Je refuse d'être une victime. Alors, je fais semblant. Je leur parle comme si ce terrible passé n'existait pas. Et je ne me sens jamais bien.

— Je comprends.

— Peut-être même qu'ils n'ont aucun souvenir. Ils sont peut-être tous comme Nilsa, qui semble avoir tout refoulé.

Elle leva rapidement les yeux.

— D'ailleurs, Nilsa… C'est un secret, je ne devrais pas te le dire, mais c'est lui qui a agressé Rita Olsson.

— Tu plaisantes ?

— Pas le moins du monde. Anne-Risten me l'a dit l'autre jour au téléphone.

— Ça alors ! J'aurais fait pareil si l'occasion s'était présentée.

— Vraiment ?

Il acquiesça d'un hochement de tête et ils gardèrent le silence quelques instants.

— Alors, tu ne peux pas habiter ici parce que tu ne supportes pas de te montrer dans le village ?

— J'ai donné ma démission.

— C'est vrai ?

Elle pivota entièrement, logea les jambes autour de son torse et pressa son front contre le sien.

— Alors, tu vas venir chez nous ?

— Je suis déjà là, tu le vois bien.

Elle l'embrassa, laissa glisser ses mains le long de son cou, en arrêta une sur sa nuque, geste qui le faisait toujours frissonner de plaisir. Elle s'écarta de lui. Ses yeux, à l'instant si fatigués, luisaient.

— Tu me rends très heureuse, tu sais ?

Il lui saisit la taille en riant et déposa des baisers dans son cou, là où son odeur était la plus enivrante.

— Ça va bien se passer, dit-elle. On va affronter ça ensemble.

Ils s'en tinrent là. Il n'y avait rien à ajouter pour le moment. Il redoutait pourtant que ça ne soit pas facile. Ses frangins lui avaient parlé des tensions au sein du Sameby.

Nilsa et ses cousins foutaient la pagaille, accusant certains membres de s'approprier les bêtes des autres en modifiant le marquage. Le père de Nilsa n'avait jamais hésité à traiter celui de Jon-Ante de voleur de rennes. Il vivait désormais en maison de retraite, incapable d'habiter seul, mais la situation ne s'était pas apaisée pour autant. Nilsa avait pris la relève.

— Ce n'est pas une mauvaise chose de disposer d'un moyen de pression sur Nilsa. L'agression, je veux dire, dit-elle avec un sourire malicieux.

Il étira les lèvres avec elle, mais cela ne lui apportait aucun réconfort – les gens comme Nilsa s'en sortaient toujours.

Il observa la rivière, revoyant Aslak monter, portant une canne à pêche et un saumon qu'il parvenait à peine à soulever d'une seule main. Jon-Ante marchait à côté de lui pour l'aider. Lorsque Nilsa les avait aperçus, il avait taclé Jon-Ante qui s'était écroulé au sol. Il s'était emparé du saumon et était parti. Aslak l'avait suivi, la tête basse. Il s'était retourné et avait brandi l'index et le majeur en forme de V. C'était leur signe. Celui qu'ils avaient esquissé par la fenêtre du bus, d'un bout à l'autre du réfectoire, d'un jardin à l'autre et une dernière fois quand Aslak jouait au foot et avait marqué le but décisif permettant de faire monter son club dans la division supérieure.

Aslak n'avait jamais ébauché ce signe quand Jon-Ante était à terre avant cette fois-là, et celui-ci s'était alors hâté de bondir sur ses pieds, avait levé les bras en l'air. Un double symbole de la victoire. Il avait sauté et agité les mains derrière Aslak dont les yeux riaient. Cela suffisait pour qu'il aille mieux.

Anne-Risten

1986

L'avis de décès était pour le moins inhabituel, tout le monde s'accordait pour le dire. Il se concluait par une invitation à l'intention des anciens élèves de l'école pour nomades, conviés à se retrouver pour rendre un dernier hommage à Anna. Cette curieuse formulation était devenue un sujet de conversation dans les villages.

Le jour des obsèques d'Anna était arrivé. Anne-Risten enfila son kolt, laissa glisser ses mains sur le tissu bleu clair, depuis la taille jusqu'aux hanches. Il lui avait fallu le repasser pendant une heure afin d'obtenir les plis désirés, quand bien même elle avait laissé sa tunique toute la nuit dans la presse. Les franges du châle n'étaient pas sorties indemnes du carton dans lequel il avait jusque-là été remisé. Les brins, de quelques millimètres d'épaisseur, s'enchevêtraient. Elle passa un bon moment à les lisser et à les disposer parallèlement les uns aux autres. Quant aux broches, elle les avait lustrées jusqu'après minuit.

Elle se drapa de son châle, les franges virevoltèrent autour d'elle. Elle inséra le tissu dans son col à l'avant, souleva la tunique, attrapa le châle par-dessous et tira jusqu'à ce qu'il soit placé bien droit sur la poitrine et les épaules. Elle fixa ensuite les broches. Ses mains n'avaient pas oublié le geste qu'elles n'avaient pourtant pas accompli depuis bien longtemps. Elle serra la ceinture autour de sa taille, se penchant en avant pour que les franges n'en soient pas faites prisonnières. Elle eut quelques difficultés à fermer les boutons-pression – elle allait devoir retenir un peu son souffle. Elle devrait demander à sa mère de les déplacer légèrement afin d'agrandir la ceinture.

La tige de ses chaussures à pointe recourbée s'était ramollie, mais cela ne se verrait pas sous les rubans tissés rouges et jaunes. Elle les enroula bien serrés autour des mollets et les pompons rouges trouvèrent leur place idoine à la cheville.

Cecilia passa, une pomme à la main, sans dire un mot. Elle revint peu après pour jeter le trognon, remplir un verre d'eau avant de retourner dans la chambre.

Anne-Risten la suivit du regard. Hier encore, sa petite fille l'appelait depuis le salon pour réclamer une pomme coupée en morceaux. Anne-Risten épluchait le fruit, le débitait à l'aide du tranche-fromage et le lui servait devant la télé. Elle songeait souvent à cette époque avec nostalgie.

De la musique tonitruante s'échappait de sa chambre et le téléphone sonna – c'était presque toujours pour elle. Dans sa chambre à coucher, Anne-Risten fouilla dans ses tiroirs à la recherche de son sac à main en cuir rehaussé de tissu rouge brodé de fils d'étain. Le petit bouton en bois de renne était si lisse sous son doigt lorsqu'elle fit pivoter la boucle en fils tressés pour l'ouvrir. Elle y glissa des mouchoirs, une plaquette de paracétamol et deux Treo enveloppés dans du film plastique.

Dans un autre tiroir, elle dénicha sa photo de mariage dans un cadre argenté. Ils avaient formé un couple magnifique. Anne-Risten avait annoncé à son *enná* que Roger avait demandé sa main et avait ajouté : pas de kolt. Il lui avait acheté une longue robe d'une blancheur éclatante, et même une petite couronne assortie. Lors de la modeste réception qui avait suivi la cérémonie, organisée dans leur appartement, elle se tenait le dos droit, coiffée du diadème. Jamais la distance entre elle et sa famille n'avait été aussi grande, mais elle s'en moquait. Personne, ni ses parents ni aucun membre de sa fratrie, n'avait été autorisé à revêtir un kolt. Son père avait semblé perdu, dans son pantalon noir et ses grosses chaussettes en laine grises qui avaient glissé jusqu'à ses chevilles. Sa mère n'avait pas dit grand-chose, mais avait enfilé sa plus belle jupe. Quant à la mère de Roger, habillée de pied en cape, cheveux permanentés chez le coiffeur, elle avait répété à maintes reprises qu'elle n'avait jamais vu une aussi belle mariée. Seule la famille proche avait été conviée, à l'église comme à la maison. Roger avait insisté pour qu'ils se contentent d'une cérémonie intime, même si Anne-Risten aurait aimé être admirée par davantage de monde. Mais quand la photo des époux avait été publiée dans le journal quelques jours plus tard, elle avait balayé sa déception : elle savait que tout Kiruna et les villages alentour resteraient bouche bée devant ce cliché. C'était le plus grand de la page. Parce qu'elle était la plus splendide des mariées, avait argué Roger. À l'église, le pasteur l'avait appelée Ann-Kristin, mais dans le journal il était écrit Anne Nilsson. Sa mère n'avait sans doute même pas découpé l'avis de mariage.

Anne-Risten soupira, rangea le portrait dans le tiroir et s'observa dans le miroir pour voir si le sac ne jurait pas avec le kolt. Elle pensa à Anna et à l'avis de décès. Le jour de sa parution, elle avait poussé le journal jusqu'à Cecilia, à l'autre bout de la table de la cuisine, lui expliquant qu'Anna avait beaucoup compté pour de nombreux élèves de l'école pour nomades. Cecilia avait à peine dû le lire, mais Anne-Risten avait découpé l'article et l'avait enfermé dans son *giisa*, le coffret rouge dans sa chambre à coucher. Le moment venu, c'est là qu'elle commencerait, elle aurait un point de repère, une base pour son récit. Mais il fallait encore attendre. Elle ne supporterait pas de raconter tout ce qui s'était passé et de n'obtenir, en retour, qu'un haussement d'épaules.

Cecilia n'avait pas osé protester en voyant Anne-Risten, lunettes de lecture sur le nez, astiquer ses broches. Et, apercevant le kolt suspendu à la porte de la cuisine le lendemain, elle s'était contentée d'un profond soupir. Il faut respecter la mort, elle avait au moins appris ça à sa gamine.

Anne-Risten attacha la barrette juste au-dessus de son oreille gauche, sourit dans le miroir, songeant qu'elle était encore assez belle, quoi qu'en dise Roger. Son derrière et sa poitrine avaient peut-être perdu leur maintien, mais elle n'avait pas de rides et ses cheveux étaient épais et lisses, en dehors d'aujourd'hui, puisqu'elle les avait bouclés pour l'occasion. Tout à l'heure, elle garderait la tête haute en passant devant les immeubles de la rue Bromsgatan. Elle le ferait pour Anna.

Elle était émue. Les broches tintèrent lorsqu'elle tourna sur elle-même. Ce bruit lui avait manqué. Son identité lui avait manqué.

Le parfum des roulés à la cannelle tout chauds flottait encore dans la cuisine. Elle s'était levée aux aurores, avait rapidement confectionné la pâte. Le lendemain, Vivianne viendrait boire le café. Cette semaine, elle avait effectué un grand ménage, descendu sa belle nappe blanche ornée de roses brodées, celle que Gun-Britt n'avait jamais eu l'opportunité de voir. Elle en draperait la table de la cuisine lorsqu'elle la dresserait pour Vivianne. Anne-Risten lui enverrait un taxi.

— Tu ne devrais pas, c'est bien trop cher, s'était exclamée Vivianne, mais sa joie transparaissait.

Anne-Risten lui avait parlé des obsèques, lui confiant qu'elle allait enfiler son kolt pour la première fois depuis longtemps, mais que l'avis de décès d'Anna lui en avait donné le courage.

— Tu sais, les habitants de Kiruna nous foudroient du regard quand nous portons notre costume traditionnel.

— Fais-en abstraction, Anne-Risten. Il faut assumer ses origines.

Elle s'était retenue de dire que les regards les plus cruels se trouvaient sous son propre toit.

— J'y vais. On vient me chercher ! lança-t-elle à la cantonade dans l'appartement.

Elle s'interdirait de se sentir blessée que Cecilia ne lui dise au revoir. Elle referma délicatement la porte et descendit lentement les escaliers. Le poids du kolt autour des jambes lui avait tant manqué ! Elle sortit dans la cour. Elle n'allait pas se glisser au coin du bâtiment et attendre derrière. Non, elle resta tranquillement devant l'entrée, contemplant les bambins dans le bac à sable et d'autres sur les balançoires. Les mères la dévisageaient sans doute.

Peu importe ! Peut-être y avait-il des yeux curieux derrière les rideaux. Qu'ils s'en mettent plein la vue !

Elle entendit la voiture klaxonner sur le parking derrière les immeubles. Elle s'y dirigea, les franges de son châle flottant dans le vent.

Jon-Ante

1986

Marge n'avait pas insisté. Elle ne lui avait pas forcé la main. Elle comprenait. L'avis de décès était formulé de manière à rendre sa présence impossible : tout le monde serait là.

— J'irai sur sa tombe plus tard. (Il tenait évidemment à lui dire adieu.) Je m'occupe de Stella. Vas-y, toi.

Elle lui était reconnaissante, ne souhaitant pas que sa fille soit obligée de l'accompagner. Stella n'avait pas connu Anna, et Marge était d'avis que les jeunes enfants ne devaient pas participer aux enterrements, ils devaient être épargnés le plus longtemps possible. D'autant plus que Stella traversait une phase où elle redoutait la mort.

Jon-Ante avait pris la fillette par la main et ils s'étaient juchés tout en haut du village, d'où ils pourraient voir la procession suivre Anna jusqu'au lieu de son dernier repos. Voir un cortège funéraire traverser le village ne laisse personne indifférent. Les véhicules roulaient au pas. Ceux qui arrivaient dans l'autre sens s'arrêtaient généralement par respect pour le défunt, à moins qu'ils ne rejoignent le convoi. Aujourd'hui, il serait sans doute si long que l'on ne pourrait pas distinguer le début et la fin.

Stella tenait à compter les voitures en sami, mais elle ne savait dénombrer que jusqu'à vingt. Jon-Ante lui avait promis de l'aider, car il y aurait bien plus de véhicules que ça.

— Elle est dans la première voiture, non ? La noire.

— C'est ça.

— Maman m'a dit qu'elle était la plus gentille de toute l'école.

— Ta maman a raison.

Ils s'installèrent dans l'herbe et durent chasser les moustiques. Stella aperçut une coccinelle, la prit dans ses mains placées en coupe et coula un regard entre ses doigts. Jon-Ante pensa aux funérailles d'Aslak auxquelles il n'avait pas non plus assisté, prétextant qu'il ne pouvait modifier ses horaires de travail. Son chef aurait accepté sans broncher, mais Jon-Ante ne lui avait même pas posé la question. Le boulot lui avait permis de supporter la journée. Sa mère l'avait appelé le soir pour lui dire que c'était une belle cérémonie – Jon-Ante était resté muet. Elle ne s'était rendue qu'à l'église et son père s'y était dérobé entièrement.

Jon-Ante était allé se recueillir sur sa tombe le week-end suivant. Il y avait des fleurs couvertes de givre, mais pas encore de pierre, bien sûr. Il s'était penché, avait pressé l'index et le majeur en forme de V dans la neige fraîche qui tapissait la terre.

— Tu comprends pourquoi je ne pouvais pas venir, non ?

C'est tout ce qu'il avait dit.

Stella écarta les doigts pour libérer la coccinelle, mais elle ne bougea pas, laissant des traces jaunes sur sa paume.

Il tendit sa main droite devant elle, l'agitant pour chasser les moustiques qui s'y posaient.

— Je t'ai raconté que je m'étais blessé l'auriculaire à l'école. Tu te rappelles ?

— Oui, tu es tombé dessus.

— D'abord je suis tombé, mais ensuite, la directrice… (Il s'interrompit.) Tu sais ce que ça veut dire ? C'est elle qui dirigeait l'internat où nous habitions.

— Je sais, dit-elle en le dévisageant avec intérêt.

— Elle était très sévère et pas toujours gentille. (Il avançait à tâtons, ignorant ce que Marge lui avait révélé.) Et quand je suis tombé, elle m'a marché sur le doigt.

Stella écarquilla les yeux – il regretta aussitôt d'avoir parlé.

— Peut-être qu'elle a trébuché, qu'elle ne l'a pas vraiment fait exprès. Mais elle ne m'a jamais demandé pardon.

— On doit toujours dire pardon.

Il toucha son auriculaire, le pressa contre l'index, mais il s'en écarta immédiatement.

— C'est Anna qui s'est occupée de moi après, qui a bandé mon doigt. Je ne l'oublierai jamais.

Stella poussa du bout de la langue son incisive qui bougeait.

— Je trouve ça drôle que tu lèves le petit doigt, comme ça, quand on joue à la dînette. Tu fais comme les grandes dames. (Il eut un rire, ce qui l'encouragea à poursuivre.) Et toi, tu bois pour de vrai, pas comme maman qui fait semblant.

Elle fit mine de siroter un liquide, la main fermée sur une tasse invisible, l'auriculaire dressé vers le ciel.

Il la porta en l'air, l'installa sur son dos, il faisait le cheval.

— Tu veux bien être un renne ?

— Pas question, jamais tu ne monteras sur un renne.

Le cheval galopait dans l'herbe, elle hurlait de joie en s'accrochant à son cou. Ils fuyaient les moustiques et les simulies.

— Les voilà ! s'écria-t-elle en pointant l'index.

Elle resta suspendue à ses épaules lorsqu'ils comptèrent ensemble. La dernière voiture disparut dans le virage derrière le terrain de football. Jon-Ante agita la main pour les saluer et Stella l'imita. Il plaça l'autre main sur sa poitrine, les doigts en signe de victoire, et sentit son cœur battre.

Il reposa la fillette à terre. Elle enchaîna les roues dans la descente, fouettant le sol de ses cheveux.

Son corps fut saisi d'un émoi, envahi par un sentiment fort qui lui intimait d'y aller, de prendre part malgré tout. Il se frotta le front. Il laisserait Stella décider.

— Dis-moi, Stella, ça te dirait de faire un tour dans ma belle voiture ?

Elle s'arrêta, remonta la colline en courant.

— Seulement si tu baisses le toit.

— Tu devras mettre un bonnet.

— On n'est pas obligés d'en parler à maman.

Il esquissa un sourire malicieux.

— Où est-ce qu'on va ? demanda-t-elle.

— Je me suis dit qu'on pourrait quand même passer à Gárasavvon.

— Je ne veux pas voir quelqu'un de mort.

— Ne t'en fais pas, on n'ira pas à l'enterrement.

— J'ai une idée ! Si on allait en Finlande acheter de la réglisse !

Il consulta sa montre. Ils arriveraient à temps. Une partie du cortège funéraire devait encore s'arrêter devant chez Anna à Ađevuopmi avant de poursuivre jusqu'à l'église de Gárasavvon. On sortirait alors le cercueil du véhicule, on le poserait sur des branches de sapin devant la maison – elle rentrerait chez elle pour la dernière fois.

Stella voulait courir jusqu'à la maison et il trottina à côté d'elle. Ils allèrent chercher leurs manteaux, arrivant à la conclusion qu'ils n'avaient pas besoin d'être sur leur trente et un. Il eut un instant d'hésitation lorsqu'elle monta à l'avant : il n'y avait pas de ceinture.

— Ouvre le toit, dit Stella.

Elle était si petite, ses jambes restaient tendues sur le siège, en dépassaient sans se plier. Elle gloussa lorsqu'ils traversèrent le village dans la voiture pétaradante. Il caressa l'accélérateur. Ses cheveux noirs flottaient au vent et les cicatrices blanches au-dessus de son sourcil luisaient. Il roulait lentement et elle se mit à chanter. Le compteur kilométrique tournait et elle chantait.

— C'est ici qu'habitait Anna, dit Jon-Ante lorsqu'ils passèrent devant la maison verte.

Stella agita la main.

Lorsqu'ils arrivèrent à Gárasavvon et s'approchèrent de l'école samie, il eut un déclic : c'est dans cet établissement qu'il fallait inscrire Stella, et non dans celui de Láttevárri. Elle fréquenterait ainsi un établissement sami sans que ni Marge ni lui ne soient contraints de l'emmener à l'ancienne école pour nomades. Ils ne seraient pas obligés de se souvenir. Il ralentit et indiqua le bâtiment du doigt.

— Qu'est-ce que tu penses de cette école, Stella ? Ça te plairait d'y aller ?

— Je suis inscrite à Láttevárri.

— Je crois que celle-ci est meilleure.

— Pourquoi ?

— Je crois qu'ils ont besoin d'un petit rossignol comme toi, Stella. Je pense que tu te ferais beaucoup d'amis ici.

Elle n'avait pas l'air convaincue, mais il s'était déjà décidé.

Il serra le volant dans ses mains en apercevant la foule rassemblée devant l'église.

— Ils ne sont pas encore entrés. Tu veux faire un coucou à maman ?

Lui tenait à aller voir Marge, cela lui importait plus que tout au monde, il avait besoin de rendre hommage à Anna une dernière fois, entouré de sa nouvelle famille.

— Oui, j'ai envie ! Je peux m'asseoir sur tes genoux et tourner le volant, comme on a fait dans la forêt ?

— Ah non, ici on ne peut pas, on est au milieu du village.

Elle haussa les épaules, estimant sans doute que ça ne faisait aucune différence.

— Je peux juste tenir un peu le volant.

Il hocha la tête, cherchant du regard une place de stationnement. Les petits doigts se posèrent sur sa main droite, la serrant légèrement, replaçant son auriculaire, sans se rendre compte de ce que ce geste produisait en lui.

Le moteur vrombit, et il vit l'assistance amassée devant l'église se retourner et les dévisager.

— Tourne ! s'écria Stella en tirant sur sa main.

— Ici, je ne peux pas. Mais je peux m'arrêter un peu plus loin.

Elle braqua le volant, comme si elle effectuait elle-même la manœuvre.

— Et voilà ! lança-t-elle fièrement lorsque le bruit du moteur s'éteignit. Maintenant, on va chercher maman.

Ils descendirent. Il plaqua ses paumes sur les oreilles cramoisies de Stella qui lui demanda ce qu'il fabriquait.

Ils n'eurent pas besoin de chercher. Marge, qui les avait aperçus, leur faisait de grands signes.

— Elle est là !

Stella ne se mit pas à courir, ne le laissa pas tout seul.

Marge vint à leur rencontre, l'air surpris, posa un léger baiser sur la bouche de Jon-Ante et attira Stella contre elle. On les observait, il le remarqua, mais il fit taire son cœur qui battait la chamade et se redressa. Stella n'avait pas lâché sa main. Son auriculaire retrouvait sa place, comme chaque fois, dans sa petite main ou dans celle de Marge.

— Tout se passe bien ? demanda-t-il.

— C'est très particulier, beaucoup de souvenirs remontent. J'ai discuté avec des gens que je n'avais pas vus depuis longtemps. C'est beau. (Elle continua en sami.) Mais qu'est-ce que vous faites ici ? Tu as changé d'avis ? Tu sais qu'elle ne veut pas…

Elle jeta un regard éloquent à sa fille.

— Non, non, on ne va pas entrer. Je voulais juste être ici un moment, avec toi.

— De quoi vous parlez ? demanda Stella. Nous, on va aller en Finlande acheter des bonbecs !

— Ah bon, vraiment ?

Marge colla sa joue à celle de Jon-Ante.

— Je suis heureuse de vous voir.

— Nous aussi. (Il lui caressa les cheveux.) Allez, on va faire un tour en *Suopma*, en Finlande, et on se retrouve à la maison tout à l'heure.

La foule endeuillée avait commencé à se mouvoir vers l'église, elle devait rejoindre les autres, Anne-Risten lui faisait signe. Marge le serra contre elle, et il posa délicatement ses lèvres contre sa tempe. Elle retira ses lunettes et s'éloigna. Une vague d'émotion le surprit, il savait qu'elle avait besoin de se protéger un peu aujourd'hui.

Elle se retourna, plissa ses yeux de myope pour les distinguer, esquissa un sourire.

Else-Maj

1986

Sur le parking, Else-Maj regardait son reflet déformé dans la vitre de la voiture. Elle observa son châle, posa la main sur la plus petite broche, tout en bas de la rangée de trois. C'était le *risku* de Sara. Elle le portait pour la première fois.

Elle avait elle-même frangé son châle bleu marine, rehaussé de motifs discrets. Elle aussi avait cousu le kolt et la ceinture, avait tissé les rubans à chaussures. Elle avait choisi son plus beau *gákti* noir.

Ils étaient nombreux à avoir exaucé le souhait d'Anna. La plupart seraient sans doute venus quoi qu'il en soit, mais là, l'église serait pleine à craquer. Certains devraient rester debout. La foule s'était attroupée devant le bâtiment, dans l'allée en pente raide. Else-Maj ne la gravit qu'à moitié pour embrasser l'assistance du regard.

Elle vit un camping-car immatriculé en Allemagne freiner brusquement devant le pont qui menait en Finlande. La rivière séparait les deux pays, une frontière dont les villageois faisaient peu de cas, bien que le panneau de la douane énonçât clairement les lois et les règles. Apercevant le rassemblement bigarré, les Allemands étaient sortis de leur véhicule pour prendre des photos. De loin, certes, mais avec un téléobjectif. Plusieurs voitures s'arrêtèrent, on brandissait des appareils.

Ils immortalisaient un moment de deuil, ne le comprenaient-ils pas ? Peut-être était-ce difficile à saisir tant leurs kolts chatoyaient de couleurs vives. Il y avait pourtant quelques costumes et robes noires parmi eux. Raides et collet monté, songea Else-Maj. Certains affectaient de ne jamais avoir endossé un kolt de leur vie. Parlaient un suédois dompté.

La plupart des participants portaient néanmoins le kolt. Elle jeta un regard circulaire : elle connaissait presque tout le monde. Elle aperçut Marge. Dire qu'elle était rentrée au village et avait emménagé avec Jon-Ante ! C'était plutôt drôle qu'ils aient dû passer par la ville pour se trouver et finalement revenir ensemble. Marge était venue sans Stella. Cette petite qui saluait d'un « *Bures !* » enjoué chaque personne qu'elle croisait au village. Ne serait-ce que pour cette raison, elle lui plaisait déjà.

Marge était là, mais où se cachait donc Jon-Ante ? Anne-Marie fouilla la foule du regard, mais en kolt tous les dos se ressemblaient.

Nilsa ne viendrait pas – elle l'avait compris en écoutant les bavardages. Lui qui ne manquait pas une occasion de s'enorgueillir de l'époque de l'internat, prétendant qu'il s'y était amusé. En un sens, elle avait pitié des personnes obligées de mentir. C'était sans doute plus facile que de reconnaître avoir été une victime. Si elle entrouvrait cette porte, tentait de s'imaginer ce que la vie aurait pu offrir sans les années à l'école pour nomades, sa gorge se serrait. Sa tranchée se changeait en fil. La pierre de chagrin devenait si lourde à porter qu'elle était obligée de s'allonger. Et si l'on ne prenait pas garde, il pouvait être difficile de se relever.

Elle contempla le village en posant la main sur le *risku* de Sara, elle sentait son *unna oabbá* qui, cachée derrière elle, épiait timidement toutes les personnes rassemblées. Anna s'occuperait bien d'elle à présent. À cette pensée, Else-Maj sentit sa gorge se nouer.

Un ronronnement sourd monta de la rue et de nombreuses têtes se tournèrent en voyant approcher la décapotable noire. Else-Maj esquissa un demi-sourire en apercevant Jon-Ante, flanqué de Stella sur le siège passager, réaliser une sorte de tour d'honneur avant de se garer en contrebas de la foule.

Marge, qui l'avait bien sûr entendue aussi, descendit les rejoindre. Jon-Ante tenait Stella par la main, s'occupait d'elle avec douceur. Il ferait un bon *isá*.

Else-Maj porta son regard vers l'église, puis vers le ciel. La peine l'accabla. Elle avait parlé avec Anna quelques jours avant qu'elle s'éteigne. Pour la première fois, c'est Else-Maj qui l'avait appelée et non l'inverse, mais il n'était pas facile de dire à une personne qu'on la pardonne, alors ces paroles étaient restées tues.

Il avait été douloureux de suivre le corbillard. Elle s'était arrêtée à Ađevuopmi, avait vu le cercueil posé sur les branches de sapin. *J'ai eu un enfant. C'était toi.*

Ce matin, elle avait ressorti l'avis de décès, bien qu'elle ne fût pas obligée de le lire pour savoir ce qui y était indiqué. Elle le connaissait par cœur. Anna avait dit à ses neveux qu'elle leur faisait confiance pour rédiger un joli texte, mais elle avait formulé elle-même les dernières lignes. Invitant plus particulièrement les élèves de l'école pour nomades. « *Ráhkis mánát* », avait-elle écrit. « Chers enfants. Réunissez-vous et parlez, avait-elle demandé. Ne venez pas seulement pour moi, venez pour vous. »

Else-Maj entendait autour d'elle que son souhait était le point d'entrée des discussions. Des souvenirs formulés d'une voix hésitante, qu'Anna avait rendus possibles.

Quand Anna lui avait demandé si l'on pouvait plaisanter dans un avis de décès, Else-Maj lui avait répondu par un non catégorique.

— Tu n'es pas la bonne personne à qui poser la question, avait décrété Anna, avec un sourire dans la voix.

Else-Maj était partagée entre l'envie de rire et de pleurer chaque fois qu'elle se remémorait cette scène.

Un homme âgé aux jambes arquées poussait péniblement une femme en fauteuil roulant dans la montée. C'était Pekka et Lisbet, la cuisinière, elle les reconnaissait à présent. Pekka avait besoin d'aide. Elle esquissa quelques pas dans leur direction, mais une bonne âme la devança, serra Lisbet dans ses bras – Else-Maj n'en aurait jamais été capable. Heureusement qu'elle l'avait devancée, finalement. Elle irait lui parler, cependant, après l'enterrement. Elle avait tant de raisons de la remercier.

Anne-Risten approchait de l'église en se pavanant, son kolt flottant autour de ses jambes, ses cheveux bouclés retenus par une superbe barrette. Elle marchait comme un mannequin en ondulant des hanches. Dire qu'elle était une de celles qui étaient parties en ville, elle s'était trouvé un Suédois et revenait rarement. Ses enfants ne parlaient même pas sami, semblait-il, mais elle avait entrevu son fils à quelques occasions, auprès de l'enclos à rennes, jusqu'à ce qu'il cesse de venir.

Anne-Risten qui venait de l'apercevoir se dirigeait maintenant vers elle, affichant un large sourire qui paraissait presque inconvenant.

— *Na hei, Else-Maj ! Got manná ? Lea guhkes aigi dasa go letne oaidnalan.* Comment vas-tu, Else-Maj ? Ça fait si longtemps qu'on ne s'est pas vues.

C'est vrai, ça faisait longtemps. Else-Maj dut se mordre la langue pour ne pas rétorquer qu'elle n'avait pas bougé, elle.

— Je vais très bien, merci.

— C'est extraordinaire qu'Anna nous ait demandé de venir et que tout le monde soit là.

— Oui, presque tout le monde.

— Pas Nilsa, fit Anne-Risten, la voix pleine de sous-entendus.

Else-Maj salua celles et ceux qui passaient devant elles.

— Tu étais en contact avec Anna ? s'enquit Anne-Risten.

— Un peu, à la fin. Elle m'a téléphoné pour m'annoncer qu'elle était malade.

— Au fond, c'est dommage qu'elle ne soit pas là pour se rendre compte de la foule. Qu'elle ne puisse pas entendre toutes les belles choses qu'on dit d'elle.

— Je pense qu'elle est avec nous.

Les yeux d'Anne-Risten se remplirent de larmes.

— Tu crois ? Je l'espère vraiment.

Else-Maj hocha la tête, força un regard chaleureux. Elle en était capable, quand elle le voulait.

— Tu te rappelles quand on a rendu visite à Inger pour lui demander où était passée Anna ?

Else-Maj esquissa de nouveau un geste affirmatif, mais elle n'avait pas l'intention de s'étendre. Anne-Risten semblait y tenir. Else-Maj chercha des yeux d'autres visages familiers afin de pouvoir s'éclipser.

— Tu es peut-être au courant que Rita Olsson habite à Kiruna. (Anne-Risten s'était rapprochée et avait baissé la voix.) J'ai été son aide à domicile. (Elle avait mal interprété le regard d'Else-Maj qui l'avait incité à poursuivre.) Plus jamais ça. J'ai dit que je refusais d'y retourner.

— Je ne sais pas si on devrait parler d'elle aujourd'hui.

Mais Anne-Risten n'allait pas s'arrêter en si bonne voie.

— Tu n'as pas entendu le pire. Nilsa l'a agressée.

— Quoi ? C'est vrai ?

— Figure-toi qu'un jour, quand Marge et moi sommes arrivées chez elle, nous l'avons trouvée assise par terre. Elle s'est plainte qu'on l'avait frappée. Ce jour-là, elle ne nous a pas donné de nom, mais plus tard, je lui ai fait avouer. C'était Nilsa.

— C'est… (Else-Maj lissa les franges qui virevoltaient.) Je ne sais pas quoi dire.

— Elle a peur qu'il revienne. Ce n'est pas très chrétien de le dire, mais elle a eu ce qu'elle méritait. Elle se fait un sang d'encre. Tu aurais dû voir ça.

Anne-Risten était complètement folle ! Raconter ça avec un sourire jusqu'aux oreilles !

— Elle a appelé la police ? Elle l'a dénoncé ?

— Non, je crois qu'elle n'ose pas.

— Mais c'est terrible !

— Vraiment ? Ce n'est que justice, tu ne trouves pas ?

Else-Maj se mit en marche et Anne-Risten lui emboîta le pas. Le moment était venu pour tous les participants, hormis les plus proches de la défunte, de prendre place dans l'église. Le corbillard était garé juste devant. Des épaules puissantes la porteraient dans le temple. Else-Maj jeta un coup d'œil par la vitre noire. On distinguait des couronnes de fleurs posées sur le cercueil blanc.

Les joues écarlates, Anne-Risten glissa la main sous la manche de son kolt. Else-Maj dut se faire violence pour empêcher Anne-Risten de se griffer les bras. Anne-Risten sursauta et cala ses bras derrière son dos. Puis, apercevant Marge, elle sourit et lui fit signe.

— Je l'attends, fit Anne-Risten. Vas-y toi, entre.

Else-Maj chercha Gustu du regard – elle avait besoin de son bras réconfortant. Après la collation, elle lui demanderait de la conduire au cimetière et de rester dans la voiture. Il ne se plaindrait pas, même s'il se faisait tard. Elle voulait se recueillir sur la tombe d'Anna, seule, lui dire à voix haute que son souhait avait été exaucé. Dieu la pardonnerait sans doute si elle se laissait aller à être gaie, à rire avec Anna.

Mais, d'abord, elle resterait assise avec les autres pour le verre du souvenir. Et l'on parlerait longtemps dans les villages de cette réception funéraire qui s'était prolongée jusque tard dans la nuit. Jamais on n'avait rien vu de tel.

Remerciements

Ma mère a fréquenté une école pour nomades, pas moi. Pourtant, d'une certaine manière, j'ai l'impression d'avoir vécu ce traumatisme qui se transmet de génération en génération.

Pour beaucoup, il est très éprouvant d'en parler, tout comme il est douloureux de vivre en sachant que ses enfants et ses petits-enfants subissent encore les conséquences de cette scolarité.

Straff est une fiction mais s'appuie sur des faits bien réels.

Je dédie ce roman à tous les anciens élèves des écoles pour nomades et à leur famille.

Écrire *Straff* a été difficile, et cela aurait été impossible sans l'aide de ma mère. Merci, chère maman, Ellen Laestadius (née Marainen), de m'avoir raconté ta vie, montré des photos, d'avoir relu le manuscrit, cherché des réponses chez d'autres lorsque c'était nécessaire. Merci de m'avoir accompagnée sur tous les lieux importants.

Je tiens également à remercier les personnes suivantes :

Mon oncle maternel, Kjell Marainen, qui traduit toujours tous les passages en sami de mes livres. Ce roman est très particulier car j'ai choisi le sami parlé dans nos contrées.

Mon cher papa, Janne Laestadius, qui a partagé ses connaissances sur de nombreux sujets, allant de la mine à la chasse à l'élan.

Roger Lindehag, expert en voitures américaines, qui m'a aidée à choisir les marques automobiles et m'a raconté d'amusantes anecdotes au sujet des raggare à Kiruna dans les années quatre-vingt.

Sara R. Acedo, pour sa couverture élégante et originale.

Solveig Labba, qui m'a aidée à choisir le kolt adéquat pour la couverture.

Richard Åström et Anna Kråik Åström, toujours très réactifs, qui ont lu mon texte, m'ont aidée à combler mes lacunes et corriger mes erreurs à propos de l'élevage de rennes.

Lisa Widén pour les encouragements et les remarques pertinentes concernant l'adoption.

Mes merveilleuses collègues et amies écrivaines : Ninni Schulman qui n'a pas seulement eu l'idée du titre, mais qui a relu le manuscrit avec ses yeux de lynx et Christina Wahldén qui a été d'une patience à toute épreuve alors que je l'assaillais de questions du début à la fin du processus d'écriture.

Katharina Cohen qui avec finesse et sensibilité a prêté sa voix à mes romans pour les audiobooks. Merci aussi à Bonnier Audio pour cette belle collaboration.

Carl-Johan Utsi, photographe, pour les clichés de presse pris par une journée glaciale dans ma ville natale de Kiruna.

Matilda Siikavuopio qui m'a merveilleusement maquillée et Maja Eliasson qui m'a superbement coiffée en vue des photos.

Peter Salomonsson et le personnel du Scandic Hotel à Kiruna de nous avoir prêté le skybar pour le shooting.

Barbara Knochenhauer pour sa relecture subtile.

Mes chers Micke et Willis qui savent ce qui se trame vraiment derrière les coulisses. Vous êtes tout pour moi.

Je voudrais également citer un livre qui a revêtu une importance particulière pour mes recherches : *När jag var åtta år lämnade jag mitt hem och jag har ännu inte kommit tillbaka*[1], un recueil de souvenirs de l'époque de l'école pour nomades.

1. « À huit ans je suis parti de chez moi et je ne suis toujours pas rentré » (non traduit).

Straff se déroule dans les lieux mentionnés dans le roman mais, en tant qu'écrivaine, j'ai pris certaines libertés et ai également cherché de l'inspiration ailleurs.

Je tiens enfin à remercier l'extraordinaire équipe qui a soutenu *Straff*.

Merci beaucoup ! *Ollu giitu !*

Mon éditrice Susanna Romanus et mon agente Kaisa Palo – vous savez combien vous comptez pour moi, vous avez mon éternelle gratitude ! C'est un bonheur de travailler avec vous.

Katarina Ehnmark Lundquist qui a édité mon texte avec le plus grand soin, m'a poussée hors de ma zone de confort, toujours avec humour.

L'impressionnante équipe marketing et commerciale, composée d'Anders Larsson, responsable des ventes, Lina Rönning, responsable marketing et Veronica Buchschatz, coordinatrice marketing ainsi que Magdalena Höglund responsable relations presse qui n'ont pas ménagé leurs efforts pour porter mon livre.

Encore merci à toute l'équipe de Romanus & Selling et d'Ahlander Agency !

Glossaire des termes et noms samis

Ađevuopmi : Idivuoma.
áddjá : grand-père, papi.
áhkku : grand-mère, mamie.
ándagassii : « pardon ».
Badje Sohppar : Övre Soppero.
baikabahta : « petit(e) merdeux(se) ».
beccegahpir : bonnet à dentelle pour fille.
belážagat : cousins.
biergomális : soupe à la viande.
biru : « merde ».
boađe : « viens ».
bora : « mange ».
borgemánnu : août.
buorre : « bien ».
bures : « bonjour ».
čohkket : « asseyez-vous ».
diehppegahpir : bonnet à pompon pour enfant.
eahki : oncle paternel plus âgé que son père.
eanu : oncle maternel.
enná : mère, maman.
gáhkku : pain plat traditionnel sami.
gákti : tunique traditionnelle samie (en suédois : kolt).
Gárasavvon : Karesuando.
gaskavahkku : mercredi.
giisa : cercueil.
giitu : « merci ».
Giron : Kiruna.

goađun : chez soi/à la maison.
goahti : hutte ou tente traditionnelle samie.
goahtu : chez soi/sa maison.
goaski : tante maternelle plus âgée que sa mère.
golggotmánnu : octobre, le mois du rut.
gollegiella : la langue d'or.
gunsttar : personne extralucide dotée de pouvoirs de guérisseur.
Guorpmit : Kuormakka.
Guovdageaidnu : Kautokeino.
guovssahasat : aurore boréale.
guovvamánnu : février.
háldi : créature maléfique.
henneha : juron inoffensif
ii : « non ».
isá : père/papa.
jávka : « va-t'en ! ».
Jiellevárri : Gällivare.
joik : chant traditionnel sami.
juoa : « oui ».
láibi : pain.
Láttevárri : Lannavaara.
Lávnjiteatnu : la rivière Lainio.
mana : « vas-y », « pars ».
manin ? : « pourquoi ? ».
máttaráhkku : arrière-grand-mère.
mielki : lait.
miessemánnu : mai.
muhto : mais.
muottá : tante maternelle plus jeune que sa mère.
nieida : fille (lien de parenté).
njukčamánnu : mars, le mois des cygnes.
nuvttahat : chaussures montantes en cuir de renne.
oabbá : sœur.
raba : « ouvre ».
reaŋga : assistant, petit garçon.
risku : broche traditionnelle, élément du kolt.
rivgu : femme non samie.
siessá : tante maternelle.

Silkemuotki : Silkimuotka.
stuora oabbá : grande sœur.
stuora viellja : grand frère.
Suopma : Finlande.
suovas : viande de renne salée et fumée.
unna oabbá : petite sœur, petite fille.
unna viellja : petit frère.
váldde : « sers-toi ».
várálaš : dangereux.
Vazáš : Vittangi.
Veaikevárri : Svappavaara.
viellja : frère.
Vuolle Sohppar : Nedre Soppero.

Composition réalisée
par Rosa Beaumont

Pour plus d'information :
www.lisez.com
Imprimé sur du papier issu de forêts gérées durablement.

CET OUVRAGE
A ÉTÉ ACHEVÉ D'IMPRIMER
SUR ROTO-PAGE
PAR L'IMPRIMERIE FLOCH
À MAYENNE EN NOVEMBRE 2024

N° d'édition : 67694/01 – N° d'impression : 105825
Imprimé en France